古典文獻研究輯刊

二五編
曾永義 主編

第 3 冊

通道必簡
——論劉勰《文心雕龍》對於劉熙載《藝概》的影響

林家宏 著

國家圖書館出版品預行編目資料

通道必簡——論劉勰《文心雕龍》對於劉熙載《藝概》的影
響／林家宏 著 -- 初版 -- 新北市：花木蘭文化事業有限公司，
2022〔民 111 〕
目 4+250 面；19×26 公分
（古典文學研究輯刊 二五編；第 3 冊）
ISBN 978-986-518-785-9（精裝）
1.CST：（清）劉熙載 2.CST：學術思想 3.CST：中國文學
4.CST：文學評論
820.8   110022405

ISBN-978-986-518-785-9

古典文學研究輯刊
二五編　第三冊　　　　　　　ISBN：978-986-518-785-9

通道必簡
——論劉勰《文心雕龍》對於劉熙載《藝概》的影響

作　　者　林家宏
主　　編　曾永義
總 編 輯　杜潔祥
副總編輯　楊嘉樂
編輯主任　許郁翎
編　　輯　張雅淋、潘玟靜、劉子瑄　美術編輯　陳逸婷
出　　版　花木蘭文化事業有限公司
發 行 人　高小娟
聯絡地址　235 新北市中和區中安街七二號十三樓
　　　　　電話：02-2923-1455／傳真：02-2923-1452
網　　址　http://www.huamulan.tw 信箱 service@huamulans.com
印　　刷　普羅文化出版廣告事業
初　　版　2022 年 3 月
定　　價　二五編 19 冊（精裝）台幣 48,000 元　　　版權所有‧請勿翻印

通道必簡

——論劉勰《文心雕龍》對於劉熙載《藝概》的影響

林家宏　著

作者簡介

林家宏，臺灣臺中人，一九八一年生。國立彰化師範大學國文研究所博士。主要研究方向為《文心雕龍》學、評點學、中國古代文論等，尤其喜愛古今文論、中西文論的比較與對話。著有《文心雕龍文體論實際批評研究》（碩士論文）、〈古文評點子學化─林雲銘《古文析義》評點特色析論〉、〈世情小說《醋葫蘆》評點研究〉等論文。

提　　要

　　劉熙載為晚清著名學者，兼具文學評論者與教育者等身分，其一生躬行實踐於傳統儒學，有「粹然儒者」的稱號。劉熙載晚年講學於上海龍門書院，《藝概》一書的內容便是其講學十餘年來的累積，被譽為是繼《文心雕龍》之後的又一部傑作，放眼中國文學批評史，可謂是劉勰《文心雕龍》之後通論各種文體的傑作，歷來評價甚高。

　　爬梳關於《藝概》百年來的學術研究成果，近二十年來開始有學者著力於《文心雕龍》與《藝概》的影響研究，發現這兩部作品分別而觀，各有精彩；合併而論，更是有不少雷同、相近與互文之處，這些比較研究的初步成績，揭示《文心雕龍》與《藝概》的比較、影響研究是值得關注的，其中有著許多尚待耕耘的研究課題。

　　劉勰《文心雕龍》是中國傳統文學批評史上，最具系統性的著作，歷來龍學的研究者眾，致使研究者對於龍學理論的掌握，是相對容易的，相較之下，《藝概》研究的成績則遠遠不及龍學，對於《藝概》中的理論體系的建構完整度，實亦仍有許多不足之處。是以本論文的研究策略，一則藉由西方比較文學中的策略方法，擇取合於《藝概》與《文心雕龍》二書關係者，挪以借用；二則篩選《藝概》與《文心雕龍》相為重疊的題材，以細緻閱讀比較；三則透過多方比較、多層分析，將《藝概》緊貼於《文心雕龍》，藉由《文心雕龍》之系統化論述，以建構《藝概》所謂的藝之概貌。

　　本論文將《文心雕龍》與《藝概》並列合觀，一方面藉由《文心雕龍》在中華文論中的特殊地位，以襯托出《藝概》的價值；一方面則可在《藝概》的繼承痕跡上，看到《文心雕龍》對後代文論的影響力；此二點，一以溯源，一以尋承，二者的角度雖然有別，不過其根本目的則是殊途而同歸，同以建構中國傳統文論體系為終極目標。

謝　誌

謹以本書獻予恩師游喚教授，
感謝其對我多年來的諄諄教誨。

目次

第一章　緒　論

第一節　研究動機及目的

　　學術研究的進展是緩慢的，每一篇學術著作的成品都是一學術成果的緩步，無數的學術成果的累積與遞延，方能建構出學術研究史的脈絡。本論文寫於《藝概》研究百年之後，百年來關於《藝概》的研究，始於〈書概〉、〈詞曲概〉等部份篇章，而後全書陸續受到重視與肯定，譬如對於劉熙載個人生平的組織，對於《藝概》美學、思想的整合，對於劉熙載相關著作的整理與校注工作等等，更進一步的細膩的研究則如取其實際批評，以見其詞學觀點、以觀其如何評價屈平、韓愈、蘇軾，乃至於對於各類文體的創作觀點等等，見微而知著；各式各樣的研究觀點與研究成果，再再使得《藝概》研究越趨成熟，而這些相關的研究成果也將為後來的研究者提供更為便利的立基。

　　而在對於劉熙載與《藝概》的研究漸趨完整的情況下，研究者的目光開始向外延伸，開始進行跨文本的比較，譬如在 21 世紀以來近 20 年來，不少研究題目關注到與劉熙載同時稍後的王國維，尤其針對其詞學上的比較與影響，關注特別的多。這種研究焦點從文本本身外溢到文本之外的發展，本是研究過程中再正常不過的發展，正如劉勰《文心雕龍‧知音》中所提到的六觀法，六觀中包括觀其文本本身的「位體」、「置辭」、「事義」、「宮商」之外，還有跨文本的比較研究「通變」、「奇正」，〈知音〉篇甚至提到在施行六觀法之前，尚須「博觀」，需要「操千曲而後曉聲，觀千劍而後識器」、「閱喬嶽以

形培塿，酌滄波以喻畎澮」等訓練，諸此訓練無論是量的博觀，或是質的博觀，都強調廣泛的閱讀品評，而這正是「通變」、「奇正」等比較法觀之所賴以運行的基礎前提。

關於《藝概》的研究成果，徐林祥曾提到幾個值得關注的研究課題，包括劉熙載與中國傳統文化、劉熙載經學思想與其文藝美學思想的關係、劉熙載文藝觀及其與各藝術門類美學思想的關係、劉熙載文藝美學思想與其文藝創作的關係、劉熙載文藝美學思想的現代意義，而束舒婭、徐倩〈劉熙載《藝概》研究史綜述〉一文亦總結這百年來的《藝概》研究的幾個問題，包括研究思路上重複過多，研究重心過度偏重〈詩概〉、〈詞曲概〉，學術交流太少，完整校注本與研究專著不夠多。[註1] 實際上，任何研究都有足以持續廣化、深化的空間，以今之所見《藝概》論文為例，兩岸博碩士論文近 50 部，期刊論文約 500 篇，數量豐碩，然其中涉及《文心雕龍》者，大抵只有 4 篇單篇論文而已，這數量上極為懸殊，然而實際上，不少研究者已然注意到《藝概》與《文心雕龍》的關聯性，並並舉二書相提並論，如劉立人：「《藝概》一書，是劉氏最重要的學術著作，也是我國文藝理論批評史上繼《文心雕龍》之後的又一部傑作。」王氣中：「《文心雕龍》總結南北朝以前的歷代文學理論批評，《藝概》總結清代以前的歷代文藝理論批評。」等等，相關稱譽之詞，並不少見。不過，《藝概》是如何承繼《文心雕龍》？是何以值得與《文心雕龍》相並論？論者往往沒有更進一步的論述，這一部份顯然還有不少可資耕耘的空

[註1] 詳見徐林祥：〈臺灣香港劉熙載文藝美學思想研究述評〉，《學術研究》第 1 期，2003 年，頁 116～117。關於《藝概》研究失衡之狀況，束舒婭、徐倩有言：「一是在研究思路上重複較多，導致許多研究得出的結論基本相似。如前所列，這十年來繼承之處和創新之點比例明顯失衡。二是研究的著力點失衡。除了對〈詞曲概〉、〈詩概〉用力較多外，多於半數的研究側重於劉熙載文藝美學思想的整體研究。儘管這些研究是必要的，但《藝概》既是一個整體，它所包含的六種文藝體制，可各自成為獨立的整體，對這些文藝體裁進行專門的研究應當可以得出更有價值的結論。三是學術交流太少。對於劉熙載這樣一位晚清著名的甚至中國古代著名的具有集大成意義的文藝理論批評家而言，到目前為止，僅於上世紀 80 年代中期召開一次學術交流會議。資訊爆炸、資源分享的 21 世紀卻沒有了類似的交流平臺和論爭氛圍。四是經典校注本和研究專著數量較少。到目前為止，僅有兩部專著及幾十篇學位論文，對劉熙載及《藝概》文藝思想的研究還未成氣候。」其所指出之不足，頗為具體，說明著《藝概》研究尚有不少努力空間。詳見氏著：〈劉熙載《藝概》研究史綜述〉，《江西教育學院學報》（社會科學）第 32 卷第 2 期，2011 年 4 月，頁 155。

間。〔註2〕本論文的研究動機與預期成果，便是順承這樣的比較研究，與早先比較研究比較不同的差別，是筆者所選取的比較對象，是跨越幅度甚高的劉勰《文心雕龍》，之所以如此選擇，有以下四個考量：

一、純文學概念發展成熟之開端與尾端

劉勰《文心雕龍》寫於六朝齊、梁之際，其成書時代正是純文學發展之起始，而《文心雕龍》作為文學批評專著之首作，反映出六朝時期純文學作品大量出現，以及需要一套客觀品評作品優劣的學術需求，此際純文學與文學批評的價值同時受到肯定，是純文學概念發展的開端。而劉熙載《藝概》寫於清代末期，此際尚未廢除八股取士之舊制，而同時代的學者如梁啟超、魏源、龔自珍、嚴復等人，大多已浸身於「師夷長技」，學習來自西方的學問，而劉熙載選擇了純然的中國傳統學術的路數。這樣的不同學術徑路，說明了中國傳統學術於劉熙載此代，在面對著來自西方的文化挑戰時，有了極大的轉變，可以視為是中國傳統學術之末端，《藝概》正是創作於此東西方文化、學問碰撞之清季。

二、傳統學術的兩個轉折

在劉勰《文心雕龍》之前，學術四部分類尚未完全成熟，不過仍以經學為學問的核心，這是顯而易見的。《文心雕龍》提到劉勰的兩個夢，暗示著其心志所嚮，尤其逾立之年的那個追隨孔子的夢，更說明了他的儒學之夢，〈序志〉如此說道：「自生人以來，未有如夫子者也」、「敷贊聖旨，莫若注經」，然

〔註2〕劉立人語詳見氏著：〈劉熙載略論〉，徐林祥主編：《劉熙載美學思想研究論文集》（成都：四川大學出版社，1993年），頁6。王氣中語詳見氏著：《劉熙載和《藝概》》（臺北：萬卷樓，1993年），頁49。本論文第一章第三節中有一段「前人對於劉熙載的評價」，其中有引述更多學者相關評價，可以參之。這些評論的共同特點是將《藝概》與《文心雕龍》二書相提並論，其目的在於正視《藝概》之價值，不過大部分並未有更進一步的具體論述，較為可惜。2013年朱供羅所寫的〈論《藝概》對《文心雕龍》的引用〉一文，是僅有一篇直接論述二書引用關係的文章，其言：「從相關資料來看，還沒有人專門從《藝概》對《文心雕龍》的直接引用這個角度來研究兩書之間的關係」，就朱氏所見，並未有研究者具體去探討二書的直接引用，這是事實。朱氏此文，列舉《藝概》22則，並將之連結至《文心雕龍》，分門別類，探討《藝概》引用《文心雕龍》的5種類型，其文論述雖然不夠深刻，不過卻提供了學術研究上的啟發與想像，指引了此二書的緊密影響關係。詳見氏著：〈論《藝概》對《文心雕龍》的引用〉，《文山學院學報》第26卷第4期，2013年8月，頁57。

而對於這樣的治學之路有所質疑，而謂：「馬鄭諸儒，弘之已精，就有深解，未足立家」，前人走在前面，早已立下無法跨越的標竿與障礙，這使得劉勰無法完成他年少時的夢想，轉折，別集為宗，成為他的學術新徑。而在劉熙載身上，他同樣身處於學術風向轉折的重要時刻，與劉勰所處時代較大的差異是：劉熙載所在的清季，隨著西方文明的多元發展與交通便捷，其所面臨的挑戰不再是源自於前輩詩人學者，而是源自於外，這股挑戰勢力，用現代的結果論來看，可謂徹底影響了現當代的中國學術界，其影響力著實無遠弗屆，劉熙載便是處於這樣的時代洪流轉折之中。

三、《藝概》大量引用《文心雕龍》的事實

根據筆者統計，《藝概》全書引用劉勰《文心雕龍》之處非常頻繁，分為四類，詳細分類內容可參考本論文附錄。

第一類為「直引其名，持以肯定」者，這類型的引用是最為直接的，並且表以肯定、認同劉勰觀點的，引用關鍵詞包括劉彥和、劉勰、《文心雕龍》、《文心雕龍・辨騷》、《文心雕龍・詮賦》、《文心雕龍・比興》、《新論》等，計有 17 處，皆集中分佈於〈文概〉、〈詩概〉、〈藝概〉三章。就頻率上而言，〈文概〉每 48 則中便有 1 則直接引用《文心雕龍》，〈詩概〉每 57 則引用 1 次，〈賦概〉每 27 則引用 1 次，就統計意義上來說，劉勰《文心雕龍》是《藝概》引用最為密集、次數最多的著作。

第二類為「提及其名，加以辨議」者，這類型的引用關鍵詞大抵不出第一類，為數較少，〈文概〉中有 4 則，〈詩概〉1 則，共 5 則。楊明照《增訂文心雕龍校注》一書曾將他所蒐集的《文心雕龍》相關材料分為十類，其中「品評第二」，謂：「品評《文心》者，無代無之。見仁見智，言人人殊。……歷代之褒貶抑揚，觀此亦思過半矣。」〔註 3〕第一類與第二類皆屬於「品評」一類，最大的不同在於第一類為對於劉勰的肯定與襃揚，第二類為對於劉勰觀點的質疑與商榷；譬如〈文概〉第 72 則中，關於賈誼的定位：「語雖較詳，然似將賈生作文士看矣」，認為劉勰將賈誼視為文士，並不適合；或是〈詩概〉第 37 則中對於張協詩的評價：「《文心雕龍・明詩》云：『景陽振其麗』，『麗』何足以盡景陽哉！」認為一字曰麗不足以概括張協的特色。此類引用可見劉熙

〔註 3〕關於楊明照《增訂文心雕龍校注》的附錄分類，可參本文第二章第三節。詳見氏著：《增訂文心雕龍校注・附錄》（北京，中華書局，2000 年）。

載並不全然認同劉勰的觀點，而加以修正。

　　第三類為「未名其名，概念暗合」者，相較於前兩種類型的指名道姓，這一類型的引用並未稱引劉勰、《文心雕龍》等關鍵詞，卻使用了相似的術語，或是相近的概念、觀點，是廣義上的相似，這屬於楊明照分類中的「因昔」類，其謂：「《文心》一書，傳誦於士林者殆遍。研味既久，融會自深。故前人論述，往往與之相同，未必皆有掠美之嫌。或率爾操觚，偶忽來歷；或展轉鈔刻，致漏出處，亦非原為乾沒。然探囊接篋，取諸人以為善者，則異於是。此又當分別觀也。」〔註4〕由於《文心雕龍》的影響深遠，致使後來學者引而不知，述而不名，此當與刻意剽竊抄襲不為一事。此類與前二類最大的不同，在於其並未指名道姓，各則的引用深淺便有著程度上的差異，譬如〈賦概〉第57則：「或謂《楚辭》『自鑄偉辭』，其『取鎔經義』，疑不及漢。余謂楚取於經，深微周浹，無跡可尋，實乃較漢尤高。」此則雖未提及《文心雕龍》，然其顯然暗用《文心雕龍·辨騷》：「觀其骨鯁所樹，肌膚所附，雖取熔經旨，亦自鑄偉辭」之句，又如〈賦概〉第65則：「韓昌黎〈復志賦〉，李習之〈幽懷賦〉，皆有得於騷之波瀾意度而異其跡象。故知『獵艷辭』、『拾香草』者，皆童蒙之智也。」其術語與評價亦源自〈辨騷〉：「才高者菀其鴻裁，中巧者獵其艷辭，吟諷者銜其山川，童蒙者拾其香草」，此二例無論就所論文體或是用詞術語上而言，完全一致，是最無疑義的類別。再如〈詩概〉第26則論《古詩十九首》：「《古詩》兼有『豪放』、『曠達』之意，與蘇、李之一於『委曲』、『含蓄』，有陽舒陰慘之不同」，「陽舒陰慘」一詞近於《文心雕龍·物色》之「春秋代序，陰陽慘舒，物色之動，心亦搖焉」，〈詩概〉第34則謂「阮嗣宗〈詠懷〉，其旨固為『淵遠』」，第35則謂「叔夜之詩峻烈，嗣宗之詩曠逸」，兼論阮籍、嵇康，與《文心雕龍·明詩》「嵇志清峻，阮旨遙深」相同，且其評論術語淵遠近於遙深，峻烈近於清峻，故謂之暗合。此類遍佈《藝概》各章之中，計33則，或可增減。

　　第四類為「引用同典，意見相仿」者，此類所指的是《藝概》與《文心雕龍》有志一同地引用了更早以前的事典，由於二書同處於同樣的學術環境（相同的國土、文化、文字、語言等等），可以預期他們所接受到的前輩學者、作品，將可能有高度的重複，反映在文本上時便會呈現出「引用同典」的情況。雖然我們很難以法國學派的比較方法去查證劉熙載所受到的影響是確實來自

〔註4〕關於楊明照《增訂文心雕龍校注》的附錄分類，可參本文第二章第三節。詳見氏著：《增訂文心雕龍校注·附錄》（北京，中華書局，2000年）。

於劉勰《文心雕龍》的間接引用，實際上亦不必要作這樣的查證工作，「引用同典」是其表面上的相同，「意見相類」則是二劉觀點相近的內在上的相同，這樣的材料，或許不容易將之證成為影響關係，不過，廣義上來說這是一種契合的關係。此類有時明引，有時暗用，需要更為仔細地檢索，方可不至於將之與第三類弄混，附錄收錄共計 7 則。

四、前人研究成果所賦予二劉的評價

龍學研究《文心雕龍》，一直是中國文學批評研究的一大熱點，隨著歷來學者的努力，學界對於劉勰《文心雕龍》的認識逐漸清晰，對於其定位與價值也愈發可以給予相當的定位；就時間上而言，《文心雕龍》是今日所見最早的批評專著，就內容上而言，其又是中國文批史中少見的具備系統性架構的作品，就影響力而言，後代受到《文心雕龍》的影響學者、作品，更是不勝其數。《四庫全書》設置詩文評類，是中國編目史上專立文學評論類之始肇，《四庫全書總目提要·詩文評類》提及詩文評的濫觴：「建安、黃初，體裁漸備。故論文之說出焉，《典論》其首也。其勒為一書傳於今者，則斷自劉勰、鍾嶸。」清代紀昀主導所作的《四庫全書》，正是代表著清代學者的觀點，其以「全書」自喻，正也代表著於學術上集大成的高度；觀其以劉勰《文心雕龍》為詩文評之首部作品，正表示其濫觴的地位。至於劉熙載，學者對於其文批史上的定位，有的稱其為傳統學術之殿軍，有的稱其為傳統學術的集大成者，此外亦有批之保守、守舊，或譽之為醇儒云云，對照他所處於東西文化正大相爭鋒的清末時代，這些形容與描述，再再都暗示著末期、尾端之意，劉熙載正是一個傳統學術的末代學者。

以上四點，劉勰與劉熙載二人，前者被視為是中國傳統文學批評史的濫觴，而後者被視為是此一文學批評史之殿軍，一者開創，一者完結，是極為特殊的關聯性。再加上二人皆處於傳統學術轉折的時代，以及《藝概》中大量可見的明引暗用《文心雕龍》與相似觀點，再再顯示著《文心雕龍》與《藝概》的比較研究是極具想像空間的。

第二節　劉熙載生平略述

一、劉熙載生平與著作

劉熙載（1812～1881），字伯簡，一字融齋，晚號寤崖子，江蘇興化人。

生於清嘉慶十七年，卒於清光緒七年，年六十九。劉熙載的一生約可分為三個階段，第一階段是青少年時期，其父親劉松齡，字鶴與，於劉熙載十歲時去世，數年後，其母亦辭人世，〔註5〕《清代七百名人傳》謂之「少孤貧，力學篤行，讀書睹指識微，約言屏守。」〔註6〕自幼孤貧的劉熙載，篤行力學，曾師從戎燭齋、張秉衡、姚瑟餘、徐子霖、解如森、查鹹勤等諸位先生。道光十九年（1839），劉熙載二十七歲，赴南京參加鄉試，中舉人。之後開始劉熙載的第二階段，即中年時期的宦遊生活。

　　道光二十四年（1844）中進士，改翰林院庶起士，二十五年（1845）授翰林院編修。咸豐三年（1853）任命入值上書房，七年（1857），請假客寓山東，在禹城開館授徒，九年（1859）底回京，仍為翰林院編修。咸豐十一年（1861）春，劉熙載離京赴武昌任江漢書院主講。後因太平軍西征，生員逃散而未果。返京途中，在汾河一帶度過了一年多的漫遊生涯。詹泰安考究：「他出生在江蘇，發跡在北京，但自北京外，對大樑、襄江、荊門、天門、太行、太谷、汾河、黃鶴樓、嶽陽樓、洞庭、湘江、南昌以至交河、東阿、廣州、瓊州，均有題詠，所見所聞，相當廣博。」〔註7〕同治三年（1864），補國子監司業。同年秋，任命為廣東學故，補左春坊左中允。勸勉學子「視廣東學，一介不苟取。諸生試卷無善否，畢閱之。試畢，進諸生而訓之，如家人父子。」〔註8〕不過督學廣東任期未滿，便於同治五年（1866）託病請長假，經江西欲歸故鄉興化，從此脫離官場，至此進入人生的第三階段，即晚年的講學時期。

　　同治六年（1867）至光緒六年（1880），是劉熙載晚年講學時期，應敏齋聘請，「不樂為吏，請假客山東，授徒自給」，〔註9〕主講上海龍門書院，十有四年，重要著作多完成於此際。「與諸生講習，終日不倦。每日必一一問其所讀何書，所學何事，講去其非而趨於是。丙夜，或周視齋舍，察諸生

〔註5〕《昨非集》卷三〈如象盧孝子〉：「慨余天所棄，十歲為孤兒。數年復喪母，熒熒靡所依。」可見薛正興點校：《劉熙載文集‧昨非集‧卷三》（南京：江蘇古籍出版社，2000年），頁670。

〔註6〕詳見蔡冠洛編纂：《清代七百名人傳》，（臺北：廣文書局，1978年），頁467。

〔註7〕詳見詹泰安：〈劉熙載論詞品及蘇、辛詞〉，上海師範大學編：《劉熙載傳記資料》（上海：上海師範大學圖書館，1986～1994年），頁61。

〔註8〕此蕭穆《劉融齋中允別傳》語，詳見薛正興點校：《劉熙載文集‧附錄》，頁793～799。

〔註9〕詳見蔡冠洛編纂：《清代七百名人傳》（臺北：廣文書局，1978年），頁217。

在否。」〔註10〕《清史稿・儒林傳》將之比喻如北宋胡瑗：「以正學教弟子，有胡安定風」，讚譽「品學純粹，以身為教」。或稱「以砥學礪行得士稱盛者，曰龍門書院。」「龍門之山長，以劉熙載主講最久。其德學均為學者所推服。」〔註11〕光緒六年（1880）夏，因疾返歸故里興化。光緒七年（1881）二月，卒於故居古桐書屋，享年六十有九。「諸生千里赴弔，誦其遺言不衰」。光緒壬午，奉旨入《國史・儒林傳》，有「品學純粹，以身為教」褒揚。《清史稿・儒林傳》品評他的一生說：「平居嘗以『志士不忘在溝壑』、『遯世不見知而不慍』二語自勵。自少至老，未嘗作一妄語。表裡渾然，夷險一節。」〔註12〕俞樾〈左春坊左中允劉君墓碑〉概括其人：「學無宋元，亦無漢唐。一言居要，要在躬行」，〔註13〕可見其不拘門派的治學態度，以及躬行自持的修身姿態。

劉熙載生平著作，都在龍門書院講學期間整理完成，包括同治十二年（1873）發表《藝概》六卷，時年六十歲；光緒三年（1877），將過去文章集結為《寤崖子》，詩詞曲集為《昨非集》四卷；光緒四年（1878），開始刻《說文雙聲》二卷、《說文疊韻》四卷、《四音定切》四卷等文字論著，理學著作《持志塾言》二卷亦完成於此。可以說，經、史、子、集、天文、音韻、書法、詩文等等，無不備曉。〔註14〕後人將《持志塾言》、《藝概》、《昨非集》、《說文雙聲》、《說文疊韻》、《四音定切》六部書集結為《古桐書屋六種》。劉熙載過世之後，其長子劉彝程與門生又整理《讀書劄記》、《游藝約言》和《制義書

〔註10〕清・俞樾（1821～1907）〈左春坊左中允劉君墓碑〉、《清史稿・儒林傳・融齋學案》皆見此語。

〔註11〕詳見趙所生、薛正興主編：《中國歷代書院志》第一冊，（江蘇教育出版社，1995年），頁72～74。

〔註12〕詳見《清史稿・儒林傳・劉熙載傳》，引自薛正興點校：《劉熙載文集・附錄》（南京：江蘇古籍出版社，2000年），頁800～801。

〔註13〕俞樾〈左春坊左中允劉君墓碑〉：「士生今世，學術大明。貴在擇守，無取更張。雲何漢宋，判若井疆。我觀君容，恭儉溫良。粹然無滓，元酒太羹。我觀君行，克柔克剛。意之所可，歡然承迎。其所不可，凜若冰霜。我讀君書，靡有不詳。高論道德，下逮文章。至於聲律，剖析毫芒。至於詞曲，乃亦所長。君之所學，大小俱臧。宜其翕然，令聞令望。天子嘉嘆，巨公表揚。名在國史，澤在膠庠。學無宋元，亦無漢唐。一言居要，要在躬行。躬行君子，久而彌芳。我作斯文，刻石墓旁。俾千百世，知學知方。學君之學，吾道以亨。」

〔註14〕俞樾：〈左春坊左中允劉君墓碑〉：「自六經、子、史外，凡天文、算術、字學、韻學及仙釋家言，靡不通曉。而尤以躬行為重。」《清史稿・儒林傳・劉熙載傳》亦有類似言論：「生平於六經、子、史及仙、釋家言，靡不通曉，而一以躬行為重。」

存》等三部遺作，合併刊刻為《古桐書屋續刻三種》，於光緒十三年刊行，《古桐書屋續刻三種·跋》有謂：「師（按：指劉熙載）前刻《六種》皆系自訂之書。是編《劄記》一種，與前刻《持志塾言》相類。《游藝約言》一種，與《藝概》相類，《制藝書存》一種，與原系《昨非集》之第六卷而未刊入者。」〔註15〕續刻三種，是劉熙載學術成果之餘絮。

　　劉熙載一生所學未出傳統學術的範圍，其所作之官皆「師儒之位」，具有自傳性質的〈寤崖子〉便自謂：「於古人志趣尤契陶淵明。其為學與教人，以遷善改過為歸，而不斤斤為先儒爭辨門戶。」不辨門戶，可見劉熙載作學問開拓心胸，〔註16〕他不把學問拘泥於漢、宋之一家，也不將治學自限於經、史、子、集之一端，若要說有所依歸，那孔子之志可以稱之，試觀以下二則：

> 曹子建、王仲宣之詩出於《騷》，阮步兵出於《莊》，陶淵明則大要
> 出於《論語》。
>
> 陶詩有「賢哉回也」、「吾與點也」之意，直可嗣洙、泗遺音。其貴
> 尚節義如詠荊卿、美田子泰等作，則亦孔子賢夷、齊之志也。〔註17〕

《藝概》論詩、文、賦、詞、八股等等，所論文體不拘一格，然其志趣「尤契陶淵明」，這是他的文風所尚，然就其自述自理，陶潛乃出於《論語》、孔志，這樣的歸趨並不意外，劉熙載一生不戀棧於官場，不迷失於新舊學術之衝突，而將自身全然投入於教學與著作，以此成就自己的人生，這可以說是他追隨著孔子的腳步的學術之路。

二、劉熙載學術特質與當代思潮之扞格

　　劉熙載身處清代中葉之後，恰逢清政權由盛轉衰的階段，鴉片戰爭（1840）發生之時，劉熙載正逢青年時期，西方列強帶來的衝擊，不僅僅是武力，還

〔註15〕詳見《古桐書屋續刻三種·跋》。

〔註16〕關於劉熙載治學的態度，《清史稿》、《清儒學案》等皆引此說，王海濤便言：「此實是劉氏治學開放心態之表徵，是他對於舊學的有意綜合、概括、體現著劉氏作為舊學終結者的風範」「已成定論」，是極為肯定劉熙載治學的開放態度的。詳見氏著：《叢劉熙載到王國維——兼論中國傳統美學的近代轉型》（成都：四川師範大學文藝學碩士論文，2001年），頁5。這樣的肯定是將劉熙載框架於傳統學術的範圍中，見其不囿門戶。另有一派學者扞擊劉熙載的保守，則是就西學東至的新時代風氣為前提，而加之批判的，可參下文討論。

〔註17〕此《藝概·詩概》第42、43則。關於陶潛詩的討論，尚有44、45、46、47、48、49、51、107、122、142、166、240、276等則，是〈詩概〉討論度最高的詩人之一，評價大抵多為稱譽為主。

包括文化、知識、價值觀等等,「正當古老的封建制日薄西山,瀕臨崩解,而西方殖民者突然襲來,出現了空前的民族危機。鴉片戰爭以後,西方資本主義的破關入侵,打斷了我國歷史發展的客觀進程,整個社會發生了畸形的變化。」〔註18〕咸豐十年(1860),英法聯軍侵犯北京,咸豐皇帝逃往熱河,官吏多遷避,「部中有驚,官吏多遷避,熙載獨留。和議成,鄂撫胡文忠以『貞介絕俗,學冠時人』疏薦。」〔註19〕這是中國新舊傳統交替的時代,舊有傳統受到前所未有的挑戰,新秩序、新方向卻仍尚待摸索,劉熙載便身處其中,勢必帶給他不小的衝擊與混亂。劉立人〈劉熙載略論〉:「劉熙載所處的時代,是社會大轉變,大動盪的清代後期。由於清季文網森嚴的壓抑,儒家安分守己思想的束縛,加上他自幼養成的安貧樂道性格,造成了他在政治上謹小慎微,而絕口不談時事。……與同時代的兩位啟蒙思想家龔自珍(1792～1841)和魏源(1794～1857)相比,要遜色多了。」〔註20〕趙敏俐亦稱之:「屬於那個時代的守舊派。」〔註21〕為了適應這樣的中西文化衝擊,劉熙載選擇了自守、自清之路,這樣的選擇與其說是守舊、跟不上新時代,毋寧該說是最為符合他的性格,緊貼他的學術需求,譬如新的學術浪潮從西方襲來,劉熙載不僅堅守傳統學術,留下《藝概》等傳統學術之集大成著作,更潛心鑽研八

〔註18〕詳見蕭箑父、李錦全:《中國哲學史》(北京:人民出版社,1997年),頁280。

〔註19〕詳見清・梁園隸、薛樹聲等纂:《興化縣誌・卷十三》(臺北:成文出版社,1970年)。

〔註20〕劉立人的意見,顯然是站在劉熙載的對立面的批評為主,詳見氏著:〈劉熙載略論〉,徐林祥主編:《劉熙載美學思想研究論文集》(成都:四川大學出版社,1993年),頁3。類似的意見不少,如薛正興亦有類似評論:「他在政治上謹小慎微,閉口不談時政,對當時現實的社會矛盾和階級鬥爭一概沉默不語」詳見氏著:《劉熙載文集・前言》(江蘇古籍出版社,2000年),頁4～5。實際上,劉立人舉龔自珍、魏源與劉熙載相比較,著實可以看出其相異之處,如梁啟超所言:「晚清思想之解放,定盦確與有功焉」,出自梁啟超:《中國近三百年學術史;清代學術概論・二十二》(臺北:里仁書局,1995年),頁64。鄭吉雄亦引之提出龔自珍的影響是「應為一集團而非僅個人的影響」,其謂「和自珍交往的學人,好些是風骨稜稜、不隨流俗的士大夫。……大多是關懷世務、能踏實地改革時弊、或至少為不隨世俗的豪傑之士。……這些學人所致力的事業,應該是稍後的自強、變法甚至革命諸運動的先聲。」依此觀點來看,龔自珍、魏源、林則徐、梁章鉅等人,成就了清末思想變動的先聲,這大抵是劉立人所採取的批判立場。詳見鄭吉雄:《近三百年歷史、人物與思潮・柒、龔自珍與晚清改革思潮》(臺北:台灣學生書局,2013年),頁169～176。

〔註21〕見趙敏俐:〈十九世紀末古典文學研究態勢的歷史回顧〉,《江海學刊》1996年第1期,頁172。

股文，寫下《藝概‧經義概》、《制義書存》等相關著作，這更使劉熙載身上具
備清季之時代色彩，他不僅不為新西學所動搖，且仍沉浸於舊學問之中，這
樣的特質，使得劉熙載走上了極具個人特色的路徑。黃霖對此矛盾，便言：

> 他生活在一個社會矛盾十分尖銳，文化學術急劇變革的時代，卻採取
> 了一種不介入、不趨時、不偏恃的態度，「性靜情逸」，閉門讀書，
> 盡心教學，以致身後，於光緒壬午年奉旨入《國史‧儒林傳》時博
> 得了一個「品學純粹，以身為教」的褒語。他的這種人生與治學態
> 度，決定了他在理論上必然格守儒家傳統的教條，不可能有站在時
> 代前列的、激動人心的創新獨白。〔註22〕

在大時代的動盪變動背景底下，劉熙載所選擇的道路，顯得如此純粹、簡單，
這般不同於時風的路徑，或許無法走在時代的前列，然其所需要的堅毅與勇
氣，或許亦是不小的。

　　梁啟超《清代學術概論》如此描述清代學術：「有清兩百餘年之學術，實
取前此兩千餘年的學術，倒卷而繰演之，如剝春筍，愈剝而愈近裡；如啖甘
蔗，愈啖而愈有味；不可謂非一奇異之現象也。此現象誰造之？曰：社會周
遭種種因緣造之。」〔註23〕有清一代，是中國傳統歷史之末班車，而劉熙載
身處於此末班車之尾端，可謂末端之致，然而此一歷時上的邊緣，並非文學
學術之邊緣，相反的，反而成就了集大成的可能，如春筍鮮甜，如甘蔗甘美，
清季反而成為傳統學術之最為有味之位置。〔註24〕劉熙載生於此際，便被視

〔註22〕黃霖：《近代文學批評史》（上海：上海古籍出版社，1993 年），頁 766～
　　　　767。

〔註23〕此段文字出自梁啟超〈中國學術思想變遷之大勢〉一文，刊於《新民叢報》，
　　　　梁啟超《清代學術概論‧自序》中自引其文，謂「今日之根本觀念，與十八
　　　　年前（按：即〈中國學術思想變遷之大勢〉刊載之年）無大異同」。詳見氏著：
　　　　《清代學術概論》，《中國近三百年學術史──清代學術概論合刊》（臺北：里
　　　　仁書局，1995 年），頁 3～4。

〔註24〕梁啟超此論是以放眼兩千年學術的高度，說明清代學術之味有如倒吃甘蔗，
　　　　這是偏重於學術之積累；而學術發展往往是積累與變動並行的，如張師麗珠：
　　　　「清代學術做為中國傳統學術之總結，其出現與成立，絕非孤立的。它是在
　　　　長時間的漫長發展歷程中，累積了一點一滴的量變，當達到了臨界點以後，
　　　　才轉變成為質變的」，認為新的學術是「歷史條件都成熟了的時候，出來領導
　　　　解決當時所已經無法解決的時代課題；並進而取代先前學術在學界中的領導
　　　　地位，而成為新學術典範，領一代學術之風騷。」此論則是側重於學術之因
　　　　應與新變，此為看待清代學術的不同觀點，列之並參。詳見氏著：《清代義理
　　　　學新貌》（臺北：里仁書局，1999 年），頁 36。

為是傳統文學文論的總結者、集大成者，如張少康：「是近代時期總結和發展
傳統文論方面的最重要的著作。」〔註25〕董運庭：「劉熙載是源遠流長中國古
典美學的殿軍。」〔註26〕束舒婭、徐倩：「劉熙載以《藝概》而成中國古代傳
統文藝理論研究的集大成者」，〔註27〕諸此評價皆肯定其集成地位；另有一派
學者則將劉熙載置於新舊交替之時代風潮之中，以見其承先啟後之關係，如
葉朗《中國美學史大綱》便將劉熙載與同時代的王國維、梁啟超等學者分而
別之，認為他不是近代美學思想家，而是中國古典美學的最後一位思想家。
〔註28〕徐林祥：「劉熙載的文藝美學思想標志著中國古典文藝美學思想的終
結。」〔註29〕劉立人〈劉熙載略論〉：「王國維是中國近代美學的開拓者，劉
氏則當是中國傳統美學的總結者。《藝概》一書在中國文藝理論批評史上、美
學發展史上，承先啟後的作用是不可低估的。」〔註30〕這些評價都指出劉熙
載《藝概》的兩個特色：一是不受當時西學東傳的影響；其二是承繼了中國
傳統文論之本質。可以視為是中國傳統文學理論的終點代表。

就一位學者而言，劉熙載代表的是一個時代的結束，在人生境遇上，他
並不眷戀官場，對於政治亦保持著一定的距離，潔身自愛；其人生的理想典
範是「粹然儒者」，譬如〈詩概〉論李、杜，便言：「太白早好縱橫，晚學黃、
老，故詩意每托之以自娛；少陵一生卻只在儒家界內。」〔註31〕李白的出世

〔註25〕詳見張少康：《中國文學理論批評史教程》（北京：北京大學出版社，1999 年）。
〔註26〕詳見董運庭：〈劉熙載與 20 世紀中國傳統美學的命運〉，《重慶師範學院學報》
第 14 第 2 期（2001 年 6 月），頁 24。
〔註27〕詳見束舒婭、徐倩：〈劉熙載《藝概》研究史綜述〉，《江西教育學院學報》（社
會科學）第 32 卷第 2 期（2011 年 4 月），頁 150。
〔註28〕葉朗《中國美學史大綱》全書分為四大篇，分別為「中國古典美學的發端」、
「中國古典美學的展開」、「中國古典美學的總結」與「中國近代美學」，其中
第二十二章〈劉熙載的《藝概》〉便是「中國古典美學的總結」的最後一章，
承先啟後之定位甚為清楚，詳見氏著：《中國美學史大綱》（臺北：滄浪出版
社，1986 年）。束舒婭、徐倩寫《藝概》研究史時亦引用葉朗的意見，詳見氏
著：〈劉熙載《藝概》研究史綜述〉，《江西教育學院學報》（社會科學）2011
年 4 月第 32 卷第 2 期（安徽蕪湖，安徽師範大學文學院，2011 年），頁 153。
〔註29〕詳見徐林祥：《劉熙載及其文藝美學思想》（北京：社會科學文獻出版社，2010
年 8 月初版），頁 228。
〔註30〕詳見劉立人：〈劉熙載略論〉，徐林祥主編：《劉熙載美學思想研究論文集》（成
都：四川大學出版社，1993 年），頁 26。
〔註31〕此《藝概·詩概》第 84 則。關於《藝概》的版本，《藝概》原刻於同治十二
年（1873），《續修四庫全書·集部·詩文評類·冊 1714·藝概六卷》（上海：
上海古籍出版社，2002 年）乃據此版本影印，本文所引《藝概》原文，皆本

飄逸，不若杜甫入世儒者般吸引著劉熙載，試觀其詩歌如〈蟋蟀吟〉：「志士赴事心亦然，感時寂寞傷華年。不見劉越石，聞雞思著鞭？千古有為者，一生驚逝川！」〈己酉聞故鄉水災〉：「有田頻失穫，甚於無田悲。淮水讎疲民，生計何從為？」或是〈雙鳥行〉、〈戒農篇〉〈日暮叩門行〉〈逃荒嘆〉等詩作，〔註32〕皆可看見其傳統儒者悲天憫人、經世濟民的抱負胸襟。陳廣德《昨非集・跋》：「余與融齋劉子交逾四十年，其人粹然儒者。」可謂貼切。而劉熙載下半輩子更全心投入於講學教育之中，譬如〈入上書房〉一詩，便可見其作育英才的決心：

　　授徒里巷心猶愧，況傳諸王愧更深。

　　昨見冶工曾有羨，土型能辦鑄金銀。〔註33〕

點石成金，鑄土成銀，這樣的想望透露出劉熙載教育後進的企圖與用心，所謂金銀，大抵便是他一生謹奉的「粹然儒者」的原則所在，教育，成為他的人生下半場的唯一風景。

　　不過，這樣明哲保身、自得其樂的人生觀，卻也同時遭來一些負面非議，譬如陳莊便以知識份子的本份與責任來檢視之：「知識階層中要求變革的呼聲，反帝運動，鴉片戰爭，在他身上都找不到印跡，他還是以一個『粹然儒者』自居。就他的藝術批評來說他是一個巨匠，就他的政治思想來說他卻是一個侏儒，這就是他在兩個領域中的不同形象。」〔註34〕佛雛的批評更為直接：「劉氏思想的總的傾向是狹隘保守的，不脫儒家修身正意、和育萬物的圈子。他是一個處於潮流外的人物。」〔註35〕陳莊的巨匠、侏儒說，分別針對傳統學術與時代風潮兩種境地來說，他一方面能肯定劉熙載的儒者形象，另一方面卻也對於他遠離時代風氣而有所抨擊；佛雛則謂劉熙載是個「處於潮流外的人物」，這個潮流，指的當然是西學東漸的時代風氣，他全然擁抱著傳統學術，對於新學則卻之不受，相對來說，的確是較為保守的。

　　　　此一版本。為求便於論述與檢索，每則引文於註解處皆註明則數編號，皆以袁
　　　　津琥校注《藝概注稿》（北京：中華書局，2010 年一版二刷）中的編號為依據。
〔註32〕劉熙載：〈蟋蟀吟〉，《昨非集・卷三》，《劉熙載文集》，頁 675。〈己酉聞故鄉
　　　　水災〉見同卷，頁 669。
〔註33〕此《昨非集・卷三・入上書房》，頁 690。
〔註34〕詳見陳莊：〈劉熙載《藝概・文概》初探〉，上海師範大學編：《劉熙載傳記資
　　　　料》（上海：上海師範大學圖書館，1986～1994 年），頁 5。
〔註35〕詳見佛雛〈劉熙載的美學思想初探〉，徐林祥主編：《劉熙載美學思想研究論
　　　　文集》（成都：四川大學出版社，1993 年），頁 36。

對於清季動盪不安的時代風潮，劉熙載的一生基本上是呈現著眾人皆醉我獨醒的姿態來面對的，《文心雕龍·時序·贊》言：「蔚映十代，辭采九變。樞中所動，環流無倦。」《藝概·文概》亦說：「文之道，時為大」，〔註36〕文風的更迭是隨著時代而變動的，這是劉熙載深切的體認；然而，在政治上，在西學上，劉熙載則自持自信，獨立於外，這與其說是一種狹隘、保守，毋寧說是一種選擇，劉熙載選擇的路，雖是老徑，雖然無法使他成為新時代的先聲、領航者，卻能成就他成為舊時代的集大成者，這樣的「狹隘」，這樣的「保守」，不啻是他學術路途上的優勢。

第三節　《藝概》研究現況綜述

一、研究歷史鳥瞰

根據束舒婭、徐倩：〈劉熙載《藝概》研究史綜述〉一文，將《藝概》百年來的研究史分為五個階段，以下以其五階段架構為基礎，稍作調整，分點說明：

（一）1919 年以前的劉熙載《藝概》研究

這是距離劉熙載《藝概》最為接近的年代，多為零星的評論、引用，如吳士鑒《晉書斠注》、沈曾植《菌閣瑣談》、文廷式《純常子枝語》、謝章鋌《賭棋山莊詞話續編》、王國維《人間詞話》等等，皆有所見。束舒婭、徐倩：「從這些早期的零星評論來看，《藝概》在當時最有影響力的當屬〈詞曲概〉和〈書概〉。」〔註37〕

（二）20 世紀 30 至 40 年代

此階段的研究仍不多，不過開始出現具有一定水準的學術文章，譬如徐北辰〈劉熙載論唐宋八大家〉、夏敬觀〈劉融齋詩概詮說〉、李長之〈劉熙載的生平及其思想——十九世紀的一個文藝批評家〉等等，皆具有獨到見解，擲地有聲，譬如「李長之先生基於『——十九世紀的一個文藝批評家』的論點簡述融齋的生平和學術思想，是肯定其作為晚清集大成美學家地位的濫觴」，〔註38〕

〔註36〕此《藝概·文概》第 79 則。

〔註37〕詳見束舒婭、徐倩：〈劉熙載《藝概》研究史綜述〉，《江西教育學院學報》（社會科學）第 32 卷第 2 期（2011 年 4 月），頁 151。

〔註38〕詳見李長之：〈劉熙載的生平及其思想——十九世紀的一個文藝批評家〉，《青年界》第 1 卷第 4 期，1946 年 4 月。

此一階段算是開啟後人研究《藝概》的重要啟發階段。

（三）20 世紀 60 至 80 年代

此一階段的重要論文如佛雛〈劉熙載的美學思想初探〉、〈關於劉熙載美學思想問題的通信〉，黃海章〈評劉熙載《藝概》〉、丘世友〈劉熙載的詞品說〉、黃霖〈簡論〈文概〉〉、敏澤〈劉熙載及其《藝概》〉、王世德〈劉熙載《藝概》中辯證的美學思想〉、詹泰安〈劉熙載論詞品及蘇辛詞〉等，研究題材的選取上，較之前期更為多元且深刻，譬如對於美學思想論述，或是聚焦於特定篇章、特定議題的討論等等；此外，1978 年王國安標點本《藝概》，是首部標點本出版，王氣中《劉熙載和《藝概》》首部研究專著亦出版於同年。這一階段，無論在研究的質與量上，都有所提昇。

（四）20 世紀 80 至 20 世紀末

《藝概》研究到 80 年代，徐林祥認為於此開始「真正學術意義上的劉熙載研究」，〔註39〕此一階段開始對劉熙載生平有較為系統性的論述，譬如余木〈劉熙載年表〉、〈劉熙載研究資料索引〉、劉立人〈劉熙載略論〉等，對於劉熙載生平與著作有了較為完整的研究。此外，以《藝概》為主的箋注整理，亦陸續出版，譬如金學智〈《書概》評注〉、王大亨、歐陽恒忠〈劉熙載〈書概〉箋注〉等單篇論文，以及藝概研究史上的第一本箋注本，王氣中《藝概》箋注》出版於此際，徐中玉、蕭華榮點校《劉熙載論藝六種》首次收錄《藝概》、《昨非集》、《游藝約言》、《制義書存》、《古桐書屋剳記》、《持志塾言》等六部著作，合併出版。劉立人、陳文和點校《劉熙載集》，比《劉熙載論藝六種》更多收錄《四音定切》、《說文雙聲》、《說文疊韻》，洋洋灑灑共九部相關著作。

除此之外，關於文藝美學上的討論，亦更見深廣，如毛時安〈《藝概》

〔註39〕徐林祥《劉熙載美學思想論文集》：「真正學術意義上的劉熙載研究，肇始於 20 世紀 80 年代。隨著文學界劉熙載熱的興起，書界也開始關注劉熙載。……從學術期刊網上檢索，1994 年以來高校學報等學術刊物發表關於劉熙載的書學論文也不超過 20 篇。此外，1992 年興化召開了第一屆（到目前也僅此一屆）劉熙載美學研討會，後結集為《劉熙載美學思想論文集》，其中有四篇關於劉熙載的書學論文，如〔日〕相川行政《關於劉熙載書論中『分數』用語的考察》、金學智《劉熙載的書法美學思想》、姚文放《古典書法美學的總結——簡論劉熙載的書法美學思想》、張鬱明《劉熙載書法體系引論——中國書法大系初探》等四篇論文。」詳見氏著：《劉熙載美學思想論文集》（成都：四川大學出版社，1993），頁 87。

和劉熙載的美學思想〉、〈情深親切，尤為詩之深致——劉熙載關於詩歌內容特點的理論〉、〈劉熙載及其詩歌簡論〉、邱世友〈劉熙載論詞的含蓄與寄託〉、鄧喬彬〈劉熙載詞品說新探〉、陳德禮〈劉熙載的《藝概》及其辯證審美觀〉、徐振輝〈《藝概》的文學比較方法〉、佛雛〈劉融齋與王靜安——兩家詩說比較研究〉、孫維城〈《藝概》對《人間詞話》的直接啟迪——王國維美學思想的傳統文化精神〉、董運庭〈中國古代美學的末代大師——劉熙載〉等數篇論文，此外還有陶型傳四篇論文〈「物一無文」和「物無一則無文」——《藝概》的審美方法論之一〉、〈藝術創造中的對立強化規律——劉熙載的審美方法論之二〉、〈既要「融貫變化」又能「渾然無跡」——《藝概》中的章法論剖析〉、〈品居極上之文，只是本色——劉熙載的美學思想散論之一〉，其中開始出現劉熙載與王國維比較的論題，這是《藝概》比較論文之濫觴，對下一階段的《藝概》比較論文有一定程度的啟發。此外，這一階段的文學批評史、美學史等相關著作，也都開始留意到《藝概》的價值，正面肯定者，如葉朗《中國美學史大綱》：「劉熙載和王國維、梁啟超不同，他不是近代美學思想家，而是中國古典美學的最後一位思想家。」張少康《中國文學理論批評史教程》：「《藝概》是近代時期總結和發展傳統文論方面的最重要的著作。」方智苑、鄧喬彬《中國詞學批評史》：「《藝概·詞概》特立於浙、常二派之外，是《人間詞話》誕生前的最重要的近代詞學批評著作。」而負面批評之言，如王運熙、顧易生《中國文學批評通史》以「相形見絀」描述之，敏澤《中國美學史大綱》更謂之：「思想上有嚴重的侷限和糟粕」，無論評價好壞優劣，皆可見《藝概》在這個階段的學者眼中，已具有一定不可忽略的重要性了。

此外，1986 年 10 月，於劉熙載故里江蘇省興化市舉行首屆「劉熙載美學思想學術討論會」，與會學者多達 80 餘人，相關論文如楊詠祈〈《藝概》論美學範疇「氣」〉、王氣中〈劉熙載〈文概〉論自然美〉等 20 多篇論文，說明了這一階段的《藝概》研究至此成為學術界上的一個熱點。

相較之下，台灣的《藝概》研究起步較晚，不過亦於這個階段開始留意到此一研究課題；龔鵬程撰述《藝概》出版於 1986 年，對於台灣當時的《藝概》研究環境，如此說道：「關於劉熙載和《藝概》的研究，至為寂寥，筆者淺陋，一共只見過三篇。」龔氏提到的三篇文章，包括林同華〈論劉熙載及其《藝概》的美學思想〉、敏澤〈劉熙載及其《藝概》〉、王世德〈劉熙載《藝概》

中的辯證思想〉等。〔註40〕稍晚，1990 年周淑媚作《劉熙載《藝概》研究》
時，收集到更多相關著作，提到當時僅有中國學者王氣中為《藝概》作考證
作者與章句訓詁的工作，也提及龔鵬程作《藝概》導讀一書。單篇論文，可見
者有三十餘篇，〔註41〕這個整理，或許有些許遺漏，不過可以看到當時對於
劉熙載研究論文數量，為數並不多，從最早期發表於 1962 年的黃海章〈評劉
熙載《藝概》〉，到當時最近期 1988 年柯夢田的碩士論文《劉熙載《藝概》詩
歌理論研究》，也才 39 篇，平均一年不到兩篇。

（五）21 世紀後的 20 年

　　此一階段的論文，其主題基本上是承繼先前的基礎進以開展的，譬如楊
抱樸〈劉熙載行跡考〉、〈劉熙載年譜〉（一）～（四）等陸續發表，對於劉熙
載的生平考察更形完備；此外，由各章節衍伸出的議題亦雨後出筍般產出，
如賀陶樂〈對劉熙載論《左傳》敘事藝術的闡釋〉、管仁福、劉開驊〈由杜詩
評點看劉熙載的詩學理論──《藝概・詩概》評杜文本細讀〉、陳水雲〈劉熙
載的詞品說及其生成的學術背景〉、楊柏嶺〈劉熙載「厚而清」藝術理念評介〉、
楊抱樸〈劉熙載的書品人品論──從「狂狷」、「鄉愿」談起〉、〈論《藝概・
經義概》的理論特色及貢獻〉等，或從宏觀處綜覽《藝概》，或從細微處微觀
其評點，皆有可觀。此時期相關注本，如薛正興點校《劉熙載文集》出版於
2001 年，收錄了《古桐書屋六種》與《古桐書屋續刻三種》，袁津琥《藝概注
稿》出版於 2009 年，是較為完整的校注本。

　　這一階段開始出現《藝概》的比較研究，是較有開拓意義的題材，比
較題材的第一個熱點是對比王國維，篇數最多；第二個比較熱點則是對比
《文心雕龍》，單篇論文大約 4 篇，並不多。這些比較類型的研究論文，開
啟了《藝概》研究的新的篇章，擴大了研究視野與範疇，比較研究的題材
雖然主要集中於與王國維相比較，不過已可看見《藝概》研究題材日漸成
熟的趨勢。

〔註40〕龔鵬程提到的三篇文章包括林同華〈論劉熙載及其《藝概》的美學思想〉、敏
　　　　澤〈劉熙載及其《藝概》〉、王世德〈劉熙載《藝概》中的辯證思想〉等，其
　　　　評價甚低：「而這三篇，大抵也是荒誕不經，亂套馬列公式的無聊之作。《藝
　　　　概》之不受研究者注意，竟至於此，哀哉。」詳見氏著：《藝概・導讀》（臺
　　　　北：金楓出版社，1986 年 12 月初版），頁 12～13。
〔註41〕詳見周淑媚：《劉熙載《藝概》研究》（臺北縣：花木蘭出版社，2006 年），頁
　　　　4～6。

綜覽這百年來的學位論文，兩岸三地中以台灣柯夢田《劉熙載《藝概》詩歌理論研究》碩士論文最早，寫於 1988 年，台灣相關學位論文至今累積計 9 部碩士論文，其中題材大多是以單一文體卷為主，如林德龍《劉熙載《文概》之文論研究》、甘秉慧《劉熙載《藝概・經義概》研究》、楊義騰《劉熙載音韻學研究》等。香港則有伍慧珠《劉熙載詞論研究》碩士論文一部，寫於 1989 年，時代亦早。而中國起步雖然較遲，於 2000 年秦金根《劉熙載書法理論研究》第 1 部碩士論文出現，成果累積上則最為可觀，至今可見 3 部博士論文與 37 部碩士論文，成果頗為豐碩；譬如論其各式文體者如袁明慧《《藝概・賦概》注評》、肖營《劉熙載《藝概・經義概》探微》、韓唱暢《劉熙載繪畫觀念研究》；論其思想體系者如李蒙《劉熙載《藝概・文概》文論思想研究》、唐小寧《《周易》對劉熙載美學思想影響研究》、廖妍南《劉熙載散文理論探微》；論其美學特色者如李冬怡《古典詩論中的「詩眼」研究》、付蘭《劉熙載文藝正變發展觀研究》；論與其它文本相比較者如王海濤《從劉熙載到王國維──兼論中國傳統美學的近代轉型》、成堯《劉熙載與王國維詞論比較研究》等等，題材頗為多元多貌。

二、研究熱點分析

若以研究熱點的角度來分析《藝概》研究，目前的研究焦點大抵有以下幾種類型：

（一）《藝概》單一文體專論

《藝概》全書分為六卷七文體，單一文體研究算是是最早期的研究重點，這類型的研究特點在於範圍較小，以單一文體為主，具有更為濃厚的文體論研究特色，譬如：夏靜觀〈劉融齋〈詩概〉詮說〉、邱世友〈劉熙載論詞的含蓄與寄託〉、陳莊〈劉熙載《藝概・文概》初探〉、金學智〈劉熙載的書法美學思想〉、張鬱明〈劉熙載書法體系引論〉等等，皆是這類形的研究成果。

（二）《藝概》全書通論

單一文體專論，顯示的是劉熙載的文體論見解，而跨文體的《藝概》全書通論，則可以一窺劉熙載個人的批評原則與姿態，這類型的研究，大抵上偏重於建構劉熙載的美學特質與思想淵源，譬如董運庭〈中國古典美學的末代大師──劉熙載〉、佛雛〈劉熙載的美學思想初探〉、梁安國〈劉熙載藝術

思想淺談〉、毛時安〈《藝概》和劉熙載的美學思想〉、陳德禮〈劉熙載的《藝概》及其辯證審美觀〉等等，偏重於美學；或是涉及劉熙載的學術思想、文學批評史上的定位，如周鋒〈論劉熙載文學思想的儒家傾向〉、李德仁〈劉熙載美學思想與道家思想〉、黃黎星〈劉熙載《藝概》中的援《易》立說〉、張維昭〈論劉熙載文學思想的儒道互補〉等等，皆屬此類。這類型的研究核心，是在勾勒劉熙載《藝概》的美學體系、思想來源、文批史地位等，是從較大面向整體檢視劉熙載《藝概》的論述課題。

（三）《藝概》的實際批評

　　《藝概》全書中，除了批評理論的闡釋之外，尚有為數不少的實際批評，這些實際批評內容，往往便成為建構劉熙載文學批評理論的血肉，廣義上來看待這些實際批評，每一則批評都是建構劉熙載《藝概》整體研究的一個部份片段，而若聚焦於這些實際批評文本，那麼這些實際批評其實也都是文學史上的珍貴材料，代表著清季的一家觀點，譬如包根弟〈〈詩概〉陶潛論析評〉、姚振黎〈自劉熙載〈文概〉論韓文義法〉、詹泰安〈劉熙載論詞及蘇辛詞〉等等，藉《藝概》以見陶潛詩、韓愈文、蘇軾詞，都是這類型的文章。以唐宋八大家研究為例，董雅蘭謂：「歷史上對唐宋八大家的批評資料十分豐富，……劉熙載以『舉此以概乎彼，舉少以概乎多』的概言方法，提出了許多有關唐宋八大家的精湛見解，不僅總結前人零碎的看法，也將散亂的理論綜合成普遍的規律，廣泛地運用到實際的批評中，在中國散文批評史上，實具不容忽視的地位。」〔註42〕這段評論便是針對其實際批評的肯定。

（四）《藝概》的獨特美學建構

　　所謂的獨特美學的建構，與第二點《藝概》全書通論的最大差別，在於後者著重於全面，以塑造劉熙載、《藝概》整體的形象為目標，故其範疇多有橫跨美學、思想、價值觀等等，是屬於較早期的研究課題；而前者則在前人研究基礎上，可以更無旁鶩地建構《藝概》美學。而與第三點《藝概》的實際批評的差別，在於後者的研究是跨研究題材的，是藉《藝概》研究以豐實屈騷研究、蘇軾詞研究等等，而前者的研究則是精準瞄準著《藝概》的，譬如陶型傳〈「物一無文」和「物無一則無文」〉、楊柏嶺：〈劉熙載「厚而清」藝術理

〔註42〕詳見董雅蘭：〈劉熙載論唐宋八大家〉，《東吳中文研究集刊》（1994 年 5 月），頁 173。

念評介〉、陸煒〈劉熙載論詩品和人品〉、毛時安〈《藝概》和劉熙載的美學思想〉等等，皆為此類。以〈《藝概》和劉熙載的美學思想〉一文為例，其提出《藝概》有四種美，包括「『溫柔敦厚』的中和之美」、「『似花非花，不離不即』的真實美」、「『詩品出人品，極煉如不煉』的本色美」、「『物意摩蕩，物我無間』的意境美」，〔註43〕系統性地建構劉熙載個人的一家之言。另有一類，是從創作論的角度來檢視劉熙載，譬如陶型傳：〈既要「融貫變化」又能「渾然無跡」──《藝概》中的章法論剖析〉、宗廷虎：〈劉熙載《藝概》的修辭論〉（上）、（下）、阮忠：〈劉熙載散文理論研究〉等等，劉熙載一生中兼具人師與批評者身分，其教學理念、創作概念散見於《藝概》各則，有賴學者的重構與整合，以得見其獨特的美學觀。

（五）《藝概》的作者研究

所謂的基礎研究，包括對於劉熙載個人生平的考察與年譜組織，譬如楊抱樸的〈劉熙載年譜〉（一）～（四）、〈劉熙載行跡考〉、石維峰〈劉熙載與上海龍門書院〉等等；還包括對於《藝概》等相關著作的整理、出版、校訂與註釋，如王氣中箋注《藝概箋注》、劉立人、陳文和點校《劉熙載集》、袁津琥校注《藝概注稿》等等，這是對於作者以及文本的整理工作，是學術工作中最為基礎的一環，任何相關研究皆需要紮實的基礎研究以為基底。

（六）《藝概》的比較研究

關於《藝概》的比較研究，這是較晚才開始被重視的課題，舉劉熙載《藝概》與其他學者或著作相互比較，以見其繼承、影響、契合與差異，互相反映出作品的特色與定位，是比較研究的核心精神。比較研究一開始的研究核心，聚焦在劉熙載與王國維二人，尤其是針對二人詞學，最早是 1996 年孫維城〈《藝概》對《人間詞話》的直接啟迪──王國維美學思想的傳統文化精神〉開始，其後如佛雛〈劉融齋與王靜安──兩家詩說比較劄記〉、王海濤二文〈劉熙載與王國維美學方法論比較〉、〈劉熙載的文道觀與王國維的非功利審美觀〉、孫維城〈《藝概》對《人間詞話》的直接啟迪──王國維美學思想的傳統文化精神〉、鄭國岱〈劉熙載、王國維論詞中情〉等等，甚至王海濤於2001 年寫成的碩士論文《從劉熙載到王國維──兼論中國傳統美學的近代轉

─────────────

〔註43〕詳見毛時安〈《藝概》和劉熙載的美學思想〉，徐林祥主編：《劉熙載美學思想研究論文集》（成都：四川大學出版社，1993 年），頁 79～93。

型〉、2015 年成堯《劉熙載與王國維詞論比較研究》的碩士論文，都不出這個範疇。劉熙載與王國維二人比較，有其時代意義，一則二人時代相近，二則其一代表舊傳統之總成，一代表新學術之開展，具有一定的比較意義。

舉《藝概》與王國維的比較，是比較研究的第一個熱點，而第二個熱點便是《藝概》與《文心雕龍》的比較。相關比較最早的是 2001 年雷恩海〈《文心雕龍》與《藝概》〉，其後 2003 年李清良〈從《藝概》看古代文論思維方式的現代轉化〉一文，亦是針對《文心雕龍》與《藝概》的比較，其後 2011 年萬志海〈美在本色——劉熙載對劉勰美學思想的繼承和發展〉、2013 年朱供羅〈論《藝概》對《文心雕龍》的引用〉等文，皆一致強調二者之可比性。以〈美在本色〉一文為例，其從「本色」此一概念為核心，舉《藝概》、《文心雕龍》二書相較，以見劉熙載之「美在本色」的特質，以及溯源得見其「美在本色」之來源；這類型的比較研究，一方面有賴於《藝概》本體研究的紮實成果，一方面則展示出其極為開闊、寬廣的論述可能，是《藝概》研究的新興課題。對於這四篇比較論文，可參閱下文「《藝概》與《文心雕龍》的比較研究」一段中的討論。

關於比較的研究，目前大抵皆集中於與王國維、《文心雕龍》兩個課題相比，其餘的比較便不多，如 1993 年徐林祥〈論黑格爾與劉熙載美學思想的異同〉論劉熙載與黑格爾思想、2010 年張思齊〈在比較的視域中看劉熙載的制藝理論與實踐〉寫劉熙載論八股文與西方體制的比較，是比較特別的題材。《藝概》的比較研究，是較為晚出的研究熱點，發展至今，比較對象並不豐富，過半文章皆集中於王國維、詞學，這是一個尚可耕耘的領域。

三、《藝概》與《文心雕龍》的比較研究

然而，關於《文心雕龍》與《藝概》的影響研究，目前看來仍然匱乏，直接比較《文心雕龍》與《藝概》二書的研究，僅四篇單篇論文，以下分別簡論之。

（一）雷恩海〈《文心雕龍》與《藝概》〉

〈《文心雕龍》與《藝概》〉寫於 2001 年，是今日所見最早一篇關於二書比較的文章，作者主要是從二書的相同點加以比較，譬如提到二書皆有濃厚的儒學色彩、宗經原則、文學史的脈絡與分體文學史的安排等等，也提及《文心雕龍》能「積極的理論探索和總結立足於歷代文學實際」，而《藝概》則「雖有文學史的意識但缺乏文學的發展觀，辨源而不及流，缺乏正視文學實際的

現實勇氣和嚴肅的科學精神」，作為首篇比較論文，雷恩海提供了研究者一個極具啟發的研究方向。

（二）李清良〈從《藝概》看古代文論思維方式的現代轉化〉

〈從《藝概》看古代文論思維方式的現代轉化〉寫於 2003 年，本論文主要是論述《文心雕龍》處處呈現「原始要終與執本馭末」的技巧，如〈總術〉：「文場筆苑，有術有門。務先大體，鑒必窮源。乘一總萬，舉要治繁」之論；而《藝概》的「以少以概乎多」的精神，便是承繼此法：「蓋得大意，則小缺為無傷；且觸類引伸，安知顯缺者非即顯隱者哉？」從二書立論之核心精神處，對比出其影響關係。

（三）萬志海〈美在本色——劉熙載對劉勰美學思想的繼承和發展〉

〈美在本色——劉熙載對劉勰美學思想的繼承和發展〉寫於 2011 年，本論文特別聚焦於本色論，從「本色」此一概念為核心，提出二書「『貴乎反本』與『美在本色』」、「『述志為本』與『文自內出』」、「『雕縟成體』與『出色而本色』」三組影響繼承關係，其結語道：「綜上所述，劉熙載的『美在本色』論繼承了劉勰《文心雕龍》重視自然本色的藝術審美觀，並有新的創造和發展。」〔註44〕依此以見劉熙載之「美在本色」的特質，以及溯源得見其「美在本色」之來源，源自《文心雕龍》。

（四）朱供羅〈論《藝概》對《文心雕龍》的引用〉

〈論《藝概》對《文心雕龍》的引用〉寫於 2013 年，是第一篇以「直接引用」的角度來分析二書的引用關聯性的。作者搜羅《藝概》中直接引用《文心雕龍》者有 23 則，他將這些分為五類，包括：深表贊同之引用、補充說明之引用、引申發揮之引用、融合創造之引用、質疑反對之引用。其結尾道：「《藝概》對《文心雕龍》的所有直接引用表明了劉勰與劉熙載對於某些文藝問題的共同關注，也可以看到劉勰有關文藝思想在劉熙載那裡得到了反響與呼應」，作者從最為明顯的直接引用處著手，印證二書的相似與呼應。

以上四篇論文，有以整體全書為觀察者，亦有以單則為觀察者，有以美學藝術論為比較，亦有以文論架構為比較云云，角度各異，皆有可觀。這樣的比較研究，藉由比較文學的方法論來看，大抵是從美國學派的文學

〔註44〕萬志海：〈美在本色——劉熙載對劉勰美學思想的繼承和發展〉，《江漢大學學報》（人文科學版）第 30 卷第 6 期（2011 年 12 月），頁 89～92。

比較的立場出發，而以法國學派的影響關係為預設目標，這樣的比較研究的終極目標，則是建立一套具體且完整的中國文學批評理論，以呼應中國學派的東西文學比較。《文心雕龍》與《藝概》的比較研究，有其必要與價值，然觀其目前的研究成果，仍有極大的發揮空間，有待學者持續深化、廣化之。

四、前人對於劉熙載的評價

劉熙載身處清代末期，位於傳統學術之尾端，客觀條件上，他足以遍覽傳統學術的各種風貌，其《藝概・序》亦有「舉此以概乎彼，舉少以概乎多」之高度與企圖，顯示出他作《藝概》一書，是在對於他所位居學術之末端之勢的一種回應，這是一種綜覽博觀、集大成者的氣度。

而在歷來研究學者的文章中，不少人對於劉熙載亦特別肯定其這方面的價值，早期評價如沈曾植《菌閣瑣談》：「止庵而後，論詞精當，莫若融齋。涉覽既多，會心獨遠，非情深意超者，固不能契其淵旨。而得宋人詞心處，融齋較止庵，真際尤多。」〔註45〕謝章鋌《寒松閣詞・序》：「乃嘆人惟能甘淡泊之境，始有情至之言。情愈重，品愈高，詣愈深，蘊抱愈厚，激發愈雄。」〔註46〕或肯定其學問，或稱美其人品，評價皆好。而至近現代學術中，可觀以下一評：

> 王世德：「今天我們所能見到的最早專論劉熙載文藝思想的文章，當推近代詩人夏靜觀的〈劉融齋詩概詮說〉。夏文認為：『自來闡明作詩之法，能透徹明曉者，無過於劉融齋《藝概》中之〈詩概〉。融齋主講上海龍門書院十數年，其所作《藝概》正為從學生徒而發，出言平實，見地頗高，其〈詩概〉一門，言作詩之法尤備。』」〔註47〕

夏靜觀的〈劉融齋詩概詮說〉是《藝概》研究中極早的一篇文章，其稱譽劉熙

〔註45〕清・沈曾植（1850～1922）《菌閣瑣談》是論詞之作，對於劉熙載的評價甚高，認為可與周濟相齊名，甚至更高。批語引見〈融齋論詞較止庵精當〉一則。

〔註46〕清・張鳴珂（1829～1908）作《寒松閣詞》，清・謝章鋌（1820～1903）為之作序，開篇即言：「古不云乎，詩三百篇大抵聖賢發憤之所作也，夫人苟非不得已，殆無文字，即填詞亦何莫不然。」以《詩經》與聖賢發憤襯托其對於詞體的嚴肅態度，以此為基礎，可知其所評價劉熙載的「情至之言」，實不同於婉約詞風之柔情。

〔註47〕王世德：《劉熙載美學思想研究論文集・序一》（成都：四川大學出版社，1993年），頁3。

載「闡明作詩之法，能透徹明曉者，無過於劉融齋《藝概》中之〈詩概〉」，可謂奠定了後人對於《藝概》的評價，致使王世德等學者作論時仍特別引用，具有標竿意義。除此之外，關於劉熙載的評價，尚有一些美譽之說：

> 王氣中：「《藝概》是我國文藝理論批評史上繼劉勰《文心雕龍》之後又一部通論各種文體的著作。……《文心雕龍》總結南北朝以前的歷代文學理論批評，《藝概》總結清代以前的歷代文藝理論批評。」

> 萬志海：「劉熙載的主要美學著作《藝概》，是繼劉勰《文心雕龍》之後又一部通論各種文體的傑作。」

> 劉立人：「《藝概》一書，是劉氏最重要的學術著作，也是我國文藝理論批評史上繼《文心雕龍》之後的又一部傑作。」〔註48〕

以上三則評價的共同特色，是將《藝概》舉與」《文心雕龍》相提並論，關於此二書的關聯性，其一是二書皆通論各種文體的概括性，其二是總結歷代文論的集成性，其三是中國文學批評史上的後繼之傑作。以上三點，雖然分別出自不同學者之筆，不過其共同特點仍是綜覽與集成，正如毛時安所說：「中國文藝批評史上一部帶有總結性的重要著作」，〔註49〕以總結性一詞來概括《藝概》，一方面可指其通論文體之並時性總結，另一方面亦可指其總結歷代文學之歷時性總結，當然亦可作為文批史上的末端總結，與劉勰《文心雕龍》遙相呼應。

以上古今學者對於劉熙載、《藝概》的稱譽，都是對於此人此書的正面評價，不過亦有一些較常見的負面批評，譬如此則：

> 《文心》對齊梁以前的文學和理論問題，均有嚴肅認真的探討，而《藝概》則主要涉及先秦至唐、宋的作家和作品，元、明時期的作家很少涉及，清代文學根本未論及。其實，元明清時代，即以正統

〔註48〕李詳（1858～1931），是較早將《藝概》舉與《文心雕龍》相提並論者，其謂：《藝概》是繼《文心雕龍》之後，又一部通論各種文體的傑作。可見王世德：《劉熙載美學思想研究論文集・序一》（成都：四川大學出版社，1993年），頁3。此處三則論述，其概念上是不離李詳的；王氣中語詳見氏著：《劉熙載和《藝概》》（臺北：萬卷樓，1993年），頁49；萬志海語詳見氏著：〈美在本色——劉熙載對劉勰美學思想的繼承和發展〉，《武漢：江漢大學學報，2011年12月》人文科學版，第30卷第6期，頁89；劉立人語詳見氏著：〈劉熙載略論〉，徐林祥主編：《劉熙載美學思想研究論文集》（成都：四川大學出版社，1993年），頁6。

〔註49〕詳見毛時安：〈《藝概》和劉熙載的美學思想〉，徐林祥主編：《劉熙載美學思想研究論文集》（成都：四川大學出版社，1993年），頁105。

文學論，也不乏可取的作品和作家。這一方面與其「舉此以概乎彼，
舉少以概乎多」的體例和繼承唐宋派古文家的看法有關，另一方面，
也說明劉熙載雖有文學史的意識但缺乏文學的發展觀，辨源而不及
流，缺乏正視文學實際的現實勇氣和嚴肅的科學精神。〔註50〕

此段文字出自雷恩海〈《文心雕龍》與《藝概》〉，其比較《文心雕龍》與《藝
概》時，提到《藝概》不僅將同為清代的作家作品屏除於外，甚至連元、明兩
代的作品亦論述甚少，謂之「缺乏文學的發展觀，辨源而不及流，缺乏正視
文學實際的現實勇氣和嚴肅的科學精神」，此評論著實嚴苛。實際上，劉熙載
《藝概》中的原道精神，非常明顯，這本身便是其「以少以概乎多」當中的
少，亦即其核心價值之一，而原道精神的繼承，本身亦是作為與《文心雕龍》
相聯繫的重要線索，這是《藝概》立論的重要原則，依此而有所取捨，是可以
理解的。不過在雷恩海筆下，他顯然認為劉熙載過度偏於保守。其實，以保
守描述劉熙載，並非少見，以下再見一例：

> 〈文概〉開頭三條，首論文的本源，……〈文概〉的首論文之本源，
> 在整個《藝概》中實際上具有總論的性質。這裡承襲了《文心雕龍》
> 「原道」、「徵聖」、「宗經」的主張，不免使劉氏（按指劉熙載）文
> 論從一開始便蒙上了一層儒家衛道思想的霧障。〔註51〕

此段文字出自劉立人〈劉熙載略論〉，其文首先正視到《藝概‧文概》中的宗
經原則，並認同其承襲自《文心雕龍》，然其後導出的結論是認為這樣的核心
價值「不免使劉氏文論從一開始便蒙上了一層儒家衛道思想的霧障」，這層「霧
障」，使人看不清楚現實，其實與雷恩海所說的正視現實的勇氣，實為一事；
可以說，這兩段較為負面的評論，都將其根源歸咎於劉熙載的原道精神。而
這樣的傾向，顯然亦不僅限於劉熙載在學術上的表現，於其生平，於其人生，
亦每每有著類似的保守的選擇，如前文提及陳莊對於劉熙載的描述：粹然儒
者，亦是政治思想上的侏儒。這般保守且堅持原道精神的姿態，著實在劉熙
載身上、筆上皆躍然可見，不過這是否便是其缺點，或者是對於學術理想有
所堅持，所必然帶來的影響呢？其實很有討論空間。

〔註50〕詳見雷恩海：〈《文心雕龍》與《藝概》〉，《鎮江師專學報》（社會科學版）2001
　　　　年第1期，頁15。
〔註51〕詳見劉立人：〈劉熙載略論〉，徐林祥主編：《劉熙載美學思想研究論文集》（成
　　　　都：四川大學出版社，1993年），頁7。

第四節　預期成果

　　檢視學術發展的歷史，學術雖然不是有機生命體，然而卻自有發展軌道，它會隨著時代的推進而擴大、繁衍、萎縮、凋敝，存活下來的，將保有豐富的前代歷史，可資比較對照，而僵死的部分，則說明了文學學術觀念的褪變，也說明了有些觀念是註定無法跨越時代的鴻溝，僅能停留於某些時空點。總的來說，學術的總體發展是代漸豐富的，以文體分類學為例，從最早的學術分科開始，孔門僅有四科，到曹丕〈典論論文〉將文體分為四大類，到劉勰《文心雕龍》的三十四大類七十八種文體、徐師曾《文體明辨》一百二十七類、姚鼐《古文辭類纂》十三大類等等，皆可看到學術之境日漸豐厚之勢。〔註52〕

　　而劉熙載生於清代中末，處於中國傳統學術之尾端，就學術發展之勢而言，他所面對的是前所未有的大量資訊，包括文體之種類、學術之家派、研究方法的多元，乃至於中西知識的衝擊等，皆前所未見。其同代風氣，規模宏大者如四庫學的產生，一家之言如曾國藩所著《經史百家雜鈔》等，多以繁多為務；此外，王國維、梁啟超等輩則亦兼化西學，開闢新境，皆以不同方式反映了那個時代的特殊風貌。〔註53〕劉熙載卻對這樣的「繁」的趨勢是有所質疑的，《藝概·序》便指出：「欲極其詳，詳有極乎？」又引《大戴記》：「通道必簡。」說明詳之不可行，惟簡可行，故劉熙載便化繁為簡，以概略為治學之準，其謂：

>　若舉此以概乎彼，舉少以概乎多，亦何必殫竭無餘，始足以明指要乎？是故余平昔言藝，好言其概，今復於存者輯之，以名其名也。〔註54〕

這段文字寫於《藝概·序》，《藝概》書名之由來，亦見於此。不僅書名，《藝概》全書六卷亦呈現出概選之意味。反過來說，所謂《藝概》便該含藏其學術之「彼」、學問之「多」，見微知著，這其實是歷來研究者持續研究的核心焦點。

　　如果《藝概》處於中國傳統文論發展的末端，那麼《文心雕龍》則是處

〔註52〕以上文體分類數量，可參考馬建智：《中國古代文體分類研究》（北京：中國社會科學出版社，2008年9月初版），頁143～146。

〔註53〕關於劉熙載與同代文士的差異，可以葉朗之言為例，他指出劉熙載與梁啟超、王國維等人不同，其美學思想較缺乏理論上的創新，其長處在於集成，是「中國古代美學最後一位思想家」。詳見葉朗《中國美學史大綱》第二十二章（臺北：滄浪出版社，1986年）。

〔註54〕此段引自《藝概·序》。

於這個時間軸的前端，甚至可以視為是系統性建構文論的始肇。這兩本書出現的時間間隔雖然很遠，不過正因如此，列舉二者加以比較，便更能見其傳承關係；徐林祥：「該書（按：指《藝概》）是我國文藝理論批評史上，繼《文心雕龍》之後，又一部通論各種文體的傑作。」〔註 55〕在中國文學批評中，系統性的批評一直是較缺乏的，《藝概》的成書結構雖不同於《文心雕龍》，卻亦能通論各類文體，其「系統性」的相通，是必須加以肯定的。本文考量論題之聚焦，以及論文篇幅的長度，先以《藝概》為主要材料，主要集中於〈文概〉、〈詩概〉、〈賦概〉、〈詞曲概〉四卷，並輔以〈書概〉、〈經義概〉以及其它相關著作，用以檢視其如何符合《大戴禮記》「通道必簡」的觀念，並且進一步將《文心雕龍》拉進來相互映證，以顯示通之何以能通，簡之如何可簡，以及這些觀點如何從《文心雕龍》影響至《藝概・文概》的。

　　細看《藝概》各卷，〈文概〉計 340 則，其評文順序，先六經、後史子、後西漢、六朝、唐、宋等等，依四部次第與時代先後，有條不紊。〈詩概〉285 則，專論先秦至宋代的詩歌。加上〈賦概〉137 則，前三類屬於傳統重要文體，是歷來批評家批評之焦點；〈詞曲概〉159 則，〈經義概〉95 則，詞、曲、經義等文體則具當時時代特色，屬於其代顯學；此外，尚有〈書概〉246 則論書法等。在這六卷選體上可以看出，《藝概》在藝術上、學術上「僅取一瓢」的意圖，他所選者，棄繁而取菁，在這裡已默默透顯出劉熙載對於「文藝之概」的追求，藉由選擇展示其批評意識，於此透露出他對於藝文概取之焦點。本論文由於擇取《文心雕龍》與《藝概》相比較，二書時代跨度甚大，故其所論述的文體，亦有不少差異，是以在《藝概》上將以〈文概〉、〈詩概〉、〈賦概〉、〈詞曲概〉為比較的焦點，至於〈書概〉、〈經義概〉與其它著作，如《游藝約言》、《持志塾言》、《昨非集》、《制義書存》等等，若有可相呼應者，亦將擇錄相較。

　　本論文的研究步驟，首先第一章將先從劉熙載的生平、以及清季學術風潮進入，以觀看劉熙載的學術、教學生涯之風貌。此外，並針對現存《藝概》研究作一爬梳，從研究史以及研究熱點兩種角度切入，以得見目前《藝概》研究之成績，以及尚可耕耘之處。

〔註 55〕徐林祥《劉熙載及其文藝美學思想》一書中，不僅一次提到《藝概》為「繼《文心雕龍》之後，又一部通論各種文體的傑作」，足見其重視之程度。詳見氏著：《劉熙載及其文藝美學思想》（北京：社會科學文獻出版社，2010 年初版），頁 12、225。

次章將論述比較文學理論、影響關係，比較文學理論發源於西方，筆者將以比較文學發展史著手，藉由其發展過程中產生的三種學派，以檢視比較文學的各種技巧，擇選有用於本論文者，用之於其後各章節之比較，並依狀況兼用中國文學理論中的相關理論，以豐實本論文的研究方法。從西方比較文學的歷史著手，借鏡於比較文學，用以文學比較，一方面可資借用其方法，此外更能依之得見比較研究之必要與需要，以強化本論文的研究動機與研究策略。

第三章將從劉勰作《文心雕龍》與劉熙載作《藝概》的寫作動機，加以比較其相同之處，包括二人並不劃地自限僅為集部學者，而是以子學家自居，以成一家之言自許；更有甚者，面對時代的洪流挑戰時，二人皆不隨著時代逐流，勇於以自身的姿態來成就其學術。在這樣相似的著作背景下，《文心雕龍》與《藝概》同樣地不受制於傳統四部分類，並且於成書結構上有著高度的相似性，這是由最為根本的著作動機處來比較其異同。

第四章，從幾個面向探討二書的「概」的策略；包括源自《文心雕龍》樞紐論的原道觀，以及以屈平作為文學典範的傾向，乃至於在實際批評中，最被突顯出的情的本質，以及實用性質等體用兩面。此章方法可借鏡法國派影響論，以時代先後作為尺標，呈現二者於文批史上的先後影響關係。

第五章，綜觀劉熙載的批評方法，他大量使用二元對立的折衷比較，作為批評方法，以突顯二元兩端之不可偏廢，或是各有輕重。此方法與劉勰折衷之法相類似，不過大抵上是有所偏重的，此章可以突顯出劉熙載文學批評的次要核心概念為何。

第六章，對立比較之外，劉熙載還有一些較為獨立的批評準則，《藝概》受制於全書結構的零碎，其評論標準有賴於歸納與系統化，此章便用於整合較為碎片的評論標準，並與《文心雕龍》相同、相異作比較。此章或可借美國學派影響論來加以闡釋。

《文心雕龍》是中國傳統文學批評史上，最具系統性的著作，研究者眾，致使研究者對於龍學理論的掌握，是相對更容易的。相較之下，《藝概》研究的成果遠遠不如龍學，對於《藝概》中的理論體系的建構完整度，實亦仍有許多不足之處，是以本論文的研究策略，一是篩選《藝概》與《文心雕龍》相為重疊的題材，以為細緻閱讀比較，二是藉由西方比較文學中的方法論，擇取合於《藝概》與《文心雕龍》二書關係之方法以借用，三是透過多方比較、

多層分析，將《藝概》緊貼於《文心雕龍》，藉由《文心雕龍》之系統化論述，以治藥《藝概》形式上之零散。總的而言，可以略分為以上幾個步驟。

而本論文預期有以下四個成果：

一、深化《藝概》研究成果

關於《藝概》的學術研究，至今已近一百年，吾人對於劉熙載的認識，對於《藝概》的理解，亦隨著前人的研究成果而逐漸明朗。不過，有些議題尚有不少討論空間，譬如關於劉熙載的宗經原則，尊之者謂之「醇儒」，抵之者謂之「侏儒」，這是解讀立場之差異？或是詮解上有對錯之差別？筆者期待對於這些尚待釐清的疑問，於本論文的研究下可以有更進一步的認識。

二、開拓《藝概》比較研究

學術研究不僅講究深化，其課題更需廣化、開展，尋求新的研究課題與角度，《藝概》的比較研究便是當前最新的研究主題。一方面要有研究方法的開拓，百年來的《藝概》研究，在近 20 年來開始陸續出現比較研究，這是新興的研究方法；另一方面，在這樣的研究方法下，透過與其它作家、作品的相對比較，互證《藝概》與其它文本的異同特色，這是以由外而內的角度，來認識《藝概》。

三、印證《藝概》的核心觀點源自《文心雕龍》

歷來研究者已有不少學者將《藝概》與《文心雕龍》二書相提並論，或稱其二者之相同的點，如通論性質、原道性質、成書結構等等，或直指其傳承與影響，再配合上《藝概》中大量的援引《文心雕龍》的意見，可以推斷二者之間的影響關係，是可以成立的。需要深究的部份，是二書的影響關係，是到怎樣的程度？其相似是源自於巧合，或是劉熙載刻意的模仿與學習呢？

四、豐實中國文學批評史的特質

正如曹順慶所揭示的比較文學的第三階段，西方與東方所代表的文學理論，是具有可比性的；就時間點來回顧，20 世紀被視為是文學理論的世紀，而這百年來，中國的文學理論基本上是缺席的，這並非表示中國不具有相關理論，亦不表示其文論素養不值一提，而是未受到充足的正視與客觀的評價，這個缺席，是種忽略與漠視，正如劉熙載所身處的 19 世紀末期，當一個時代

面對著外來的狂潮而席捲滅頂，堅持舊有路線的人，往往會被視為是保守、守舊，而失去公平的評斷。筆者以為，劉熙載所撰著的《藝概》，若代表著中國傳統文論的集大成者，那麼他所肩負的，便絕非僅止於一個時代的結束而已，而是一個旗幟的豎立，蓋棺而論定，結束的同時，也正代表著至此成熟完成。是以在藉由《藝概》本體的梳理，以及釐清由最早的《文心雕龍》到最後的《藝概》的特質本色，期待可以從中篩選出專屬於中國文論的核心本質，而這個中國文論的核心，將可以作為東、西方文學理論的對話的起點。

第二章　影響理論概述

第一節　比較文學的三種學派

　　比較文學的概念，起源於 18 世紀，最早使用「比較文學」一詞者，是被稱為比較文學之父的維爾曼（A.F.Villemain1790～1870）所用，並率先開設比較文學課程）。1886 年，英國波斯奈特《比較文學》第一部比較文學專著出版，〔註 1〕隔年，德國馬克思‧科赫《比較文學雜誌》第一本比較文學雜誌出版，專著的出版顯示著比較文學於此成為專門學科，而在 1954 年，「比較文學學會」成立於法國，標誌著比較文學的成熟。

　　比較文學的法國學派，是比較文學發展百年來的第一個重要階段，法國巴黎大學教授梵‧第根（P.vanTieghem）是法國學派的代表學者，他所著作的《比較文學論》出版於 1931 年，其謂：「真正的「比較文學」的特質，正如一切歷史學科的特質一樣，是把儘可能多的來源不同的事實采納在一起，以便充分地

〔註 1〕波斯奈特曾言：「有意識的比較思維是十九世紀的重要貢獻。」詳見劉捷等主編：《二十世紀西方文論》（北京：外語教學與研究出版社，2009 年），頁 61。英國學者波斯奈特曾指出：「用比較法來獲得知識或者交流知識，在某種意義上說和思維本身的歷史一樣悠久，因為儘管一切思維和推理是單個主體主觀地進行的，但是一種思想、一種理論要想獲得證明，要想被人接受和流傳，必須借助於與其他思想和理論的比較。在此意義上，波斯奈特將比較稱之為支撐人類思維的『原始的腳手架』。」詳見詳見劉捷等主編：《二十世紀西方文論》（北京：外語教學與研究出版社，2009 年），頁 54。由波斯奈特所言，可以看見於 19 世紀時，文學研究的比較，不再只是一種研究方法，更是自覺肯定比較方法的必要與價值，這種自覺的態度，正是比較文學啟蒙時期的重要精神。

把每一個事實加以解釋；是擴大認識的基礎，以便找到盡可能多的種種結果的原因。總之，『比較』兩個字應該擺脫全部美學的含義，而取得一個科學的含義。」「從各國不同的文學中取得的類似的書籍、典型人物、場面、文章等並列起來，從而證明他們的不同之處和相似之處，除了得到一種好奇心的興味、美學上的滿足，以及有時得到一種愛好上的批判以至於高下等級分別之外，是沒有其他目標的。」〔註2〕「它可以在各方面延長一個國家的文學史所獲得的結果，……它絕對不想去代替各種本國的文學史：它只補充那些本國的文學史並把它們聯合在一起。同時，在它們之上，紡織一個更普遍的文學史的網。」〔註3〕

　　梵‧第根是較早系統闡釋比較文學的學者，法國派亦在他手上逐漸具體。梵‧第根的意見有三個重點，其一，深化比較文學的「二元關係」；梵‧第根認為，國別文學、比較文學與總體文學三個概念並不相同，他首次將它們區分開來，以深化比較文學的跨國界特質，建立了比較文學中兩國之間的二元關係基礎。簡要而言，國別文學為一國文學問題，比較文學涉及兩國，三國以上則稱為總體文學，加入民族文學、世界文學的概念的話，可以以以下簡表看到其相關關係：

　　民族文學 → 國別文學 → 世界文學 → 總體文學（文學理論）

梵‧第根所代表的法國學派，其所論述的比較基本上是以國別文學到總體文學之間為主。〔註4〕其二，強調比較文學的「科學含義」；〔註5〕梵‧第根所

〔註2〕詳見劉捷等主編：《二十世紀西方文論》（北京：外語教學與研究出版社，2009年），頁17。

〔註3〕詳見劉捷等主編：《二十世紀西方文論》（北京：外語教學與研究出版社，2009年），頁55。

〔註4〕法國學派的比較文學，其比較本體是以國家為主體，兩國之間的比較，為法國學派所認為的比較文學，涉及更多比較主體者，則為總體文學。李賦寧〈什麼是比較文學〉描述國別文學與總體文學之間的關係：「比較文學可以被看成是連接國別文學和總體文學的橋樑。總體文學研究是文學研究的最高目標，因為它研究的問題是文學作品的一些最普遍、最根本的問題。總體文學的研究方法是從世界文學史（即國別文學總和的歷史）中提取若干有代表性和傾向性的因素來進行比較和綜合研究，或從世界文學史中提取關於文藝作品類型的理論（theoriegenres），以便制訂出總體文學類型的理論和規律。」可以參之，詳見李賦寧：〈什麼是比較文學〉，《國外文學》第三期（北京：北京大學，1983年），頁24。

〔註5〕比較文學法國學派重視實證與科學，法哲學家孔德（AugusteComte）便指出實證主義影響了法國學派，實證精神奠定了法國學派於比較方法上講究科學、重視證據的比較方法；楊乃喬甚至把這方法舉與清代考證學相比擬：「法國學

認同的比較文學，與其它歷史學科的科學含義並無不同，更甚者，他還直接切斷了比較文學追求美學的可能。其三，在講究科學與影響關係的基礎上，梵・第根提出：整個比較文學研究的目的就是刻劃出一條「放送者」—「傳遞者」—「接受者」的經過路線。法國學派便在此梵・第根的體系中漸次成形，致使放送者（流傳學、譽輿學）、傳遞者（媒介學）、接受者（淵源學）成為法國學派的三大支柱。

　　不過，法國學派重視科學，重視實證關係的特色，在過度發展之後，引來了一些反對的聲音，譬如義大利克羅齊（CroceBenedetto，1866～1952）便批評道：「我不能理解比較文學怎麼能成為一個專業？」〔註6〕「比較文學使用比較方法，作為一種簡單的研究工具，比較的方法不能為一專門研究領域劃出完整界線。」〔註7〕強調法國學派的實證方法，只是研究方法，而非全部；甚至美國學者列文（HarryLevin，1912～1994）更指出法國學派的研究主體失焦：「（法國學派）興趣不在文學本身，而是在文學的邊緣」，〔註8〕認為法國學派所關注的，已非文本本身，非文學本身，而是文學的邊緣，反主為客了。這個反對的聲浪，被稱為比較文學的第一次危機。曹順慶指出，在這次的檢討聲浪下，造成以下4點影響：

1. 關於比較文學的學科合法性問題
2. 對比較文學堅持的「影響」研究提出質疑
3. 在「影響觀」的作用下所產生的主題學，亦感到不滿
4. 對比較文學「文類學」的傳統持否定意見〔註9〕

這股反對法國學派的聲浪，其本質是對於過度講究實證主義的反省，具體反對的對象，包括反對瑣碎的歷史考證、反對唯科學主義，反對歷史相對主義，

派的影響研究崇尚文獻與考據，在方法論上與中國清代乾嘉學派崇尚的經學或樸學有著共同的方法論意義。」詳見楊乃喬主編：《比較文學概論》（北京：北京大學出版社，2014年），頁67。

〔註6〕詳見樂黛雲：《中西比較文學教程》（北京：高等教育出版社，1988年），頁50。

〔註7〕詳見劉獻彪主編：《比較文學自學手冊》（長沙：湖南文藝出版社，1986年），頁149。

〔註8〕此語源自列文：《比較的基礎》，列文主張多元文化主義，反對歐洲中心，首先提出「主題學」研究，使主題學成為比較文學美國學派的平行研究中一重要部份。相關論述可參考曹順慶：《比較文學學科史》（成都：巴蜀書社，2010年），頁92～93。

〔註9〕可見曹順慶：《比較文學學科史》（成都：巴蜀書社，2010年），頁47、209～216。

是對於比較文學是否足以稱得上是一門獨立學科的反省，也是對於法國學派
所主導的影響研究的反思，美國勒內・韋勒克（René Wellek，1903～1995）寫
於 1958 年的〈比較文學的危機〉一文，是針對法國學派的挑戰而來，提到：
「真正的文學學術研究關注的不是死板的事實，而是價值和質量。正因為如
此，文學史和文學批評之間並沒有區別可言。即便最簡單的文學史問題也需
要作出判斷。……沒有選擇標準，不描繪人物特點並對之作出評價，就無法
寫出文學史，否定批評的重要性的文學史家們，自己就是不自覺的批評家，
而且往往是承襲傳統標準、承認傳統聲望的人云亦云的批評家。」「在比較文
學和總體文學之間構築一道人造的藩籬，是絕對行不通的，因為文學史和文
學研究只有一個對象，就是文學。」﹝註 10﹞韋勒克提出「法國學派」一詞，
以區分新興美國學派，更以「實證主義」此一術語稱呼法國學派，〈比較文學
的危機〉的內容，宣示著美國學派的正式成熟。

關於美國學派的發跡，一般認為，美國沙克福德（Shackford，1815～1895）
是首開美國比較文學研究的先河。1871 年演講「總體文學還是比較文學」是
第一次相關演講，之後更撰寫成書。查爾斯・蓋利（哥雷 GayleyGeorge，1855
～1932）則是另一位先驅人物，其寫於 1903 年的〈什麼是比較文學〉便提到：
比較文學應該是不折不扣的文學理論，不應沾染過多的政治色彩。這些主張
奠定了美國學派打破國家、民族，重視文學性的研究傾向。韋勒克《文學理
論》：「比較文學和總體文學不可避免會合而為一。可能最好的辦法是簡簡單
單地稱之為『文學』。……文學是一元的，猶如藝術和人性是一元的一樣。」
﹝註 11﹞韋勒克《文學理論》認為梵・第根所主張的國別文學到總體文學之間
的界線，必須打破，並以唯一的「文學」內涵加以統攝，這是比較的唯一本
體。亨利・雷馬克（HenryH.H.Remark）寫於 1962 年的〈比較文學的定義與

﹝註 10﹞ 相關引文可見樂黛雲、陳躍紅、王宇根、張輝著《比較文學原理新編》（北京：
北京大學出版社，2005 年 4 月 12 刷），頁 114。實際上，韋勒克對於法國學
派的批評更為直接，曹順慶便整理出 4 點，包括（1）基亞為外緣研究，非文
學本身的研究，將使文學淪為社會學、民族心理學、通史。（2）以實證主義
為中心，排斥文學批評，是狹隘的歷史主義，開學術之倒車。（3）比較文學
與一般文學的二分法不當。（4）這是帶有偏見的研究，表現出狹隘的沙文主
義。詳見曹順慶：《比較文學學科史》（成都：巴蜀書社，2010 年），頁 288。

﹝註 11﹞ 詳見美・René Wellek 勒內・韋勒克、Austin Warren 奧斯汀・沃倫著，劉象愚、
刑培明、陳聖生、李哲明譯："Theory of Literature"《文學理論》（北京：江
蘇教育出版社，2005 年），頁 44、45。

功用〉一文，亦提到：「如果影響研究在範圍上僅關注於查找與證明一種影響的存在，那麼這種影響研究可能遮蔽更重要的藝術理解和評價的問題。」〔註12〕簡單來說，法國學派過度重視實證關係上的研究，最後將比較文學視為是種歷史學科，而非文學學科，是以美國學派代表學者雷馬克等人，認為這將本末倒置，反而忽略了更重要的美學價值。〈十字路口的比較文學：診斷、治療和預測〉便如此比較：「（法國學派的）基本設想是，比較文學是一個歷史學科，而不是美學學科，與它發生關係是，也應該是『具體的現實』，是不同民族的作家、作品，讀者和評論家之間真實的、有意識的和可見的聯繫。」〔註13〕以牆為喻，單一國家的國別文學是在牆內的研究，比較文學跨過牆去，而總體文學則高於牆之上，以突破牆的阻礙為目標，尋求每道牆內與牆外的共性。

比較文學在法國學派、美國學派之後，又有所謂的中國學派，1977年，李達三〈比較文學中國學派〉發表於《中外文學》6卷5期，具有宣告意味：「受到中國古代哲學的啟示，中國學派採取的是不偏不倚的態度，它是針對目前盛行的兩種比較文學學派——法國學派與美國學派——而起一種變通之道。」〔註14〕李達三以不偏不倚的中庸之道描述中國學派，當介於法國學派與美國學派之間，這與後來曹順慶所定義的中國學派有所差異，曹順慶《論比較文學中國學派》：「法國學派和美國學派已經跨越了兩堵牆：第一堵是跨越國家界線的牆，第二堵是跨越學科界線的牆。而現在，我們在面臨著第三堵牆，那就是東西方異質文化這堵牆。」〔註15〕所謂中國學派，基本主軸是跨東、西方文化的比較，正如曹順慶所言：

〔註12〕詳見美・HenryH.H.Remark 雷馬克：" ComparativeLiterature：Methodand-perspective"《比較文學之方法及其內涵》論文集。

〔註13〕關於法國學派發展的侷限性，〈十字路口的比較文學：診斷、治療和預測〉有不少討論，相關言論又如：「法國比較文學是以進一步擴展法國文學研究為起點的。過去，它主要研究法國文學在國外的影響和外國文學對法國文學的貢獻，現在仍然如此。」亦可參考。詳見北京師範大學中文系比較文學研究組選編：《比較文學研究資料》（北京：北京師範大學出版社，1986年），頁66、74。

〔註14〕詳見李達三：〈比較文學中國學派〉，李達三、羅鋼主編：《中外比較文學的里程碑》（北京：人民文學出版社，1997年），頁4。

〔註15〕關於比較文學中國學派，在台灣的相關研究如古添洪、陳慧樺所著《比較文學的墾拓在臺灣》（臺北：東大圖書公司，1985年），以闡發法舉起了中國學派的旗幟，又有「雙向闡發法」之假說。在中國則屬曹順慶研究甚多，1995年，曹順慶〈比較文學中國學派基本理論特徵及其方法體系初探〉，對中國派

> 如果說法國學派學科理論引發的危機是一種學科收縮的危機，或
> 者說是「人為的設限」而形成的危機的話，那麼，在批判法國學
> 派中誕生的美國學派的學科理論，則從它誕生的那一天起，便面
> 對著擴張的危機，或者說是沒有設限的漫無邊際的無限擴張的危
> 機。〔註16〕

法國學派是以法國文學為核心，向外擴張去與別國文學相比較，而美國學派
的興起，一部分原因便是這種法國中心論的反彈，弭平法國文學之核心，轉
以美學理論為核心。而最晚崛起的中國學派，則可視為是西方文化核心的反
彈，將長期被忽視的中國文學文化審美標準，放上比較文學的總體文學上，
一較異同。

　　曹順慶曾用「上旋的漩渦」來說明比較文學學科發展三階段，強調這三
階段理論雖然各有側重，然其實際上卻未曾太過離譜偏離。筆者以為，曹氏
這個比喻雖然比「打破三層牆壁」的比喻更接近比較文學學科史的相對關係，
不過卻又太過偏重於三種學派的立場，是以其「差異」為立足點的觀察；實
際上，所謂比較文學學科是否真的需要區分為法國學派、美國學派、中國學
派？是否真的應該如此區別呢？一直以來都有不同的聲音，例如當韋勒克提
出「法國學派」一詞之當時，是含藏批評的意思，在韋勒克眼中是具有批判
意謂的貶意的。而在 21 世紀初的佳亞特里‧斯皮瓦克（GayatriC.Spivak，1942
～），更直接宣佈「學科的死亡」，否定美國學派的存在。就這樣看來，如果從
「相同」之處作立足點的話，那麼比較文學的發展則更接近「一把甩動的拂
塵」，實心的中軸便是比較文學的真正核心。

　　以「一把甩動的拂塵」這個比喻來檢視比較文學歷史。起初，比較文學
的發展相容影響研究、平行研究等範疇，而當義人克羅齊登高一呼比較文
學的學科獨立價值的合法性時，法學者才從幅軸中間向外延伸，另闢科學
性、歷史性等特質，並賦予在其比較文學理論之中，以對應克羅齊的挑戰；
這樣深具特色的比較文學學科，便是曹順慶所觀察到的第一層漩渦。法國
學派如同拂塵之毛，因為與幅軸之間仍存在著具體的連接，所以即便甩地

　　做了一次整理，古添洪〈中國派與台灣比較文學的當前走向〉指出此篇論文：
　　「最為體大思精，可謂已綜合了台灣與大陸兩地比較文學中國學派的策略與
　　指歸，實可作為中國學派在大陸再出發與實踐的藍圖。」
〔註16〕曹順慶：〈緒論：比較文學學科理論發展的三個階段〉：《比較文學學科史》（成
　　都：巴蜀書社，2010 年），頁 11。

再遠，都不曾離開比較文學的範圍；也因為這具體連接的束縛，使得法國學派的發展終究有個極端，這個極端便是韋勒克所提出的第二次挑戰。在此之後，研究者把「法國學派之外」的美國比較文學學者稱之為「美國學派」，這便是曹順慶所說的第二層漩渦，也即便是拂塵繞到極致之後的反轉。法國學派影響研究為求特色的發展，而走入了死胡同，美國學派的平行研究亦是如此；平行研究雖然繞出了影響研究的困境，卻也隨著發展而逐漸產生不同的聲音，致使最後又產生了中國學派的聲音。這是曹順慶所說的第三層漩渦，亦即是拂塵又一次的旋繞與翻轉。正因為比較文學學科的歷史至今只有百餘年，仍然深具生命力，所以諸此缺陷尚且能夠克服改進，並且進一步成熟，正如「一把甩動的拂塵」般，甩動的各異姿態，其實只是各個發展階段的歷史紀錄，並非比較文學學科的最終型態；更值得關注的，是其能量的泉源所在，亦即其實心的輻軸。在百餘年的發展中，拂塵通過了許多內在旋力、外在拉力的挑戰，仍然屹立不搖，甚至愈挫愈勇，從「求同」的角度來看比較文學學科，這裡才是真正的價值所在。是以當我們認知到這點之後，將可以不再自縛於學派之間的偏頗，並且以更為開放的眼光來看待比較文學的成績。

第二節　從比較到影響理論

比較文學的三階段學派，引導出許多比較技巧與方法，各有側重，然而學派的界定與發展，其實並不等同於真理，反而可能切割了比較文學本本質。巴登斯貝格（F.Baldensperger，1871～1958）是早期法國學派的學者，他的意見極有意思：

> 起初大多數的情況是這樣的：愛國主義的敏感性把原來學說上、
> 習慣上和趣味上的對立加深了。國別文學一被喚醒，義大利人、
> 法蘭西人、德國人和英國人，各自玩弄了一種歸根結蒂為了鼓勵
> 本國文學創作的手段。今天，當這些作品開出豐碩果實的時候，
> 他們又尖刻地將它們的價值進行比較，而這些價值往往是無法估
> 量的。
> 僅對兩個不同的對象同時看上一眼就作比較，僅僅靠記憶和印象
> 的拼湊，靠一些主觀臆測想把可能遊移不定的東西扯在一起來找

類似點，這樣的比較決不可能產生論證的明晰性。〔註17〕

這兩段文字，前者提到法國學派與愛國主義之所以連結而偏離文學研究的起因，後者提到美國學派過度擴張、隨意比較之後的弊病；巴登斯貝格作為比較文學的始肇之一，其眼界未曾自限於某種學派，對於後來的法國學派、美國學派的發展侷限，以於此預見，這番意見是更貼近比較文學本質的姿態。〔註18〕

檢討比較文學定義的聲音，一直以來未曾中斷，可喜的是這些紛擾並未滿足於自立門派劃地自限，亦未因應標籤的貼設而止步，近來有愈來愈多的聲音更是直截打破所謂法國學派、美國學派等名詞分野，如艾田伯《比較不是理由》一書，即認為應當結合法國學派的歷史實證以及美國學派的文學批評，便是一例；另有一類主張試著從比較文學的核心價值，直取比較文學的新定義：

> 一言以蔽之，比較文學研究的基點——本體就是比較視域，比較視域就是比較文學的本體。……實際上，當比較文學研究者對兩種民族文學或文學與其他相關學科進行跨越研究時，就是以自己的學術思考對雙方進行內在的透視，以尋找兩者之間的材料事實關係、美學價值關係與學科交叉關係。所以「視域」已經超越了它在日常用語中的一般意義，在比較文學這裡是指一種多元觀察的、多視點透視的研究視野，我們把它總稱為「視域」。〔註19〕

把比較文學學科定義為比較視域的探尋，並且藉以建立一個具系統性、普遍

〔註17〕詳見巴登斯貝格 F.Baldensperger：〈比較文學：名稱與實質〉，干永昌、廖鴻鈞、倪蕊琴選編：《比較文學研究譯文集》（上海：上海譯文出版社，1985年），頁33。

〔註18〕曹順慶在研究比較文學發展的歷史時，亦留意到這般跨越門派的見解，其謂：「比較文學學科理論不是線性的發展，不是「弒父」般的由後來的理論否定先前的理論，而是層疊式地、累進式地發展。後來的理論雖新，但並未取代先前的理論。」「歐洲早期的比較文學學科理論並非僅僅著眼於『影響研究』，它內容豐富、範圍廣泛，已經蘊含了影響研究、平行研究和跨學科研究，一開始就具備了世界性的胸懷和眼光。」這些看待比較文學各種學派的觀點，相較客觀，是以異中求同的方式來理解其歷史脈絡的。詳見曹順慶：〈緒論：比較文學學科理論發展的三個階段〉，《比較文學學科史》（成都：巴蜀書社，2010年），頁2、4。

〔註19〕詳見楊乃喬主編《比較文學概論・本體論》第二章（北京：北京大學出版社，2014年），頁109～110。

性的文學脈絡，這即是比較視域所追求的；相對而言，兩個獨立作家、兩篇獨立作品的單一比較，這只是比較文學的過程與方法，只是文學的比較而已，若止步於此，則其研究結果勢必是零散而片段的。

　　美學者烏爾利希・韋斯坦因（UlrichWeisstein）所主張的比較文學，則是較不拘泥於法、美學派的，其著作《比較文學與文學理論》提到：「在我看來，只有在一個單一的文明範圍內，方能在思想情感、想像力中發現有意識或無意識地維繫傳統的共同因素。」「如果文學研究降格為一種純粹的材料堆砌，那就喪失了它的神聖性，因此文學作品的美學特徵就不再被看重了。」「（像雷馬克）把研究領域擴展到那麼大的程度，無異於耗散掉需要鞏固現有領域的力量。因此作為比較學者，我認為現有的領域不是不夠，而是太大了。」[註20]韋斯坦因強調的是同源性與類同性，就法國學派、美國學派而言，韋斯坦因無疑具有折衷的趨向，他同時批評到法國學派實證方法上宛如「材料堆砌」，亦意識到美國學派過於空泛的比較範圍，他把比較文學條列為以下七大類：

1. 影響與模仿（influenceandimitation）
2. 各文學間接受關係
3. 文學時代與潮流
4. 文學種類（genre）
5. 主題（thematology）
6. 各藝術間互相闡明的關係（themutualilluminationofarts）
7. 文學史演變

這七大類中，「影響」是他所重視的一個環節，其謂：

> 「影響」應該被認為是比較文學研究中十分關鍵的一個概念，因為它把兩個有所區別的，因而也是可資比較的實體放在一起：發生影響的作品和影響所及的作品。……正如韋勒克指出，在一個民族文學範圍內的影響研究和超越語言界線的兩種文學之間的影響研究，並沒有本質和方法上的不同。二者之間的區別僅僅在於，後者所考察的是兩種不同語言所寫的作品，因此，迫切需要對語言障礙作出解釋。[註21]

〔註20〕詳見美・UlrichWeisstein 烏爾利希・魏斯坦因著、劉象愚譯：《比較文學與文學理論》（瀋陽：遼寧人民出版社，1987 年），頁 5、25。

〔註21〕這段文字乃韋斯坦因語，相關討論可參考樂黛雲、陳躍紅、王宇根、張輝著《比較文學原理新編》（北京：北京大學出版社，2005 年 4 月 12 刷），頁 94。

韋斯坦因在抨擊過去法、美學派的侷限後，提出比較文學的七個重點，其中「影響」被他特別強調，其引韋勒克的意見，說明所謂影響的本質與方法，並不限於比較客體之間是否跨越兩種民族、兩種語言，這樣論述的「影響」，是視影響為方法論，為一種比較研究的方法，已與過去的法國學派的實證精神、文學史學的核心概念，並不相同。相對的，其視過去以國別為比較的基礎為對於「語言障礙」的解釋，這反而是對於文本理解的門檻，於比較研究有所阻礙，而非比較的必要條件。〔註22〕

瑞典學者赫梅倫（GoranHermeren）曾在《藝術與文學中的影響》一書中，提出影響要有三層關係：

1. 時間關係

2. 因果關係

3. 可見性：影響的痕跡（traces）

赫氏以X、Y表示作品，A表示X之作者，B表示Y之作者，在時間關係上，X需發生在Y之前；在因果關係上，若X影響Y，則B必曾與X有過直接或間接的接觸；若X影響Y，則Y中必可看出X的成分，此即影響的痕跡。〔註23〕時間關係表示影響關係的先後順序，因果關係表示影響關係的實際接觸，可見性則表示其具體的影響跡象，此三者條件，並不以跨國別、跨語言、跨文化作為條件，實際上，跨國別等條件嚴格來說，客觀環境並不容易達成，陳思和〈二十世紀中外文學關係研究中的「世界性因素」的幾點思考〉便提到：「真正的影響研究，大約只能是在國與國之間的文化交流非常貧乏的情況下才能存在。……也就是我所說的『非常封閉的環境』，影響研究才能具有絕對的意義。」〔註24〕

〔註22〕關於比較研究是否需要以跨國別、跨語言、跨文化為必要前提的問題，由於比較研究始於法國學派，其發展始於法國本位主義，故其比較對像是以跨國別、跨語言為主的，這也奠定了比較研究的基礎，如法國朗松（GustavyLarson）著有《文學史的方法》（1924），便認為外國影響研究有四種，最值得注意的是：真正的影響，是一國文學中的突變，無以用該國以往的文學傳統和各個作家的獨創性來加以解釋時在該國文學中所呈現出來的情狀——究其實質，真正的影響，較之於題材選擇而言，更是一種精神存在。相關討論可參考樂黛雲、陳躍紅、王宇根、張輝著《比較文學原理新編》（北京：北京大學出版社，2005年4月12刷），頁95。

〔註23〕相關討論可參考張漢良：〔比較文學的影響研究〕，《比較文學的理論與實踐》（臺北：東大圖書公司，2004年），頁51。

〔註24〕詳見陳思和：〈二十世紀中外文學關係研究中的「世界性因素」的幾點思考〉，《中國比較文學》第一期，2001年。

換句話說，在資訊、交通越流通的環境中，跨國別的變動因素便越多，更顯不那麼必要，正如〈比較文學的法國學派和美國學派〉一文所說：「目的在於顯示一部文學作品的藝術特徵，被比較的作品之間就不一定要有遺傳關係。強調的重點在於『比較』。它可能顯示某種關聯性。但這種關聯性可能與作者 A 在寫作品 C 時是否認識外國作家 B 這一問題毫無關係。」〔註25〕比較的目的在於顯示兩部作品的某種關聯性。

　　關於影響的關聯性，《文學理論批評術語匯釋》對「影響」一詞有如此描述：「鑑於影響這個概念難以精確界定，法國學者曾經為它的複雜和不易掌握而感到困擾，美國學者也因其著眼於溯本追源的研究忽視作品的藝術分析而有不同看法，但比較文學者們大都認為，影響的存在是不可否認的。」〔註26〕影響的補捉是不容易的，借用赫梅倫所說的影響三層關係，法國學派大抵偏重於文本間的時間、因果關係，美國學派則恰好相反，並不重視文本的時間、因果關係，〔註27〕然而無論其比較研究立基於何種立場，其目的都在在於去捕捉其文本的關聯性。是以本論文藉由源自西方的比較文學的方法論，仿效其比較的各種技巧，以作文本論文考究《藝概》與《文心雕龍》的影響關係。舉例而言，梵・第根於《比較文學論》提出的術語：類同（affinity），謂：「作品之間存在著顯著的類同，它首先令人感到可能存在著『影響』，但深入研究卻發現二者之間並不存在『影響』的問題」，這樣的情況被梵・第根歸入總體文學研究中，這個術語概念也成為後來美國學派的核心價值之一，如奧爾德里奇《比較文學：內容和方法》：「類同，係指沒有任何關聯的兩部作品在風格、結構、情調或觀念上的相似。」〔註28〕換句話說，比較研究中若文本之間有著具體而明確的影響痕跡，那可能是明引、暗用，若缺乏具體的影響關係卻相似著，則可以視為是種契合關係；若文本之間的觀點是相近的，則可

〔註25〕詳見樂黛雲、陳躍紅、王宇根、張輝著《比較文學原理新編》（北京：北京大學出版社，2005 年 4 月 12 刷），頁 108。

〔註26〕詳見王先霈、王又平主編：《文學理論批評術語匯釋》（北京：高等教育出版社，2006 年），頁 872～873。

〔註27〕這個觀點，古添洪、陳慧樺《比較文學的墾拓在台灣》亦有類似看法：「簡言之，法國派注重文學的影響，美國派注重類同與相異。究其實，兩派實可互補。」詳見古添洪、陳慧樺：《比較文學的墾拓在台灣・序言》（臺北：東大圖書公司，1985 年），頁 1、2。

〔註28〕關於「類同」術語的引述，詳見王先霈、王又平主編：《文學理論批評術語匯釋》（北京：高等教育出版社，2006 年），頁 874。

能是互通、相似等關係，若觀點是不同的，則可能是轉化、衍義，甚至是刻意誤讀的相反影響關係。〔註29〕《比較文學術語匯釋》關於「影響」一條目寫道：「就辭源本意而言，指某種力量的運動對另一方所產生的作用或反作用。……不是一方的單向施予和另一方的被動接受，而是指雙方的相互作用和彼此滲透，有時包括對輸出的排斥、拒絕和否定。」〔註30〕這說明了兩位學者或兩部文本的比較研究，將因為比較而產生的各式各樣的影響關係，也說明著在文學比較的過程中，影響研究，將是比較研究的課題中不可或缺的一環。王佐良〞On Affinity Between Literatures〞一文提到：

Affinity works in all sorts of ways.It is not restricted to any one period,but can cut across centuries.Revival of interest in ancient authors shows affinity at work between one generation and another……Perhaps the most thought-provoking kind of affinity is to be found where people least expect it:between literatures of widely divergent languages and traditions.〔註31〕

王佐良以契合（affinity）的概念來闡釋文本之間的影響關係，其謂契合會以各

〔註29〕關於誤讀，又稱為創造性誤讀，最著名的是美國 Harold Bloom 哈羅德·布魯姆所著《影響的焦慮：一種詩歌理論》（The Anxiety if Influence:A Theory of Poetry），指出：「詩的影響──當它涉及到兩位強者詩人，兩位真正的詩人時──總是以對前一位詩人的誤讀而進行的。這種誤讀是一種創造性的逆反，實際上必然是種誤譯。」（南京：江蘇教育出版社，2006 年）。不過實際上，劉熙載對於受到劉勰的影響而導致的「影響的焦慮」，或許並非這麼明顯，以《影響的焦慮》所提到的六種修正方式之一的「魔鬼化」（Daemonization）為例，徐文博闡釋此法為「朝向個人化了的『逆崇高』的運動，是對前驅的『崇高』的『反動』。……詩人在他的詩作裡將這種力量和前驅者原詩之關係固定化，從而以歸於一般的方法抹煞前驅詩作中的獨特性，這樣便完成了魔鬼化運動。」劉熙載《藝概》中大量引用著《文心雕龍》，其企圖正好相反，劉熙載正欲藉由《文心雕龍》的「崇高」，以正視其藝，以《文心雕龍》之旗幟，成就其說，他並不以推翻、導正劉勰以為目標的。關於徐文博的譯解，可見美·Harold Bloom 哈羅德·布魯姆著，徐文博譯：《影響的焦慮：詩歌理論》（台北：久大文化，1990 年），頁 14。
〔註30〕相關討論可參考「影響」Influence、「影響研究」Study on Influence 兩條目，尹建民：《比較文學術語匯釋》（北京：北京師範大學出版社，2011 年），頁 431、432。
〔註31〕詳見王佐良：〞On Affinity Between Literatures〞，〞Degrees of Affinity:Studies in Comparative Literature〞《論契合：比較文學研究集》（北京：外語教學與研究出版社，1987 年 8 月），頁 1。

種樣貌呈現,而並不以跨國籍、跨語言、跨學科、跨文化等為必然條件,其中最使人深思者,反而是最讓人意想不到的文本的契合。這是極為開放的影響論觀點,不以西方比較文學傳統的門檻作限,相反的,它反而鼓勵研究者能在不當比、不預期可比之處,找尋契合論之所具備的價值。這樣的開放態度,非常適合本論文的影響研究所需。

第三節　影響研究的必要

　　T.S.艾略特〈傳統與個人才能〉提到:「我們要瞭解一位詩人,應該拿他放在過去大詩人所形成的傳統裡面作一比較。如果不這樣做的話,就不可能定出他的優劣好壞。」這段話說明了,比較研究是研究過程中的必需,而非選擇,而比較之所以可能,可以借助西方比較文學的方法,他山之石可以攻錯,以其比較方法來比較《藝概》與《文心雕龍》的影響關係。

　　從西方比較文學方法轉化為中國文學批評理論的應用,可藉西方較為系統性的研究術語,當然需輔以中國本有的影響研究。關於《文心雕龍》的影響研究,由於龍學研究者眾,不少學者致力於此,不過龍學的影響研究大致上可以區分為溯源(淵源學 Crenology)與影響(流傳學 Doxologie),所謂淵源學,是一種以接受者為出發點的探本溯源的研究,目的在揭示文學上的繼承或因果關係,亦即在探討輸出者(放送者)對於研究文本所起的作用;[註32]實際研究成果來說,即著墨於《文心雕龍》受到哪些前代作品的影響,譬如呂武志《魏晉文論與文心雕龍》、韓玉彝碩士論文《文心雕龍與儒道思想的關係》、顏正賢碩士論文《文心雕龍述秦漢諸子考》等皆屬於溯源、淵源學的研究;所謂流傳學,則是以放送者為研究的起點,以接受者為終點的研究,重點在於尋求流傳的終點以及接受者最終的繼承與創新,[註33]也就是指《文心雕龍》如何影響著後代作品的研究,譬如陳素英碩士論文《文心雕龍對後

[註32] 相關討論可參考「淵源學」Crenology、「淵源研究」Study on Sources 兩條目,尹建民:《比較文學術語匯釋》(北京:北京師範大學出版社,2011 年),頁422。

[註33] 流傳學的研究範圍,譬如放送者的影響力、流傳的途徑方式、接收者的闡釋解讀等等,皆屬之,不過最終目標仍需回歸於對於接受者的影響,亦可於此影響程度,襯出放送者的價值與地位。相關討論可參考「流傳學」Doxologie 一條目,尹建民:《比較文學術語匯釋》(北京:北京師範大學出版社,2011 年),205～206。

世文論之影響〉、陳忠和碩士論文《從劉勰「六觀」論張岱小品文》等皆屬此
類研究，又例如楊明照《增訂文心雕龍校注》一書中的附錄，收錄歷來著錄、
品評《文心雕龍》者，共分著錄、品評、采摭、因昔、引證、攷訂、序跋、版
本、別著、校記等共十類，這些資料一部分屬於目錄學的材料，一部分則可
資作為龍學影響的材料，譬如「品評」類品論《文心》，以見評者口味；如「采
摭」類明引《文心》詞句，「多則連篇累牘，少亦尋章摘句」；如「因昔」類暗
用《文心》，未引其名，卻見其理；如「引證」類引《文心》以驗證己論等等；
這些分類方法可資用於影響研究。本論文收集《藝概》中的《文心雕龍》，便
有參考其分類，詳見本論文附錄。〔註34〕

〔註34〕 楊明照對於此十類的說明，分別如下：「著錄第一：《文心》著錄，始於《隋
志》；自爾相沿，莫之或遺。雖卷帙無殊，而部次則異，蓋由疏而密，漸歸允
當，斯乃簿錄之通矩，不獨舍人一書為然也。」「品評第二：品評《文心》者，
無代無之。見仁見智，言人人殊。閒嘗為之蒐集，共得百有三家。其載諸專
書者，不與焉。歷代之襃貶抑揚，觀此亦思過半矣。」「采摭第三：舍人《文
心》，翰院要籍。采摭之者，莫不各取所需：多則連篇累牘，少亦尋章摘句。
其奉為文論宗海，藝圃琳琅，歷代詩文評中，未能或之先也。涉獵所及，自
唐至明，共得五十六書。清世較近，書亦易得，則從略焉。」「因昔第四：《文
心》一書，傳誦於士林者殆遍。研味既久，融會自深。故前人論述，往往與
之相同，未必皆有掠美之嫌。或率爾操觚，偶忽來歷；或展轉鈔刻，致漏出
處，亦非原為乾沒。然探囊接篋，取諸人以為善者，則異於是。此又當分別
觀也。」「引證第五：「前修之於《文心》，多所運用：引申其說者，有焉；證
成己論者，有焉；徵故攷史，輯佚刊誤者，亦有焉。範圍之廣，已遍及四部。
其影響鉅大，即此可見。今就弋釣所得，依次迻錄如左。世之研治舍人書者，
或亦有取乎斯。」「攷訂第六：《「文心」彌綸群言，通曉匪易；傳世既久，脫
誤亦多。昔賢書中，閒有零星攷訂。其徵事數典，正譌析疑，往往為明清注
家所未具。特為輯錄，以便參稽。孰得孰失，必有能辨之者。」「序跋第七：
《文心》卷末，原有序志一篇，於全書綱旨，言之差備。今之所錄，則後人
手筆，與舍人意趣，固不相同；然時移世異，銓衡自殊，其足邵者，正以此
也。爰迻錄於次，以見一斑。至論述版本及校勘者，亦併錄焉。」「版本第八：
《文心》頗有異本，曾寓目者，無慮數十種，百許部；然多由黃氏輯註本出，
未足尚也。余皆一一詳為勘對，亦優劣互呈，分別寫有校記，並識其行款。
茲特簡述如後，於研討舍人書者，或不無小補雲。」「別著第九：舍人文集，
《隋志》即未著錄，亡佚固已久矣。今輯得二篇，皆完整無缺。原集雖不復
存，亦可窺全豹於一斑也。」「校記第十：《文心》傳世最早之本，當推敦煌
唐寫本殘卷。撰校記者不只一家，繙檢匪易。海外已有合校專著問世，擬轉
載其有關部份，俾讀者便於參稽。潘重規教授研治《文心》有年，多所論述。
曾撰唐寫《文心雕龍》殘本合校，由香港新亞研究所出版。其校文部份，有
助於點勘舍人書，特轉載如左。」詳見氏著：《增訂文心雕龍校注・附錄》（北
京，中華書局，2000年）。

　　關於比較研究的必要，法國學者布呂奈爾（P・Brunel）曾強調影響研究之必要：「一種影響只有在被接受時才變成有創造價值的影響。為此，終點和它產生的創作至少和起點及它引起的作用同樣重要。」〔註35〕布呂奈爾從影響的多寡，來反映文本的價值，這極具啟發意義；以龍學研究為例，研究《文心雕龍》文本本身的論文數量非常多，而研究《文心雕龍》對於後代影響的論文，數量卻甚少，比例懸殊，沈謙《文心雕龍與現代修辭學》一書便曾指出龍學研究的方向有三：一是「洞明章句，尋味義蘊，以印證作品」，二是「上探淵源，下究影響，以貫串源流」，三是「通變古今，斟酌中西，以鎔鑄新說」。〔註36〕其中第二點便涉及影響研究，第三點更攸關古今應用，對比東西，屬於比較文學中國學派的範疇。沈謙《文心雕龍與現代修辭學》一書本身，便是以古觀今，以今證古，從現代修辭學來反證《文心雕龍》的價值。又如黃師維樑在論《文心雕龍》的比較研究時，亦提到比較的需求性：「比較文學先在西方興起，為什麼會成為最近數十年來海峽兩岸三地文學研究的一門顯學？我認為有三個原因。一是『出於好奇心』（curiosity），二是為了『看得更清楚』（clarity），三是『相比見高下』（contest）」，〔註37〕藉由比較，看了清楚，以見異同，對比高下，以得定位。以上兩位關於《文心雕龍》影響研究的論述，皆強調影響研究的重要性。這些觀點，其實都說明著影響研究的重要與必要，這並非僅止於龍學研究而已。

　　是以翻開《藝概》研究史，可以發現其比較研究、影響研究等課題，在晚近二十年來逐漸受到正視，篇幅至今雖然不多，不過足以看見其從無到有的研究趨勢，亦可以預見於本論文之後，《藝概》與《文心雕龍》二書的影響研究仍將持續受到研究者的重視。

〔註35〕法・布呂奈爾《什麼是比較文學》（北京：北京大學出版社，1989 年），頁 77。
〔註36〕詳見沈謙：《文心雕龍與現代修辭學》（臺北：益智書局，1990 年），頁 5～6。
〔註37〕詳見黃師維樑：《中國文學縱橫論》（臺北：東大圖書公司，1988 年），頁 1～4。

第三章 「成一家之作」:《文心雕龍》與《藝概》之著作動機

關於劉勰《文心雕龍》與劉熙載《藝概》二書的創作動機,《文心雕龍》的寫作動機,劉勰在〈序志〉談的很多,〈諸子〉篇中亦有大量資訊顯示劉勰是以怎樣的姿態來寫作《文心雕龍》的,簡而言之,《文心雕龍》是劉勰一家之言的結晶、成果,他是自我期許為子家而作《文心雕龍》的,關於子家的概念,劉勰於〈諸子〉寫道:「君子之處世,疾名德之不章」,這是他對於聲名不顯的憂慮,也是其創作動機所在,故其舉「入道見志」、「述道言治」、「枝條五經」、「一家之言」等概念涵攝子家,這也便是劉勰所追求的自我實踐的具體目標。而這樣的自我期許,落實於文本撰述時,亦將反映在《文心雕龍》的全書結構與論述焦點,其創作動機是一源頭,牽一髮而動全身地影響著《文心》全書的架構。至於劉熙載《藝概》,其成書基本上是他多年講學的累積,關於撰述動機,劉熙載並不若劉勰留下這麼多線索,少了刻意為之,反而更近於水到渠成般自然,在很多細微處,可見他們的相似與契合之處。

本章先就劉勰與劉熙載二人身處時代,分析他們如何看待自己著作的四部定位,進而驗證他們如何期許自己成為傳統子學家的行列;再者,當自我期許碰撞到現實的挑戰時,子學家的作品如何「藏器以待時」?劉熙載如何亦步亦趨地仿效劉勰全書的架構?以至於劉熙載《藝概》最重要的批評原則「概」,為何會是他的最重要的批評策略呢?其來何自?筆者以為,這些答案可以在對比《文心雕龍》與《藝概》當中,突顯出其模仿與影響,藉由對照,可以找到答案。

第一節 「逐物實難」的客觀條件

　　生命的脆弱與渺小，是每個有機生命無法跨越的障礙，譬如時間，譬如健康，譬如死亡，在這些大限之前，每個偉大的詩人、學者的身形，都顯得如此卑微弱小。於是乎，孔子有「逝者如斯」之慨，曹丕有「年壽有時而盡，榮樂止乎其身，二者必至之常期」之憂，個人之渺小，生命的短促，成為一種生命的必然，無法透過任何方式加以突破、解決，這些感嘆也成為了文學史上常見的感懷。束手無策的嚷嚷，不是書寫的目的，相反的，古來作家以訴諸著作，作為宣洩的出口，如司馬遷〈報任少卿書〉：「欲以究天人之際，通古今之變，成一家之言。草創未就，適會此禍，惜其不成，是以就極刑而無慍色」，成一家之言，成為了突破死亡的缺口。

　　面對這般生命的必然，無法逃避的終結，劉勰於〈序志〉中也留下不少類似的憂思，其言：「形同草木之脆，名逾金石之堅，是以君子處世，樹德建言，豈好辯哉？不得已也！」這樣的不得已，不是指著作本身之不得已，而是面對生命必然結束的不得不抵抗的頑強。是故，成一家之言的企圖，來自於對於生命短促的反擊，〈報任少卿書〉說的好：「西伯拘而演周易；仲尼厄而作春秋；屈原放逐，乃賦離騷；左丘失明，厥有國語；孫子臏腳，兵法修列；不韋遷蜀，世傳呂覽；韓非囚秦，說難、孤憤。詩三百篇，大抵聖賢發憤之所為作也」，發憤著書，所憤者何？其根本處乃人生之殘缺。人生之必然殘缺，時間之必然告終，這是劉勰等學者、詩人所無法抵擋的，這其實也是他們之所以著作的根本動機，以一種戒慎恐懼的心情。

　　再提到另一種著作時的恐懼，《文心雕龍‧序志‧贊》曰：

　　　生也有涯，無涯惟智。逐物實難，憑性良易。

　　　傲岸泉石，咀嚼文義。文果載心，余心有寄。

〈贊〉曰：「生也有涯，無涯惟智」，這兩句先言有涯，後言無涯，是一個強烈對比；「生也有涯」，說的便是上文所提，是劉勰對於生命短暫的擔憂，而後者「無涯惟智」，說的則是劉勰欲成一家之言的可能性，正由於無邊無涯，以智立言成為一種進路，或者說，由於不可能挑戰有涯之生命，退而求其次地挑戰以著作立言，成為劉勰的選擇。正由於文學智術之無涯，故有著「逐物實難」的困難，這是劉勰所必須去克服的障礙。對比之下，有涯之生命所帶來的障礙，是無法跨越的鴻溝，而無涯之學問所帶來的挑戰，雖謂為難，不過正亦表示著是有著克服的可能的，謂之為難，反而表示著希望。

　　而對於這樣「逐物實難」的難處，劉熙載說的更為明確，其《藝概》一書的寫作方向，根本上其實也就是在探討這個議題。《藝概·序》言:

> 雖然，欲極其詳，詳有極乎?若舉此以概乎彼，舉少以概乎多，亦
> 何必殫竭無餘，始足以明指要乎?

劉熙載身處於傳統學術之末端，其所見識到的「物」，多於劉勰不知繁幾，故其《藝概》中有著更多對此的憂慮;詳實，以求其盡，是劉勰、劉熙載乃至於每一個追求學術真理的學者所追慕的理想境界，然而理想終究只是一種理想，不同於現實，現實上，「詳有極乎?」一個問句，其實不就是劉勰所說的「無涯惟智」嗎?文學學術的無邊無涯，沒有探究完全之可能，這是對於文學學術無邊境的戒慎恐懼。劉熙載身處於傳統學術的尾端，又有著集成之企圖心，當他面對繁雜大量的文學史材料時，他如何總術條理這些材料的呢?以下此則可以窺見他的策略:

> 文之所尚，不外當無者盡無，當有者盡有。故昌黎〈答李翊書〉云:
> 「惟陳言之務去。」〈樊紹述墓誌銘〉云:「其富若生蓄，萬物必具。」
> 柳州〈愚溪詩序〉云:「漱滌萬物，牢籠百態。」〔註1〕

劉熙載認為文學學術的之所尚，在於「當無者盡無，當有者盡有」，此即《藝概》之概的觀點:以少總多，以概納眾。故其多為必要之多，其少為不必要之減。《游藝約言》:「文之善者，疏而不漏;不善者，漏而不疏。」其意見亦稍有類似。

　　總的而言，面對生命的脆弱，以及面對浩瀚無垠的學術，劉勰與劉熙載一同呈現出其敬畏的姿態，卻也又兼具集成、遍評之氣魄，生命有限而學問無限，此中的懸殊帶給二劉的並非恐懼，並非裹足不前，而是更多的勇氣與激勵，《文心雕龍》與《藝概》從原道為始，以各文體為範疇，遍評各代經典作品，以追求那唯一的學術上的真理，對於這真理的稱呼，劉勰謂之「文心」，劉熙載謂之「藝概」，名雖有別，實則一也，徑路雖然不盡相同，然而其企圖與抱負則是相同的。

第二節　「待時藏器」的子家姿態

　　在過去龍學研究中，對於劉勰是個什麼家?《文心雕龍》是部什麼性質的書?一直以來都有不同的聲音。近來，陸續有些反省的聲音，例如游師志

〔註1〕此《藝概·文概》第 315 則。

誠致力提倡劉勰的子學家身分，將劉勰從今之文藝領域，推回至古之經史子集，有謂：

> 劉勰《文心雕龍》雖屬「言為文之用心」之作，且《四庫全書》已著錄為集部「詩文評」。須知此乃後世文論家，據後出文集定義，以今律古，不得不如此之歸類，本無可議。然而，若越出今人之文論，還原至魏晉六朝的「文集」古義，以古釋古，重新審視劉勰其人之學及其著作之性質，將人與書合觀，且置於古代學術史之系統，加以理解，當不難發現，強行將《文心雕龍》劃入詩文評，限定劉勰為集部文論家的談法，實有削足適履之弊。〔註2〕

游師志誠提到以今律古、以古釋古之差異，認為不該以後出的概念限制前人，《四庫全書》的分類反而扭曲了劉勰的著作動機，「自明清兩代始有用『詩文評』觀點看待此書。且至清乾隆時期，《四庫全書總目》收錄此書，始正式定位《文心》為詩文評專書之首。《文心》全書的子家性質亦至此而埋沒不彰，劉勰一生學術自成『專門之學』的特質也因此受到嚴重誤解。」這番意見的正面意義是給予《文心雕龍》是什麼性質的著作一個更為自由的解讀空間，指出更多彈性與可能性。〔註3〕又如戚良德於龍學學會中發表的〈文章千古事——儒學視野中的《文心雕龍》〉，其謂：

> 實際上，不僅是《文心雕龍》的文體論，即使在現代龍學史上備受關注的「創作論」部份，僅僅局限於文藝學視野的研究也仍然是大有問題的。《文心雕龍》的創作論部份，因為其與現代文藝學可以較好地接軌，所以龍學家們普遍認為《文心雕龍》的核心部份是「剖情析采」的創作論，因此對這一部份的研究也最為充分，成果最為豐富。但饒有趣味的是，這一部份的十九篇，實際上得到研究者極大關注的只是開頭的五六篇，而後面的十幾篇與文體論一樣，一直

〔註2〕以上引文，詳見游師志誠：〈《文心雕龍》五十篇內涵子學義理〉，《文心雕龍與劉子跨界論述》（臺北：華正書局，2013年8月初版），頁275。

〔註3〕以上引文，詳見游師志誠：〈導論——劉勰研究文獻及研究方法反省〉，《文心雕龍與劉子跨界論述》（臺北：華正書局，2013年8月初版），頁4。關於劉勰《文心雕龍》的子學家定位，游師志誠論述甚多且深，除〈《文心雕龍》五十篇內涵子學義理〉一文之外，其它如〈文心雕龍的子書性質〉、〈劉勰子集合一的學術源流〉等文中亦有大量論證，可並參。諸文皆收錄於游師志誠：《文心雕龍與劉子跨界論述》一書中。

並未得到充分的研究和重視。〔註4〕

諸此言論,都有助於還原劉勰作論的原始動機,對於文體論二十篇中大量被歸類為「雜文學」的「研究成果」,也將有釐清的空間。以此觀點而觀,劉勰作論有著崇高的實踐自我的目的,而非僅止於品評案上文字而已,這在《文心雕龍》壓軸之篇〈程器〉中有清楚的自剖,其謂:「君子藏器,待時而動。發揮事業,固宜蓄素以弸中,散采以彪外,梗楠其質,豫章其幹;擴文必在緯軍國,負重必在任棟樑,窮則獨善以垂文,達則奉時以騁績。若此文人,應〈梓材〉之士矣。」君子當「待時而動」,所謂動者,即其所言的「擴文必在緯軍國,負重必在任棟樑」,「垂文」之志,終究只是窮潦之志,最終理想目標仍在於「騁績」,這表示劉勰本質上並不自限於詩文評、自限於集部,龍學研究過度集中於創作論的部份,顯然只是《文心雕龍》價值之一隅而已。

而在《藝概》中,也可以看見類似之企圖,例如此則:

> 柳子厚《與楊京兆憑書》云:「明如賈誼」,一「明」字體用俱見。
> 若《文心雕龍》謂:「賈生俊發,故文潔而體清」,語雖較詳,然似將賈生作文士看矣。〔註5〕

「賈生俊發,故文潔而體清」,劉勰評寫於〈體性〉篇,〈體性〉篇重點在於論文與人之各種可能關係,其中行文:「觸類以推,表裏必符」,表裏者,文與人也;是故劉勰批評止於賈誼之文與人,是亦理所當然。至若賈誼之格調,則需考〈程器〉篇;〈程器〉大數前賢荒謬,以為「古之將相,疵咎實多」,而賈誼者則為殊例,不僅無疵,更與屈平並稱「忠貞」之士,謂為「豈曰文士,必其玷歟?」的代表。就〈程器〉的看法,則賈誼不僅具有文士形象,更是難得一見的無玷之士,柳宗元以「明」譽之,實頗相近。對於劉熙載這段評議,可以這樣理解:劉熙載一方面認同賈誼之「明」,一方面又認為賈誼不能僅為一介文士。表面上他似乎對劉勰批評有些微議,實則他對賈誼的評價是與劉勰非常相近的;他們同樣不把作文、文章視為是文壇學者的一切,在文章之上,當有更應追求的目標。這與劉勰的心態的一致的。這樣的概念,在下面此則亦可見之:

〔註4〕詳見戚良德:〈文章千古事——儒學視野中的《文心雕龍》〉,戚良德主編:《儒學視野中的《文心雕龍》》(上海:上海古籍出版社,2014 年 5 月初版),頁 793～794。

〔註5〕此《藝概·文概》第 72 則。

「文麗用寡」，揚雄以之稱相如，然不可以之稱屈原。蓋屈之辭能使
讀者興起盡忠疾邪之意，便是用不寡也。〔註6〕

揚雄以「文麗用寡」評司馬相如，在《文心雕龍・才略》中可以看見劉勰直接
引用此語評價司馬相如；而劉熙載同藉揚雄此語來定位司馬相如，亦同時將司
馬相如與屈平相提並論：「相如好書，師範屈宋，洞入誇豔，致名辭宗。然核取
精意，理不勝辭，故揚子以為『文麗用寡者長卿』，誠哉是言也！」〔註7〕劉勰
從師範誇豔之辭的角度，連結屈平與司馬相如，認為司馬相如僅得其辭，故曰
「理不勝辭」；劉熙載更進一步說明屈平「勝辭」之處，謂屈平能「盡忠疾邪」，
便是「可用不寡」。對比劉勰與劉熙載語，他們同時引用揚雄批語，是字面上的
相同，更重要的是劉勰與劉熙載二人對於文章用途的終極期待，也是一致的。

以上是關於劉勰、劉熙載評賈誼與司馬相如的實際批評，評論對象具有
針對性；再舉一例，可見劉熙載藏器待時的企圖是隨處可見的：

《孔叢子》：「宰我問：『君子尚辭乎？』孔子曰：『君子以理為尚。』」
《文中子》曰：「言文而不及理，是天下無文也。」昌黎雖嘗謂：「辭
不足不可以為成文」，而必曰：「學所以為道，文所以為理」。陸士衡
《文賦》曰：「理扶質以立幹。」劉彥和《文心雕龍》曰：「精理為
文。」然則舍理而論文辭者，奚取焉？〔註8〕

劉熙載繼承劉勰情經辭緯的觀點，認為內在情感應優先於外在辭采，此則可
以見之。此則搜輯諸多關於辭、理關係之論，皆在強調理當重於文；狹義而
觀，這與〈情采〉之情采說可為呼應，情者，抒情之質，理者，論說之質也；
廣義而觀，此「理」其實可視為是子學之符指；游師志誠便分析道：「劉勰文
論情理說有『理』字，明顯表示劉勰受到經子義理之啟發，接受『子家』講述
『道理』之影響。劉勰文論具有濃厚『子家』內涵，並據此建立劉勰自家『子
集合一』的文論特色。」〔註9〕又指出：「〈情采〉篇最末乃以『文質彬彬』的
君子之學作總結，而不是用詩人辭人的情文有多少做總結。」〔註10〕換句話

〔註6〕此《藝概・文概》第47則。
〔註7〕此語見《文心雕龍・才略》。
〔註8〕此《藝概・文概》第249則。
〔註9〕詳見游師志誠：〈文心雕龍與劉子共通情理論〉，《文心雕龍與劉子跨界論述》
（臺北：華正書局，2013年8月初版），頁744。
〔註10〕詳見游師志誠：〈文心雕龍與劉子共通情理論〉，《文心雕龍與劉子跨界論述》
（臺北：華正書局，2013年8月初版），頁769。

說,辭理之理所指涉的,是事理之理,是用事之理,〔註11〕劉熙載引「精理為文」一句,源自《文心雕龍·徵聖》篇,徵聖目的在原道,〈原道〉引《易》之言:「『鼓天下之動者存乎辭。』辭之所以能鼓天下者,乃道之文也。」含道之文者,方足以鼓動天下,劉熙載則謂「舍理而論文辭者」,是不足取者,其義亦一也。

對於劉熙載而言,劉勰的示範與影響並非僅止於文論,試觀〈文概〉此則:

> 劉勰《新論》,體出於《韓非子·說林》及《淮南子·說山訓》、《說林訓》。其中格言,如〈慎獨〉篇「獨立不慚影,獨寢不愧衾」二語,六朝時幾人能道及此!〔註12〕

《新論》即今之所見《劉子》一書,《文心雕龍》承載劉勰的文道文理,《劉子》則承載劉勰的義理思想;劉熙載以〈慎獨〉語「獨立不慚影,獨寢不愧衾」,並大家稱讚,認為此句高度超越時代,足見劉熙載對於劉勰其人的欣賞與敬佩,而非僅止於文章文論上而已。

第三節 「反奇為正」的四部定位

中國學術傳統的目錄學,劉向、劉歆《七略》奠定了基礎;至西晉荀勖《中經簿》,四部分類完成,分為甲、乙、丙、丁四部;至東晉李充作《晉元帝四部書目》,調整順序,將甲、乙、丙、丁四部分別對應於經、史、子、集,確立了四部目錄傳統。〔註13〕四部概念的發展,是個漫長的過程,而劉勰所處的時代,恰逢四部概念萌生階段,《文心雕龍》全書結構在很多地

〔註11〕關於《藝概》中論理之則,數量不少,如〈文概〉第2則:「有道理之家,有義理之家,有事理之家,有情理之家,「四家」說見劉劭《人物志》。文之本領,只此四者盡之。然孰非經所統攝者乎?」第162則引韓愈語:「學所以為道,文所以為理耳。」第250則:「文無論奇正,皆取明理。」第252則:「論事敘事,皆以窮盡事理為先。事理盡後,斯可再講筆法。不然,離有物以求有章,曾足以適用而不朽乎?」〈詩概〉第49則:「陶、謝用理語各有勝境。鍾嶸《詩品》稱『孫綽、許詢、桓、庾諸公詩,皆平典似《道德論》』,此由乏理趣耳,夫豈尚理之過哉?」

〔註12〕此《藝概·文概》第232則。〈賦概〉第128則:「以老莊、釋氏之旨入賦,固非古義,然亦有『理趣』、『理障』之不同。」云云,不及備載,足見其重視文理之態度。

〔註13〕清·錢大昕《元史·藝文志序》:「晉荀勖撰《中經簿》,始分甲、乙、丙、丁四部,而子猶先於史。至李充為著作郎,重分四部:五經為甲部,史記為乙部,諸子為丙部,詩賦為丁部,而經、史、子、集之次始定。」

方，隱隱暗合著經、史、子、集這個界線，如其以〈宗經〉為樞紐，以〈史傳〉
為無韻文體之首，並以〈諸子〉殿於〈史傳〉之後，有言「經子異流」，強調
經、史、子三部各有定位；此外，文體論諸多文體，文術論、文評論所提到的
各式各類集部作家作品，更是散見全書，是為集部的部份。由於這樣的多貌
特性，歷來對於《文心雕龍》一書的分部，一直都有不同的聲音，例如《隋
書·經籍志》、《玉海》將之歸為總集，《袁州本郡齋讀書志》歸為別集，《寶文
堂書目》歸為子類，《新唐書·藝文志》歸為文史類，《四庫全書總目提要》、
《讀書敏求記》歸為詩文評類，又有歸入集部、文集類、古文類、詩文名選
類、雜文類、子雜類、文說類、詩文格評類等等，眾說紛紜。〔註14〕紀昀《四
庫全書》是最接近現當代學術的大部頭目錄學類著作，他把《文心雕龍》劃
分至集部詩文評類，這雖非紀昀首創，不過卻大大影響了現當代龍學學者對
於《文心雕龍》的認識。實際上，《文心雕龍》既然成於四部觀念萌生階段，
它便不必然可以以四部分類完整歸納，四部分類，能夠勾勒出《文心雕龍》
的基礎形貌，卻不該成為它的限制、枷鎖，甚至可以說，《文心雕龍》的許多
成就與價值，是來自於突破四部、跨界四部的。孟子〈離婁·章句下〉第二十
一章：

> 王者之跡熄，而詩亡，詩亡然後春秋作。晉之乘，楚之檮杌，魯之
> 春秋，一也。其事則齊桓、晉文，其文則史。孔子曰：「其義則丘竊
> 取之矣。」

孟子這段文字，寫的是文學學術發展的過程，所謂「詩亡然後春秋」，其表面
所指，雖在描述周平王東遷之後，天下紛擾，天子地位失勢，故不再陳詩，顧
炎武言：「詩亡而列國之事蹟不可得見，於是晉之乘、楚之檮杌、魯之春秋出
焉，是之謂詩亡然後春秋作也。」隨著記載王國歷史文體的失勢，故各國史
體晉乘、楚檮杌、魯春秋接替興起，名雖不同，實則一事。不過實際上，這段
文字更重要的重點，不在強調史體的名異實同，反而是在指出詩與春秋的差
異與進化；詩亡於先，而春秋方起，孟子曰：「孔子成《春秋》而亂臣賊子懼」，
孔子亦自言：「其義則丘竊取之矣」，保留了以詩教化的功能，並寓針砭於一
字之中，以成就史筆的作用。

〔註14〕 楊明照《增訂文心雕龍校注》的附錄之「著錄第一」，收錄歷代《文心雕龍》
所歸何類，可以參之。詳見氏著：《增訂文心雕龍校注·附錄》（北京，中華
書局，2000年），頁625～642。

　　其實，每一代的經典作品，大抵都是建立在前輩經典的萎折之後，才依循而起的，所謂「《詩》亡而《春秋》作」，其實《詩》並未真的夭亡，《春秋》之興起亦不必然與《詩》的式微有因果關係，它所指的是一個時代的典範必然有所興衰，有所更替，《詩》有所興，有所亡，而當《春秋》繼起之後，當亦有所衰敗之時，這是文學發展必然的脈絡。〈辨騷〉開篇：「自〈風〉、〈雅〉寢聲，莫或抽緒，奇文鬱起，其《離騷》哉！固已軒翥詩人之後，奮飛辭家之前，豈去聖之未遠，而楚人之多才乎！」說的也就是這個興衰起伏之脈絡。《文心雕龍》一書的創立，實際上便是建立在「《詩》亡《春秋》作」、「《詩》亡而〈騷〉作」的基礎上，此處表示兩個概念；第一，前代經典的死亡，代表新時代有了新的需求與標準，舊有經典不再能夠負荷，是故經典凋敝。第二，新經典的創立，不只滿足了新時代、新讀者的需求，也同時指引舊經典一個不同的新徑，把舊徑聯繫上新徑，便能聯繫出一條文學的系譜。

　　這樣的系譜，長遠來看，其實就是學術的發展史，也是學術的影響脈絡的痕跡，其形成過程其實並非自然而然，水到渠成，而是後來學者有意仿效前賢，所造就的。孔子《論語‧述而第七》：「甚矣吾衰也！久矣吾不復夢見周公」，孔子自比為周公之後，劉勰〈序志〉：「嘗夜夢執丹漆之禮器，隨仲尼而南行」，這些特意記錄下來的夢境，是他們畢生之志的反映。更進一步說，劉勰作《文心雕龍》的第一步驟，闡釋其文論之樞紐，有一部分便在處理這個問題，其先〈宗經〉，後〈辨騷〉，先四同，後四異，他的策略就是以前代經典為基礎，並作為立論之樞紐，可以說，劉勰別經以立一家之言，這個分道揚鑣的別「經」之「經」，其實就是劉勰作論之「概」念。清章學誠《文史通義‧詩話》評《文心雕龍》，謂之：「勒為成書之初祖」，說明《文心雕龍》是第一部將文學批評成書的著作，這是走在時代先端，具有開創意義的，表示這樣的成書概念是新觀點、新創新，是不該以後來的四部標準加以限制的。〔註15〕

〔註15〕清‧章學誠：《文史通義‧詩話》：「《詩品》之於論詩，視《文心雕龍》之於論文，皆專門名家，勒為成書之初祖也。《文心》體大而慮周，《詩品》思深而意遠；蓋《文心》籠罩群言，而《詩品》深從六藝溯流別也。……《詩品》、《文心》，專門著述，自非學富才優，為之不易，故降而為詩話。沿流忘源，為詩話者，不復知著作之初意矣。」章學誠將詩話的源頭之一指向《文心雕龍》，認為其體大慮周，後之詩話作者才學不及，故「降而為詩話」；這番意見除了說明了《文心雕龍》與詩話的承繼關係，也對於《文心雕龍》開創之功給予極大肯定，章學誠對於時人詩話謂之：「今之為詩話者，又即有小慧而無學識者也。有小慧而無學識矣，濟以心術之傾邪，斯為小人而無忌憚矣，

　　至於劉熙載的著作，他亦從不以集部批評家自居，綜觀他的生平著作，如理學著作《持志塾言》，小學《說文雙聲》、《說文疊韻》、《四音定切》，或是文集、詩詞集等著作，《昨非集》中的《寤崖子》更是以子自喻，至於《藝概》一書，更是處處可見立基橫跨四部之論，相關討論可見下文分析《藝概》全書結構，有更詳細的評論。這些著作性質，可見劉熙載的學問是跨四部的。關於劉熙載屬於四部何部，劉立人〈劉熙載略論〉有這樣的批評：「〈文概〉的首論文之本源，在整個《藝概》中實際上具有總論的性質。這裡承襲了《文心雕龍》「原道」、「徵聖」、「宗經」的主張，不免使劉氏文論從一開始便蒙上了一層儒家衛道思想的霧障。」〔註16〕劉立人的意見分兩部份來說，其一，他是看到《藝概》中原道、徵聖、宗經等元素，而且他直接溯源到劉勰《文心雕龍》，這部份可謂有識；其二，劉氏之所以對於《藝概》這樣的「儒家思想」的特質持有負面評價，根本上是他用四部之框架來衡量並不拘於集部的《藝概》，故其「儒家思想」便成為一種評論的干擾，成為一種「霧障」。實際上，劉熙載承繼劉勰的，顯然不僅僅止於《藝概》的原道、徵聖、宗經的表面主張，劉勰之所以以此作為《文心雕龍》的樞紐，其原因或許亦成為劉熙載作論的核心價值了。觀〈詩概〉此則：

　　　　東坡、放翁兩家詩，皆有豪有曠。但放翁是有意要做詩人，東坡雖
　　　　為詩，而仍有夷然不屑之意，所以尤高。〔註17〕

對於蘇軾、陸遊兩家詩，劉熙載認為陸遊以詩為詩，蘇軾不以詩為詩，蘇軾之所以勝過陸遊，在他不為作詩人而作詩，故境界更高。這樣的評價顯然劉

　　　　何所不至哉？」反襯出《文心雕龍》之難能。詳見清‧章學誠：《文史通義校
　　　　注‧詩話》（北京：中華書局，2004 年），頁 559～561。

〔註16〕詳見劉立人：〈劉熙載略論〉，頁 7。其實，宗經是否成為文學批評的一種「霧
　　　　障」，這顯示的是批評者的立場與角度，如趙敏俐便言：「從一定意義上說，
　　　　20 世紀以來的中國古典文學研究，就是打破了經學權威之後的新的學術研
　　　　究。所以，在經學權威統治之下的時代，無論是魏源的《詩古微》還是康有
　　　　為的《新學偽經考》，它們的出現都曾使學術界驚訝、震動。尤其是康有為
　　　　的著作之出現，更具有著解放思想的非同一般的意義。……在中國也就是打
　　　　破經學權威的時代，，正是由此時而開始的。」趙敏俐提到魏源、康有為的
　　　　著作代表著經學權威的解放，言下之意，其所未提及的劉熙載便是自處於解
　　　　放之外的人，這樣的論述是較為客觀地描述那個時代的特色的，詳見氏著：
　　　　〈十九世紀末古典文學研究態勢的歷史回顧〉，《江海學刊》（1996 年第 1
　　　　期），頁 173。

〔註17〕此《藝概‧詩概》第 144 則。

熙載並不自限於於集部的批評,劉勰別集為宗,走出新徑,劉熙載顯然亦有著類似的企圖心。

第四節　全書結構的模仿

那麼,劉熙載《藝概》如何在成書結構上模仿劉勰《文心雕龍》呢?首先,為了比較二書的結構,不得不留意到《藝概》成書的零散特性,其零碎的樣貌,與傳統詩話、文話非常類似,與劉勰《文心雕龍》「體大率周」如此系統化的構造顯然不同。不過細看《藝概》各則內容,劉熙載雖然以傳統詩話、文話的方式寫作,卻能發現其用心深處,竟與《文心雕龍》處處暗合著;周淑媚《劉熙載《藝概》研究》:「《藝概》一書並未如有《文心雕龍・序志》提出明白的編輯結構,但也絕非任意湊泊,……對各種文字藝術,先通論其源起、流變,再分述對作家與作品的評論,最後則論及體式、作法、內涵等;剖析探討,井然有序,較之一般支離破碎的詩話、詞話,高出許多。」〔註18〕整體而言,《藝概》在四個層次上呼應著《文心雕龍》,包括一、原道核心理論,二、分體文學概念,三、文體論四步驟,四、理論與實際批評並重的批評策略;以下分別論述。

一、原道核心理論

《藝概》一書,是劉熙載講學的文本紀錄,在他大量累積之後,集結成書,這樣成書的方式,導致各則彼此獨立,不成連貫,結構上必然顯得零散,不可能與《文心雕龍》的各篇文章一般,具有系統性的結構。不過形式上的零碎,也有其便宜的形式優勢:則次的選擇與次序,便成為一種選本批評的概念。鄒雲湖《中國選本批評》提到:

〔註18〕周淑媚提出《藝概》論述結構有三點,此為其一。另外兩點分別是「《藝概》各卷中均包含了該門文學藝術的理論、實際批評,以及史的發展敘述(亦即史論結合),使讀者在條條獨立的札記中,獲得一些歷史脈絡和批評的輪廓」「《藝概》評論的範圍,文、詩、賦、詞四種形式,僅論至宋、元,曲則稍後論及明代,原因在於曲的發展較晚之故。然而劉氏於曲,只從聲律方面表示意見(因劉氏精通小學),對於戲曲演變的源流,及元代偉大作家在歷史上所起的進步作用和作品的價值,毫無論及。並非由於作者粗疏,實不敢不知以為知。由此亦可看出其治學嚴謹的態度。」詳見氏著:《劉熙載《藝概》研究》(臺北縣:花木蘭出版社,2006年),頁6~7。

中國古典文論又十分強調選本對創作的示範作用，選本既是選者以
之為自己的文學理論確立經典，其必然就有著提供創作範本的意
味。中國古代大量的文學選本都把指導初學者作為一個重要的選編
目的。〔註19〕

選本的刪選過程，本身便是批評的一種方式，我們可以借用這樣的理論概念，
來認識劉熙載著作《藝概》的過程；《藝概》是刪選之後的成果，是用以成就
劉熙載個人批評體系為目的，而且，它也有著濃厚的示範教學的意味。這些
相似點都同時指出：《藝概》各則雖然獨立，表面上看似零散，它仍能藉由刪
選編排來隱含批評意識，當中可以視為是劉熙載個人的文學批評觀點的呈現，
正如同「動物園裡的動物」，怎樣的動物會被展示，以及如何展示，都是選者
刻意安排的結果。〔註20〕回頭看《文心雕龍》全書結構，〈序志〉一篇講的極
為清楚：「蓋《文心》之作也，本乎道，師乎聖，體乎經，酌乎緯，變乎騷：
文之樞紐，亦云極矣」，前五篇劉勰定位為「文之樞紐」，是為文原論；後面接
續著文體論、文術論、文評論，此四十九篇乃仿效《易傳》之「大衍之數五
十，其用四十有九」，加上〈序志〉，合計五十。樞紐論五篇不僅在形式上成為
《文心雕龍》全書之始，更是劉勰實質批評時的準則之一，〈宗經〉：「若稟經
以制式，酌雅以富言，是即山而鑄銅，煮海而為鹽也」，所謂樞紐，即是蘊含
豐富礦產之高山，即是含藏高濃度鹽質之大海，即之以為文，是劉勰所認可
的創作方向。

而翻開《藝概》一書，〈文概〉前幾則無不以原道、宗經為準：

《六經》，文之範圍也。聖人之旨，於經觀其大備，其深博無涯涘，
乃《文心雕龍》所謂「百家騰躍，終入環內」者也。

有道理之家，有義理之家，有事理之家，有情理之家，「四家」說見
劉劭《人物志》。文之本領，祇此四者盡之。然孰非經所統攝者乎？

九流皆托始於《六經》，觀《漢書‧藝文志》可知其概。左氏之時，
有《六經》，未有各家，然其書中所取義，已不能有純無雜。揚子雲

〔註19〕詳見鄒雲湖：《中國選本批評》（上海：上海三聯出版社，2002年），頁8。
〔註20〕詩人DavidAntin語：「選集之於詩人猶如動物園之於動物」，此語見余寶琳：
〈詩歌的定位──早期中國文學的選集與經典〉，收錄於樂黛雲、陳珏編選：
《北美中國古典文學研究名家十年文選》（南京：江蘇人民出版社，1996年5
月）。

謂之「品藻」，其意微矣。〔註21〕

〈文概〉第1則，直接引用《文心雕龍‧宗經》「百家騰越，終入環內」一語，
〈宗經〉論述分明：「論說辭序，則《易》統其首；詔策章奏，則《書》發其
源；賦頌歌贊，則《詩》立其本；銘誄箴祝，則《禮》總其端；記傳盟檄，則
《春秋》為根：並窮高以樹表，極遠以啟疆，所以百家騰躍，終入環內者也」，
劉勰以六經《易》、《書》、《詩》、《禮》、《春秋》作為各類文體之始源，歸納後
代各式文體之同，歸化、聯繫至這五部經典，劉熙載說的雖然不若劉勰清晰
完整，然其直接明引其名其語，可謂直接承繼這個觀點；其〈文概〉第2則
亦言：「孰非經所統攝者乎？」〈文概〉第3則：「九流皆托始於《六經》」等
等，諸此言論皆不出劉勰宗經言論。再看〈詩概〉開篇：

> 《詩緯含神霧》曰：「詩者，天地之心。」文中子曰：「詩者，民之
> 性情也。」此可見詩為天人之合。
>
> 「詩言志」，《孟子》「文、辭、志」之說所本也。「思無邪」，子夏《詩
> 序》「發乎情，止乎禮義」之說所本也。〔註22〕

〈詩概〉開篇兩則，第1則提及詩乃天地之心，詩亦民之性情，合以觀之，
則詩便成為「詩為天人之合」的集合體；此概念顯然出自《文心雕龍‧原
道》，〈原道〉：「仰觀吐曜，俯察含章，高卑定位，故兩儀既生矣。惟人參
之，性靈所鍾，是謂三才」，先論天文、地文，再加上人文，天、地、人是
謂三才，而三才之所共通癥結，便在於「文」；劉勰從「道之文」的概念，
跨越到「人之文」，然後提出「天地之心」的概念，是為三才之文的極致，
〔註23〕而「天地之心」一詞，劉熙載便直接沿用，從概念上的繼承，到名

〔註21〕 此三則分別源自《藝概‧文概》第1、2、3則。朱供羅〈論《藝概》對《文
心雕龍》的引用〉將《藝概》援引《文心雕龍》的辭句分門別類，將此三則
列為「深表贊同」類，其謂：「可以說劉熙載和劉勰，都是儒家思想占主導地
位的文論家。」朱供羅一文是針對《藝概》中對於《文心雕龍》的直接引用
所作的討論，此三則中惟第1則屬於直接引用，後2則並未提到劉勰、《文心
雕龍》等名，然或許此三則恰好位於《藝概》中的開篇樞紐位置，而且其論
述觀點相承相關，故朱供羅將之視為一體合論。詳見氏著：〈論《藝概》對《文
心雕龍》的引用〉，《文山學院學報》第26卷第4期，2013年8月，頁57。
此三則是《藝概》全書最早的三則，具有樞紐地位。

〔註22〕 此2則分別源自《藝概‧詩概》第1、2則。

〔註23〕 《文心雕龍‧原道》提到兩次「天地之心」，其一是「仰觀吐曜，俯察含章，
高卑定位，故兩儀既生矣。惟人參之，性靈所鍾，是謂三才。為五行之秀，

詞的沿用，乃至於都寫於全書之首、全章之首的結構安排，這些相似，顯然是有意為之。

　　至於〈賦概〉、〈詞曲概〉等篇章，其實在「百家騰躍，終入環內」的概念下，亦是不離宗經精神。簡單而言，〈賦概〉第 1 則便引班固之言「賦者古詩之流」，稱美荀賦、屈賦「有惻隱古詩之義」，亦引劉勰〈詮賦〉，謂賦為「六義附庸」、「六義不備，非詩即非賦也」，〈詞曲概〉詞之首則謂：「樂歌，古以詩，近代以詞。如〈關雎〉〈鹿鳴〉，皆聲出於言也，詞則言出於聲矣。故詞，聲學也。」曲之首則言：「未有曲時，詞即是曲；既有曲時，曲可悟詞。苟曲理未明，詞亦恐難獨善矣。」「詞如詩，曲如賦。賦可補詩之不足者也。」〔註24〕詞、曲雖為較為晚近之文體，劉熙載每每皆在各卷之首，便以經典相接，以舊文體襯托新文體之勢，是為「百家騰躍，終入環內」的實踐。《文心雕龍·序志》有言：「詳其本源，莫非經典」，劉熙載面對詩、文、詞、曲等各類文體，其精神確實如此。

二、分體文學概念

　　劉勰《文心雕龍》在樞紐論中確立了宗經為基調之後，接著的便是文體論 20 篇，文體論諸篇當中含藏著好幾個層次的分體文學；簡單來說，從〈明詩〉開始直至〈書記〉的文體論 20 篇，各篇顯然就是第一層次的文體分體，各篇之中皆內含一種以上的各自的分體文學史。而在這個層次底下，還有如〈誄碑〉之誄體與碑體、〈檄移〉之檄體與移體、〈雜文〉之對問體、七體、連珠體等等多種文體，乃至於〈論說〉：「詳觀論體，條流多品：陳政則與議說合契，釋經則與傳注參體，辨史則與贊評齊行，銓文則與敘引共紀。故議者宜言，說者說語，傳者轉師，注者主解，贊者明意，評者平理，序者次事，引者胤辭：八名區分，一揆宗論。論也者，彌綸群言，而研精一理者也。」以議、

　　實天地之心，心生而言立，言立而文明，自然之道也。」其二是「人文之元，肇自太極，幽贊神明，〈易〉象惟先。庖犧畫其始，仲尼翼其終。而〈乾〉、〈坤〉兩位，獨制〈文言〉。言之文也，天地之心哉！」皆以「天地之心」一詞，指涉三才之文的極致，「言之文也」代稱。

〔註24〕《藝概·詞曲概》所引者，分別出自第 1 則、第 117 則：「曲之名古矣。近世所謂曲者，乃金、元之北曲，及後複溢為南曲者也。未有曲時，詞即是曲；既有曲時，曲可悟詞。苟曲理未明，詞亦恐難獨善矣。」以及第 118 則：「詞如詩，曲如賦。賦可補詩之不足者也。昔人謂金、元所用之樂，嘈雜淒緊緩急之間，詞不能按，乃更為新聲，是曲亦可補詞之不足也。」

說、傳、注、贊、評、序、引,八種文體,條分縷析置於〈論說〉一篇;而其中涵蓋最為繁雜的,當屬〈書記〉一篇,更是囊括眾體,「總領黎庶,則有譜籍簿錄;醫曆星筮,則有方術占式;申憲述兵,則有律令法制;朝市征信,則有符契券疏;百官詢事,則有關刺解牒;萬民達志,則有狀列辭諺」。依據的統計,《文心雕龍》全書評及文體共計項,可謂大觀,於此可見劉勰的文體分體,有主次之別,思慮甚為周密。

而劉熙載《藝概》也有著分體文學的概念,其全書所分〈文概〉、〈詩概〉、〈賦概〉、〈詞曲概〉、〈書概〉、〈經義概〉,這六章七類本身便是分體文學概念的具體表現。如果就傳統詩話、詞話的習慣來看,這樣的分體分章顯然較為細膩,《藝概·序》言:「欲極其詳,詳有極乎?若舉此以概乎彼,舉少以概乎多」,劉熙載處於傳統學術之末端,他之所以囊括這六章七類,便表示這是他所認定的「舉少以概乎多」的焦點、精華所在,此乃他所認定的文學之概。張思齊〈在比較的視域中看劉熙載的制藝理論與實踐〉一文,將劉熙載《藝概》與西方文化作一比較,文中便提到一點:「劉熙載使用了分體文學史的撰述方法,《藝概》的特徵是鮮明的」,〔註25〕《藝概》既已詩、文、賦等文體分章,分體文學的概念便是明顯不過的事,張氏觀察道:「各卷大體由三部份組成。第一部份點明本源,揭示要義,以精要的語言為後面的論述立綱。……第二部份為正文,劉熙載將文學史上的代表作家和代表作品依時間順序逐一論列。……第三部份,他論述了各種文體的創作特點和寫作技巧,並從寫作學的角度進行簡單的理論小結。」〔註26〕這是劉熙載的分體文學的細節,其內容架構其實仍然不脫離《文心雕龍》文體論的四綱領架構,詳見下文討論。

三、文體論四綱領

《文心雕龍》文體分論是其分篇原則,而在各個文體篇中,劉勰是用「原始以表末,釋名以章義,選文以定篇,敷理以舉統」此一文體論四綱領加以分點討論的,分別是原文體之始源,以小學釋文體之名義,列舉經典篇章以

〔註25〕詳見張思齊〈在比較的視域中看劉熙載的制藝理論與實踐〉,《成都:西華大學學報,2010 年 10 月》哲學社會科學版,第 29 卷第 5 期,頁 44。

〔註26〕出處同上。張思齊將此三點與基督教三位一體、西方政治三權分立作一比附,認為「劉熙載長期生活的具體地點在上海,為他的思想之形成提供了地理資源」,這樣的連結顯然過於牽強,實際上,劉熙載的分體文學的架構,全然繼承了劉勰《文心雕龍》文體論的架構,其思想並不假外求。

為代表，探究文體寫作體要大旨，這個四綱領架構根本上可以說是《文心雕龍》文體論 20 篇的一大特點。呂武志〈摯虞《文章流別論》與《文心雕龍》〉：「（按：指《文章流別論》）特別是在文體論層面，探源流、釋名義、舉楷範、揭特點，為劉勰論文敘筆的四大綱領，……立下了值得遵循的模式。」〔註 27〕這四綱領模式，甚至可以上追至傅玄〈連珠序〉，根據呂武志的考究，這四綱領可以上追至摯虞《文章流別論》、傅玄〈連珠序〉，不過真正大量應用，發揚光大的，還是歸功於劉勰。

而在《藝概》中，劉熙載也大量利用了這四綱領的法則，遍佈全書。1986年，龔鵬程出版一部《藝概》撰述，龔氏此書有一個特別的處理方式，《藝概》原貌是六章七類，各體獨立，各章之下的每則文字，亦各則獨立，每則零散短長不一，不成系統；龔鵬程依序將各章內容分成幾個大類，譬如他將〈文概〉分成「文章源流」、「文之內質」、「文之法式」、「作文大要」四大類；將〈詩概〉分成「詩歌源流」、「詩之體式」、「作詩要領」三大類；〈賦概〉分成「賦之名義」、「賦之源流」、「賦之作法」、「賦之風格」四大類；將〈詞曲概〉之〈詞概〉分成「釋名」、「源流」、「作法」、「詞品」四大類，〈曲概〉分成「源流」、「風格」、「聲調」、「體製」、「曲韻」五大類等等，〔註 28〕可見劉熙載作《藝概》，其形式雖然類似傳統詩話、詞話般零碎，實際上，卻隱然有著次序結構，甚至暗合著《文心雕龍》「原始以表末」、「釋名以彰意」、「選文以定篇」、「敷理以舉統」文體論四綱領。如果是偶然的雷同，尚且可以解讀成巧合，可是若全書六章七文體皆隱含著這樣的行文結構，那麼則更近於是種模仿與影響。雷恩海〈《文心雕龍》與《藝概》〉：

> （按：指劉熙載《藝概》）在每一體例結構之安排，亦遵循了《文心》「原始以表末，釋名以章義，選文以定篇，敷理以舉統」的原則。……就「分體文學史」而言，《藝概》與《文心》所採用的手法如出一轍。〔註 29〕

雷恩海這篇文章是第一篇將《文心雕龍》與《藝概》作直接比較的專文，其所

〔註 27〕 詳見呂武志：〈摯虞《文章流別論》與《文心雕龍》〉，《魏晉文論與《文心雕龍》》，頁 285。

〔註 28〕 詳見清·劉熙載撰、龔鵬程撰述：《藝概》（臺北：金楓出版社，1986 年 12 月初版）。

〔註 29〕 詳見雷恩海：〈《文心雕龍》與《藝概》〉，《鎮江師專學報》（社會科學版），2001年第 1 期，頁 14～15。

揭示的比對皆甚有啟發價值，其中一點即是注意到二書在處理文體時的綱要結構，如此相似，謂其手法「如出一轍」，這樣的觀察，著實準確，也極具啟發意義。龔鵬程將《藝概》各則分門別類，是見其各類文體之間的幾個論述主軸，尚且屬於暗合於《文心雕龍》文體論的階段，至於雷恩海直接將之對比之，則是更進一步去確認其相契合的關係，須知《文心雕龍》與《藝概》的寫作形式是如此不同，然其概念上卻是「如出一轍」，這樣的契合真可謂殊途而同歸。

四、理論、實際批評並重

　　《文心雕龍》是部體大慮周之作，其內容除了含有大量的理論，也具備大量的實例批評、實際批評，有學者將西方的韋勒克、沃倫所合著的《文學理論》相提並論，認為《文心雕龍》一書便是文學史、文學批評、文學理論三者的結合體。〔註30〕的確，在《文心雕龍》中，可以看到文學史、文論與實際批評三者的錯綜複雜，其關係之密切，往往很難準確分割。龍學研究在晚近以來，系統研究成為一個研究熱點，取龍學的自身理論，用以檢視龍學所提及之作品，這樣的研究之所以足以成為風潮，根基便在於《文心雕龍》兼具理論與實際批評，二者並重，才能成立。

　　以〈隱秀〉理論為例，隱秀理論是《文心雕龍》中論述相對明確、精準的理論之一，全篇分敘隱、秀二法的特質與優劣，其謂：「隱也者，文外之重旨者也；秀也者，篇中之獨拔者也」、「隱之為體，義生文外」、「藏穎詞間，昏迷於庸目；露鋒文外，驚絕乎妙心」，劉熙載不僅讚其理論之準確，更將這個理論應用於實際批評之中：

> 《文心雕龍》以「隱秀」二字論文，推闡甚精。其云晦塞非隱，雕削非秀，更為善防流弊。〔註31〕

> 《檀弓》語少意密，顯言直言所難盡者，但以「句中之眼」、「文外之致」含藏之，已使人自得其實。是何神境？〔註32〕

第一則可見劉熙載直接引用〈隱秀〉篇的理論，稱讚隱秀理論之精，再借「晦塞為深，雖奧非隱，雕削取巧，雖美非秀」等句，誇獎隱秀理論防弊之佳；劉

〔註30〕陳忠源博士論文便將《文學理論》與《文心雕龍》互為比較，可參之。陳忠源：《韋沃《文學理論》與劉勰《文心雕龍》之比較》（宜蘭：佛光大學文學系博士論文，2010年）。

〔註31〕此《藝概‧文概》第326則。

〔註32〕此《藝概‧文概》第23則。

熙載所稱美者，一方面是〈隱秀〉篇隱秀理論之縝密，一方面則是劉勰作論折衷之特質，亦即「慮周」之表現。在第二則中，可見劉熙載操作隱秀理論的實際應用，劉熙載藉隱之理論──「文外之重旨」、「義生文外」、「露鋒文外」──讚美《檀弓》語少意密之特色，這是文論與實際批評的雙重呈現。再看一例：

> 蘇子由稱太史公「疏蕩有奇氣」，劉彥和稱班孟堅「裁密而思靡」。
> 「疏」、「密」二字，其用不可勝窮。〔註33〕

劉勰評論班固之批語，引自《文心雕龍·體性》：「孟堅雅懿，故裁密而思靡」，稱美班固文章風格，源於其人之雅懿，舉此例的用意在於說明體性「八體屢遷」之一種可能，意立於密；《文心雕龍·史傳》評班固，亦有「十志該富，贊序弘麗，儒雅彬彬，信有遺味」等語，亦可參。而蘇轍評論司馬遷之批語，則出自蘇轍〈上樞密韓太尉書〉：「其文疏蕩，頗有奇氣」，原文亦在論作家文氣之於文章；〔註34〕劉熙載輯二例以對舉疏、密兩種風格，以見馬、班的異同，藉前人之理論以抒自身之評議，這也是一組理論與實際批評之例證。

以上兩組例子可以看到劉熙載明引、暗合《文心雕龍》的理論或是批語，用於闡釋劉熙載個人的實際批評之中，這樣的理論與實際批評並重的批評策略，與劉勰《文心雕龍》的聯繫，顯而易見。其實，《藝概》全書的形式頗類似傳統詩話、文話，二、三語即成一則，通書皆是如此，表面上，這樣的鬆散結構，貼近於傳統詩話的習慣，不過進一步地閱讀比較後，會發現其內容與傳統詩話等批評方式有一根本相異之處；傳統詩話、文話本質上是隨性且隨意的，內容可以扼要至僅僅一、二個形象批評，亦可以隨著敘事而形冗長，如記載作家作品內外的故事逸聞等；而在《藝概》中，劉熙載顯然將焦點聚焦於文學、美學的評價上而已，對於其它雜聞則多闕如，以下再看三則為例：

> 「文麗用寡」，揚雄以之稱相如，然不可以之稱屈原。蓋屈之辭能使
> 讀者興起盡忠疾邪之意，便是用不寡也。

〔註33〕此《藝概·文概》第 111 則。

〔註34〕蘇轍〈上樞密韓太尉書〉節錄：「文者氣之所形。然文不可以學而能，氣可以養而致。孟子曰：『我善養吾浩然之氣。』今觀其文章，寬厚宏博，充乎天地之間，稱其氣之小大。太史公行天下，周覽四海名山大川，與燕、趙間豪俊交遊，故其文疏蕩，頗有奇氣。此二子者，豈嘗執筆學為如此之文哉？其氣充乎其中，而溢乎其貌，動乎其言，而見乎其文，而不自知也。」

> 孔北海文,雖體屬駢麗,然卓犖道亮,令人想見其為人。唐李文饒
> 文,氣骨之高,差可繼踵。
>
> 荀子與文中子皆深於禮樂之意。其文則荀子較雄峻,文中子較深婉,
> 可想其質學各有所近。〔註35〕

〈文概〉全章 340 則中,論及屈平者的則數不少,如第 47 則,劉熙載一方面
稱美屈平之「文麗」,一方面更肯定其「盡忠疾邪」的用途,前者關乎文,後
者關乎人,兩者並列;包根弟在論劉熙載批評屈平時,結語便分兩類,一是
稱美其豐富之想像、高超之寫作技巧等,一是以「情」、「真」讚之,謂其賦
「正為其人品之充分表露」。〔註36〕而這並非特例。再看針對孔融、李德裕、
荀子、王通等人的批評,無一不是針對文章風格、作者人格特質等評議,其
批評焦點是很集中的。這三則可以視為是《藝概》評人的典型。《藝概》各則
文字,表面上具有詩話、文話般鬆散、伸縮自如的潛力,而劉熙載卻自覺地
將焦點內聚於文藝評論之上,使其在零散的結構中可見一定秩序,這樣的特
色,或許與其成書過程有一定程度的聯繫;《藝概》並非劉熙載埋頭案上之作,
而是他積年累月教學、閱讀、批評之後的集成,其行文之形式可以是遼闊無
幅的,而其輯文之內容卻不同於傳統詩話、文話,彙輯本來必有取捨準則,
劉熙載棄雜取約,離繁治文,在學術上「僅取一瓢」,其背後所反應的,其實
也就是他「成一家言」的企圖心。

　　龔鵬程:「《藝概》每一卷都包含了對該門文字藝術的理論、實際批評和
歷史敘述(即藝術理論、藝術批評和藝術史)。」〔註37〕龔鵬程把《藝概》各

〔註35〕此三則分別出自《藝概・文概》第 47、119、134 則。

〔註36〕詳見包根弟:〈論劉熙載評屈原〉《先秦兩岸學術》,頁 183。相關言論如殷
　　　　光熹:「讀到劉熙載的『賦』論時,給人最突出的印象之一是他對屈原的人
　　　　品及其作品的推崇。如將屈騷視為『賦之祖』,並將屈騷作為文學創作中的
　　　　典範作品來看待。」出自〈劉熙載楚辭論初探〉,《雲南師範大學哲學社會科
　　　　學學報》第 27 卷第 3 期(1995 年 6 月),頁 31。吳柏森:「屈原與莊子
　　　　實質上都是『莊』的,所不同的是:屈原執著於現實,把保持高潔的人格,
　　　　實現自己的生命價值,與楚國的復興強盛緊緊地聯繫在一起。儘管面前的路
　　　　很多,但他經過激烈的思想鬥爭,還是不能離故國『舊鄉』,而故國『舊鄉』
　　　　卻不能容他,終至以身殉之。」出自〈論《藝概》關於屈原和〈離騷〉的評
　　　　論〉,《三峽論壇》2010 年第 5 期,第 230 期,頁 38。皆強調劉熙載重視屈
　　　　平的高潔人格。

〔註37〕詳見清・劉熙載撰、龔鵬程撰述:《藝概・導讀》(臺北:金楓出版社,1986
　　　　年 12 月初版),頁 9。

章依題材分類，對應到《文心雕龍》文體論四綱領，此處所提到的理論、實際批評、歷史敘述、藝術史等等，其實也就是同一脈絡的延伸。對於《藝概》內容的多貌，與其以傳統文話、詩話無所不談、無所不包的繁雜特性來理解，反倒應當用一更具積極意義的角度來理解，其表面上的零散，並未成為論述嚴肅的阻礙，相反的，我們可以在兼具理論與實際批評這樣的策略中，看到《文心雕龍》與《藝概》的相似性。

第四章 「舉少以概乎多」:《文心雕龍》與《藝概》之一元核心

　　《文心雕龍》系統研究所追求的是劉勰的學術核心價值,《文心雕龍》中的內容,是百科全書式的,其豐富程度如此,必然有其評論的核心概念,以為綱領,以為架構,方能撐起整部《文心雕龍》的「體大慮周」的大部頭。劉勰《文心雕龍》雖然沒有以「概」自稱,他在〈序志〉中對於全書的概述,其實處處可見其「舉少以概乎多」的策略;檢視劉勰《文心雕龍》之概,「文原」五篇,所原之處,便是總概;「文體」二十篇之行文架構,原始表末、釋名章義、選文定篇、敷理舉統四綱領中,各體中的敷理舉統,皆有體要、大體之探究,此處便是文體之概;「文術」論中,始於〈神思〉,終於〈總術〉,文學創作之技巧,五花八門,各式各樣,〈總術・贊〉曰:「文場筆苑,有術有門。務先大體,鑒必窮源。乘一總萬,舉要治繁。思無定契,理有恆存」,〈總術〉本為文術論之之總結,其謂「乘一總萬,舉要治繁」,這便是文術之概;至於「文評」論五篇,〈時序〉、〈物色〉、〈才略〉、〈知音〉、〈程器〉各篇體裁各別,主題殊異,每篇各有主題,可獨立觀,合之則為品評相關之文評之概。

　　以上所說,是順著劉勰〈序志〉的安排,這是偏向於形式上可見的梗概。而若打破《文心雕龍》文原、文術、文體、文評四大部份,打破五十篇的界線,其實有另一種「概」念存在,這個「概」念根據不同議題,可以分為「文學之框架」、「文學之始祖」、「文學之內質」、「文學之實用」以及「文學之脈絡」五個子題,「文學之框架」討論的是何為文學?茫茫學術發展史中,可以被劃入作為文學批評材料的文本,是以什麼標準作為界線?此節探究文學之

外框。「文學之始祖」討論的是文學為何？劉勰把文學的遠祖推至經學，那麼文學的本源又是如何從經學轉為文學的呢？此節從文學的始肇之處，以窺見文學本質。「文學之內質」與「文學之實用」兩節，則針對文學的內體、外用，分別論述，在劉勰與劉熙載筆下，他們如何把五花八門的文學元素，棄繁取一，界定文學的本質所在，以及如何期待文學的實用目的，這是此二節所欲探討的課題。「文學之脈絡」則論述其所界定的文學史的延續承繼，如何通變？藉由其勾勒出來的文學史以顯示二劉所認定的核心價值。本章將分別針對這五個子題，分節討論，以見劉勰《文心雕龍》與劉熙載《藝概》二書，所呈現的「概」念的關聯與影響。

第一節　文學之框架：宗經理念

　　《文心雕龍》前五篇，〈原道〉、〈徵聖〉、〈宗經〉、〈正緯〉、〈辨騷〉，被視為是全書樞紐，或稱「文原論」，劉勰亦自稱此五篇是「文之樞紐，亦云極矣」。徐復觀謂：

> 「樞」是戶扉得以開閉的樞軸，「紐」是束帶得以連結的紐帶。劉彥和以道、聖、經、緯、騷是當時他所能概括的一切文學作品之所自出，也是一切作品所共有的紐帶，所以他便寫下了〈原道〉、〈徵聖〉、〈宗經〉、〈正緯〉、〈辨騷〉五篇，以標明中國文學發展的根源，因而得以把握中國文學在發展中的統貫與其趨歸及其大規律。〔註1〕

把這五篇視為一體，可見其中的「道沿聖以垂文，聖因文以明道」的「道─聖─經」三位一體的概念，紀昀評〈原道〉：

> 文以明道，明其當然；文源於道，明其本然，識其本乃不逐末，首揭文體之尊，所以截斷眾流。〔註2〕

這段話直揭《文心雕龍》以〈原道〉五篇為樞紐的根本根基：識其本，而後才能截斷眾流。《文心雕龍》的「舉少以概乎多」的一元策略，便於此處透漏出來。

〔註1〕詳見徐復觀：《中國文學精神》（上海：上海書店出版社，2006年）頁241。
〔註2〕此段文字出自紀昀於〈原道〉篇題之眉批，詳見黃霖：《文心雕龍彙評・原道》（上海：上海古籍出版社，2005年），頁13。清・清謹軒文後總評：「原文之由於道，振固聖緒，獨見其源。」其意見亦以道為文源，可參之，詳見黃霖：《文心雕龍彙評・原道》上海：上海古籍出版社，2005年，頁16。

　　關於《文心雕龍》的宗經理念,相關研究非常多,這裡僅舉三個面向稍作討論:

1. 六經為文學的源頭
2. 六經的寫作技巧,是文學創作論的典範
3. 六經開創了後代各類文體,成為各式文類的共祖

對於《文心雕龍》的宗經研究,這幾個課題是龍學研究者積極討論的,本文此處特別著重在於「框架」此一概念,宗經提供了怎樣的文學框架?這個框架又造成怎樣的影響?這是此節所欲討論的重點。先看〈宗經〉這段文字:

　　論說辭序,則《易》統其首;詔策章奏,則《書》發其源;賦頌歌贊,則《詩》立其本;銘誄箴祝,則《禮》總其端;記傳盟檄,則《春秋》為其根:並窮高以樹表,極遠以啟疆,所以百家騰躍,終入環內者也。

對於各式文體,論體、說體、詔體、策體、賦體、頌體、銘體、誄體、記體、傳體等文體,劉勰以「宗經」為綱領,這段文字說得清楚,論、說、辭、序,源自於《易》,詔、策、章、奏,源自於《書》,諸如此類;劉勰以為,舉凡後來各體文學,皆能溯源自六經,所謂「百家騰躍,終入環內」,這個終究限止於環內的範圍,便是以六經為進退依據。劉勰言下之意,文體的發展與新變,必然都在這個大前提當中,不出其外,此即宗經所提供的「文學的框架」。

　　在《文心雕龍》中,不僅各體文學源自於經,縱觀四部之史部、子部、集部亦何嘗無一不是源自於六經,可以這麼說,劉勰認為舉凡文字必須源自於經,才能是合格的作品,才可能是一流之作品,正如〈宗經〉所揭示的,「文能宗經,體有六義:一則情深而不詭,二則風清而不雜,三則事信而不誕,四則義貞而不回,五則體約而不蕪,六則文麗而不淫」,文學之所以需以宗經文學為典範,不單單只是因為其來源如是,更重要的原因是宗經文學示範了文學創作的典範意義,所以,在《文心雕龍》全書中,不時可以看到劉勰對於聖賢文章所作的稱美,稍列舉如下:

　　〈徵聖〉篇

　　夫作者曰聖,述者曰明。陶鑄性情,功在上哲。夫子文章,可得而聞,則聖人之情,見乎文辭矣。先王聖化,布在方冊,夫子風采,溢於格言。

〈論說〉篇

聖哲彝訓曰經,述經敘理曰論。論者,倫也;倫理無爽,則聖意不墜。昔仲尼微言,門人追記,故抑其經目,稱為《論語》。蓋群論立名,始於茲矣。

〈情采〉篇

聖賢書辭,總稱文章,非采而何?……《孝經》垂典,喪言不文;故知君子常言,未嘗質也。老子疾偽,故稱「美言不信」,而五千精妙,則非棄美矣。莊周云「辯雕萬物」,謂藻飾也。韓非云「豔乎辯說」,謂綺麗也。綺麗以豔說,藻飾以辯雕,文辭之變,於斯極矣。

〈才略〉篇

虞、夏文章,則有皋陶六德,夔序八音,益則有贊,五子作歌,辭義溫雅,萬代之儀表也。商周之世,則仲虺垂誥,伊尹敷訓,吉甫之徒,並述〈詩〉、〈頌〉,義固為經,文亦足師矣。

這些段落,再再顯示劉勰以聖賢文章為典範,這些作品不僅僅是文學之始肇,更成就了文學創作論的範本。《文心雕龍》的宗經觀點,致使後代眾家文學批評,如韓愈之文以貫道、柳宗元之文以明道,乃至於宋明理學以降的文以載道等論,皆必援道以論文,這首開其先,以宗經建構而成的文學的框架,便是始於劉勰。

至於劉熙載《藝概》,也彷彿亦步亦趨似地追隨著這個框架。《藝概‧序》自言:

藝者,道之形也。學者兼通六藝,尚矣。次則文章名類,各舉一端,莫不為藝,即莫不當根極於道。〔註3〕

「藝者,道之形也」,藝乃道之形,藝乃「根極於道」,劉熙載用極短的字詞,道出了《文心雕龍‧原道》篇中,天、地、人三才的概念,〈原道〉:「夫玄黃色雜,方圓體分,日月疊璧,以垂麗天之象;山川煥綺,以鋪理地之形:此蓋道之文也。仰觀吐曜,俯察含章,高卑定位,故兩儀既生矣。惟人參之,性靈所鍾,是謂三才。」人以天地為師,天地呈顯出道之文,人才仿作,成就文學,是為「藝」,是為「道之形」。劉熙載於《藝概‧序》對於宗經觀點的討論,稍稍觸及,不是太多,不過在《藝概》全書則散見各處,如〈文概〉開篇第1則,便很具代表性:

───────────────

〔註3〕詳見《藝概‧敘》,頁1。

《六經》,文之範圍也。聖人之旨,於經觀其大備,其深博無涯涘,

乃《文心雕龍》所謂「百家騰躍,終入環內」者也。」〔註4〕

劉熙載於《藝概·敘》中稍稍提到道,雖然篇幅不多,不過顯然具有宣示的意味,至於〈文概〉第1則,便馬上引用劉勰〈宗經〉之語,其架構與劉勰「原道」—「徵聖」—「宗經」幾乎一致;其一,先將「六經」定位為文章範圍,其二,聖人旨意,可藉由閱讀諸經獲得,其三,六經涵蓋後代百家,後世學者不出此範圍,〈宗經〉將《文心雕龍》提到的文體一一列入,「論說辭序,則《易》統其首;……記傳盟檄,則《春秋》為根」,把經的地位放的很高。〈文概〉如此開篇,極有致敬之意。

對於劉勰與劉熙載二人的宗經觀點的差異,雷恩海〈《文心雕龍》與《藝概》〉曾說道:「論劉熙載「雖然承襲了《文心》『原道』、『徵聖』、『宗經』的說法,但卻拋棄了劉勰『原道』之哲學本體,而將『道』僅僅理解為儒家的『聖人之旨』,『徵聖』、『宗經』大抵以孔門『六藝』,特別是詩教為本。……抽去了《文心》之形上追求。……故爾,《藝概》之文學起源觀,只能追溯至《六經》,認《六經》為『道』、『文』之本源。」〔註5〕雷恩海認為,劉勰在宗經觀點之上,有更為深刻的原道形上思想,而劉熙載則只承繼他以六經為本源的宗經思想。這樣的觀察,實際上其實不錯,引紀昀說詞為佐證,紀昀批點〈徵聖〉篇時說道:「此篇卻是裝點門面,推到究極,仍是宗經。」〔註6〕這批點把〈徵聖〉視作〈宗經〉之附屬,引來不少的討論,王更生持以肯定的說:「我倒覺得紀氏『裝點門面』的說法,也許容得商量;而『推到究極,仍是宗經』之語,又何嘗不對?他不但言中肯綮,而且也代表了我們揭穿了〈徵聖〉篇內經學思想的真面目。」〔註7〕馬宏山說的更為全面:

紀氏「裝點門面」之評,固然不在懷疑或否定劉勰的宗儒思想,但對於劉勰之於論文來說,不僅僅在〈徵聖〉。有的研究者認為:「推究紀氏的意見,可知〈原道〉、〈徵聖〉都是「裝點門面」,只有〈宗

〔註4〕此《藝概·文概》第1則。

〔註5〕詳見雷恩海:〈《文心雕龍》與《藝概》〉,《鎮江師專學報》(社會科學版),2001年第1期,頁12。

〔註6〕此段文字出自紀昀於〈徵聖〉篇題之眉批,詳見黃霖:《文心雕龍彙評·徵聖》(上海:上海古籍出版社,2005年),頁16。

〔註7〕詳見王更生:《文心雕龍研究》(臺北:文史哲出版社,1976年),頁285。

經〉云云，才是劉氏論「文」指導思想的實質所在。〔註8〕
對於〈原道〉、〈徵聖〉、〈宗經〉三篇文章，當然可以針對「道－聖－經」三層概念加以區別其殊異之處，而紀昀以降的說詞，則是反道而行，就其同處加以闡釋，或者說這三篇是以〈宗經〉最為貼近《文心雕龍》以經典指導論文的一篇。

是以回顧雷恩海的意見，他認為劉熙載《藝概》「只能追溯至《六經》，認《六經》為『道』、『文』之本源」，這也確實是《藝概》較少形上本源論的討論，而較偏向文學的實際批評的。試觀以下三則為例：

> 儒學、史學、玄學、文學，見《宋書·雷次宗傳》。大抵儒學本《禮》，荀子是也；史學本《書》與《春秋》，馬遷是也；玄學本《易》，莊子是也；文學本《詩》，屈原是也。後世作者，取塗弗越此矣。

> 文有三古：作古之言近於《易》，則古之言近於《禮》，治古之言近於《春秋》。

> 敘事之學，須貫六經、九流之旨；敘事之筆，須備五行、四時之氣。

> 「維其有之，是以似之」，弗可易矣。〔註9〕

第1則之儒學、史學、玄學、文學，見《宋書》卷九三《雷次宗傳》：「元嘉十五年，征次宗至京師，開館於雞籠山，聚徒教授，置生百餘人。會稽朱膺之、潁川庾蔚之並以儒學，監總諸生。時國子學未立，上留心藝術，使丹陽尹何尚之立玄學，太子率更令何承天立史學，司徒參軍謝元立文學，凡四學並建。」此四學定位，頗類似經、史、子、集四部，劉熙載指出四者分別本於《禮》、《書》、《春秋》、《易》、《詩》；第2則分辨文之三類，有近《易》之文，有近《禮》之文，有近《春秋》之文；第3則言敘事之學，須以六經、九流之旨為旨，以其經子為旨。「維其有之，是以似之」，出自《詩·小雅·裳裳者華》，原詩如下：

> 裳裳者華，其葉湑兮。我覯之子，我心寫兮。

> 我心寫兮，是以有譽處兮。

> 裳裳者華，芸其黃矣。我覯之子，維其有章矣。

> 維其有章矣，是以有慶矣。

> 裳裳者華，或黃或白。我覯之子，乘其四駱。乘其四駱，六轡沃若。

〔註8〕詳見氏著：〈也談《文心雕龍》的理論體系〉，《學術月刊》1983 年 3 期。
〔註9〕此三則分別出自《藝概·文概》第 248、323、286 則。

> 左之左之，君子宜之。右之右之，君子有之。維其有之，是以似
> 之。

似者，續也；如果把這首詩用文學的創作論來解讀，那麼這個「裳裳者華」之
美，便是源自於六經經典文學，「維其有之」，故需懷之以承繼其美。〈賦概〉
另有一則亦引此典：「賦家之心，其小無內，其大無垠，故能隨其所值，賦像
班形，所謂『惟其有之，是以似之』也。」〔註10〕劉熙載謂「賦家之心」，此
心者，即源自於六經經典。再看以下此則：

> 詩文一源。昌黎詩有正有奇。正者，即所謂「約六經之旨而成文」，
> 奇者，即所謂「時有感激怨懟奇怪之辭」。〔註11〕

劉熙載評韓愈之詩之有奇有正，此概念出於〈知音〉「六觀」；所謂正者，劉熙
載引韓愈〈上宰相書〉「約六經之旨以成文」，這個概念與劉熙載所引「維其
有之，是以似之」，可謂一事。

劉熙載的宗經觀點，捨去形上的原道部份，而著重於以經為文的框架部
份，遍佈全書，再看下例：

> 有道理之家，有義理之家，有事理之家，有情理之家，「四家」說
> 見劉劭《人物志》。文之本領，祗此四者盡之。然孰非經所統攝者
> 乎？
> 柳州〈答韋中立書〉云：「參之《穀梁》以屬其氣，參之《莊》《老》
> 以肆其端，參之《國語》以博其趣，參之《離騷》以致其幽，參之
> 太史以著其潔。」〈報袁君陳秀才書〉亦云：「《左氏》《國語》、莊周、
> 屈原之辭，稍採取之；穀梁子、太史公甚峻潔，可以出入。」〔註12〕

劉劭《人物志》：「質性平淡，思心玄微，能通自然，道理之家也；質性警徹，
權略機捷，能理煩速，事理之家也；質性和平，能論禮教，辯其得失，義禮之
家也；質性機解，推情原意，能適其變，情理之家也。」劉熙載以為此四家盡
包文之本領，而皆不出經之涵攝。下則更引柳宗元〈答韋中立書〉、〈報袁君

〔註10〕 此《藝概·賦概》第 101 則。
〔註11〕 此《藝概·詩概》第 111 則。「約六經之旨以成文」、「時有感激怨懟奇怪之辭」
皆源自韓愈〈上宰相書〉：「今有人生二十八年矣，名不著於農工商賈之版，
其業則讀書著文，歌頌堯舜之道，雞鳴而起，孜孜焉亦不為利。其所讀皆聖
人之書，楊墨釋老之學，無所入於其心。其所著皆約六經之旨而成文，抑邪
與正，辨時俗之所惑，居窮守約，亦時有感激怨懟奇怪之辭，以求知於天下，
亦不悖於教化，妖淫諛佞譸張之說，無所出於其中。」
〔註12〕 此二則分別出自《藝概·文概》第 2、166 則。

陳秀才書〉二文，以說明宗經文學的創作論典範。此二則前者近於《文心雕龍‧宗經》的「百家騰躍，終入環內」之說，後者則近於〈宗經〉中的「文能宗經，體有六義」的概念，無論從何種角度來看，這都呈現著劉熙載繼承著劉勰的宗經所提供的文學框架。

　　劉熙載《藝概》以「概」為名，他於《藝概‧敘》中便指出文學領域中，其範圍是無涯無限的，而劉勰所提供的宗經觀點，恰好作為一個典範意義，也構成了一個文學的框架，唯有被劉勰的宗經框架給「壟罩」，入於這個標準之內的，才能成為值得評論的作品，〈通變〉：「夫誇張聲貌，則漢初已極，自茲厥後，迴圈相因，雖軒翥出轍，而終入籠內。」籠內一詞，其實便是「動物園的動物」的概念，這個框架，便是二劉的首個評論標準的核心價值所在，用劉熙載的語言來說，便是「概」，是劉熙載評論的標準之一。

第二節　文學之始祖：屈平典範

　　劉勰《文心雕龍》樞紐五篇，以〈原道〉、〈徵聖〉、〈宗經〉三篇繼承前賢，於此基礎上另闢〈正緯〉、〈辨騷〉兩篇，劉永濟謂此為「大破大立」之說。〔註13〕就劉勰〈序志〉自己的說法，這是「馬鄭諸儒，弘之已精，就有深解，未足立家」，這是學術現實的困境，故劉勰另闢新徑，而他所持以號召的大旗，便是屈平；〈辨騷〉中所提的「四同四異」之論，四點殊異之處，雖然迴別於前，反而正是劉勰見異之精華；〈知音〉便引屈平的話：「昔屈平有言：『文質疏內，眾不知余之異采。』見異唯知音耳。」見異者，方為知音，劉勰得見屈平之異，便高舉之，使屈平成為大破之先鋒，可謂是千古知音。劉勰對於屈平的稱譽「軒翥詩人之後，奮飛辭家之前」，將屈平定位於文學史上的一重要位置，他別子為宗，以文學評議的新學術方向，代替傳統經學路子，屈平便是劉勰這新學術路徑的始源，也是典範。

　　劉熙載也繼承了劉勰這樣的觀念，將屈平視為是文學之祖：

　　　　儒學、史學、玄學、文學，見《宋書‧雷次宗傳》。大抵儒學本《禮》，荀子是也；史學本《書》與《春秋》，馬遷是也；玄學本《易》，莊子

〔註13〕劉永濟《文心雕龍校釋‧辨騷》：「舍人自序，此五篇為文之樞紐，於義屬正。後二篇抉擇真偽同異，於義屬負。負者針砭時俗，是曰破他。正者建立自說，是曰立己。而五篇義脈，仍相流貫。」此處所謂「大破大立」之說，即是劉永濟對於文原五篇的說法。

　　是也;文學本《詩》,屈原是也。後世作者,取塗弗越此矣。〔註14〕
此則一方面論宗經文學,一方面強調屈平與文學的關係;其中一句特別值得
玩味「文學本《詩》,屈原是也」,自古詩、騷各為中國文學淵源之兩端,劉熙
載此處竟將二源合而為一,追溯此觀點,實際上來自於劉勰《文心雕龍》,更
確切的說,來自〈辨騷〉一篇;〈辨騷〉中,劉勰仔細分辨詩之與騷的相同與
相異,並依此基礎建構出純文學的可能——屈平即純文學的濫觴,至此之後,
《文心雕龍》全書都壟罩於此架構之下,乃至於劉熙載時,仍將屈平視為文
學之本源,其影響力可見一斑。〈詩概〉中說的更為直接:

> 《離騷》,淮南王比之《國風》、《小雅》。朱子《楚辭集注》謂「其
> 語祀神之盛幾乎《頌》」。李太白《古風》云:「正聲何微茫,哀怨起
> 騷人」。蓋有「《詩》亡《春秋》作」之意,非抑《騷》也。〔註15〕

李白〈古風〉原詩如下:「大雅久不作,吾衰竟誰陳。王風委蔓草,戰國多荊
榛。龍虎相啖食,兵戈逮狂秦。正聲何微茫,哀怨起騷人。揚馬激頹波,開流
蕩無垠。廢興雖萬變,憲章亦已淪。自從建安來,綺麗不足珍。聖代復元古,
垂衣貴清真。群才屬休明,乘運共躍鱗。文質相炳煥,眾星羅秋旻。我志在刪
述,垂輝映千春。希聖如有立,絕筆於獲麟。」劉熙載評此詩句,正是看到孔
子見《詩》所代表的舊時代的逝去,而自作《春秋》,肯定屈平在「正聲」消
亡的背景中,自嗟哀怨,自成騷體;以此角度來看,其評價與劉勰在〈辨騷〉
中辨析屈平的四同四異,非常契合,這都是時勢衰頹,自立新典的模式。
　　對於詩與騷的對比,可看以下這則:

> 變風始《柏舟》。《柏舟》與《離騷》同旨,讀之當兼得其人之志與
> 遇焉。〔註16〕

所謂變風,藉《詩大序》的說法:「至於王道衰、禮義廢、政教失、國異政、
家殊俗,而變風、變雅作矣。」而此《柏舟》當指《邶風·柏舟》,非《鄘風·
柏舟》:

> 汎彼柏舟,亦汎其流。耿耿不寐,如有隱憂。微我無酒,以敖以遊。
> 我心匪鑒,不可以茹。亦有兄弟,不可以據。薄言往愬,逢彼之怒。
> 我心匪石,不可轉也。我心匪席,不可卷也。威儀棣棣,不可選也。

〔註14〕〈文概248則〉。
〔註15〕〈詩概17則〉。
〔註16〕此《藝概·詩概》第5則。

　　憂心悄悄，慍於群小。覯閔既多，受侮不少。靜言思之，寤辟有摽。

　　日居月諸，胡迭而微？心之憂矣，如匪澣衣。靜言思之，不能奮飛。

　　〔註17〕

《詩·小序》：「《柏舟》，言仁而不遇也。衛頃公之時，仁人不遇，小人在側。」〈柏舟〉寫仁人不遇，不願隨波逐流，「憂心悄悄，慍於群小」，卻也無法置身事外，「不能奮飛」，處於一個極為難堪的處境，恰如屈平之際遇。故劉熙載謂二詩同旨，「讀之當兼得其人之志與遇」。再看劉熙載如何用文學角度評價屈平：

　　韋云：「微雨夜來過，不知春草生」，是道人語。柳云：「回風一蕭瑟，

　　林影久參差」，是騷人語。〔註18〕

劉熙載對舉韋應物〈幽居〉、柳宗元〈南澗中題〉二詩，二詩原文如下：

　　貴賤雖異等，出門皆有營。獨無外物牽，遂此幽居情？

　　微雨夜來過，不知春草生。青山忽已曙，鳥雀繞舍鳴。

　　時與道人偶，或隨樵者行。自當安蹇劣，誰謂薄世榮。

　　秋氣集南澗，獨遊亭午時。迴風一蕭瑟，林影久參差。

　　始至若有得，稍深遂忘疲。羈禽響幽谷，寒藻舞淪漪。

　　去國魂已遠，懷人淚空垂。孤生易為感，失路少所宜。

　　索寞竟何事，徘徊只自知。誰為後來者，當與此心期。

韋應物〈幽居〉寫於辭官之後，閒居自適，悠然自在的心情，其謂「獨無外物牽」，可以說是孑然一身，拋去羈絆，這是看破世間，隨遇而安之心境，故其「微雨夜來過」，也能瀟灑自外，不管這場「微雨」帶來了新生命，即便以雜草名之，亦自適其中。而柳宗元〈南澗中題〉寫於被貶至永州多年之際，其時值秋，雖為正午前後，卻不免秋風蕭瑟，其見「林影久參差」等秋景，其實正是物我相融的反映，下文寫的「羈禽」、「寒藻」，顯然都有暗喻自己的影子。對此二詩，前者豁達自在，物自物，我自我，劉熙載謂之「道人語」；後者焦慮執著，雖為賞遊，然皆矇上層層詩人自身的悲悽，劉熙載謂之「騷人語」。顯然後者這般情景交融，展現詩人內情於作品的風格，是劉熙載所認定的屈平騷人之作法。

　　〈辨騷〉：「自〈風〉、〈雅〉寢聲，莫或抽緒，奇文鬱起，其《離騷》哉！」劉勰把屈平之騷定位為《詩經》之後的繼承者，這個繼承不是單純的延續，

〔註17〕《詩經·國風·邶風·柏舟》。

〔註18〕此《藝概·詩概》第123則。

而是有所轉折,其「雖取熔經旨,亦自鑄偉辭」,成為文學的典範與濫觴;劉
勰〈辨騷〉對於屈騷之後又言:「才高者菀其鴻裁,中巧者獵其豔辭,吟諷者
銜其山川,童蒙者拾其香草」,這幾句一方面呈現出屈騷的多貌性,另一方面
亦顯示其影響力。劉熙載承繼劉勰這樣的概念,對於屈平亦有類似定位:

> 詩以出於《騷》者為正,以出於《莊》者為變。少陵純乎《騷》,太
> 白在《莊》《騷》間,東坡則出於《莊》者十之八九。〔註19〕

此則直接稱「詩以出於〈騷〉者為正」,並作為一個評判後代詩人的準則,這
顯然肯定了屈平的文學正統地位。就文學的起源觀點來看,屈騷成為文學之
正統、源頭,這無疑可上追至劉勰的《文心雕龍》,尤其〈辨騷〉中辨別騷體
之正反通變,前文已述。這也證明劉勰置〈辨騷〉為樞紐論,是準確無誤的,
將騷立於文學之樞紐位置,的確是劉勰的文學史架構的基礎。而就騷之與詩
的關係來看,此則又隱然暗合《文心雕龍》先〈辨騷〉後〈明詩〉之次序;在
劉勰所處的時代,學術主流仍以經學為主,故劉勰將騷體調分縷析成四同於
經典、四異於經典;時至劉熙載所處的時代,騷體的價值早已隨著文學觀念
的變化而不再是經學的附屬,其價值早不可同日而語,此際,騷體反而成為
文學史脈絡中的正統。對比劉勰〈辨騷〉中細膩的辨騷之辨,其「異乎經典」
之異,至此終於可以說是扶正,走出了一條新徑。再看以下這則:

> 國手置棋,觀者迷離,置者明白。《離騷》之文似之。不善讀者,疑
> 為於此於彼,恍惚無定,不知只由自己眼低。〔註20〕

不善讀者,不明屈騷之用心,善讀者,則如劉熙載,有其眼界,可見其用心。
此豈非《文心雕龍·知音》「見異,惟知音耳」之意嗎?劉勰自比為屈平之知
音,劉熙載亦自比如是,可以說,劉勰開創此徑,劉熙載繼承這樣的觀點,亦
給予肯定。

第三節　文學之內質:情之深致

　　劉勰、劉熙載把屈騷視為文學的濫觴、原型,則其如何看待文學的本質
呢?先看〈辨騷〉這段文字:

> 敘情怨,則郁伊而易感;述離居,則愴怏而難懷;論山水,則循聲

〔註19〕此《藝概·詩概》第 149 則。
〔註20〕此《藝概·文概》第 48 則。

而得貌；言節侯，則披文而見時。是以枚賈追風以入麗，馬揚沿波

而得奇，其衣被詞人，非一代也。故才高者菀其鴻裁，中巧者獵其

豔辭，吟諷者銜其山川，童蒙者拾其香草。

〈辨騷〉全文，處處不離一個辨字，先有劉安、班固、王逸、揚雄等人的評論之辨，中有同於經典、異乎經典的四同四異之辨，後有「敘情怨」、「述離居」、「論山水」、「言節侯」與「菀其鴻裁」、「獵其豔辭」、「銜其山川」、「拾其香草」之辨。這段文字所強調的，在於屈騷提供了多層次且甚為豐富的文學元素，可供後來者模仿學習，那麼，何者可以稱為是文學的內質呢？此必須指向屈平所注入文學作品中的情感，正如此則：

《離騷》東一句，西一句，天上一句，地下一句，極開闔抑揚之變，

而其中自有不變者存。〔註21〕

劉熙載謂屈騷「極開闔抑揚之變」，此變者，指的便是〈辨騷〉「托雲龍，說迂怪，豐隆求宓妃，鴆鳥媒娀女，詭異之辭也；康回傾地，夷羿彈日，木夫九首，土伯三目，譎怪之談也；依彭咸之遺則，從子胥以自適，狷狹之志也；士女雜坐，亂而不分，指以為樂，娛酒不廢，沉湎日夜，舉以為歡，荒淫之意也：摘此四事，異乎經典者也」等異乎經典之文。而其不變者，則是筌立文中，不動搖者，即同乎經典之文的部份，〈辨騷・贊〉曰：

不有屈原，豈見離騷。驚才風逸，壯志煙高。

山川無極，情理實勞，金相玉式，豔溢鍇毫。

劉勰特別強調屈平之才、志「驚才風逸，壯志煙高」，實乃暗指其困頓而豐沛的情感。《文心雕龍》亦於此奠定了重情的基礎。

翻開《文心雕龍》全書，處處可見以情為內質之論，譬如〈宗經〉篇提到的宗經文學六義，以經為文學創作論的六種優勢，首要一點便是「情深而不軌」；〈明詩〉說的更為純粹：「人稟七情，應物斯感，感物吟志，莫非自然。」人之各種七情六慾，內存於體，感物而發，是再自然不過的事，〈明詩〉開篇首段為：

大舜云：「詩言志，歌永言。」聖謨所析，義已明矣。是以「在心為

志，發言為詩」，舒文載實，其在茲乎！故詩者，持也，持人情性；

三百之蔽，義歸無邪，持之為訓，有符焉爾。

「詩者，持也，持人情性」，劉勰引《詩大序》：「詩者，志之所之也。在心為

〔註21〕此《藝概・賦概》第 18 則。

志，發言為詩，情動於衷而形於言，言之不足，故嗟歎之，嗟歎之不足，故詠歌之，詠歌之不足，不知手之舞之，足之蹈之也。情發於聲，聲成文謂之音」之言，說明詩之所持，乃人之情性，乃「情動於衷而形於言」，屢屢強調詩乃人情之呈顯。〈物色〉篇討論人與景物的互動關聯，「物色之動，心亦搖焉」，這個心所動搖之處，便是人之情感，故劉勰用「情以物遷，辭以情發」，直接以「情」作為人之代稱，以「情」作為作者之代名詞。不僅如此，〈情采〉更處處把情視為是作者、作品的代理人，其謂「情者文之經，辭者理之緯」，視「情」為文學作品中最重要之一環，肯定前人「為情而造文」的創作企圖，指出為情而作之文，具有「要約而寫真」的特質，此處「寫真」一詞，又將情之真摯連結到詩人作者身上，說明情之所衷，必然源自於作者的情感身上。其實綜觀〈情采〉篇，全篇重心在討論情、采二元素之於一篇文章的重要性，文章前半段是以天平式的兩端來分論二者，其重要性並不分上下，行文至後半段，劉勰才進一步分辨輕重，「情經采緯」，二者皆為不可或缺之要素，而內情的價值更勝於外在的辭采，對照〈情采〉開篇首句：「聖賢書辭，總稱文章，非采而何？」是否可以依樣造句，導出「聖賢書辭，非情而何？」之結論呢？這是可以肯定的。〈情采〉又引《易·賁卦》，言：「賁象窮白，貴乎反本」，賁卦末爻爻辭：

> 上九，白賁，無咎。

賁卦☲，上山下火，為易卦第二十二卦，《象曰》：「賁，亨；柔來而文剛，故亨。分剛上而文柔，故小利有攸往。剛柔交錯，天文也；文明以止，人文也。觀乎天文，以察時變；觀乎人文，以化成天下。」劉勰轉引之以論文飾之事，其上爻之爻辭為「白賁，無咎」，故劉勰引之謂「賁象窮白」，意指裝飾至最為極致，最上乘者反而是以最樸實的白色為飾，反璞歸真，「貴乎反本」了。用於創作上，則其反本之意，便在於返回創作者之根本，也就是情了。反過來說〈情采·贊〉曰：「吳錦好渝，舜英徒豔。繁采寡情，味之必厭」，徒豔之作，少了反還歸本之情感，乍讀之下或許還可以，然而這種寡情之作，是不可能耐讀的。

不僅在理論上要求，劉勰更在《文心雕龍》全書中，處處以情作為實際批評的準則，舉數例如下：

> 〈詮賦〉：「彥伯梗概，情韻不匱。」

> 〈雜文〉：「景純〈客傲〉，情見而采蔚。」

〈諸子〉：「情辨以澤，文子擅其能。」

〈史傳〉：「班彪〈王命〉，嚴尤〈三將〉，敷述昭情，善入史體。」

〈書記〉：「陸機自理，情周而巧。」

〈體性〉：「公幹氣褊，故言壯而情駭。」

〈物色〉：「若乃山林皋壤，實文思之奧府，略語則闕，詳說則繁。
然則屈平所以能洞鑒〈風〉、〈騷〉之情者，抑亦江山之助乎？」

〈才略〉：「荀況學宗，而象物名賦，文質相稱，固巨儒之情也。」

以上數段文字，皆以情作為實際批評，尤其〈物色〉論屈平一段，仍以情概括
《詩經》、《楚辭》，「洞鑒〈風〉、〈騷〉之情」，言下之意，亦即視情乃風騷之
精華、風騷之核心價值，乃需洞察方能明白者，顯然說明了劉勰如何重視內
情的重要性。王元化〈釋〈情采篇〉情志說〉便提到：「《文心雕龍》幾乎沒有
一篇不涉及「情」的概念……照劉勰看來，作家的創作活動隨時隨地都取決
於「情」，隨時隨地都需要「情」的參與，因此，他在〈情采篇〉提出了一句
總括的話說：「情者文之經」。」〔註22〕尤師雅姿〈《文心雕龍》中「情」字的
範疇研究〉一文更把《文心雕龍》數個情字、情詞貫串成段：

> 從生之所以然的「人秉七情」，落實到個別作家剛柔殊異、庸俊不同
> 的「才情」，創作主體因「睹物興情」而「情以物遷，物以情觀」，
> 於是「志思蓄憤」，欲敘情怨，吟詠其情性。此時，「辭以情發」的
> 寫作活動於焉開始，他準備「為情而造文」。〔註23〕

這段串辭，足以顯示《文心雕龍》全書如何重視內情的特點。

實際上，《文心雕龍》所處六朝，本身便是重情的時代，以〈明詩〉為例，
〈明詩〉引《尚書・虞書・舜典》「詩言志」說為訓，劉勰則轉化為「抒情說」，
這是劉勰的開創之功，明清不少評點者，皆肯定劉勰此一創解。〔註24〕可以
說，以情入文入詩，是六朝文學發展的一大標誌，這在《文心雕龍》、陸機〈文

〔註22〕 詳見氏著：〈釋〈情采篇〉情志說〉，《文心雕龍講疏》（臺北：書林出版社，
1993 年），頁 183～184。

〔註23〕 詳見尤師雅姿：〈《文心雕龍》中「情」字的範疇研究〉，《日本福岡大學《文
心雕龍》國際學術研討會論文集》（臺北：文史哲出版社，2007 年），頁 231。

〔註24〕 游師志誠指出：明清以來評點《文心雕龍》者，各家無不稱頌劉勰將言志說
轉向抒情說之創解，「然而須知劉勰非創解，實為『折中』之作法。」詳見游
師志誠：《《文心雕龍》五十篇細讀・〈明詩篇細讀〉》（臺北：文津，2017 年 6
月），頁 80。

賦〉、鍾嶸《詩品》等著作上都可以看到。而在其後的唐代，韓柳以降的古文運動，提倡文以明道，乃至於宋代道學家主張的文以載道，以及明代前後七子、清代經學家文論，「更以模仿古人的文章間架為能事，以注經載道為旨歸」，陳庄〈劉熙載《藝概‧文概》初探〉便藉由各代文論歷史的高度，突顯出劉熙載重情的特質：「《藝概‧文概》有一個突出之點，就是注意對散文的情感性的研究。」〔註25〕〈文概〉以下此則便具有高度概括性：

> 「聖人之情見乎辭」，為作《易》言也。作者情生文，斯讀者文生情。
> 《易》教之神，神以此也。使情不稱文，豈惟人之難感，在己先「不
> 誠無物」矣。〔註26〕

劉熙載引《易‧繫辭下》「聖人之情見乎辭」一語，說明聖人有情；這般口吻與〈情采〉開篇「聖賢書辭，總稱文章，非采而何？」非常類似，第一，二者都以聖賢為典範；其次，藉由典範示範之效果，突出情之於文章之必要，采之於文章之必然；然而有一個關鍵性的差別，是劉熙載是正用《易》語，之後接續說明情的重要性，而劉勰此處則是反用，他先墊高采的地位，以在下文映襯出情的更高位置，反過來說，就重情這點來看，這又是二者相同之處。〈文概〉此則與《文心雕龍》的相似不僅如此，其下文「作者情生文，斯讀者文生情」，以作者、讀者相對，根本與〈知音〉「綴文者情動而辭發，觀文者披文以入情」如出一轍，以情創作，藉文見情，情感於此處顯示出，作者與讀者的交流本質，仍在於情上；故〈知音〉所述俞伯牙、鍾子期的知音典故的故事，劉勰亦言：「志在山水，琴表其情」，雖在論琴，亦直揭以情。

除此之外，再看〈詩概〉此則，從哲理思想處著論：

> 詩要超乎「空」、「欲」二界。空則入禪，欲則入俗。超之之道無他，
> 曰「發乎情，止乎禮義」而已。〔註27〕

傳統中國文化底蘊，不出儒、釋、道三家，劉熙載認為因緣和合的宇宙觀，遁入空，不是他的真道；媚於名利枷鎖的世俗，墮入俗，也絕非他所嚮往的；恰恰於這兩境之中，劉熙載安身立命於其中的一個平衡點，不過度看破，也不涉身浸頭，他以本我為根基，「發乎情」，是人之先天本質，與生俱來，「止乎

〔註25〕詳見陳庄：〈劉熙載《藝概‧文概》初探〉，上海師範大學編：《劉熙載傳記資料》（上海：上海師範大學圖書館，1986～1994 年），頁 1～5。
〔註26〕此《藝概‧文概》第 258 則。
〔註27〕此《藝概‧詩概》第 272 則。

禮義」，與其說是《毛詩正義》所說的「止乎禮義，先王之澤也」，〔註28〕不如理解為個人與世界的聯繫關係，更為恰當。當發則發，而止於所當止，以自身之道安身立命於社會之中，不超然看破，絕緣於外，也不盲目追尋，隨波逐流，他所堅持的核心價值，其實便是一個概念：發乎於情。這也是劉熙載認為，身為人的根本價值。是以〈文概〉第339則引《國語‧鄭語》「聲一無聽，物一無文，味一無果，物一不講」，而言：

> 《國語》言「物一無文」，後人更當知物無一則無文。蓋「一」乃文
> 之真宰，必有一在其中，斯能用夫不一者也。〔註29〕

「物一無文」，表面意思是說，單一顏色、單一裝飾則同如沒有顏色、沒有裝飾，文是紋路、花紋的意思。劉熙載引用這句話，並加以反轉，言「物無一則無文」，反轉成「無一無文」之後，「一」反倒成了行文的重要內涵，劉熙載自言「一乃文之真宰」，缺少了這個「一」，便不成文。這個倒轉結果，不得不讓人聯想到《文心雕龍‧情采》的內情、外采的對比；此則結構是劉熙載引用《國語》「物一無文」在先，強調文采、文飾之重要，再接著反轉立場，延伸出「物無一則無文」，提出「一」這個核心概念；這樣個行文結構，正如〈情采〉全篇，其開篇先強調辭采：「聖賢書辭，總稱文章，非采而何？」再延伸出情的必要，而後有「詩人什篇，為情而造文；辭人賦頌，為文而造情」之情、采對比；巧合的是，〈情采〉中亦用「真宰」一詞：「故有志深軒冕，而泛詠皋壤，心纏幾務，而虛述人外。真宰弗存，翩其反矣。」這是劉勰批評為文而造情之作家，劉勰非議這類作品「真宰弗存」，劉熙載則造樣造句而謂：「無一（真宰）則無文」，這不僅是詞句的相似，顯然在對於文學內情的觀點上，在辭章結構鋪陳上，也有不少借鏡之可能。

〈詞曲概〉此則講的更為清楚：

> 詞家先要辨得情字，〈詩序〉言發乎情，〈文賦〉言詩緣情，所貴
> 於情者，為得其正也。忠臣、孝子、義夫、節婦，皆世間極有情
> 之人，流俗誤以欲為情。欲長情消，患在世道。倚聲一事，其小
> 焉者也。〔註30〕

〔註28〕《毛詩正義》卷一〈國風‧周南‧關雎〉：「故變風發乎情，止乎禮義。發乎情，民之性也；止乎禮義，先王之澤也。」
〔註29〕此《藝概‧文概》第339則。
〔註30〕此《藝概‧詞曲概》第116則。

「發乎情」之詞,已見於前文論〈詩概〉272 則處,此處更增添陸機〈文賦〉「詩緣情而綺靡」,其實重情之論不僅止於詩、詞、賦、文等單一文體,世間有情之人,其文字便會呈顯其情,這是「我」之反映:

> 詩不可有我而無古,更不可有古而無我。「典雅」、「精神」,兼之斯善。〔註31〕

> 文固要句句字字受命於主腦,而主腦有純駁、平陂、高下之不同,
> 若非慎辨而去取之,則差若毫釐,繆以千里矣。〔註32〕

詩不可以無我,這個我,便是「主腦」;這個主腦之說,可以有兩層指稱,其一,指的是詩人、作者之腦,此與〈體性〉文、人合一的概念相似,故其謂「主腦有純駁、平陂、高下之不同」,直與〈諸子〉「純粹者」、「踳駁者」以純駁分辨流派相呼應;其二,指的是作品之腦、文章之大旨,則與〈情采〉之情的概念雷同,「文固要句句字字受命於主腦」一語,便是情之與采二者對比輕重之釐清。甚且,劉熙載亦強調本色之重要性:

> 「白賁」占於《賁》之上爻,乃知品居極上之文,只是本色。〔註33〕

藉賁卦上爻,說明雕飾盡去的本色之文,方為最上乘的文章。此雖未見引用劉勰〈情采〉之名,然劉熙載同劉勰引用賁卦,說明相同本色觀點,如王弼注:「處飾之終,飾終反素,故任其質素,不勞文飾」,為文飾落盡見真淳之意。

既然內情是文章之本質,那麼當然也該是評價作品優劣的重要準則,劉熙載在評論諸家作品時,便很常見這樣的評論:

> 太史公文,兼括六藝百家之旨。第論其惻怛之情,抑揚之致,則得於《詩三百篇》及《離騷》居多。

> 學《離騷》,得其情者為太史公,得其辭者為司馬長卿。長卿雖非無得於情,要是辭一邊居多。離形得似,當以史公為尚。

> 劉向、匡衡文,皆本經術。向傾吐肝膽,誠懇悱惻,說經卻轉有大意處;衡則說經較細,然覺志不逮辭矣。

> 介甫文每言及骨肉之情,酸惻嗚咽,語語自腑肺中流出,他文卻未能本此意擴而充之。〔註34〕

〔註31〕此《藝概‧詩概》第 275 則。
〔註32〕此《藝概‧文概》第 314 則。
〔註33〕此《藝概‧文概》第 319 則。
〔註34〕此四則分別出自《藝概‧文概》第 88、89、103、237 則。

以上諸則，或評司馬遷，或評劉向、王安石，都是肯定其文章之情，「傾吐肝膽」、「語語自腑肺中流出」，肝膽肺腑之辭，其實意同前文提到的「主腦」，亦即是作者自我，作者自情；尤其〈文概〉第 89 則，以情、辭二項分辨司馬遷與司馬相如的高低，不僅透顯出情感之於文章評論之重要，更重要的是，透露出劉熙載的文學史觀：屈原為首的重情文學系譜。〈文概〉第 246 則：「陸象山文，《隱居通議》稱其《王荊公祠堂記》，又稱其《與楊守書》及《與徐子宜侍郎書》，且各繫以評語。余謂陸文得《孟子》之實，不容意為去取，亦未易評，評之須如其《語錄》中所謂『從天而下，從肝肺中流出，是自家有底物事』，乃庶幾焉。」劉熙載引《語錄》語：「從肝肺中流出，是自家有底物事」，謂之「乃庶幾焉」，四字可謂道盡其準則所在。

　　整體而言，劉勰把《文心雕龍》分為樞原論、文體論、文術論與文評論四大項，其中文體與文術的部份，是劉勰從傳統經注學術的「轉向」成績，而文原五文則可視為是劉勰所以轉向的痕跡，是如指針般地步步推轉，彼此前後相因，不可抽空，而不是相對立的兩面、破之所以立之的矛盾關係。至於文評論，劉勰一方面教導批評原則，一方面也展現他的批評眼力，正如章學誠《文史通義・原道上》：「自古聖人，皆學於眾人之不知其然而然，而周公又遍閱於自古聖人之不得不然，而知其然也。」〔註35〕孔子一生教述，乃學周公之不得已，學其退而求其次的結果，後人當避免學孔子之不得不然；以此觀之〈程器〉置於文評論之壓軸，實在有其深意，正也是劉勰絕非自限於集部文論學者的證據。

第四節　文學之實用：辭達器用

　　文章之用途，《論語・衛靈公》提到的「辭達而已矣」，是一傳統看法，而辭達之目的，在於純文學尚未被重視的時代，文章寫作的動機，往往都是具有實際目的的，例如孔門四科德性、言語、政事、文學，各有實用，以辭達作為目標要求，是最為早期的文學之用。劉勰《文心雕龍》亦借用辭達一詞，見於〈明詩〉：

　　　昔葛天氏樂辭云，〈玄鳥〉在曲；黃帝〈雲門〉，理不空絃。至堯有

〔註35〕詳見清・章學誠著、葉瑛校注：《文史通義校注》上冊（北京：中華書局，2004年），頁 119～120。

　　〈大唐〉之歌，舜造〈南風〉之詩，觀其二文，辭達而已。及大禹

成功，九序惟歌；太康敗德，五子咸怨：順美匡惡，其來久矣。

〈明詩〉原始表末一段，劉勰介紹〈大唐〉、〈南風〉二詩，便以「辭達而已」
評之，〈明詩〉敷理舉統論詩之體要處，又有如此之論：「鋪觀列代，而情變之
數可監；撮舉同異，而綱領之要可明矣。若夫四言正體，則雅潤為本；五言流
調，則清麗居宗，華實異用，惟才所安。」兩相對照，可知「辭達而已」之
論，既非雅潤，亦非清麗，恰好只是詩能達意之及格邊緣。

　　不過，《論語》此句「辭達而已矣」，前後並無上下文，難以判斷其口氣
與指涉，若是反向思考，把此句視為是對於文壇歪風之矯正，是用於治療辭
不達意、文勝辭則史之藥方，則便不能把這句話理解為基本要求，而是具有
一針見血、直指病處之針對性；「而已矣」的口氣，亦暗示了文章寫作必須回
歸本色、去除繁華冗贅之用心了。這樣的要求，在《文心雕龍》文體論 20 篇
的後 10 篇中，非常顯著，如〈檄移〉論檄體：「植義揚辭，務在剛健。插羽
以示迅，不可使辭緩；露板以宣眾，不可使義隱。必事昭而理辨，氣盛而辭
斷，此其要也。」〈封禪〉論封禪體：「樹骨於訓典之區，選言於宏富之路；使
意古而不晦於深，文今而不墜於淺；義吐光芒，辭成廉鍔，則為偉矣。」〈章
表〉論章體：「章以造闕，風矩應明，……循名課實，以文為本者也。是以章
式炳賁，志在典謨；使要而非略，明而不淺。」〈議對〉論議體：「大體所資，
必樞紐經典，采故實於前代，觀通變於當今。理不謬搖其枝，字不妄舒其藻。
又郊祀必洞於禮，戎事必練於兵，佃穀先曉於農，斷訟務精於律。然後標以
顯義，約以正辭，文以辨潔為能，不以繁縟為巧；事以明核為美，不以環隱為
奇：此綱領之大要也。」諸此體要之論，或強調文須剛柔，或重視辭須繁約，
或要求文氣須緩急，或建言用典須古今，各有巧妙不同，這些便絕非基本要
求，而是精準的體現各類文體的實用需求，具有鮮明的實務導向，用《論語》
的「辭達而已矣」來說，劉勰這些文論內容，用以闡釋各文體要如何書寫，方
能達到辭達之境界。

　　不過，對於古代君子而言，著作一事本來便是窮達之不如意時，委身所
作之事，《孟子‧盡心章句上》第九：「孟子謂宋句踐曰：『子好遊乎？吾語子
遊。人知之，亦囂囂，人不知，亦囂囂。』曰：『何如斯可以囂囂矣？』曰：
『尊德樂義，則可以囂囂矣。故士窮不失義，達不離道。窮不失義，故士得己
焉；達不離道，故民不失望焉。古之人，得志，澤加於民，不得志，修身見於

世。窮則獨善其身，達則兼善天下。』」窮則獨善，達則兼天下，這是孔孟以
降，文人對於自己的期許與抱負，是以「辭達而已矣」又有另一種解讀方式，
即著作僅只是不得志之時的過度，以辭達為原則即可，待得志之際來臨，發
揮自身影響力，兼善天下，方是更值得追求之事。這樣的觀念，劉勰於〈程
器〉篇談的細膩，其末段如此提到：

> 君子藏器，待時而動。發揮事業，固宜蓄素以弸中，散采以彪外，
> 梗楠其質，豫章其幹；攡文必在緯軍國，負重必在任棟樑，窮則獨
> 善以垂文，達則奉時以騁績。若此文人，應〈梓材〉之士矣。

「攡文必在緯軍國」，說明了著作的根本目的，在於報效己身，所謂「君子藏
器，待時而動」，所謂「窮則獨善以垂文，達則奉時以騁績」，再再說明了君子
窮達之際，如何自處之標準所在。〈程器〉開篇首句便言：「〈周書〉論士，方
之梓材，蓋貴器用而兼文采也。」「貴器用而兼文采」，文采之重要性，遠不及
君子之器，昭然可見；其後通篇大談歷來文武將才之疵咎，「相如竊妻而受金，
揚雄嗜酒而少算」、「管仲孝竊，吳起之貪淫」，諸此瑕累，不可勝數，劉勰更
引用曹丕〈與吳質書〉，有謂「近代詞人，務華棄實。故魏文以為：『古今文
人，類不護細行。』」，〈程器〉舉眾例以驗證歷來眾家「不護細行」之現實，
亦說明了獨善修身的困難，其目的在於襯托出窮達有據之輩的難得，贊曰：
「雕而不器，貞幹誰則。豈無華身，亦有光國」，「雕而不器」者，即「務華棄
實」之輩，反過來說，一個理想的典範當是「豈無華身，亦有光國」的，劉勰
〈程器〉最高理想的目標：由己而外的發揮事業。

劉勰一生的志業，可以說畢其功於一書，即《文心雕龍》，〈諸子〉：「諸
子者，入道見志之書。太上立德，其次立言。百姓之群居，苦紛雜而莫顯；君
子之處世，疾名德之不章。唯英才特達，則炳曜垂文，騰其姓氏，懸諸日月
焉。」便顯露出他立德、立言之企圖，成一家言，是其畢生之志業，〈序志〉
亦言：「形同草木之脆，名逾金石之堅，是以君子處世，樹德建言，豈好辯哉？
不得已也！」樹德建言，乃對於生命易逝的一種抵抗姿態，以這樣的理念來
看待著作一事，便不至於被眈美的辭采給迷惑，相反地，反而能更堅定地以
「辭達而已矣」的理念，以實務目的的理念，作為論文原則。劉熙載亦以《藝
概》一書成就其立言之功：

> 文之道，可約舉經語以明之，曰：「辭達而已矣」，「修辭立其誠」，
> 「言近而指遠」，「辭尚體要」，「乃言底可績」，「非先王之法言不

敢言」，「易其心而後語」。〔註36〕

〈文概〉此則以七句經語，指涉文章之道，這七句話分別源自《論語》、《易》、《孟子》、《書》、《孝經》與《詩》，暗合劉熙載的宗經原則；除卻「辭達」一詞，「言近而指遠」出自《孟子·盡心下》：「孟子曰：『言近而指遠者，善言也；守約而施博者，善道也。』」《孟子·盡心下》提到「言近指遠」為善言者，說明言淺而旨深、言約而旨廣，此指遠之意與辭達之達意的目的性相符，而其言近、守約之「概」念，與《尚書·周書·畢命》：「辭尚體要」的概念又相符合。那麼，文既以傳遠為目的，其具體內容又需以何為承載呢？分二層次來說，近以自養，《易·乾卦·九三》：「君子終日乾乾，夕惕若，厲無咎。」《文言》便謂：「子曰：『君子進德修業，忠信，所以進德也。修辭立其誠，所以居業也。』」遠則澤民，《周易·繫辭下》：「子曰：『君子安其身而後動，易其心而後語，定其交而後求，君子脩此三者，故全也，危以動，則民不與也，懼以語，則民不應也，無交而求，則民不與也，莫之與，則傷之者至矣。易曰：「莫益之，或擊之，立心勿恆，凶。」。』」從自養到澤民，是文之所承載的兩種層次。此外，「乃言底可績」一詞，出自「《尚書·舜典》，原文為堯告舜之語：「詢爾舜，詢事考言，乃言底可績，三載，汝陟帝位。」〔註37〕說明文章需「詢事考言」，依事而作，不能是架空之空言，不可是空口白話，需有實質依據。最後，又引《孝經》「非先王之法言不敢言」一辭，其原典如下：

　　《孝經·卿大夫》：「卿大夫：『非先王之法服不敢服，非先王之法言不敢道，非先王之德行不敢行。是故非法不言，非道不行；口無擇言，身無擇行。言滿天下無口過，行滿天下無怨惡。三者備矣，然後能守其宗廟。蓋卿、大夫之孝也。《詩》云：『夙夜匪懈，以事一人。』」

世間之事，面向繁多，情勢萬殊，身處其中難能面面兼及，故此段文字強調治世當憲章先王之法、言、德，以守宗廟，以事其上。以上七句經語，說明了劉熙載的文道觀念，他除了以「辭達」為目的，同時講究修身澤民、體要

〔註36〕此《藝概·文概》第335則。
〔註37〕詳見《藝文類聚·卷十一·帝王部一·帝舜有虞氏》：「《尚書·舜典》曰：慎徽五典，五典克從，納於百揆，百揆時敘，賓於四門，四門穆穆，納於大麓，烈風雷雨弗迷。帝曰：詢爾舜，詢事考言，乃言底可績，三載，汝陟帝位。」

指遠，且不可架空，當有所本，以先賢之法為法，當擇前循。這七個原則，無一是審美要求，也並非為形式技巧所考量，再再強調文章之道需以達意為目的，以實務為目標，這是與劉勰的觀點相近的。對於文道之用，可再參考此則：

> 《莊子》曰：「語之所貴者，意也。意有所施，意之所隨者不可以言傳也。而世因貴言傳書。」是知意之所以貴者，非徒然也。為文者苟不知貴意，何論意之所隨者乎？〔註38〕

劉熙載引《莊子・外篇・天道・第九》，說明語之可貴者在於語意，意能否順利溝通傳達，是其最重要的考量；《莊》文其下接續的是「輪扁斲輪」的故事，說明文辭若不能傳達意念、技巧，那也只是糟粕。〔註39〕這其實也就是「辭達」之根本追求，放棄這一原則，則文本便失去其價值。

那麼對於文體之用，如何為用？前文提及劉勰有「窮則獨善以垂文，達則奉時以騁績」兩個面向，劉熙載亦有這兩個層次；其一，是文體之用，對於文體之實務用途，可於下例見其主張：

> 古人賦詩與後世作賦，事異而意同。意之所取，大抵有二：一以諷諫，《周語》「瞍賦矇誦」是也；一以言志，《左傳》趙孟曰：「請皆賦，以卒君貺，武亦以觀七子之志」，韓宣子曰：「二三子請皆賦，起亦以知鄭志」是也。言志諷諫，非雅麗何以善之？〔註40〕

〈賦概〉此則論詩、賦，認為其意所取，在於諷諫、言志，言志固不必說，諷

〔註38〕此《藝概・文概》第 260 則。

〔註39〕《莊子・外篇・天道・第九》原文如下：「世之所貴道者，書也，書不過語，語有貴也。語之所貴者，意也，意有所隨。意之所隨者，不可以言傳也，而世因貴言傳書。世雖貴之，我猶不足貴也，為其貴非其貴也。故視而可見者，形與色也；聽而可聞者，名與聲也。悲夫！世人以形色名聲為足以得彼之情！夫形色名聲果不足以得彼之情，則知者不言，言者不知，而世豈識之哉！桓公讀書於堂上，輪扁斲輪於堂下，釋椎鑿而上，問桓公曰：「敢問公之所讀者何言邪？」公曰：「聖人之言也。」曰：「聖人在乎？」公曰：「已死矣。」曰：「然則君之所讀者，古人之糟魄已夫！」桓公曰：「寡人讀書，輪人安得議乎！有說則可，無說則死。」輪扁曰：「臣也，以臣之事觀之。斲輪，徐則甘而不固，疾則苦而不入。不徐不疾，得之於手而應於心，口不能言，有數存焉於其間。臣不能以喻臣之子，臣之子亦不能受之於臣，是以行年七十而老斲輪。古之人與其不可傳也死矣，然則君之所讀者，古人之糟魄已夫。」

〔註40〕此《藝概・賦概》第 72 則。

諫之用,則深具古典美刺含意,而非從文學美學角度來看待詩、賦的。其二,則是文士之用,對於文士學文,窮達如何自處?劉熙載的態度與劉勰〈程器〉中的姿態,頗為相似:

> 昌黎自言「其行己不敢有愧於道」,余謂其取友亦然。觀其《寄盧仝》云:「先生事業不可量,惟用法律自繩己。」《薦孟郊》云:「行身踐規矩,甘辱恥媚竈。」以盧、孟之詩名,而韓所盛推,乃在人品,真千古論詩之極則也哉!〔註41〕

〈程器〉:「士之登庸,以成務為用……安有丈夫學文,而不達於政事哉?」古代文人讀書作論,所為為何?劉勰說的精準,一針見血,便在「待時而動」的企圖,終究是具有實用目的的,故〈程器〉中大大數落「文士之疵」、「古之將相,疵咎實多」,對比劉熙載此則稱美盧仝全、孟郊,讚譽人品,這其實呼應了〈程器〉「窮則獨善以垂文」之理念。牟世金曾指出:「(劉勰)仍是以儒家的規範來衡量和要求諸子之作。劉勰論創作的基本觀點是文質並重。其重質,固然是為了有益於時用;其重文,實際上仍是出於用。」〔註42〕無論所重者是質或文,皆含藏著器用之期待,這是不可忽視的。

第五節　文學之脈絡:系譜建構

　　所謂系譜,原始意義指的是家族成員的聯繫與組織,以還原一個親屬血脈的族親關係。把這樣的觀念放到文學上,所謂文學的系譜並非以血緣作為聯繫,而是就淵源傳承、親疏遠近、影響層次作為依據。在中國文學批評史上,鍾嶸《詩品》是文學系譜建構的著名作品之一,全書專論五言詩,評詩家達 120 餘家,陳延傑:「《詩品》既為 36 人溯厥師承,使後世得以探其源而尋其流者,鍾氏之功也。已大勞經營矣!然其他數十人,蓋闕略弗講,雖具不知闕如之義,亦一缺憾焉。」〔註43〕鍾嶸將五言詩的源流分為《國風》、《小雅》、《楚辭》三派,並將其中 36 位詩人加以串連聯繫,如論曹植詩「其源出於國風」、陶淵明詩「其源出於應璩,又協左思風力」等等,這樣的作法,一方面雖然可以明確看到諸家詩人的風格與影響脈絡,不過也由於缺乏論述,

---

〔註41〕此《藝概‧詩概》第 118 則。
〔註42〕詳見牟世金:《文心雕龍研究》(北京:人民文學出版社,1991 年),頁 135。
〔註43〕詳見陳延傑:〈讀《詩品》〉,曹旭選評:《中日韓《詩品》論文選評》(上海:上海古籍出版社,2003 年),頁 62。

在家派之間的聯繫也由於只是「其源出於某某」的結果呈現，缺乏彈性空間，相較之下，劉勰《文心雕龍》雖亦重視文學脈絡的呈現，卻能不用鍾嶸《詩品》這樣的方法。

在《文心雕龍》中，〈宗經〉篇所提到的「論說辭序，則《易》統其首；詔策章奏，則《書》發其源」等等，以六經作為諸文體之源流，所謂「百家騰躍，終入環內」，這是針對文體所作的系譜。而在文體論 20 篇中，劉勰針對各文體所作的「原始以表末」，其實也是另一種文學脈絡，所不同的是，劉勰論述文學始末，是以時間為軸，獨立描述各家、各代的作品與風格，形成一種文學史觀，以〈明詩〉其中一段為例：

> 漢初四言，韋孟首唱，匡諫之義，繼軌周人。孝武愛文，柏梁列韻，嚴馬之徒，屬辭無方。至成帝品錄，三百餘篇，朝章國采，亦云周備。而辭人遺翰，莫見五言，所以李陵、班婕妤見疑於後代也。按〈召南·行露〉，始肇半章；孺子〈滄浪〉，亦有全曲；〈暇豫〉優歌，遠見春秋；〈邪徑〉童謠，近在成世：閱時取徵，則五言久矣。又古詩佳麗，或稱枚叔，其〈孤竹〉一篇，則傅毅之詞。比采而推，兩漢之作乎？觀其結體散文，直而不野，婉轉附物，怊悵切情，實五言之冠冕也。

劉勰以時代為軸，依序說明概各代詩學風格，再從中舉出作詩體要以及優秀詩作，如其評〈古詩十九首〉，謂之「五言之冠冕」，視之為五言詩典範之作。再看劉熙載《藝概》中，也有不少「某某出於某某」之語，語勢頗似《詩品》，然其實際的連結上，則較近似劉勰；如評屈騷：

> 詩以出於《騷》者為正，以出於《莊》者為變。少陵純乎《騷》，太白在《莊》《騷》間，東坡則出於《莊》者十之八九。

> 太白詩以《莊》《騷》為大源，而于嗣宗之淵放，景純之俊上，明遠之驅邁，玄暉之奇秀，亦各有所取，無遺美焉。

> 曲江之《感遇》出於《騷》，射洪之《感遇》出於《莊》。纏綿超曠，各有獨至。

> 〈古詩十九首〉與蘇、李同一「悲慨」，然《古詩》兼有「豪放」、「曠達」之意，與蘇、李之一於「委曲」、「含蓄」，有陽舒陰慘之不同。知人論世者，自能得諸言外，固不必如鍾嶸《詩品》謂《古詩》

「出於《國風》」,李陵「出於《楚辭》」也。〔註44〕

劉熙載以為「詩以出於《騷》者為正,以出於《莊》者為變」,李白兼承二者,杜甫純然《騷》體,蘇軾則偏於《莊子》等等,劉熙載論及〈古詩十九首〉時,便對鍾嶸《詩品》的「某某出於某某」之聯繫,稍有微詞。此外,再看以下諸例:

> 唐初四子,沿陳、隋之舊,故雖才力迴絕,不免致人異議。陳射洪、張曲江獨能超出一格,為李、杜開先。人文所肇,豈天運使然耶?

> 陶、謝並稱,韋、柳並稱。蘇州出於淵明,柳州出於康樂,殆各得其性之所近。

> 宋王元之詩自謂樂天後進,楊大年、劉子儀學義山為西崑體,格雖不高,五代以來,未能有其安雅。

> 歐陽永叔出於昌黎,梅聖俞出於東野。歐之推梅不遺餘力,與昌黎推東野略同。

> 王荊公詩學杜得其瘦硬,然杜具熱腸,公惟冷面,殆亦如其文之學韓,同而未嘗不異也。〔註45〕

《文心雕龍‧通變》:「楚之騷文,矩式周人;漢之賦頌,影寫楚世;魏之篇制,顧慕漢風;晉之辭章,瞻望魏采」劉勰的文學史觀,散佈於各文體論篇中,亦見於〈通變〉、〈時序〉等專篇,而劉熙載的文學史觀,則可於這樣的聯繫上,看到他的文學脈絡樣貌。

以《藝概》引用《大戴禮記》「通道必簡」的概念來說,所謂通道必簡,此文道若可暢通成行,流芳於世,那將是怎樣的面貌?劉勰《文心雕龍》所批評的範圍,上至黃帝,下及齊梁,其視野實廣,著實注意到這個問題。檢視《文心雕龍》全書,處處提醒文章與時間、時代的對應關係,最顯著者,如〈通變〉中從黃歌〈斷竹〉到晉宋之簡略文學史,到〈時序〉通篇文學史,顯示出「蔚映十代,辭采九變」之結果面貌,這是時代之順觀。除此二篇專文,凡文體論二十篇,無一不講究各種文體之「原始」、「表末」;樞紐論五篇,更見由核心發展至各端的過程,所謂「百家騰躍,終入環內」,這又兼有逆溯之意義。換句話說,現實上的「通道」,不會因為「簡」的核心價值,而顯現單

〔註44〕此四則分別源自《藝概‧詩概》第 149、67、66、26 則。

〔註45〕此五則分別源自《藝概‧詩概》第 65、122、132、134、137 則。

一化的現象，相反地，文學的發展仍會隨時代風氣而感染不同面貌，《文心雕龍‧時序》：「文變染乎世情，興廢繫乎時序」，客觀說明文章與時代風潮的密切關係，不僅如此，又言：「歌謠文理，與世推移，風動於上，而波震於下者也」，時代動盪如是，文情記載如是，故文字之中，必有時代風氣之餘韻，是為文之必然。

　　延伸而論，文章若染有時代風氣，這樣的作品則可視為閱讀該時代的載具，故〈時序〉有「原始以要終，雖百世可知也」之言，這是就後來的閱讀者的角度所說的，「可知」其代之風。劉熙載言：

> 鏡能照外而不能照內，能照有形而不能照無形，能照目前而不能照萬里之外。億載之後，乃知以鏡喻聖人之用心，殊未之盡。〔註46〕

劉熙載以鏡、目為喻，以鏡子止於照形的功能，映襯出用於寫作之心是不易捕捉的。可知而不可知，乍看似乎與劉勰意見不同，實際上正好相反，二者意見是相通的；第一，《文心雕龍‧知音》亦以目、鏡為喻依，以喻閱讀一事，謂：「心之照理，譬目之照形」、「平理若衡，照辭如鏡」，這是用喻之相近；其次，〈知音〉論閱讀過程，有前後次序之別，照形、照辭者是閱讀的初步步驟，知音本非易事，劉勰指出「形器易徵」而「文情難鑒」，「形器易徵」即劉熙載所說鏡能照外、照形、照目之說法；三者，閱讀若要鑑賞文情，則需更進階的讀法，劉勰提出「六觀」法，藉此法以輔助閱讀，則可延波討源，百世可知；而劉熙載雖然並未進一步說明進階之法，指出何物可法，可照內、照無形、照萬里之外，而是藉「殊未之盡」四字批語，由反面道出「知音」之難。由此三點，可知劉熙載的觀點顯然有層次之別，並與劉勰處處呼應。

　　關於文章與時代的關係，〈文概〉有一則說的直接：「文之道，時為大」。〔註47〕此大之意乃主宰、無可抵抗之意，故《尚書》不同於《春秋》，《史記》不同於《左傳》，皆需「與時為休息」，共消長，諸文文風各不相同，各成風格：

> 文有四時：《莊子》，「獨寐寤言」時也；《孟子》，「向明而治」時也；《離騷》，「風雨如晦」時也；《國策》，「飲食有訟」時也。〔註48〕

〔註46〕詳見劉熙載：《游藝約言》。
〔註47〕此《藝概‧文概》第79則，全文如下：「文之道，時為大。《春秋》不同於《尚書》，無論矣。即以《左傳》、《史記》言之，強《左》為《史》，則嘵殺；強《史》為《左》，則嘽緩。惟與時為消息，故不同正所以同也。」
〔註48〕此《藝概‧文概》第332則。

劉熙載引用《詩》、《易》四句話,概括《莊》、《孟》、《騷》、《戰國策》四部書的風格,而且並列稱之為文之四時。此處之時,指的是文章的風格,「文有四時」一詞,則有概括一切文章皆不離此四種風格之企圖,換句話說,此「時」並非僅止於時代、時序之客觀指涉,更是一個人所俯仰於各種時代、世局所將呈現之一切姿態,盡藏於此四類之中。這是極具高度且自信之「概」述,也明示著各種文章、人生境遇、處事態度,都無法擺脫時的影響。子耕:「劉熙載對於『文學』與『非文學』的區分,主要依據情感因素。他不但指出『文學』本於《詩經》,而且強調『詩以出於《騷》者為正』。如『少陵純乎《騷》』,他的詩滿篇都是『性情氣骨』,當然算是『文學』的『正宗』了。而本於『論詩說理』、『出於《莊》者,則為「變」』,因為它們『以窮盡事理為先』,不注重『敘物以言情』。如『東坡出於《莊》者十之八九』,他的詩文往往理勝於情,故列為『文學』之『變』統。總之,他從『正』與『變』兩個方面分析,說明了情感因素在詩歌乃至在『文學』中的重要地位。」〔註49〕子耕的意見本在說明劉熙載論詩文之正宗與變異之界線,然其論述中可見劉熙載之正、變,並非只是風格上的對比,而是有著前後繼承關係的脈絡發展,「詩以出於《騷》者為正」,這句話表面上似乎類似於鍾嶸《詩品》之某某源於某某之說,實際上並不相同,劉熙載所強調的,並非表面上的歸納與連結,而是在深化其背後相通的「通道必簡」的那個核心價值。

〔註49〕詳見子耕:〈情深親切,尤為詩之深致──劉熙載關於詩歌內容特點的理論〉,上海師範大學編:《劉熙載傳記資料》(上海:上海師範大學圖書館,1986~1994年),頁 35。

第五章 「中和誠可經」:《文心雕龍》 與《藝概》之二元策略

　　清代詩人趙翼〈論詩〉:「李杜詩篇萬口傳,至今已覺不新鮮。江山代有才人出,各領風騷數百年。」《風》、《騷》是一個時代的風潮,李白、杜甫詩亦是一個時代的風潮,而在劉勰時代,文學的集成與評論,便是當代的一門顯學,〈序志〉提到「詳觀近代之論文者多矣」,劉勰對於這些評論的評價是「魏典密而不周,陳書辯而無當,應論華而疏略,陸賦巧而碎亂,〈流別〉精而少功,〈翰林〉淺而寡要」,曹丕《典論·論文》、曹植〈與楊得祖書〉、應瑒《文論》、陸機《文賦》、摯虞《文章流別論》、李充《翰林論》,這六部批評著作,劉勰雖然給予褒貶各具之評價,整體上仍認為各有不足,謂之:「未能振葉以尋根,觀瀾而索源。不述先哲之誥,無益後生之慮」,言下之意,他認為作為一部文學評論的作品,需以先哲為典範,需能有益於後輩,而這亦成為劉勰著作《文心雕龍》的直接原因之一。

　　趙翼〈論詩〉一首,講的是滾滾巨流的學術浪潮,一代翻過一代,劉勰身處六朝,作為前代學者的承繼者,他勢必需要一些閱讀策略與批評原則,才能駕馭他所能閱讀到的各代文本,更不用說清末的劉熙載,他所處的時代更被視為是中國傳統學術的末端,站得更晚,也就站在更高遠的巨人肩上。上一章〈《藝概》「舉少以概乎多」之一元核心〉所論述的「一元核心」,已清楚地勾勒出劉勰、劉熙載的文學有一個宗經的框架,追溯其共祖為屈平,並以情為核心本質,以實務為目的,這些特質可以說是直指劉勰、劉熙載二人的「文心」之心、「藝概」之概的實質內容,不過,這樣的「一元策略」,根本

上屬於劉勰與劉熙載的核心原則，偏於理想狀態，而不等同於當代文學批評之實況，在現實中的文學場域，有更多更繁雜的作品樣貌，很多時候不可能單憑「一元策略」便可一概而論，文學批評並非是非題，必須伴隨著主要條件、次要條件等互相配合，這便是劉勰於《文心雕龍・序志》中提出的一個極為經典的二元策略：折衷法則。

第一節　折衷之法的論述準則

　　所謂折衷一詞，追溯原典，《尚書・大禹謨》記載帝舜訓勉夏禹說：「天之歷數在汝躬，汝終陟元後。人心惟危，道心惟微，惟精惟一，允執厥中。」《論語・堯曰》記載帝堯訓勉帝舜說：「諮！爾舜！天之曆數在爾躬，允執其中！四海困窮，天祿永終。」《史記・孔子世家》：「孔子布衣，傳十餘世，學者宗之。自天子王侯，中國言『六藝』者折衷於夫子，可謂至聖矣。」就字面意義上來說，《說文解字》：「折，斷也」「衷，裏褻衣。」段玉裁注：「褻衣有在外者，衷則在內者也。引伸為折衷，假借為中字。」「中，內也。」合起來看，便是斷於內心，以本心為依據，《尚書》「允執厥中」、《論語》「允執其中」、《史記》「折衷於夫子」等衷（中）所指，便成為治理天下的準則，指的便是直指心性工夫。這是折衷觀之一義。〔註1〕

　　折衷另有一義，可稱之為「執兩用中」，其概念最早已遍見於《論語》，如《論語・子罕》：「子曰：『吾有知乎哉？無知也。有鄙夫問於我，空空如也，我叩其兩端而竭焉。』」，所謂叩其兩端，意指探究一事之來龍去脈，再予以定奪；類似的具體應用還有：

> 子貢問：「師與商也孰賢？」子曰：「師也過，商也不及。」曰：「然則師愈與？」子曰：「過猶不及。」（《論語・先進第十一》）

> 子路問：「聞斯行諸？」子曰：「有父兄在，如之何其聞斯行之？」

〔註1〕「折衷」一辭之義，是以內心為論斷依據，字面意義上並無涉及論斷準則為何。不過，在儒學傳統中，此一說法往往被簡化為一個步驟，謂此心必然是須符合儒家聖賢之道的要求的。如張少康論劉勰折衷，便言：「儒家傳統講的『折中』，……是指要以是否符合儒家的聖人之道，來作為衡量一切言論是非的標準。」其說可見張氏是直接把此心視為是儒家道德教化之心了。詳見張少康：《文心雕龍新探・十四、折衷論》（臺北：文史哲出版社，1991年），頁256。

> 舟有問:「聞斯行諸?」子曰:「聞斯行之。」公西華曰:「由也問聞
> 斯行諸,子曰:『有父兄在』;求也問聞斯行諸,子曰:『聞斯行之』。
> 赤也惑,敢問。」子曰:「求也退,故進之;由也兼人,故退之。」
> (《論語‧先進第十一》)

> 子曰:「不得中行而與之,必也狂狷乎?狂者進取,狷者有所不為
> 也。」(《論語‧子路第十三》)

這些折衷之實用,後來便成為儒家的「中庸」,影響深遠。所謂中庸的精神,可以《中庸‧第六章》這段文字作為代表:

> 子曰:「舜其大知也與!舜好問而好察邇言,隱惡而揚善,執其兩
> 端,用其中於民。其斯以為舜乎!」集注:兩端,謂眾論不同之極
> 致。蓋凡物皆有兩端,如小大厚薄之類,於善之中又執其兩端,而
> 量度以取中,然後用之,則其擇之審而行之至矣。然非在我之權度
> 精切不差,何以與此。此知之所以無過不及,而道之所以行也。

所謂中庸,程頤解釋:「不偏之謂中,不易之謂庸。中者,天下之正道,庸者,天下之定理。此篇乃孔門傳授心法,子思恐其久而差也,故筆之於書,以授孟子。」朱熹則言:「中者,不偏不倚、無過不及之名。庸,平常也。」「執其兩端,用其中於民」,即所謂「執兩用中」,朱熹集注謂「兩端」為「眾論不同之極致」,其實也就是「叩其兩端而竭焉」之意,是對於某一件事、某一議題,徹底探求其始末、各種立場等等,務求極致的審慎態度,這是行動之前的準備工作。

「折衷」的兩層意思,其一是:斷於內心,以本心為依據;其二是:遍擇眾論不同至極,然後用之。前者強調折衷者之主觀,體現其內心批評原則;後者強調折衷者之客觀,呈顯出所有優劣、各種立場。這兩層意義看似矛盾,其實互為因果,所謂主觀之本心,其實是遍擇眾論之後的內化,而任何批評與選擇,也必然會受制於主觀觀點的影響;所謂折衷,正如同《文心雕龍‧知音》篇所提到的訓練方法:首務博觀,具體方法為「操千曲而後曉聲,觀千劍而後識器」,次之質觀,具體方法為「閱喬嶽以形培塿,酌滄波以喻畎澮」,直到累積足夠的質、量兼具的閱讀經驗之後,便能形塑出自我特色的「六觀」批評視角。〔註2〕〈知音〉篇雖然沒有強調折衷一法,不過劉勰在著名的「六

〔註2〕《文心雕龍‧知音》:「凡操千曲而後曉聲,觀千劍而後識器。故圓照之象,
　　　務先博觀。閱喬嶽以形培塿,酌滄波以喻畎澮。無私於輕重,不偏於憎愛,

觀」法之前，要求大量、重質的閱讀，以為基底，此一精神與折衷的要求是如
出一轍的。是以看劉勰《文心雕龍‧序志》所說的折衷法則：

> 銓序一文為易，彌綸群言為難，雖復輕采毛髮，深極骨髓，或有曲
> 意密源，似近而遠，辭所不載，亦不可勝數矣。及其品列成文，有
> 同乎舊談者，非雷同也，勢自不可異也；有異乎前論者，非苟異也，
> 理自不可同也。同之與異，不屑古今，擘肌分理，唯務折衷。

「彌綸群言為難」，所謂群言，指的是歷來文學作品的品評，當然也可以兼指
魏典六作等前人評價之作，要統籌集成，並不容易，故劉勰自述自己的原則：
「勢自不可異」、「理自不可同」，同或是異，都是理、勢之必要，而並非前人
之應聲，「擘肌分理，唯務折衷」，是謂折衷法則。關於這個理、勢之必要，可
參《中庸》這段文字：

> 仲尼祖述堯、舜，憲章文、武；上律天時，下襲水土。辟如天地之無
> 不持載，無不覆幬，辟如四時之錯行，如日月之代明。萬物並育而不
> 相害，道並行而不相悖，小德川流，大德敦化，此天地之所以為大也。

這段文字，指出孔子等聖賢以天時為律，以水土相襲，習四時，效日月，講的
是師法天地，師法天地之自然而然，以及師法天地之理所當然，故折衷之「衷」、
中庸之「中」，其本質並非高低、大小之間折合一半取其中間，也不是鄉愿式
地各方討好，毫無立場，而是效法其必然之然；《文心雕龍‧原道》開篇便說：
「文之為德也大矣，與天地並生者何哉？」與天地並生者，即天地之必然，
此乃從形上角度來說明天地存在是實質可能的。回到〈序志〉的說法，「擘肌
分理，唯務折衷」，過猶不及，凡是超越理當如此之標準者，都是劉勰認為需
要矯正折反之所在，至於是否「同乎舊談」，是否「異乎前論」，是否與古今意
見、旁人說詞相異同，則儘只是巧合使然，並非劉勰作論的標準所在。

　　從〈原道〉到〈序志〉，劉勰於〈序志〉自白其折衷法，顯然有著宣告意
味，說明著《文心雕龍》全書遍佈折衷法觀點。〔註3〕劉勰自白如是，後來學

然後能平理若衡，照辭如鏡矣。是以將閱文情，先標六觀：一觀位體，二觀
置辭，三觀通變，四觀奇正，五觀事義，六觀宮商。斯術既行，則優劣見矣。」
此段文字將評論者的養成，分為三階段，一是量的閱讀，二是質的閱讀，最
後才是「六觀」法，這三階段，將重量、重質的閱讀，作為「六觀」批評養成
之前提，其精神與折衷的要求，非常一致。

〔註3〕王充《論衡》〈自紀〉：「上自黃、唐，下臻秦、漢而來，折衷以聖道，析理於
通材，如衡之平，如鑑之開。幼老生死古今，周不詳該。」〈自紀〉是《論衡》

者亦多以折衷觀點來分析《文心雕龍》；例如王運熙〈劉勰文學理論的折衷傾向〉一文，就文藝理路的角度，將劉勰同代的批評家分為反對派、贊成派與折衷派，而劉勰自然被歸類為折衷派。〔註4〕又有就思想觀點，來分析劉勰偏向於易、儒、釋、道等，是單一思想體系，抑或是折衷多元的呢？陸侃如〈《文心雕龍》論道〉一文便提到：「范文瀾同志認為劉勰在《文心雕龍》中『嚴格保持儒學的立場，拒絕佛教思想混進來，就是文字上也避免用佛書中語。』不過我覺得很難理解劉勰怎樣把自己的思想分成兩截，……我認為吉谷同志所說「『儒佛相通的觀點』的話比較近於事實。……張啟成、炳章、曹道衡等同志也認為劉勰是儒佛統一論者。我認為這論斷是可以信從的。」〔註5〕這是一個偏向於折衷觀點的說法，其實，在劉勰所處的時代，「格義」之風如此普遍，是不太可能有純粹的、「明哲保身」的作品的，王元化〈《文心雕龍》劄記三則〉：「當時沒有不摻入任何其他思想絕對的儒家，也沒有絕對純粹的玄學和佛學。」〔註6〕這是思想理路上的折衷。又如劉勰的「復古」傾向，《文心雕龍》樞紐五篇之道之「原」、聖之「徵」、經之「宗」以及對於孔子之追隨等，都是一種求理於歷史的趨向，而在文體論中所強調的「原始以表末」，文術論〈通變〉：「名理有常，體必資於故實」、〈定勢〉：「舊練之才，則執正以馭奇」，〈情采〉：「聖賢書辭，總稱文章，非采而何」等等，處處可見這樣的「復古」趨向，張少康說道：「究竟什麼是『折衷』呢？從字面上來看，我們很容易聯想起儒家的『折中』論，認為它是對儒家研究方法的繼承。從劉勰論文強調徵聖、宗經的角度看，這種推論也是很自然的。其實，劉勰的『折衷』論與儒家傳統的『折中』論是有很大差別的，其豐富內容遠非儒家『折中』論所

最後一篇，介紹全書的要旨與體例，其架構同如《文心雕龍・序志》，其中亦以「折衷」為法則，可相參之。

〔註4〕王運熙〈劉勰文學理論的折衷傾向〉把劉勰同代的創作者、批評家分為三種文論主張；一是反對派，以梁裴子野《雕蟲論》為代表，主張文學應經世致用，以《詩》為止歸；一是贊成派，如沈約《宋書、謝靈運傳論、蕭綱發展宮體詩、蕭繹《金樓子》、徐陵《玉臺新詠》等，大體是南朝後期宮體詩的倡導者、永明體作家，主張文學的華美性；第三則是鍾嶸、蕭統、劉勰等人的折衷派，立場介於前二者之間。詳見氏著：〈劉勰文學理論的折衷傾向〉，《文心雕龍探索》（上海：上海古籍出版社，2005年）。

〔註5〕相關討論可參考周振甫主編：《文心雕龍辭典》（北京：中華書局，1996年），頁560。

〔註6〕相關討論可參考周振甫主編：《文心雕龍辭典》（北京：中華書局，1996年），頁559。

能包括。」〔註7〕實際上，這種「復古」只是「同乎舊談」之雷同的部份，並非論文之全部，當翻開〈通變〉，見「名理有常，體必資於故實；通變無方，數必酌於新聲」之語，便可觀察到，在劉勰的折衷觀點底下，他並非自限於復古；周勛初〈劉勰的主要研究方法──「折衷」說述評〉一文，論及劉勰折衷方法時，亦注意到「通變」，參考以下這段文字：

> 「資故實」、「酌新聲」，這種「通變」理論，也出於儒家的學說。追查這種理論的源頭，則與三玄之一的《易經》有關。《易·繫辭》中多次提到「通變」之說。它一則說：「一闔一闢謂之變，往來不窮謂之通。」二則說：「化而裁之謂之變，推而行之謂之通。」三則說：「易窮則變，變則通，通則久。」韓康伯注：「通變則無窮，故可久也。」……劉勰的「通變」說，從理論的繼承而言，就是從《易經》中發展出來的。不論是所用的名詞，還是論證的方式，不難發現二者之間的淵源關係。〔註8〕

周勛初將劉勰的通變理論溯源至《易》，便表示劉勰的通變不是只有復古，宗經亦不是單純的復古，以樞紐論中的〈正緯〉、〈辨騷〉兩篇，作為旁證，〈正緯〉旨在端正緯書之要、〈辨騷〉旨在辨正騷體之義，是劉勰在追尋折衷法則時的調整，是最具當時時代色彩的一環，這兩篇承接於〈原道〉、〈徵聖〉、〈宗經〉三篇之後，劉永濟言前三篇屬於「立己」，後兩篇是為「破他」，用立、破兩個概念分辨樞紐論五篇，亦能看出劉勰絕非一味復古，而是先立後破的修正關係，用既通且變的折衷觀點來作論的。〔註9〕舉一實際批評為例，〈奏啟〉篇：

> 世人為文，競於詆訶，吹毛取瑕，次骨為戾，復似善罵，多失折衷。
> 若能辟禮門以懸規，標義路以植矩，然後逾垣者折肱，捷徑者滅趾，

〔註7〕詳見張少康：《文心雕龍新探·十四、折衷論》（臺北：文史哲出版社，1991年），頁255～256。

〔註8〕詳見周勛初：〈劉勰的主要研究方法──「折衷」說述評〉，收錄於周勛初：《文心雕龍解析》（南京，鳳凰出版社，2015年12月），頁869～870。

〔註9〕劉永濟指出〈原道〉、〈徵聖〉、〈宗經〉三篇屬於「立己」，〈正緯〉、〈辨騷〉二文屬於「破他」，前者於義屬正，後者於義屬負。以立、破對舉，非常具有啟發意義，也可以藉此展現儒家「折衷觀」的修正態度；不過以正、負分辨，則稍嫌武斷，後之學者逐漸提昇〈正緯〉、〈辨騷〉的地位，並且視為是與〈原道〉等篇平起的。詳可見卓國浚：《文心雕龍文論體系新探：閱讀式架構》（彰化：彰化師範大學博士論文，2004年）。劉永濟文可見氏著：《文心雕龍校釋》（臺北：華正書局，1981年10月初版），頁10。

> 何必躁言醜句,訛病為切哉!是以立範運衡,宜明體要。必使理有
> 典刑,辭有風軌,總法家之裁,秉儒家之文,不畏強禦,氣流墨中,
> 無縱詭隨,聲動簡外,乃稱絕席之雄,直方之舉耳。

劉勰此處便用「多失折衷」來批評當時「競於詆訶」的歪風,由於奏體性質的需求,「函人欲全,矢人欲傷,術在糾惡,勢必深峭」,故若稍微走偏,便可能落於吹毛求疵,甚至失之謾罵,這便是過猶不及。至於折衷之法的實務作法,劉勰標舉「辟禮門以懸規,標義路以植矩」,懸禮義為奏啟立說,標示法家之裁、儒家之文,便是折衷精神背後的心的依據。孫蓉蓉:「劉熙載在《藝概》中對『中和之美』的美學思想既有繼承和發展,又有突破和創新。『中和之美』強調了藝術創造中的對立統一,而劉熙載在此基礎上,又進一步認識到藝術創造中的對立強化,即構成藝術美的相互對立的兩個方面,在藝術創造中既有相向轉化的過程,又有兩極分化的過程,換言之,構成藝術美的諸對立面的任何一方,在藝術創造中都同時朝著兩個相反的方向發展:一方面要向對方滲透,另一方面又要強化自身。在劉熙載看來,在藝術創造中,對立強化較之於對立統一能創造出更高程度更完善的藝術美。」〔註10〕孫蓉蓉此論所說的「中和之美」,亦即中庸之道,由對立而統一,由兩極而折衷,這樣的折衷之法,是與劉勰相契合的。

第二節　偏而不激的鎔鑄方法

劉勰《文心雕龍・序志》說:「唯務折衷」,折衷一詞不僅成為他的批評策略、批評方法,也成為一種批評精神,遍見於全書,這樣的折衷觀點,導致了《文心雕龍》呈現著對比、對襯的論述,周勛初頗為稱許這樣的批評策略,有謂:「這種研究方法,猶如抽絲剝繭,層層深化。此中關鍵,也就是後來的人常說的一分為二。而這正是運用了『叩其兩端』的方法。任何一個問題到手,先找出它處在矛盾對立狀態中的兩個側面,掌握其不同的內涵,然後再把其中一個側面作為研究對象,找出它處在矛盾對立狀態中的兩個側面……這樣不斷分析下去,事物的本質也就越來越清楚。」〔註11〕甚至,處處呈現著「兼」的態度:

〔註10〕詳見孫蓉蓉:〈「物一無文」與《藝概》〉,《南京大學學報》哲學・人文・社會科學,1998 年第 4 期,頁 48。

〔註11〕詳見周勛初:〈劉勰的主要研究方法───「折衷」說述評〉,收錄於周勛初:《文心雕龍解析》(南京,鳳凰出版社,2015 年 12 月),頁 863。

> 彥和論文的基本態度，是以「兼」為主，故事必兼文武、辭必含文
> 質、貴器用而兼文采。(〈程器〉篇)「兼解以俱通」(〈定勢〉篇)，
> 則不滯於偏解。〔註12〕

在這架構底下，劉勰的批評策略是對立統一的，如情與采、華與實、通與變、風與骨、文與質、奇與正、多與少，簡與繁等等，這些大量的對比實際上是種辯證過程的呈現，這樣的對比，有時二者等重，有時卻也可能互有輕重，不盡一致。本論文第四章所討論「舉少概多」的「一元核心」，是偏向於理論性質的，屬於二劉的批評核心價值；而當這個理論用於實際批評、實際操作時，會出現更多、更為次要的要素，需要兼及，是以本章所討論的二元對立統一的策略，可以說是二劉在繁雜的文學世界中，試圖撥雲見日的一個工具。

劉熙載《藝概》中，亦有不少以折衷作論之言，譬如論文：「明理之文，大要有二：曰闡前人所已發；擴前人所未發。」〔註13〕闡釋前言，擴展新觀，此即〈通變〉繼承與創新的概念，「明理之文」，必然先以竭其二端為前提，探究各種可能性，方有可能。又如論詩：

> 少陵云：「詩清立意新。」又云：「賦詩分氣象。」作者本取意與氣
> 象相兼，而學者往往奉一以為宗派焉。

> 孔門如用詩，則於元道州必有取焉，可由「思狂狷」知之。〔註14〕

「詩清立意新」出自〈奉和嚴中丞西城晚眺十韻〉，「賦詩分氣象」出自〈秋日寄題鄭監湖上亭三首其三〉，〔註15〕劉熙載集此二詩句，突出立意與氣象兩點，其用意不在稱許杜詩兼之，而在批評後來學者往往偏重其一，不能兼備；又如下則，用「孔門用詩」之套語，仿效揚雄《法言‧吾子卷第二》：「如孔氏之

〔註12〕詳見饒宗頤：〈文心與阿毘曇心〉，《文心雕龍研究》(武漢：湖北教育出版社，2002 年) ，頁 168。
〔註13〕此《藝概‧文概》第 251 則。
〔註14〕此二則分別出自《藝概‧詩概》第 89、104 則。
〔註15〕杜甫〈奉和嚴中丞西城晚眺十韻〉：「汲黯匡君切，廉頗出將頻。直詞纏不世，雄略動如神。政簡移風速，詩清立意新。層城臨暇景，絕域望餘春。旗尾蛟龍會，樓頭燕雀馴。地平江動蜀，天闊樹浮秦。帝念深分閫，軍須遠算緡。花羅封蛺蝶，瑞錦送麒麟。辭第輸高義，觀圖憶古人。徵南多興緒，事業闇相親。」杜甫〈秋日寄題鄭監湖上亭三首其三〉：「暫阻蓬萊閣，終為江海人。揮金應物理，拖玉豈吾身。羹煮秋蓴滑，杯迎露菊新。賦詩分氣象，佳句莫頻頻。」

門用賦也,則賈誼升堂,相如入室矣。」鍾嶸《詩品》:「孔氏之門如用詩,則公幹升堂,思王入室,景陽、潘、陸,自可坐於廊廡之間矣。」標舉孔門,是揚雄、鍾嶸等輩折之以聖道的策略,而劉熙載刻意仿效,則更有突顯孔子折衷精神的意圖,觀其引用原典,《論語‧子路》:「子曰:不得中行而與之,必也狂狷乎?狂者進取,狷者有所不為也。」此則乃《論語》中極具折衷、中庸精神的典範,狂之與狷,皆過於極端,不如平衡於中的中行之道,而這正是劉熙載讚許元結之處。

再看其它相關的創作論,如〈文概〉有謂:「作者情生文,斯讀者文生情」,[註16] 以情貫串作者與作品,亦以情溝通作者與讀者,其概念都可以溯源至《文心雕龍》,如〈體性〉言:「情動而言形,理發而文見」,〈情采〉言:「詩人什篇,為情而造文」,〈知音〉言:「綴文者情動而辭發,觀文者披文以入情」等等,劉勰諸篇概念,皆內化於此二句之中。又如此二則:

陶、謝用理語各有勝境。鍾嶸《詩品》稱「孫綽、許詢、桓、庾諸公詩,皆平典似《道德論》」,此由乏理趣耳,夫豈尚理之過哉?[註17]

詩要超乎「空」、「欲」二界。空則入禪,欲則入俗。超之之道無他,曰「發乎情,止乎禮義」而已。[註18]

前則評陶潛、謝靈運詩「各有勝境」,作為孫、許等詩人之對立,劉熙載藉此突顯詩需有理,實務、論理雖然重要,然亦不可太過,不可因而失之理趣,於此可見理與趣實為二事;所謂理者,〈明詩〉寫道:「江左篇制,溺乎玄風,嗤笑徇務之志,崇盛忘機之談,袁孫已下,雖各有雕采,而辭趣一揆,莫與爭雄」,劉勰所指「一揆」,便是過度偏重著玄學說理,而缺乏文章之美;所謂詩之本質,既在「持人情性」,在「感物吟志」,那麼,把詩寫成《道德論》,便著實是刻意壓抑情感,以理智為主導的了。對此,劉熙載認為是不妥的,顯示他對於文學之概的核心價值,不能缺乏文章之美。而次則講的更為直接,其謂詩不可「空」,不可「欲」,空則無我,欲則妄為,都過於極端,皆違背了

〔註16〕此《藝概‧文概》第258則,全則如下:「『聖人之情見乎辭』,為作《易》言也。作者情生文,斯讀者文生情。《易》教之神,神以此也。使情不稱文,豈惟人之難感,在己先『不誠無物』矣。」
〔註17〕此《藝概‧詩概》第49則。
〔註18〕此《藝概‧詩概》第272則。

作詩的折衷原則；劉熙載言，詩要超乎空之與欲，而非限於其間，他引《詩經·大序》「發乎情，止乎禮義」之說，作為超越之道，以情作為動機，並以禮義作為限止，推敲劉熙載之意，「發乎情」實乃「空則入禪」之藥方，「止乎禮義」可治「欲則入俗」之病症，前者詩情之與禪意，是有情與無情之極端，後者禮義之與俗欲，則是律己與縱己之兩面，突顯詩之不空不欲，最終仍需收束於情。又如此則：

> 北宋詞用密亦疏，用隱亦亮，用沉亦快，用細亦闊，用精亦渾；南
> 宋只是掉轉過來。〔註19〕

劉熙載評南北宋詞，詞兼密疏、隱亮、沉快、細闊、精渾，從其批評術語上來看，明顯呈現出二元對立的對比，尤其此則論北宋詞是先密後疏，重隱輕亮的，而南宋詞恰好相反，是先後有別，輕重調轉，表示其二元有所偏重，不是等重之對比。

翻開前人對於劉熙載《藝概》的研究，例如佛雛〈劉熙載的美學思想初探〉，便提到《藝概》的特質，包括：「一」與「不一」的統一，「有我」與「無我」的統一，「似花還似非花」統一的意境論，「人品」與「詩品」的統一，陽剛美與陰柔美統一，「無所不包」與「無所不掃」統一的風格論，以及「實事求是」與「寓實於誕」的方法論等等；或是王世德〈劉熙載《藝概》中辯證的美學思想〉一文，細數《藝概》中的醜與美、工與不工、損與益、輕與重、妙與不妙、奇與不奇、出色與本色、襯與跌、點與染、僻與熟、隱與秀、戒平直與戒艱深等等，〔註20〕可以看見不少學者留意到劉熙載的二元對舉的特質。以下，將針對《藝概》中最明顯的三組「二元策略」分別討論，包括由人及文、由文及人的「人文二元」，內情外辭、情經辭緯的「情采二元」，以及物我相交、情來辭往的「物色二元」，這三組「二元策略」皆為劉熙載《藝概》中的重要批評觀點，散見全書，以此認識劉熙載的批評理念、創作理論，可有提綱挈領之功效；更值得注意的是，這三組「二元策略」在《藝概》中是散見各則，不成篇文，卻每每可溯源至劉勰《文心雕龍》中，其概念與觀點的聯繫與影響，是非常明顯的。

〔註19〕此《藝概·詞曲概》第 47 則。
〔註20〕佛雛語詳見氏著：〈劉熙載的美學思想初探〉，徐林祥主編：《劉熙載美學思想研究論文集》，頁 37～51。王世德所列對舉，實可見劉熙載獨特的折衷論述美學特色。

第三節 人文二元（志論）

孟子〈萬章〉篇提到：「頌其詩，讀其書，不知其人，可乎？是以論其世也。」中國文論於此開展出知人論世的概念，知人之所以可能，知人之所以必要，乃建立於人之與文的聯繫的密切，惟有確認人與文之間具有高度的關聯性，才有可能由人知文，才有可能以文見人。本節所說的人文二元，人指的是作者，文指的是作品，一人一詩文，分屬兩元，互為影響；這個概念在《文心雕龍》談的很多，可謂劉勰的核心原則之一。〈情采〉有「詩人什篇，為情而造文；辭人賦頌，為文而造情」之說，間接談到創作者與作品之間的距離，〈知音〉則更增加閱讀者的角色，有「綴文者情動而辭發，觀文者披文以入情」之言，從中仍然可見人、文兩端的相對關係，而談到最多的，顯然是〈體性〉篇。〈體性〉可以說是人文二元論的專篇，其開篇有言：「夫情動而言形，理發而文見，蓋沿隱以至顯，因內而符外者也。」由內而外，由隱至顯，前文曾提到文章的內質在於作品中的情感，而作品中的情感並非憑空橫出，無中生有，而是源自於作者本身，由人情及至文情，此即「為情而造文」、「情動而辭發」、「情動而言形」之具體內容，〈體性〉講的便是作者與作品的各種關係。

曹丕〈典論論文〉：「文以氣為主，氣之清濁有體，不可力強而致。……雖在父兄，不能以移子弟。」曹丕指出，不同作家各有不同氣質，氣質具現於文章作品之上，不可勉強而作。〈體性〉延續這個概念，講的更為深刻，曹丕言氣，劉勰則擴充為才、氣、學、習四個環節，「辭理庸俊，莫能翻其才；風趣剛柔，寧或改其氣；事義淺深，未聞乖其學；體式雅鄭，鮮有反其習」，才、氣二項源於天生，學、習二項則為後天陶冶，此四者交互作用，而成各自面貌「：各師成心，其異如面」，見文如見面，自有其貌。故〈體性〉的選文定篇，不僅選文，亦選其人，「賈生俊發，故文潔而體清；長卿傲誕，故理侈而辭溢」等等，洋洋灑灑條列十二位元作家、作品，認為作者與作品之間，具有絕對的關聯性，作品必然會反映出作者於先天才性、後天學習的結果。不過，與劉勰同時而稍後的梁簡文帝蕭綱，卻提出與劉勰完全相反的看法，其〈誡當陽公大心書〉謂：「立身之道，與文章異，立身先須謹重，文章且須放蕩」，當陽公蕭大心是蕭綱次子，蕭綱告誡其子，認為立身修養與文章寫作須分開著看，標準各異，並不相同；以蕭綱等人為代表所發展出來的宮體文學，一味追求文學的淫靡的文風，可以視為其「且須放蕩」的代表作品。將文學的

追求與人品的修持脫鉤，這或許可以視為是文學與儒學的脫鉤，是文學價值獨立於儒家之外的必要的延展，而這正是劉勰所說的「反正」之作；劉勰對於同代作家作品多有批評，如〈定勢〉：「近代辭人，率好詭巧，原其為體，訛勢所變，厭黷舊式，故穿鑿取新，察其訛意，似難而實無他術也，反正而已。故文反正為乏，辭反正為奇。」〈程器〉：「近代詞人，務華棄實」，務華棄實者，汲汲營營於「穿鑿取新」之術，而拋棄「舊式」，〈物色〉講的更為清楚：

> 自近代以來，文貴形似，窺情風景之上，鑽貌草木之中。……物有恆姿，而思無定檢，或率爾造極，或精思愈疏。且《詩》、《騷》所標，並據要害，故後進銳筆，怯於爭鋒。

〈物色〉篇討論的是作家與環境的內外、往還的互動關係，這段文字中亦對當時近代作家有不少批評，劉勰指出「後進銳筆，怯於爭鋒」，近代作家往往只在「形似」的表象上打轉，而無力與《詩》、《騷》傳統一較高下。至於何為《詩》、《騷》的「要害」呢？其下文又言：「屈平所以能洞鑒〈風〉、〈騷〉之情者，抑亦江山之助乎？」所謂要害，即《詩》、《騷》之情，〈定勢〉篇所說的反正之正，〈程器〉篇所說的棄實之實，其實都是根本於情，立基於人的。回到蕭綱所說的「文章且須放蕩」一說，這顯然是劉勰所欲導正的「近代」文壇歪風。

　　總而言之，人之與文二者，本為二事，二者之間並無絕對的必然因果關係，而劉勰於〈體性〉中以才、性、學、習四項，作為扣緊二者之關鍵，以「典雅」、「遠奧」、「精約」、「顯附」、「繁縟」、「壯麗」「新奇」、「輕靡」八體，概括文學的重點風格，提出人、文當有合適的對應關係，以人觀文，以文知人，成為可行的雙向管道。而另一派人主張人、文可以割裂，如蕭綱之言，或如元好問批評潘岳，〈論詩絕句三十首·其六〉：「心畫心聲總失真，文章寧復見為人。高情千古閒居賦，爭信安仁拜路塵！」心畫、心聲一詞源自於揚雄《法言·問神》：「言，心聲也。書，心畫也。聲畫形，君子小人見矣！聲畫者，君子小人之所以動情乎！」〔註21〕心聲、心畫指的是語言與文字，心為作者之本體，發聲為語言，寫下成文辭，故理想上的心聲、心畫理當可以反映作者，揚雄謂「聲畫形，君子小人見矣」，便是肯定人、文之聯繫是暢通可行的；然而，元好問讀著潘岳的〈閒居賦〉，卻與他個人諂媚於官場的形象，完全不同，足見其人、文的斷裂，謂之「失真」，所失者，即真人之情也，揚

〔註21〕見揚雄：《法言·問神卷第五》。

雄：「聲畫者，君子小人之所以動情乎」，人、文二元之聯繫動機，揚雄以動情概括之，失真，即失此真情也。

由以上諸家主張，可以看到人、文二元的關係，並非每位學者皆認同劉勰的觀點，而劉熙載顯然承繼著劉勰的意見，認為二元關係需當緊密聯繫，如「詩品出於人品」、「書也者，心學也」、「寫字者，寫志也」、「筆性墨情，皆以其人之性情為本」〔註22〕等語，都將作品與作者扣緊聯繫，而更具體的例證，可舉下例為範：

> 《易·繫傳》謂「易其心而後語」，揚子雲謂「言為心聲」，可知言
> 語亦心學也。況文之為物，尤言語之精者乎？〔註23〕

《易·繫傳》「易其心而後語」這句，《藝概》中被引用兩次，另一次見於〈文概〉第335則，〔註24〕其謂：「文之道，可約舉經語以明之」，其中一句便是「易其心而後語」；這表示這個心語心聲說，可謂為劉熙載文論的核心原則之一，承載著他的「文之道」。劉熙載爬梳其後，認為揚雄《法言》延續這個心聲說，這脈絡顯然源自於劉勰，劉勰〈書記〉篇直接引用揚雄同樣詞句：「蓋聖賢言辭，總為之書，書之為體，主言者也。揚雄曰：『言，心聲也；書，心畫也。聲畫形，君子小人見矣。』」〈書概〉亦引用揚雄此語，加以發揮：「揚子以書為心畫，故書也者，心學也。心不若人，而欲書之過人，其勤而無所也宜矣。」除此之外，劉勰〈聲律〉篇亦有類似說法：

> 音律所始，本於人聲者也。聲合宮商，肇自血氣，先王因之，以制
> 樂歌。故知器寫人聲，聲非學器者也。故言語者，文章關鍵，神明
> 樞機，吐納律呂，唇吻而已。

〈聲律〉篇指出音律本於人聲，人聲肇自血氣，文章關鍵在於內在神明，言語音律則是發揮於外的表現方式；這也是心聲之論，是暗合，而〈書記〉則是明合。對比上文蕭綱、元好問等人的意見，劉熙載顯然認為心聲需真誠，言語需能反映作者真心，其人文二元的論述，是同於劉勰的。再看〈詩概〉此則：

〔註22〕「詩品出於人品」出自〈詩概〉第262則，「書也者，心學也」出自〈書概〉第229則，「寫字者，寫志也」出自〈書概〉第230則，「筆性墨情，皆以其人之性情為本」出自〈書概〉第232則。

〔註23〕此《藝概·文概》第255則。

〔註24〕《藝概·文概》第335則原文：「文之道，可約舉經語以明之，曰：『辭達而已矣』、『修辭立其誠』、『言近而旨遠』、『辭尚體要』、『乃言底可績』、『非先王之法言不敢言』、『易其心而後語』。」

頌其詩，貴知其人。先儒謂杜子美情多，得志必能濟物，可為看詩

之法。〔註25〕

「頌其詩，貴知其人」，即化用孟子〈萬章〉「頌其詩，讀其書，不知其人，可乎？」之辭，劉熙載一反孟子否定語氣，改用更為明確的正面肯定語，稱此為「看詩之法」，是從讀者評論的角度來解讀，這便與〈知音〉所說「觀文者披文以入情」、「沿波討源，雖幽必顯」的說法，甚為相似；讀者之所以可以藉由讀詩知人，前提是詩作須立基於作者心聲，讀者方能披文入情，聞聲見志。

至於人、文二者的對應關係，劉勰提出的才氣學習四法，亦成為劉熙載的參考架構；如〈文概〉第161則：「文或結實，或空靈，雖各有所長，皆不免囿於資學。」評歐陽修文：

歐公稱昌黎文「深厚雄博」，蘇老泉稱歐公文「紆餘委備」。大抵歐公雖極意學韓，而性之所近，乃尤在李習之。不獨老泉於公謂「李翱有執事之態」，即公文亦云「欲生翱時，與翱上下其論」，所尚蓋可見矣。〔註26〕

評謝靈運、顏延年、陶淵明詩：

謝才顏學，謝奇顏法，陶則兼而有之，大而化之，故其品為尤上。

〔註27〕

以上諸則，劉熙載所用術語，不出資質、學習、性情、才氣等等，〈詩概〉249更直接引用《文心雕龍》：

《文心雕龍》云：「嵇志清峻，阮旨遙深。」鍾嶸《詩品》云：「郭景純用儁上之才，劉越石仗清剛之氣。」余謂「志」、「旨」、「才」、「氣」，人占一字，此特就其所尤重者言之，其實此四字，詩家不可缺一也。〔註28〕

「志」、「旨」、「才」、「氣」四字，詩家不可或缺，雖言評人，兼評其詩，諸此

〔註25〕此《藝概・詩概》第83則。

〔註26〕此《藝概・文概》第199則。

〔註27〕此《藝概・詩概》第48則。

〔註28〕此《藝概・詩概》第249則。張韶祈〈劉熙載詩學觀重探——以「才學並重，奇法兼備」為中心〉一文將「詩品出於人品」之外，提出才、學、奇、法四點，作為其論詩之補充；然而此四點「才與學」指作者先天、後天之牽連，「奇與法」指作品出規入矩之差異，分類上並不具備同一標準，不若〈體性〉中才、氣、學、習四點之精準。詳見氏著：〈劉熙載詩學觀重探——以「才學並重，奇法兼備」為中心〉《東吳中文學報》第33期（2017年5月），頁231。

術語仍不出劉勰〈體性〉；〈體性〉：「才有庸俊，氣有剛柔，學有淺深，習有雅鄭，並情性所鑠，陶染所凝」，無論是先天之才、性，或是後天之學、習，都成為各家詩人之特質，並發揮於作品之中。而對於先天與後天的重要性差異，劉熙載亦兼重視之，正如劉勰〈體性〉所說：「才由天資，學慎始習，斲梓染絲，功在初化，器成采定，難可翻移」，先天之才與後天學習皆須並重，當一成型便難以翻轉；而劉熙載稱「賦兼才學」，強調先天資質與後天學習必須並重，〔註29〕又有「積學以廣才」之論，〔註30〕藉由後天的學習以彌補先天才資之不足；《文心雕龍‧神思》有所謂「積學以儲寶，酌理以富才，研閱以窮照，馴致以懌辭」涵養四步驟，劉熙載「積學以廣才」一詞顯然暗合著「積學以儲寶，酌理以富才」二句，濃縮了劉勰詞中的才、學二句，其意見同於劉勰一樣，認為人、文之間的連結，先天與後天需並重。

再看以下一則：

> 《古詩十九首》與蘇、李同一「悲慨」，然《古詩》兼有「豪放」、「曠達」之意，與蘇、李之一於「委曲」、「含蓄」，有陽舒陰慘之不同。知人論世者，自能得諸言外，固不必如鍾嶸《詩品》謂《古詩》「出於《國風》」，李陵「出於《楚辭》」也。〔註31〕

此則評五言詩《古詩十九首》、蘇武、李陵詩等，所用的評語如「悲慨」、「豪放」、「曠達」、「委曲」、「含蓄」等，皆見於司空圖《詩品》，這些批語是指詩作的風格特色；劉熙載對此，亦強調「知人論世」的觀點，知其人，論其世，其概念類同〈體性〉所說：「八體屢遷，功以學成，才力居中，肇自血氣；氣以實志，志以定言，吐納英華，莫非情性」，不同作家的各式文章詩風，是與作者先天、後天息息相關，故藉由閱讀作品來追溯，可以得見作者，窺見時代，方可「自能得諸言外」，見其差異，見其「陽舒陰慘之不同」，此豈非劉勰〈知音〉所說：「見異惟知音耳」之實踐乎？相較之下，對於鍾嶸的溯源之法，劉熙載反而認為過於簡化，過於機械化，前後文對照而觀，劉熙載所不認同

〔註29〕「賦兼才學」出自《藝概‧賦概》第114則：「賦兼才學。才，如《漢書‧藝文志》論賦曰：『感物造端，材智深美』；《北史‧魏收傳》曰：『會須作賦，始成大才士』。學，如揚雄謂『能讀賦千首，則善為之』。」分述才、學二者缺一不可。

〔註30〕「積學以廣才」出自《藝概‧賦概》第115則：「以賦視詩，較若紛至遝來，氣猛勢惡。故才弱者往往能為詩，不能為賦。積學以廣才，可不豫乎？」

〔註31〕此《藝概‧詩概》第26則。

的是鍾嶸《詩品》致力於文學典範的脈絡建構，無論是「《古詩》出於《國風》」，或是「李陵出於《楚辭》」等等，都是求其同，見其同而不見其異，這是鍾嶸與劉勰、劉熙載於此最大的不同之處。

龔鵬程謂：「本質上都是對藝術精神主體性的強調，而不適用道德批評來替代藝術批評，也不是『把作品跟作家的思想品格聯繫起來考察。』」〔註32〕《藝概》雖為詩文賦評之作，卻往往從作家以為批評起點，將作品的評價與作者的才性學習等各方條件相連結，〈賦概〉第82則：「志士之賦，無一語隨人笑歎。故雖或顛倒複遝，糾轕隱晦，而斷非文人才客，求慊人而不求自慊者所能擬效。」〈詞曲概〉第32則：「蘇、辛皆至情至性人，故其詞瀟灑卓犖，悉出於溫柔敦厚。」〔註33〕〈書概〉：「書也，如也。如其學，如其志，總之曰如其人而已。」其評論韓愈：「韓所盛推，乃在人品，真千古論詩之極則也哉！」〔註34〕更是推崇備至，以盛讚其人品。

附論「品」

在《文心雕龍·體性》中，劉勰提出的人文二元論，是以先天之才、氣與後天的學、習等要素，連結作家與作品的關聯性，其開篇有謂「情動而言形，理發而文見」，這是描述理想的由人及文的創作管道，其理論原型可舉與曹丕〈典論論文〉「文以氣為主，氣之清濁有體，不可力強而致」相提並論，劉勰〈體性〉中擴大曹丕的氣論，以更多面向、更系統化地銜接人與文的關係，而其限制亦一如〈典論論文〉：「雖在父兄，不能以移子弟」，是很私我、個人的。無論是曹丕或是劉勰，其論人、文，基本上是沒有涉及作家的道德，純粹專指人的才學能力，以〈體性〉為例，劉勰直揭作品的核心：「八體屢遷，功以學成，才力居中，肇自血氣；氣以實志，志以定言，吐納英華，莫非情性」，八體指的是文章有著各式風貌、各種風格，而其根本來源，無非源自作者之血氣、作者之情性；又如〈體性·贊〉曰：「辭為肌膚，志實骨髓」，劉勰以人

〔註32〕詳見清·劉熙載撰、龔鵬程撰述：《藝概·導讀》（臺北：金楓出版社，1986年12月初版），頁11。

〔註33〕此《藝概·詞曲概》第32則：「蘇、辛皆至情至性人，故其詞瀟灑卓犖，悉出於溫柔敦厚。世或以粗獷託蘇、辛，固宜有視蘇、辛為別調者哉！」

〔註34〕此《藝概·詩概》第118則：「昌黎自言『其行己不敢有愧於道』，余謂其取友亦然。觀其《寄盧仝》雲：「先生事業不可量，惟用法律自繩己。」《薦孟郊》雲：「行身踐規矩，甘辱恥媚竈。」以盧、孟之詩名，而韓所盛推，乃在人品，真千古論詩之極則也哉！」

作為喻依，以文喻人，其文章的表質為辭采，文章的核心則為志。遍覽〈體性〉全篇，可以肯定劉勰對於人、文關係上，他並未將作家的道德要素給考慮進去。

　　而在《文心雕龍》中，〈程器〉是一篇論述作家道德德性的專篇，〈序志〉分析《文心雕龍》全書結構時提到「「大衍之數，其為文用，四十九篇而已」，這四十九篇並不包含〈序志〉，換句話說，〈程器〉篇是《文心雕龍》的壓卷之作。作為壓軸的篇章，當然有其重要意義，劉勰本以子家自許，《文心雕龍》是他一家之言的著作，以「樹德建言」的方式追求不朽，對抗短暫且脆弱的生命，「形同草木之脆，名逾金石之堅」；而劉勰身處兩漢經學如馬融、鄭玄之後的時代，兩漢經學學術在他手上轉了個大彎，過去學術的主角是經學本體，在劉勰手上，經學變成了「宗經」的概念，轉為文學創作與文學批評的核心標準，成為輔助，這是學術方法上的轉變，不過仍有些沒有改變的原則，仍為劉勰所遵從著，這份不變的原則便紀錄於〈程器〉中。〈程器〉全篇通數歷代作家學者的品行道德之弊病，其謂「文士之疵」、「古之將相，疵咎實多」，正如曹丕〈與吳質書〉所說：「古今文人，類不護細行，鮮能以名節自立」，這些指責，其實是劉勰對於學術的嚴肅態度的反映，其開篇云：「〈周書〉論士，方之梓材，蓋貴器用而兼文采也」，後文尚有「士之登庸，以成務為用」、「安有丈夫學文，而不達於政事哉？」等觀點，這些都符合《文心雕龍》它篇反對「務華棄實」的原則，強調「君子藏器，待時而動」，這個「藏」，指的不僅僅是作家學者的創作能力、寫作技巧，更包括個人涵養與道德，劉勰舉例：「若夫屈賈之忠貞，鄒枚之機覺，黃香之淳孝，徐幹之沉默，豈曰文士，必其玷歟？」屈平、賈誼、鄒陽、枚乘、黃香、徐幹等人，諸輩文士便是獨立於眾濁之外的清流，〈與吳質書〉亦標舉徐幹：「偉長獨懷文抱質，恬淡寡欲，有箕山之志，可謂彬彬君子者矣。」以彬彬君子稱譽，其美譽顯然亦是劉勰所崇尚的；以此標準來看劉勰對於揚雄、司馬相如的批評：「彼揚馬之徒，有文無質，所以終乎下位也」，所謂「有文無質」，指的便是徒有寫作能力，卻欠缺品行道德，這當然是不足以達到「文質彬彬」的君子高度。而這個「質」放在〈程器〉篇中，其指涉便與《文心雕龍》其它篇章中的「質」有所不同，並非單指詩文中的情志，而是品德，〈程器·贊〉曰：「瞻彼前修，有懿文德」，前賢如屈平、賈誼等人，兼具文才與品德，這才是劉勰所認可的最為高尚的作家學者。紀昀批點〈程器〉道：「觀此一篇，彥和發憤而著書者。……彥和入梁乃

仕，故鬱鬱乃爾耶？」〔註35〕以發憤著書的角度解讀此篇，可謂一針見血，《文心雕龍》全書致力於文章文體的創作與批評，這是劉勰扭轉傳統學術的研究理路，獨有此篇，強調為文之根本所為，此即劉勰作此〈程器〉壓卷用心之所在。

而在《藝概》中，劉熙載則非常頻繁地將作家品德與作品相連結，甚至遍佈於各式文體之中：

> 詩品出於人品。人品悃款樸忠者最上，超然高舉、誅茅力耕者次之，送往勞來、從俗富貴者無譏焉。〔註36〕

> 周美成詞，或稱其無美不備。余謂論詞莫先於品。美成詞信富豔精工，只是當不得個「貞」字，是以士大夫不肯學之。學之則不知終日意縈何處矣。〔註37〕

> 賦尚才不如尚品。或竭盡雕飾以誇世媚俗，非才有餘，乃品不足也。徐、庾兩家賦所由卒未令人滿志與？〔註38〕

> 昌黎自言「其行己不敢有愧於道」，余謂其取友亦然。觀其《寄盧仝》云：「先生事業不可量，惟用法律自繩己。」《薦孟郊》云：「行身踐規矩，甘辱恥媚竈。」以盧、孟之詩名，而韓所盛推，乃在人品，真千古論詩之極則也哉！〔註39〕

諸則可見劉熙載以品論人、以品論詩文的傾向，非常明顯，其謂「詩品出於人品」、「論詞莫先於品」、「賦尚才不如尚品」，甚至謂人品乃「千古論詩之極則」，諸此言論，都可以看見劉熙載將「品」的概念導入劉勰的人文二元之中，且其屢屢將品定位為最優先考量的要素，非常重視，這是在劉勰〈體性〉篇人文二元的基礎上，增添品的概念的進化。

《文心雕龍‧知音》提到「篇章雜遝，質文交加」，文章風格殊異萬千，特色迥別，所以讀者很難達到圓該、圓照等面面俱到的程度，劉勰循此態度，在〈體性〉篇中提到典雅、遠奧等八體，亦僅僅條列八種各自特色，頂多列出「雅與奇反，奧與顯殊，繁與約舛，壯與輕乖」等兩兩對舉的相對關係，而沒

〔註35〕詳見黃霖：《文心雕龍彙評‧程器》（上海：上海古籍出版社，2005年），頁161。
〔註36〕此《藝概‧詩概》第262則。
〔註37〕此《藝概‧詞曲概》第28則。
〔註38〕此《藝概‧賦概》第134則。
〔註39〕此《藝概‧詩概》第118則。

有分析其優劣高下;劉勰的處理方式是揭示風格的殊異,而不辨其高低,這樣的嚴謹態度,是符合〈知音〉篇中對於批評家的要求的。不過在〈程器〉篇中,劉勰的處理方式便又不同,〈程器〉以德之瑕疵遍數歷來文士武將所犯的錯誤,認為「人稟五材,修短殊用,自非上哲,難以求備」,人非聖賢,總有犯錯之時,不過劉勰又舉屈平、賈誼等具有高度道德標準的人,謂其「豈曰文士,必其玷歟?」依此而觀,劉勰顯然依道德品行將上哲、屈平諸輩,以及「類不護細行」的大部分文士武將,分成三個層次,而這當中便顯然有高下之別,這是因為品行瑕疵與否,可以輕易地粗略區分其高低,準則顯而易見。對比劉勰處理〈體性〉與〈程器〉兩篇中的差別,其標準在於創作風格難分軒輊,而品行道德的標準則明白可辨,是故當劉熙載將品的概念導入人文二元中時,他亦將作家作品分了層次,其概念有點類似鍾嶸《詩品》將作家分成上、中、下三等,譬如〈詞曲概〉中便可舉以下兩則為例:

> 「沒些兒婆珊勃窣,也不是崢嶸突兀,管做徹元分人物」,此陳同甫〈三部樂〉詞也。余欲借其語以判詞品:詞以「元分人物」為最上,「崢嶸突兀」猶不失為奇傑,「婆珊勃窣」則淪於側媚矣。〔註40〕

> 昔人論詞要「如嬌女步春」。余謂更當有以益之,曰:如異軍特起,如天際真人。〔註41〕

前則劉熙載借用南宋陳亮〈三部樂〉詞,將詞分為三個層次,〔註42〕其雖論詞,實際上卻是包藏品格方面的論述,陸煒指出劉熙載所說的品:「品是品格,是思想道德的質,詩品的內涵不包括才」,〔註43〕另一位學者詹泰安則將此二則作一一對比,提出所謂「詞三品」的概念,由最粗淺到最精深,可作簡表為如下:

> 「婆珊勃窣」—「崢嶸突兀」—「元分人物」
> 「嬌女步春」—「異軍特起」—「天際真人」

〔註40〕此《藝概‧詞曲概》第 110 則。

〔註41〕此《藝概‧詞曲概》第 92 則。

〔註42〕南宋‧陳亮〈三部樂〉(七月廿六日壽王道甫):「入腳西風,漸去去來來,早三之一。春花無數,畢竟何如秋實。不須待、名品如麻,試為君屈指。是誰層出。十朝半月,爭看搏空霜鶻。從來別真共假,任盤根錯節,更饒倉卒。還他濟時好手,封侯奇骨。沒些兒、婆姍勃窣也不是崢嶸突兀。百二十歲,管做徹元分人物。」

〔註43〕詳見陸煒:〈劉熙載論詩品和人品〉,上海師範大學編:《劉熙載傳記資料》(上海:上海師範大學圖書館,1986~1994 年),頁 41。

詹泰安分析這「詞三品」三個層次所代表的意義，他認為二則可以合參；第一層的「嬌女步春」源自毛先舒：「長調如嬌女步春，旁去扶持，獨行芳徑，徒倚而前，一步一態，一態一變，雖有強力健足，無所用之。」〔註44〕「娑珊勃窣」則出自司馬相如〈上林賦〉：「於是乃相與獠於蕙圃，娑珊郯窣上金堤」，李善注引韋昭：「娑珊郯窣，匍匐上也。」這般形容步履困難之情態，正是毛先舒所說的「嬌女步春」，這是以傳統詞風的婉約派為代表。第二層的「崢嶸突兀」則似於「異軍突起」，詹泰安舉辛棄疾作為這一品的代表人物，《四庫全書總目提要‧稼軒詞》：「棄疾詞，慷慨縱橫，有不可一世之慨，於倚聲家為變調，而異軍突起，能於剪翠刻紅之外，屹然別立一宗。」便是用「異軍突起」描述辛棄疾。〔註45〕至於第三層的「元分人物」、「天際真人」，指的是以本色入詞之詞家，代表人物為蘇軾；何謂本色入詞？歷來以婉約為詞之正宗，豪放為詞之變體，如《四庫全書總目提要‧東坡詞》：「詞自晚唐五代以來，以清切婉麗為宗。至柳永而一變，如詩家之有白居易。至軾而又一變，如詩家之有韓愈，遂開南宋辛棄疾等一派，尋源溯流，不能不謂之別格。」劉熙載翻轉此說，視豪放為詞之正宗：

> 太白〈憶秦娥〉聲情悲壯，晚唐五代，惟趨婉麗，至東坡始能復古。

〔註44〕 清‧王又華《古今詞論》引毛先舒詞論「長調如嬌女步春」等一段，詳見王又華：《古今詞論》，《四庫全書存目叢書‧集部‧冊425‧詩文評類》（臺南：莊嚴文化，1997年）。

〔註45〕 《四庫全書總目提要‧稼軒詞》：「其詞慷慨縱橫，有不可一世之概。於倚聲家為變調。而異軍特起，能於翦紅刻翠之外，屹然別立一宗，迄今不廢。」劉熙載翻轉辛棄疾詞為正宗，以奇為正，此與劉勰六觀之奇正觀有一契合之處，沈謙：「奇正謂姿態奇正。作品之表現方式，各有不同，運用之妙，存乎其人。或自正面立論，主題明顯而義正辭嚴；或由奇處落筆，詭譎旁通而一語中的。譬之兵法，以正勝者乃堂堂之陣，旗鼓分明，部伍曲勒，皆有法度；以奇合者乃偏師趨敵，銜枚疾奔，午夜拔城，寢帷擄帥。用正者雖辭直義暢，層次分明，然易流於刻板淺露；用奇者雖波譎雲變，引人入勝，然題旨輒欠顯豁。酌奇而不失雅正，斯得其竅。」沈謙將劉勰的奇正觀比之兵法，謂奇法乃「偏師趨敵，銜枚疾奔，午夜拔城，寢帷擄帥」，即如劉熙載以「異軍突起」評辛棄疾，可以並參。詳見氏著：《文心雕龍之文學理論與批評》（台北：華正書局，1981年），頁217。陳玉強肯定沈謙說法：「劉勰『觀奇正』說將兵家的奇正思想引入文論，並以儒家的思想加以改造，開了後世以『奇正』來進行文學批評的先聲，這是文論『奇』範疇在南朝正式形成的重要標志。」對於劉勰的奇正理論給予甚高評價。詳見氏著：《古代文論「奇」範疇研究》（北京：人民出版社，2015年），頁51。

後世論詞者，或轉以東坡為變調，不知晚唐、五代乃變調也。〔註46〕
劉熙載舉李白〈憶秦娥〉作為詞來源，認為詞本悲壯豪放，蘇詞只是復古，而
非變調。當然〈憶秦娥〉是否出自李白之手，將會影響劉熙載推論的正確性，
不過劉熙載並非只在〈憶秦娥〉這闋詞上連結李、蘇詞的相似，他又有「若其
豪放之致，則時與太白為近」、「詞品喻諸詩：東坡、稼軒，李、杜也」等言
論，連結二者關係。〔註47〕劉熙載每每強調蘇軾之豪放，類似李白，他以詞
風比擬詩風，亦將蘇、辛比為李、杜，直是將蘇、辛視為宋詞典範之意。〈詞
曲概〉第20則有謂：「東坡詞具神仙出世之姿，方外白玉蟾諸家，惜未詣此。」
此則直接以神仙、出世之姿形容蘇軾，此可視為蘇軾的確屬於「元分人物」、
「天際真人」的最高層次的代表。

進一步思考，所謂詞之本色，其背後所賴以支撐的，並非單純的詞風豪
放或是婉約而已，這個豪放，其實直指創作者的本心，如此則：

> 蘇、辛皆至情至性人，故其詞瀟灑卓犖，悉出於溫柔敦厚。世或以
> 粗獷託蘇、辛，固宜有視蘇、辛為別調者哉！〔註48〕

根據「詞三品」的架構，劉熙載將婉約詞視為下品，辛棄疾、蘇軾視為中、上
品，他並非以詞句風格辨識高低，而是以其人之品行為準則，其謂蘇、辛為「至
情至性」之人，且其情性之張揚，並非狂妄粗獷，而更近於《禮記·經解》所
說的「溫柔敦厚，《詩》教也」，《游藝約言》亦言：「英雄出語多本色，辛稼軒
詞於是可尚。」這個本色，指的便是直指其心、直指品行之意。相反的，若無
此心而徒有作詞技巧，那麼即便再好的技巧，也不為劉熙載肯定，如以下二則：

> 白石，才子之詞；稼軒，豪傑之詞。才子豪傑，各從其類愛之，強
> 論得失，皆偏辭也。
> 周美成律最精審，史邦卿句最警煉，然未得為君子之詞者，周旨蕩
> 而史意貪也。〔註49〕

〔註46〕此《藝概·詞曲概》第17則。

〔註47〕此二語分別出自《藝概·詞曲概》第16則：「東坡詞頗似老杜詩，以其無意
不可入，無事不可言也。若其豪放之致，則時與太白為近。」第49則：「詞
品喻諸詩：東坡、稼軒，李、杜也；耆卿，香山也；夢窗，義山也；白石、
玉田，大曆十子也。其有似韋蘇州者，張子野當之。」

〔註48〕此《藝概·詞曲概》第32則。

〔註49〕此二則分別為《藝概·詞曲概》第34、29則。其論不單就文藝，更兼論詞人，
鄧瑩輝、程翔宇：「所謂『周旨蕩而史意貪』，乃是劉熙載持守道德批評的原
則所下的結論，並不能完全反映周、史二人詞作的思想內容和藝術價值。其

前則以才子之詞與豪傑之詞兩種風格，辨識姜夔與辛棄疾，以創作風格區分之其二，故劉熙載並不強分高下，如此態度比較類似劉勰處理〈體性〉八體；〔註50〕而後則評價周邦彥、史達祖，劉熙載以「精審」、「警煉」稱美之，用意卻是用以反襯其「旨蕩」且「意貪」，直批其不符合君子之標準，直接否定其價值，這是非常直接且嚴厲的評價，可以看到劉熙載對於人品品行的堅持。

最後，再次對比劉勰與劉熙載的品論的偏重；劉勰以〈程器〉專篇討論文士武將之私德，具有集中且聚焦的效果，在〈程器〉專篇之外，劉勰便未有太多著墨；〈程器〉的另一個優點是其篇章順序，劉勰將〈程器〉置於全書壓軸之最後一篇，具有宣示效果，明示著一切學問與創作，都仍需服膺於「窮則獨善以垂文，達則奉時以騁績」的儒學終極目標，而非耽溺於美文的追求而已，這其實與《文心雕龍》以〈原道〉開篇是相同的道理，置於全書的制高點，其重要性不言而喻。而劉熙載的品論，其優點是將作者的品行人品一併考慮進去，豐富了人文二元的要素，這是比劉勰的詩文理論更為豐富之處，也算是劉熙載通變創新之處；不過缺點則由於受制於形式，各則以品入論之意見散見各則，論述相對零散，有時容易失之準則，也較不容易看清楚他的品論系統，這算是《藝概》全書以詩話、文話風格著作所難以避免的硬傷；所幸，翻開他的《持志塾言》中有〈人品〉篇等，有謂：「觀品者觀其志與行」、「循理者為君子，循欲者為小人」、「喜怒、語默、行止、去就、利害、毀譽皆可征心以定品」等等，可以更有系統地認識他對於人品品行的要求為何。依此標準，再來檢視劉熙載某一部份的實際批評，將更能理解他的評價依據，例如以下幾則：

> 文文山詞，有「風雨如晦，雞鳴不已」之意，不知者以為變聲，其實乃變之正也。故詞當合其人之境地以觀之。

> 同甫〈水龍吟〉云：「恨芳菲世界，遊人未賞，都付與，鶯和燕。」言近指遠，直有宗留守大呼渡河之意。

以詩論詞，以人品定詞品的詞學思想有著豐富的理論來源，遠接儒家傳統詩教觀，近承有清一代推尊詞體。」此論見劉熙載兼評其詞與人，可謂中肯。詳見氏著：〈從「周旨蕩而史意貪」看劉熙載的詩學思想〉，《三峽大學學報》（人文社會科學版）第40卷第6期（2008年11月），頁54。

〔註50〕 《藝概·詞曲概》第33則：「張玉田盛稱白石而不甚許稼軒，耳食者遂於兩家有軒輊意。不知稼軒之體，白石嘗效之矣。集中如〈永遇樂〉〈漢宮春〉諸闋，均次稼軒韻，其吐屬氣味，皆若『祕響相通』，何後人過分門戶耶？」提到姜夔曾有意仿效辛棄疾，故劉熙載說不必過於區別二者門戶，言下之意，是對姜夔的欣賞，不下辛棄疾。此則可並參。

蔣竹山詞，未極「流動」、「自然」，然「洗煉」、「縝密」，語多創獲。
其志視梅溪較貞，其思視夢窗較清。劉文房為「五言長城」，竹山其
亦長短句之長城與？〔註51〕

劉熙載評文天祥、蔣捷、為宋末元初時人，並以南宋宗澤喻陳亮，綜觀諸則，
劉熙載以《詩經・鄭風・風雨》的「風雨如晦，雞鳴不已」評文天祥；〔註52〕
以宗澤呼河比之陳亮，《宋史・卷三百六十・宗澤傳》：「（宗澤）憂憤成疾，疽
發於背。諸將入問疾，澤矍然曰：『吾以二帝蒙塵，積憤至此。汝等能殲敵，
則我死無恨。』眾皆流涕曰：『敢不盡力！』諸將出，澤歎曰：『出師未捷身先
死，長使英雄淚滿襟。』翌日，風雨晝晦。澤無一語及家事，但連呼『過河』
者三而薨。」〔註53〕此二則，劉熙載皆直接或間接引用風雨雞鳴一詞，以身
處亡國之際之操守，稱美詞人。至如評蔣捷，劉熙載提及「流動」、「自然」、
「洗煉」、「縝密」四句批語，皆源自司空圖《二十四詩品》，諸此風格上的評
價，似乎僅只是次要重點，劉熙載更為看中的，乃在「其志視梅溪較貞，其思
視夢窗較清」，比之史達祖貞正，比之吳文英清新，〔註54〕顯然可見他在詞風
的批評之外，另有著重的批評焦點。又如評王安石謂之「荊公文是能以品格
勝者」，〔註55〕評劉克莊詞謂之「旨正而語有致」，〔註56〕評張孝祥〈六州歌
頭〉謂之「詞之興觀群怨，豈下於詩哉」等等，〔註57〕諸則實際批評不盡然
涉及文章作品，而多針對作家品行加以議論，這是劉熙載的人文二元的一大

〔註51〕此三則分別為《藝概・詞曲概》第 46、38、43 則。

〔註52〕《詩・鄭風・風雨》：「風雨淒淒，雞鳴喈喈。既見君子，云胡不夷？風雨瀟
瀟，雞鳴膠膠。既見君子，云胡不瘳？風雨如晦，雞鳴不已。既見君子，云
胡不喜？」

〔註53〕詳見《宋史・列傳第一百一十九・宗澤傳》。

〔註54〕清・周濟《宋四家詞選目錄序論》：「梅溪才思，可匹竹山。竹山粗俗，梅溪
纖巧……梅溪好用偷字，品格便不高。」可並參。

〔註55〕詳見《藝概・文概》第 228 則：「荊公文是能以品格勝者，看其人取我棄，自
處地位儘高。」

〔註56〕詳見《藝概・詞曲概》第 42 則：「劉後村詞，旨正而語有致。真西山《文章
正宗》詩歌一門屬後村編類，且約以世教民彝為主，知必心重其人也。後村
〈賀新郎・席上聞歌有感〉云：『粗識〈國風〉〈關雎〉亂，羞學流鶯百囀，
總不涉閨情春怨。』又云：『我有生平〈離騷〉操，頗哀而不慍微而婉。』意
殆自寓其詞品耶？」

〔註57〕詳見《藝概・詞曲概》第 107 則：「詞莫要於有關係。張元幹仲宗因胡邦衡謫新
州，作〈賀新郎〉送之，坐是除名，然身雖黜而義不可沒也。張孝祥安國於建
康留守席上賦〈六州歌頭〉，致感重臣罷席。然則詞之興觀群怨，豈下於詩哉！」

特色。陸煒對此便言：「從他所著的《持志塾言》、《昨非集》、《古桐書屋劄記》看，他對學經、作人是有成套豐富的見解的。他處處把道德修養放在第一位，因此，以此來規範人品，又以這樣的人品標準判詩品是自然的。……劉熙載的人品，內涵不包括人的才能和氣質，比較近於現代人說的人品、人格的概念，與此相應，詩品也不包括藝術造詣和風格特色，這就使他的詩品人品的理論獲得了某種單純性，由單純帶來明確的優點，得以提出『論詞莫先於品』等獨創的觀點。」〔註58〕根據陸煒研究，劉熙載重視人品人格，是明確的，而這樣的觀點觸及以文學評論為主的《藝概》書中，便將形成所謂品論，綜觀以上討論，這樣的品論不僅僅存在於詞體，舉凡劉熙載所列論之文體，皆有類似的文品、詩品、賦品等相似概念。試觀以下一則：

> 讀屈、賈辭，不問而知其為志士仁人之作。太史公之合傳，陶淵明
> 之合贊，非徒以其遇，殆以其心。〔註59〕

司馬遷《史記・屈賈列傳》：「太史公曰：余讀〈離騷〉、〈天問〉、〈招魂〉、〈哀郢〉，悲其志。適長沙，觀屈原所自沈淵，未嘗不垂涕，想見其為人。及見賈生弔之，又怪屈原以彼其材，游諸侯，何國不容，而自令若是。讀〈鵩鳥賦〉，同死生，輕去就，又爽然自失矣。」陶淵明合贊之詩見〈讀史述九章・其六・屈賈〉：「進德修業，將以及時。如彼稷契，孰不願之。嗟乎二賢，逢世多疑。候詹寫志，感鵩獻辭。」〔註60〕對於屈平、賈誼二人，司馬遷以「同死生、輕去就」連結二人，陶潛以「嗟乎二賢，逢世多疑」見證二人同陷逆境，劉熙載則以「非徒以其遇，殆以其心」概括之；若與前文相呼應，則「其遇」處境即如「風雨如晦」，「其心」所持即如「雞鳴不已」，正如劉熙載於〈賦概〉第75則自言：「『風雨如晦，雞鳴不已。』屈子言志之指」，〔註61〕，亦以《詩・鄭風・風雨》描述屈平；這樣的連結比附，並非巧合，而是劉熙載刻意為之，此心即品論之根本，即人格光輝之所在；紀昀評《文心雕龍・程器》為「彥和

〔註58〕詳見陸煒：〈劉熙載論詩品和人品〉，上海師範大學編：《劉熙載傳記資料》（上海：上海師範大學圖書館，1986～1994年），頁44。

〔註59〕此《藝概・賦概》第41則。

〔註60〕關於《史記》評屈平志，《藝概・文概》第45則亦提及，謂：「太史公《屈原傳》贊曰：『悲其志。』又曰：『未嘗不垂涕想見其為人。』『志』也，『為人』也，論屈子辭者，其斯為觀其深哉！」以志為人，以文見人，足見劉熙載對於屈平、司馬遷之景仰，亦可見其人文二元的連結脈絡。

〔註61〕見《藝概・賦概》第75則：「『風雨如晦，雞鳴不已。』屈子言志之指：『無已太康，職思其居。』馬、揚諷諫之指。」

發憤而著書者」，而劉熙載品論亦以不平而鳴而發：

> 董廣川〈士不遇賦〉云：「雖矯情而獲百利兮，復不如正心而歸一
> 善。」此即「正誼明道」之旨。司馬子長〈悲士不遇賦〉云：「沒世
> 無聞，古人所恥。」此即「述往事、思來者」之情。陶淵明〈感士
> 不遇賦〉云：「寧固窮以濟意，不委曲而累己。」此即「屢空晏如」
> 之意。可見古人言必由志也。〔註62〕

董仲舒有〈士不遇賦〉，司馬遷有〈悲士不遇賦〉，陶潛有〈感士不遇賦〉，雖
不遇而仍藏，雖不平而仍鳴，這般品行人格的修持，顯然是劉熙載所欣賞嚮
往的；劉熙載之與劉勰二人之精神所嚮，似可謂殊途同歸。

第四節　情采二元（情論）

在《文心雕龍》中，情與采的二元對舉討論，是劉勰論文的核心策略之
一，綜觀全書，與情相關的術語如質、性、理、心、志、實等，與采相關術
語如文、言、辭、華等，處處可見，而其中直接聚焦論述情采議題的，首推
〈情采〉篇。〈情采〉篇的次第，列於全書文術論「總綱」之後的首篇，可
以視為是真正貼近文章創作技術論之首篇，游師志誠便指出：「〈情采〉接續
於文術論「總綱」五篇之後，用情理取代之前劉勰一再使用的『人』的學問
相關之詞，例如性情、性靈、情志等等，將『情』的重點改移到文章寫作要
求的情與理。雖然，所謂文章情理，追本溯源，仍然要推原至人的『情性』
本身，但是，劉勰已將論述焦點慢慢轉移到『文章』寫作相關的情理實質課
題。」〔註63〕翻開〈序志〉，劉勰在論《文心雕龍》下篇文術論的安排時，
亦言：「至於剖情析采，籠圈條貫，攡〈神〉、〈性〉，圖〈風〉、〈勢〉，苞〈會〉、
〈通〉，閱〈聲〉、〈字〉」，以「剖情析采」一詞，突顯出〈情采〉篇的獨特代
表價值。

然而此情為何情？本論文第四章曾指出「情」是劉勰《文心雕龍》與劉
熙載《藝概》的共同的「文學的內質」，可以互參。此處就劉勰所處時代的角
度的意義，稍微剖析何謂情采二元之情。追溯文學的歷史，在六朝以前的文

〔註62〕此《藝概·賦概》第79則。
〔註63〕詳見游師志誠：《《文心雕龍》五十篇細讀·三十一〈情采篇〉細讀》（臺北：
　　　　文津，2017年6月），頁309、315。

學，強調「志」更甚於「情」，如《詩・大序》：「詩者，志之所之也。在心為志，發言為詩。情動於中而形於言，言之不足，故嗟嘆之；嗟嘆之不足，故永歌之；永歌之不足，不知手之舞之、足之蹈之也。情發於聲，聲成文謂之音。治世之音安以樂，其政和；亂世之音怨以怒，其政乖；亡國之音哀以思，其民困。故正得失，動天地，感鬼神，莫近於詩。先王以是經夫婦，成孝敬，厚人倫，美教化，移風俗。」整段在描述詩之與志的關係，尤其特別強調詩志與教化的聯繫，周勛初便指出「志」的涵義本來很廣：「後來的說詩者卻慢慢地給『志』訂出一個界限來了。自孔子起，就在極力把《詩經》的作用引導到為政教服務上去。」〔註64〕劉勰作為承先啟後的追隨者，亦可在其字裡行間中看到這樣的脈絡，如〈明詩〉開篇首段：

> 大舜云：「詩言志，歌永言。」聖謨所析，義已明矣。是以「在心為志，發言為詩」，舒文載實，其在茲乎！故詩者，持也，持人情性；
> 三百之蔽，義歸無邪，持之為訓，有符焉爾。

作為「原始表末」的首段，劉勰先引用《尚書・堯典》、《詩・大序》等原典，以追溯詩與志的原本關係，而劉勰更進一步的是講「詩者，持也，持人情性」，把詩與情性作一連結，而不再侷限於言志的範疇中，開創出詩的新貌。與劉勰同時代的曹丕〈典論論文〉「詩賦欲麗」，陸機《文賦》「詩緣情而綺靡」，或是鍾嶸《詩品・序》：「夫四言，文約意廣，取效《風》、《騷》，便可多得。每苦文繁而意少，故世罕習焉。五言居文詞之要，是眾作之有滋味者也。」鍾嶸論五言詩，乃有滋味，相較於四言之文繁意少，有意思多了。從眾家界定詩之特質，可以看到詩發展到六朝，已經逐漸擺脫教化功能，從說教工具的定位中釋放，從詩言志轉向詩緣情，極具有時代意義。〔註65〕

〔註64〕 詳見周勛初：《文心雕龍解析・情采第三十一解析》（南京，鳳凰出版社，2015年12月），頁520、521。

〔註65〕 關於情的指涉，由志即情的轉變，六朝時期開啟了重情的觀點，不過仍需細辨，如《藝概・詞曲概》第115則便謂：「詞家先要辨得『情』字。〈詩序〉言『發乎情』，〈文賦〉言『詩緣情』，所貴於情者，為得其正也。忠臣孝子，義夫節婦，皆世間極有情之人。流俗誤以欲為情。欲長情消，患在世道。倚聲一事，其小焉者也。」將〈詩序〉與〈文賦〉所指之情合為一事，其《昨非集・卷二・讀〈詩序〉》一文中提到〈詩序〉之情：「『發乎情，止乎禮義』，蓋詩之情正者即禮義，初非情縱而禮操之也。」可見劉熙載即便言情，亦以禮義教化收束之，重情而不縱情，此中可見由志即情的脈絡痕跡，亦可反映劉熙載身具集成性質位置之呈現；部份學者對此特點有所批評，如邱世友〈劉熙載的詞品說——融齋詞論之一〉：「他認為禮義即情，縱情為欲，……把情

　　另一方面，情采二元之采亦深具時代意義，劉勰身處駢文盛行之世，文辭追求華靡、講究寫作技巧等風潮，便是於六朝此刻漸形升溫的。劉勰《文心雕龍》成於齊梁此際，本身也是一部精彩炫目的美文之作，他當然認同辭采之於文章之重要，譬如〈情采〉開篇便言:「聖賢書辭，總稱文章，非采而何？」將采之價值抬高至聖賢書辭的境界，不容抹煞;〈情采〉最後的贊語則言:

　　　　贊曰:言以文遠，誠哉斯驗。心術既形，英華乃瞻。

　　　　吳錦好渝，舜英徒豔。繁采寡情，味之必厭。

「言以文遠」一辭出自《左傳・襄公二十五年》:「仲尼曰:『志有之，言以足志，文以足言。不言，誰知其志？言之無文，行而不遠。』」孔子:「言之無文，行而不遠」，強調言詞有待文采，方能遠播。是以閱讀〈情采〉篇，可以看見劉勰優先奠定文采價值的安排。不過水能載舟，亦能覆舟，文章有賴辭采飾裝，而「言以文遠」，亦可能受到過度的辭采添加物，而被翻「覆」，甚至「覆」蓋、取代掉文章的原始目的。這樣的疑慮其實不是劉勰個人的擔憂而已，而是他對於當時文壇趨勢的觀察，認為過度追求華美辭采，並不可行，而這也是他著書立說的動機之一，〈序志〉有謂:「去聖久遠，文體解散，辭人愛奇，言貴浮詭，飾羽尚畫，文繡鞶帨，離本彌甚，將遂訛濫。蓋〈周書〉論辭，貴乎體要，尼父陳訓，惡乎異端，辭訓之奧，宜體於要。於是搦筆和墨，乃始論文。」劉勰高舉〈周書〉、孔訓等典範，對比「去聖久遠」之當代作者們，其著作目的便在導正當時漸行漸歪的文壇風氣，這與後來唐代復古運動的精神，某些程度上是相通的。不過，劉勰更難能可貴的是，他本身身處文學蛻變的風潮之先，卻又同時見雨綢繆，看見過猶不及的後遺症，這當然需要豐厚的學識與敏銳的洞見，才有辦法作到，而他的方式便是藉由折衷的精神，以情采二元的策略來平衡情、采兩者。

　　所謂情采二元的策略，有兩個重點，其一，情與采二者缺一不可;在〈情采〉篇中，可以看到劉勰的一部分論述並不區分情、采的重要性順位的，將情采視為天平兩端，彷彿同等價值，如「木體實而花萼振，文附質也。虎豹無文，則鞟同犬羊;犀兕有皮，而色資丹漆，質待文也」這段比喻，提出文附質、質待文兩種關係，這樣的文質關係顯然與〈情采〉篇全文最後一句「乃可

欲對立起來，這些就更是融齋文藝思想中應當加以批判的糟粕。」收入於徐林祥主編:《劉熙載美學思想研究論文集》(成都:四川大學出版社，1993年)，頁145。

謂雕琢其章，彬彬君子矣」，偷偷呼應，因為二者同樣出自於《論語・雍也》：
「子曰：『質勝文則野，文勝質則史。文質彬彬，然後君子。』」這個比喻言
下之意，暗示著質不可勝文，文亦不可勝質，文質二者的最理想狀態，是「文
質彬彬」的，缺一不可的平衡關係。這類句式在《文心雕龍》全書中屢屢出
現：

　　〈章表〉：「懇惻者辭為心使，浮侈者情為文屈」

　　〈情采〉：「《孝經》垂典，喪言不文；故知君子常言，未嘗質也。老
　　　　子疾偽，故稱「美言不信」，而五千精妙，則非棄美矣。」

以上諸例，可以看見劉勰將情、采二者等價齊觀，並列同論。情采二元的第二
個重點，是情的順位優先於采；先看〈情采〉篇中的論述：「夫鉛黛所以飾容，
而盼倩生於淑姿；文采所以飾言，而辯麗本於情性。故情者文之經，辭者理之
緯；經正而後緯成，理定而後辭暢：此立文之本源也。」劉勰在確立情、采二
者缺一不可後，緊接著提出情經辭緯、經先緯後的輕重關係，認為情之價值當
高於采，作文論理亦當優先於采，劉勰稱此為「立文之本源」，足見他對於這樣
的情采關係的重要性，極為看重。依此脈絡，劉勰提出詩人「為情而造文」與
辭人「為文而造情」的兩種創作心態的對比，所謂「為情造文」者，即符合情
經辭緯的創作者，而「為文造情」者，則是視辭為經而情為緯，頭重腳輕了，
這類創作者即〈序志〉所說的「辭人愛奇，言貴浮詭」，〈情采〉謂之「後之作
者，采濫忽真」，這類作品由於失真情、無真心，往往「有志深軒冕，而泛詠皋
壤，心纏幾務，而虛述人外。真宰弗存，翩其反矣」，失去閱讀的價值。

　　總而言之，劉勰筆下的情采二元，正面而言，這個策略可以說是《文心
雕龍》中創作理念、批評價值的核心觀點之一，反過來說，這也是劉勰用以
對抗逐漸扭曲的文壇歪風，是劉勰撥亂反正的利器之一。若將《文心雕龍》
視為是劉勰所用以醫治時風之藥方，那麼〈情采〉篇所提供的方法，並非矯
枉過正的霸道之法，而是疏洪洩引的貫通之術，一方面正面肯定情采價值，
一方面又揭示「翠綸桂餌，反所以失魚」、「『衣錦褧衣』，惡文太章」之道理，
這樣的折衷觀點，可使讀者在得見水性之虛時，便可知淪漪自結之性，可聞
得桃李有實之芳。

　　再看劉熙載的情采二元論，雖然《藝概》在形式上是條列式的，並不成
篇，不過若仔細爬梳，便能看見許多承繼自劉勰的概念；例如此則：

　　文，辭也；質，亦辭也。博，辭也；約，亦辭也。質，其如《易》

所謂「正言斷辭」乎？約，其如《書》所謂「辭尚體要」乎？〔註66〕
此則先分辨文（外在文采）、質（內在情理）與辭（文字載體）的差異，說明
無論是外在文采或是內在情理，皆需藉由文字媒介作為載體，是就其相同之
處標示文、質，看似泛泛之論，實則說明無論是文勝質、質勝文、博茂繁雜或
是簡約寒傖，皆為文章，換句話說，一切可能的組合皆為文章，這與〈情采〉
中所說的立文三理之言暗暗相合：「五色雜而成黼黻，五音比而成韶夏，五性
發而為辭章」，五色、五音、五性之五，實乃虛數，意在說明文章的各種可能
性。而在此前提之下，劉熙載又引用《易》、《書》之言，特別強調組成元素中
的「質」的意義，謂「正言斷辭」、「辭尚體要」為質，很特別的是，劉勰《文
心雕龍·徵聖》亦特別引用《易》、《書》此二語，引用目的同樣用以呈現「質」
的價值：「論文必徵於聖，窺聖必宗於經。《易》稱『辨物正言，斷辭則備』，
《書》云『辭尚體要，弗惟好異』。故知正言所以立辯，體要所以成辭，辭成
無好異之尤，辯立有斷辭之義。」「正言斷辭」、「辭尚體要」代指《易經》與
《書經》，而此處《易》、《書》二書又成為「宗經」、「徵聖」之代表，此則以
經典為範，具有宗經意義，其用意與〈情采〉首句「聖賢書辭，總稱文章，非
采而何？」有異曲同工之效。這樣的多重雷同，當不是純粹的巧合而已。再
看此則：

> 《左傳》:「言之無文，行而不遠。」後人每不解何以謂之無文，不
> 若仍用《外傳》作注，曰:「物一無文。」〔註67〕

前文曾提及劉勰〈情采·贊〉有「言以文遠，誠哉斯驗」等句，此處劉熙載亦
直接引用《左傳》同詞；對比兩者的差異，〈情采〉篇篇旨在於強調文章的內
在情感的重要，必須優先於外在辭采，故其於結尾處以「誠哉斯驗」的口吻，
說明了「言以文遠」的事實，一方面是呼應篇首「聖賢書辭，總稱文章，非采
而何？」作一首尾呼應，另一方面當然亦表示外在文采不可偏廢，不應因噎
廢食，劉勰這樣的安排，偏向於平衡論述，是以比較被動的姿態來肯定「文」
的功能；劉勰真正要宣導的觀點，其實正好相反，不是無文之弊，而是淫文

〔註66〕此《藝概·文概》第 270 則。此則引用《易》、《書》皆與《文心雕龍·徵聖》
　　　　相同，一併列之如下：「論文必徵於聖，窺聖必宗於經。《易》稱『辨物正言，
　　　　斷辭則備』，《書》云『辭尚體要，弗惟好異』。故知正言所以立辯，體要所以
　　　　成辭，辭成無好異之尤，辯立有斷辭之義。雖精義曲隱，無傷其正言；微辭婉
　　　　晦，不害其體要。體要與微辭偕通，正言共精義並用；聖人之文章，亦可見也。」
〔註67〕此《藝概·文概》第 338 則。

之病，贊語其後便言「繁采寡情，味之必厭」，過多的修飾，過少的情感，才是行而不遠、品而無味的。至於劉熙載〈文概〉此則，他則聚焦於「無文」一詞，更引用《國語‧鄭語》「物一無文」作為補充，《國語》原典尚有「聲一無聽，物一無文，味一無果，物一不講」等詞，〔註68〕諸句句式相同且重複，以強調此「一」之單一、單調，此乃暗合〈情采〉中「五色雜而成黼黻，五音比而成韶夏，五性發而為辭章」的「雜」、「比」與「發」，劉熙載所欲表達的，無論是形文、聲文或是情文，皆需諸此元素的雜揉交錯，方能謂之為「文」，單一之形，單一之聲，並不成「文」；對照劉勰的被動口吻，劉熙載此處對於「文」的強調，反而顯得認真且堅定，對於「文」的堅持，成為主要目的。極為有趣的是，〈文概〉此則之後，劉熙載又反道而行，寫下此則：

> 《國語》言「物一無文」，後人更當知物無一則無文。蓋「一」乃文之真宰，必有一在其中，斯能用夫不一者也。〔註69〕

劉熙載先引《國語》言「物一無文」，再說「物無一則無文」，此二者的「一」的指涉當然有些替換的嫌疑，並非同指一事；所謂「物一無文」的一，指的是單一、單調的貧乏感，而「物無一則無文」的一，劉熙載自言是指「文之真宰」，文皆需有此一，方能成文。這兩句所指涉的「一」，並不同為一事一物，「物無一則無文」的一，指的是創作中的核心，可以泛指為情感、思想、觀點、原則、道理等等，此一論述邏輯，某個程度上與《藝概》全書的「舉此以概乎彼，舉少以概乎多」的概念，是相通的，此「一」，即直指創作之核心。

〔註68〕《國語‧鄭語》原典：「聲一無聽，物一無文，味一無果，物一不講」。「劉熙載在《藝概》中多處提到『物一無文』，如〈文概〉曰：『《左傳》：「言之無文，行而不遠」。後人每不解何以謂之無文，不若仍用《外傳》作注，曰：「物一無文」。〈經義概〉又指出：《易‧繫傳》言「物相雜故曰文」，《國語》言「物一無文」，可見文之為物，必有對也，然對必有主是對者矣。』『物一無文』的提出，淵源於我國古代哲學思想。我國古代哲學中的人與自然、無生物與有生物的相互交融的思想，決定了我國古代人自發地運用對立統一的分析方法，來認識宇宙中萬事萬物相互轉化的複雜關係以及各自發展的內在根據。這種思想影響了古人對『文』的解釋，《國語》中提出的『物一無文』，說明先秦時人們已經認識到文學藝術和文學藝術問題的一切方面都是由相對、相依的兩種基本因素構成的。我國傳統的『物一無文』的辯證思想深刻地影響了劉熙載對文學藝術問題的認識和研究，它使得劉熙載對文學藝術問題的一系列論述，都充滿了辯證的觀點。」詳見孫蓉蓉：〈「物一無文」與《藝概》〉，《南京大學學報》哲學‧人文‧社會科學，1998年第4期，頁45。本論文第三章第三節亦有相關討論，可互參。

〔註69〕此《藝概‧文概》第339則。

換個角度來看，劉熙載一方面說「物一無文」，一方面又接續著說「物無一則無文」，這樣的論述策略，顯然是二元折衷的方式，如果把這兩句合併同觀，「物一無文」強調外在辭采，「物無一則無文」則可將此「一」收束成為內在情感，兩則相合，便可看到情采二元的論述策略，這是情、采二元缺一不可的部份的繼承。

另一方面，劉熙載對於情、采的輕重關係，他也承繼著劉勰的觀點，在分析情、采二者的輕重差異時，同樣認為情經辭緯。在《藝概》全書中，不僅可以看到情采二元的敘述，甚至可以看到對於「情理說」的繼承，例如以下兩則：

> 《孔叢子》：「宰我問：『君子尚辭乎？』孔子曰：『君子以理為尚。』文中子曰：『言文而不及理，是天下無文也。』昌黎雖嘗謂『辭不足不可以為成文』，而必曰：『學所以為道，文所以為理』。陸士衡《文賦》曰：『理扶質以立幹。』劉彥和《文心雕龍》曰：『精理為文。』然則舍理而論文辭者，奚取焉？」〔註70〕

> 論不可使「辭勝於理」，「辭勝理」則以「反人為實」，「以勝人為名」，弊且不可勝言也。《文心雕龍·論說》篇解「論」字有「倫理有無」及「彌綸群言，研精一理」之說，得之矣。〔註71〕

此二則之前者，曾於本文第二章論述劉熙載暗藏子學家之企圖時，引用以證，而其內容則顯示著典型的情采二元論述，劉熙載蒐羅諸家論理與采，以突出情理之重要，必須優先於文辭，他同時引用〈徵聖〉贊曰「精理為文，秀氣成采」一詞，加以佐證，此觀點尤見於〈情采〉中，〈情采〉提到「聯辭結采，將欲明理」，辭采本用於明理之用，「『衣錦褧衣』，惡文太章」，諸此道理，劉勰論述不少。至於次則講的更為直接，認為辭不可勝理，劉熙載引《莊子》語，《莊子·天下》云：「以反人為實，而欲以勝人為名，是以與眾不適也。」此即「反正為乏」之法，〈定勢〉：「近代辭人，率好詭巧，原其為體，訛勢所變，厭黷舊式，故穿鑿取新，察其訛意，似難而實無他術也，反正而已。故文反正為乏，辭反正為奇。效奇之法，必顛倒文句，上字而抑下，中辭而出外，回互不常，則新色耳。」以反為新，以勝為的，以辭勝理，這在劉勰、劉熙載眼中，皆為邪道，並非創作之正途，〈論說〉中窮究學問以成一家言的方式，「彌綸群言，研精一理」，才是劉熙載所認同的學問、創作之道。

〔註70〕此《藝概·文概》第 249 則。
〔註71〕此《藝概·文概》第 297 則。

　　順著這樣的輕重關係，劉熙載亦承繼〈情采〉篇中「賁象窮白，貴乎反本」的重情精神，其謂：「『白賁』占於賁之上爻，乃知品居極上之文，只是本色。」〔註72〕劉熙載引用賁卦爻辭，說明白賁之於本色，強調創作本質的重要，而這個創作本質，便是情采之情。反過來說，既然情采二元論的重點，當在內情之上，劉熙載對於過度重視辭采的創作，亦多有微詞：

> 辭之患，不外過與不及。《易·繫傳》曰：「其辭文」，無不及也。《曲
> 禮》曰：「不辭費」，無太過也。〔註73〕

劉勰身處文風傾向淫靡的時代，所以其〈情采〉特別強調「衣錦褧衣，惡文太章」、「翠綸桂餌，反所以失魚」之弊病，乃其見創作太過重視辭采所產生的後遺症。劉熙載於此講的更為折衷：「辭之患，不外過與不及」，過多乃至於過少，皆為辭采大患，皆需避免。當然，可以在《藝概》全書中看到更多將情、采二元並論的論述，例如下則，可以更清楚看情采二元的關係：

> 《文賦》云：「論精微而朗暢。」「精微」以意言，「朗暢」以辭言。
> 「精微」者，不惟其難，惟其是；「朗暢」者，不惟其易，惟其達。
> 〔註74〕

劉熙載引用陸機論論體，一則先以內質外采分論，先內後外；其二提出內質與外采的各自需求，劉熙載提出論意之核心「惟其是」，而論辭之核心「惟其達」，對照《文心雕龍·論說》：「論之為體，所以辨正然否」，以「正確」視為論體的重要核心，又言：「義貴圓通，辭忌枝碎」，與劉熙載所引的「是」、「達」原則，可相呼應。這樣的對舉分述二元，並不少見，如以下兩則，甚至可於其用詞造句的結構上，看到類似〈情采〉之處：

> 君子之文無欲，小人之文多欲。多欲者美勝信，無欲者信勝美。
> 〔註75〕

> 文尚華者日落，尚實者日茂，其類在色老而衰，智老而多矣。〔註76〕

《文心雕龍·情采》中有詩人之文、辭人之文的對舉，有文附質、質待文的對舉，有《孝經》、《老子》之重質兼文與《莊子》、《韓非》之重辭略質的對舉，對照〈文概〉此二則，前者有作者之君子、小人對比，繼有文章特色對比，又

〔註72〕此《藝概·文概》第 319 則。
〔註73〕此《藝概·文概》第 268 則。
〔註74〕此《藝概·文概》第 303 則。
〔註75〕此《藝概·文概》第 320 則。
〔註76〕此《藝概·文概》第 321 則。

有內質外采之信美對比,其形式頗類似「詩人什篇,為情而造文;辭人賦頌,為文而造情」的對比;後者則偏重於「尚華」與「尚實」的對舉,揭示兩類文章之效果各別,仍是內外對舉,其口吻又近似於「為情者要約而寫真,為文者淫麗而煩濫」,說明偏重於一端之後,會有何結果。

諸則內容的觀點,與〈情采〉處處呼應,猶當注意者,劉勰作論始終帶有清晰的批判態度,其〈情采〉贊語總曰:「繁采寡情,味之必厭」,便顯現他就事論事的指摘;文章既然以達到「言以文遠」為目的,作品必須可行可遠,在情與采的拿捏上,便須有所平衡,甚至取捨。這是劉勰折衷而不鄉愿的態度,而這樣的姿態,亦可見於《藝概》中的實際批評,劉熙載實際上也承繼了這樣的態度,以下再舉數則以情采二元作為準則的實際批評例證:

> 《莊子》寓真於誕,寓實於玄,於此見寓言之妙。〔註77〕

> 學《離騷》,得其情者為太史公,得其辭者為司馬長卿。長卿雖非無得於情,要是辭一邊居多。離形得似,當以史公為尚。〔註78〕

劉熙載評《莊子》,以真、實稱寓言之妙用,以誕、玄稱寓言之表現,對比《文心雕龍》對莊周的批評,〈諸子〉譽其志:「莊周述道以翺翔」,〈情采〉評其辭:「綺麗以豔說」,並言「文辭之變,於斯極矣」。劉勰以莊周辭采作為辭采發展極致之代表,又於〈諸子〉篇稱美莊周文章有道,此二者看似割裂,實為劉勰配合各篇文章主題之結果,合而觀之,則與劉熙載所說「寓真於誕,寓實於玄」之語,相去不遠。又如劉熙載評《離騷》,亦稱美《騷》兼具情、辭,這裡提到,若於情、辭二者僅能得其一,則得《騷》之情者,將更近似之;暗示了情、辭二者的輕重價值。又如評詩:

> 詩有借色而無真色,雖藻繢實死灰耳。李義山卻是絢中有素,敨器之謂其「綺密瓌妍,要非適用」,豈盡然哉?至或因其《韓碑》一篇,遂疑氣骨與退之無二,則又非其質矣。〔註79〕

> 西崑體所以未入杜陵之室者,由文滅其質也。質文不可偏勝。西江之矯西崑,浸而愈甚,宜乎復詒口實與!〔註80〕

前則藉顏色以喻詩之優劣,此法亦見於〈情采〉篇:「正采耀乎朱藍,間色屏

〔註77〕此《藝概·文概》第52則。
〔註78〕此《藝概·文概》第89則。
〔註79〕此《藝概·詩概》第131則。
〔註80〕此《藝概·詩概》第157則。

於紅紫」，劉熙載言借色、真色，劉勰言正采、間色，用辭甚為接近，更為核心的聯繫當屬「雖藻繢實死灰耳」的批判，這般對於華辭的批評，本為劉勰情采二元論的核心觀點，劉熙載於此亦作了呼應。對於李商隱詩，南宋敖陶之〈詩評〉曰：「李義山如百寶流蘇，千絲鐵網，綺密環妍，要非適用。」〔註81〕劉熙載評之「絢中有素」，從辭采處給予不同評價；而對於〈韓碑〉所寄託之風骨，〔註82〕如清管世銘〈讀雪山房唐詩序例〉：「李義山〈韓碑〉句奇語重，追步退之」等，〔註83〕劉熙載仍頗有微詞，並不苟同前人評價。以上兩組評論辨議，一論其采，一論其質，便是情采二元的架構。次則評西崑體，則更直接引用劉勰〈情采〉術語，謂之「文滅其質」，〈情采〉篇提到，形文、聲文、情文等需適當安排，要使「文不滅質，博不溺心」，正是「乃可謂雕琢其章，彬彬君子矣」的創作正道，而此處劉熙載直揭西崑之弊在於「文滅其質」，此乃劉勰以降的情采二元之大弊。〔註84〕又如評詞：

> 劉後村詞，旨正而語有致。真西山《文章正宗》詩歌一門屬後村編類，且約以世教民彝為主，知必心重其人也。後村〈賀新郎‧席上聞歌有感〉云：「粗識《國風‧關雎》亂，羞學流鶯百囀，總不涉閨

〔註81〕 可見楊慎《升庵詩話‧卷八》。

〔註82〕 李商隱〈韓碑〉全詩：「元和天子神武姿，彼何人哉軒與羲。誓將上雪列聖恥，坐法宮中朝四夷。淮西有賊五十載，封狼生貙貙生羆。不據山河據平地，長戈利矛日可麾。帝得聖相相曰度，賊斫不死神扶持。腰懸相印作都統，陰風慘澹天王旗。愬武古通作牙爪，儀曹外郎載筆隨。行軍司馬智且勇，十四萬眾猶虎貔。入蔡縛賊獻太廟，功無與讓恩不訾。帝曰汝度功第一，汝從事愈宜為辭。愈拜稽首蹈且舞，金石刻畫臣能為。古者世稱大手筆，此事不繫於職司。當仁自古有不讓，言訖屢頷天子頤。公退齋戒坐小閣，濡染大筆何淋漓。點竄《堯典》《舜典》字，塗改《清廟》《生民》詩。文成破體書在紙，清晨再拜鋪丹墀。表曰臣愈昧死上，詠神聖功書之碑。碑高三丈字如斗，負以靈鰲蟠以螭。句奇語重喻者少，讒之天子言其私。長繩百尺拽碑倒，粗砂大石相磨治。公之斯文若元氣，先時已入人肝脾。湯盤孔鼎有述作，今無其器存其辭。嗚呼聖王及聖相，相與烜赫流淳熙。公之斯文不示後，曷與三五相攀追。願書萬本誦萬遍，口角流沫右手胝。傳之七十有二代，以為封禪玉檢明堂基。」

〔註83〕 詳見清‧管世銘（1738～1798）：《讀雪山房唐詩序例》，郭紹虞主編：《清詩話續編》（上海：上海古籍出版，1983年版），頁337。

〔註84〕 「文滅其質」一詞，更早已見於《莊子‧繕性》：「心與心識知，而不足以定天下，然後附之以文，益之以博。文滅質，博溺心。」這顯然亦是《文心雕龍‧情采》「使文不滅質，博不溺心」二句來源，〈繕性〉篇本意在論治生養性，劉勰轉化其辭，用於文論，正如同他亦化用《論語‧雍也》「彬彬君子」的概念於文論一樣，此皆劉勰開創之功，而劉熙載承繼於後。

情春怨。」又云：「我有生平《離鸞操》，頗哀而不慍微而婉。」意殆自寓其詞品耶？〔註85〕

劉熙載《藝概》中頗為推崇真得秀《文章正宗》，如〈文概〉第15則：「真西山《文章正宗‧綱目》云：『《三百五篇》之詩，其正言義理者蓋無幾，而諷詠之間，悠然得其性情之正，即所謂義理也。』余謂詩或寓義於情而義愈至，或寓情於景而情愈深，此亦《三百五篇》之遺意也。」此處亦藉真得秀引出劉克莊，評其詩為「旨正而語有致」，〈賀新郎〉中藉由卑賤歌女之口，以肯定劉克莊詞品以《詩》風哀婉為範；這樣的評述方式，可見劉熙載評詞體時，仍舊重視內在情感甚於外在辭采，且仍不出宗經框架，是又一證。

第五節　物色二元（真論）

關於文學的起源，歷來曾有不少主張，例如模仿說、巫舞說等等，學者各有主張，無論哪種說法，其實都能找到某種程度合理的證據，作為佐證。不過這些看法主張雖然各自殊異，總體而觀，都是在討論人如何用文學來看待、描繪這個宇宙。關於文學的起源這個議題，劉勰《文心雕龍》並未聚焦討論，劉勰著重的焦點是在人與自然的關係，亦即作者與外在環境的關係，這在〈原道〉篇便涉及到這個議題：

> 傍及萬品，動植皆文：龍鳳以藻繪呈瑞，虎豹以炳蔚凝姿；雲霞雕色，有逾畫工之妙；草木賁華，無待錦匠之奇。夫豈外飾，蓋自然耳。至於林籟結響，調如竽瑟；泉石激韻，和若球鍠：故形立則章成矣，聲發則文生矣。夫以無識之物，鬱然有采，有心之器，其無文歟？

〈原道〉篇開頭，先講天文、地文與人文，先兩儀，後三才；次段如上，實筆描寫如何先天地而生人文，天上雲霞、地下草木、悠緩林籟、激昂泉石，諸此「無識之物」，皆自然而然之形、聲，而這些便成為「有心之器」的人類，最好的示範與榜樣。

〔註85〕此《藝概‧詞曲概》第42則。劉克莊〈賀新郎‧席上聞歌有感〉全詞：「妾出於微賤，小年時，朱弦彈絕，玉笙吹遍，粗識國風關睢亂，羞學流鶯百囀，總不涉，閨情春怨，誰向西鄰公子說，要珠鞍，迎入梨花院。身未動，意先懶。主家十二樓連苑，那人人，靚妝按曲，繡簾初卷。道是華堂簫管唱，笑殺雞坊拍袞。回首望，侯門天遠。我有平生離鸞操，頗哀而不慍微而婉。聊一奏，更三嘆。」

天文、地文與人文的對比，天地自然屬於外在環境，是為客觀現實，而人文屬於內在自我，落實於文學創作的領域上，這個人文的具體指涉便是作家，劉勰所說的「有心之器，其無文歟？」便有暗指之意，〈明詩〉:「人稟七情，應物斯感」,〈詮賦〉:「情以物興，物以情觀」等，都從外在事物對作者的影響，而《文心雕龍》全書中，把這樣的物我二元關係探究最深刻的，當屬〈物色〉篇。物色一詞，初見於《禮記・月令》:「瞻肥瘠察物色。」鄭玄注：「物色，騂黝之別也。」〔註 86〕《昭明文選》賦亦有物色類，李善注：「四時所觀之物色而為之賦。」〔註 87〕物色一詞，一開始所指涉乃指犧牲之外觀、毛色、肥瘠，至南朝梁時已擴大為對景色、外物的描寫，其共通之處是對於外在事物的觀察，而既然有觀察的行為，便隱含一個觀察主體，亦即作者本身。同時代的陸機〈文賦〉:「遵四時以探逝，瞻萬物而思紛，悲落葉於勁秋，喜柔條於芳春」，鍾嶸《詩品・序》:「氣之動物，物之感人，故搖蕩性情，形諸舞詠。」蕭子顯〈自序〉:「風動春潮，月明秋夜，早雁初鶯，開花落葉，有來斯應，每不能已。」都可見類似的理論。

《文心雕龍・物色》亦承繼這樣的概念。〈物色〉開篇：「春秋代序，陰陽慘舒，物色之動，心亦搖焉」，此四句為全篇物我二元，作了定調；此四句，春秋相間，陰陽相隔，乃兩儀之具象，此外，春秋為時間，陰陽可指空間，時空交疊，又與〈原道〉「玄黃色雜，方圓體分」等宇宙觀遙相呼應；而第四句「心亦搖焉」之蕩心，即人文之心、作者之心，此心乃搖蕩於宇宙之中，隨著外在環境相互激盪搖擺著的，自是無法免於其外的。〈物色〉此四句，揭示物、我二元的主被動關係，是物色恣意於先，而自我這個「有心之器」則是接收者、被影響者，搖蕩於後，如「陽氣萌而玄駒步，陰律凝而丹鳥羞，微蟲猶或入感，四時之動物深矣」所說的「動物」,「珪璋挺其惠心，英華秀其清氣，物色相召，人誰獲安？」所說的「誰安？」「歲有其物，物有其容；情以物遷，辭以情發」所說的「情以物遷」等等，皆屢屢暗示著物、我二元的先後因果關係，永遠是先物色、後作者的。

〔註 86〕《禮記・月令》……。《禮記・樂記》另有一段文字：「凡音之起，由人心生也。人心之動，物使之然也。感於物而動，故形於聲；聲相應，故生變；變成方，謂之音；比音而樂之，及干戚羽旄，謂之樂。樂者，音之所由生也，其本在人心之感於物也。」周勳初論〈物色〉篇時引此段文字，謂之甚有啟發，可參之。詳見周勳初：《文心雕龍解析》（南京，鳳凰出版社，2015 年 12 月），頁 716。

〔註 87〕詳見李善注：《文選・第十三・物色》。

　　總而言之,物色二元談的是物我、主客關係,劉勰於〈物色〉篇中談的最多的,其實是主體之我,如何吸收、效仿這個客體的外在之物;一篇優秀的作品,是否需要完全的複製外在物色?或是該保持著一定的距離與差異呢?〈物色〉講的便是這個。「所謂詩人麗則而約言,辭人麗淫而繁句」,劉勰將物色二元之間的關係,分為兩種趨向,一是「麗則約言」,一是「麗淫繁句」,「麗則約言」者如《詩經》,如「『灼灼』狀桃花之鮮,『依依』盡楊柳之貌」等,劉勰謂之為「以少總多,情貌無遺」;至若「麗淫繁句」者則如劉勰同代「文貴形似」之文風底下,所追求的,「巧言切狀,如印之印泥,不加雕削,而曲寫毫芥」,務求貼近外在的風景環境,以複製其形貌為目的,〈明詩〉:「宋初文詠,體有因革。莊老告退,而山水方滋;儷采百字之偶,爭價一句之奇,情必極貌以寫物,辭必窮力而追新,此近世之所競也。」也提到這樣的文風趨勢,這是兩種完全不同的態度。從〈物色〉字面上來看,劉勰並不反對追求形似的文風,其口吻客觀,持平描述文壇的發展走向,不過若作更進一步去推敲劉勰的真實立場,頗有些微妙;張國慶、涂光社指出:「(按:〈物色〉)篇中有『自近代以來,文貴形似』的述評,此處『形似』的評價並非簡單地作正與誤、肯定與否定的判斷。……有條件地肯定了它的長處;此外反復標舉《詩經》、《離騷》的物色描寫,從側面證明劉勰推崇和全面肯定的並非『近代』的『形似』。」〔註88〕周勳初更直接一點地指出劉勰的批判立場:「從實際上來說,當時文風趨於繁蕪,而在這一些描寫景物的筆觸細緻的詩賦中尤為嚴重,所以他的批判矛頭主要還是指向繁的一面,並追本溯源進而否定辭人之作。」〔註89〕劉勰的確不認為「有心之物」的作用僅在於複製外在物色,他說「物有恆姿,而思無定檢」,主觀寫作的創意、情思,雖然會隨著環境事物而有所啟發、感念,卻不應如此關係而自我設限,將想像力限制於尺尺而寸寸之的底線而已。那麼要如何拿捏物色二元的距離呢?這一直是個重要課題,劉勰言:「且《詩》、《騷》所標,並據要害,故後進銳筆,怯於爭鋒」,此處所說的要害,究竟為何?劉勰舉屈平作為典範之例:

　　古來辭人,異代接武,莫不參伍以相變,因革以為功,物色盡而情有

〔註88〕詳見張國慶、涂光社:《文心雕龍集校、集釋、直譯·物色第四十六》(北京:中國社會科學出版,2015 年),頁 861。

〔註89〕詳見周勳初:《文心雕龍解析·物色第四十六解析》(南京,鳳凰出版社,2015年 12 月),頁 726。

餘者，曉會通也。若乃山林皋壤，實文思之奧府，略語則闕，詳說則

繁。然則屈平所以能洞鑒〈風〉、〈騷〉之情者，抑亦江山之助乎？

前文提到，劉勰的物色二元論的外在環境，總是優先於主觀的我，具有先後、因果的關係，而此處則將「物色盡而情有餘」，列為其關係的理想狀態，說明了外在「物色」只能是一個啟發、動機，而非目的，當這個起發動念之後，將開啟自我情感與想像的創作，無遠弗屆，其範疇可以遠大於一開始的動機的。而屈平之所以受到劉勰推崇，舉〈辨騷〉為例便可知：「敘情怨，則鬱伊而易感；述離居，則愴怏而難懷；論山水，則循聲而得貌；言節侯，則披文而見時」，劉勰以此四點，讚許屈平，稱其開創一代，後人「莫之能追」，此四點，「敘情怨」、「述離居」主情，「論山水」、「言節侯」主景，尤其「循聲而得貌」、「披文而見時」等語，根本與〈物色〉「瞻言而見貌，即字而知時」異辭同意。於此可見，屈平筆下實乃情景兼備，再對照屈平之後的追隨者：「才高者菀其鴻裁，中巧者獵其豔辭，吟諷者銜其山川，童蒙者拾其香草」，舉凡僅能銜山川、拾香草者，實小學而大遺，儘習得屈平之表面而已，於此可證，劉勰〈物色〉中對於「文貴形似」的隱含暗貶，是無誤的。〈賦概〉亦化用此詞句：

韓昌黎〈復志賦〉，李習之〈幽懷賦〉，皆有得於〈騷〉之波瀾意度

而異其跡象。故知「獵艷辭」，「拾香草」者，皆童蒙之智也。〔註90〕

劉熙載評韓愈、李翱賦作，便化用〈辨騷〉詞成批語，劉勰原意在說明屈騷之繼承者，各得其所，以證屈騷之豐富多元；而劉熙載則側重於較低層次的仿效者的批評，謂之「童蒙之智」，亦是嘆其不得〈騷〉旨之意。

再看劉熙載《藝概》的物色二元。《藝概》雖然沒有如《文心雕龍》有〈物色〉等專篇專論，相似的觀點卻散見各處，如〈賦概〉此則：

在外者，物色。在我者，生意，二者相摩相蕩而賦出焉。若與自家

生意無相入處，則物色祇成閒事，志士遑問及乎？〔註91〕

這段文字可以說是物色二元的最佳註腳，其分在外者、在我者兩端，外者物色，我者生情，二者相互激盪影響而成就作品；諸此觀點皆不出劉勰〈物色〉。此外，對於二元之間的互動關係，〈物色〉寫的是「物色之動，心亦搖焉」，而〈賦概〉則寫「二者相摩相蕩」，搖蕩摩擦，用詞上亦可見劉熙載承繼劉勰的痕跡；而若此二元失去「相摩相蕩」的互動，失去合適的距離，各自為之，將

〔註90〕此《藝概・賦概》第65則。
〔註91〕此《藝概・賦概》第91則。

使「物色只成閑事」，物色自物色，我自我了。是以單純的景物的複製，不能
成詩文，因為其中缺少自我，劉勰〈物色〉盛讚屈平「洞鑒〈風〉、〈騷〉之
情」，亦特指其情，絕非洞鑒〈風〉、〈騷〉之「景」，可以致之。

對於劉熙載的物色二元，以下分兩項討論。首先，是「在外者物色」的
外在環境的部份；南宋真得秀《文章正宗》是推崇以義理為詩的選本，劉熙
載曾與之對話，論《詩》之本色：

> 真西山《文章正宗·綱目》云：「《三百五篇》之詩，其正言義理者
> 蓋無幾，而諷詠之間，悠然得其性情之正，即所謂義理也。」余謂
> 詩或寓義於情而義愈至，或寓情於景而情愈深，此亦《三百五篇》
> 之遺意也。〔註92〕

劉熙載以「寓義於情而義愈至」、「寓情於景而情愈深」兩句層遞，說明作詩
之法，當以寓義於景、寓情於景為尚，而這寓情於景的作法，始於《詩經》。
另一則可見劉熙載直接引用《詩》之內容：

> 「昔我往矣，楊柳依依；今我來思，雨雪霏霏。」雅人深致，正在
> 借景言情。若捨景不言，不過曰「春往冬來」耳，有何意味？然「黍
> 稷方華」、「雨雪載塗」，與此又似同而異，須索解人。〔註93〕

「昔我往矣，楊柳依依；今我來思，雨雪霏霏」四句出自《詩·小雅·采薇》，
《世說新語·文學》有「謝公因子弟集聚，問：『《毛詩》何句最佳？』遏稱
曰：『昔我往矣，楊柳依依；今我來思，雨雪霏霏。』」〔註94〕之對話，劉勰
〈物色〉亦引用同詩「『灼灼』狀桃花之鮮，『依依』盡楊柳之貌」，謂之為「並
以少總多，情貌無遺」之代表。追溯〈采薇〉一詩，《毛詩·序》：「〈采薇〉，
遣戍役也。文王之時，西有昆夷之患，北有玁狁之難，以天子之命，命將率，
遣戍役，以守衛中國。故歌採薇以遣之，出車以勞還，杕杜以勤歸也。」此乃
征戰勞役之詩，以春之楊柳、冬之雨雪作為時間標記，以揭示勞役之苦。清
王夫之《薑齋詩話》便舉此四句，謂：「以樂景寫哀，以哀景寫樂，一倍增其
哀樂。」〔註95〕此是「樂景寫哀」，因喜樂之反差而倍增其情緒；劉熙載則反

〔註92〕此《藝概·詩概》第 15 則。
〔註93〕此《藝概·詩概》第 252 則。
〔註94〕南朝宋·劉義慶《世說新語·文學》：「謝公因子弟集聚，問：『《毛詩》何句
　　　　最佳？』遏稱曰：『昔我往矣，楊柳依依；今我來思，雨雪霏霏。』公曰：『訏
　　　　謨定命，遠猷辰告。』謂此句偏有雅人深致。」
〔註95〕清王夫之《薑齋詩話》卷一。

著講，若將情、景一拆為二，則不過就是「春來冬往」，即「物色只能閑事」了。至於要如何捕捉物色之景，劉熙載提出「藉端托寓」之法，其謂「絕句意法，無論先寬後緊，先緊後寬，總須首尾相銜，開闔盡變。至其妙用，惟在藉端托寓而已。」〔註96〕又如：

> 「以鳥鳴春」、「以蟲鳴秋」，此造物之藉端托寓也。絕句之小中見大似之。〔註97〕

> 山之精神寫不出，以煙霞寫之；春之精神寫不出，以草樹寫之。故詩無氣象，則精神亦無所寓矣。〔註98〕

「以鳥鳴春」、「以蟲鳴秋」二句出自韓愈〈送孟東野序〉，可見此「藉端托寓」法，劉熙載雖名為絕句意法，實則在不同文體之詩文上亦通用，具有普遍意義。以上幾則揭示兩個重點；其一，劉熙載指出以鳥寓春、以煙霞寓山、以草樹寓春，諸此以小見大之法，與劉勰〈物色〉「以少總多」的原則，是相通的，它們同樣不追求以形貌上的複製。其二，劉熙載說明此「藉端托寓」法源自造物，師法自然，所托者何？即精神也，亦即藉造物自然以寄人文之情，此中輕重，外在物色為輕，人文情感為重，這樣的二元對比，仍不出劉勰〈物色〉「物色盡而情有餘」的概念。

　　至於「在我者生意」的部份，就創作者之我的角度來看待物色二元，劉勰〈物色〉曾說：「四序紛迴，而入興貴閑」，劉永濟：「『閑』者，〈神思〉篇所謂『虛靜』也。」〔註99〕此虛靜之修養工夫，亦即〈養氣〉「水停以鑒，火靜而朗，無擾文慮，鬱此精爽」所講究的，需要作者養氣以持。所以，在物色二元中的創作者角度，並非純然的被動接收，而是另有修持功夫、創作技巧的。對於這一部份，劉熙載比劉勰更為聚焦，他特別強調創作者需以「真」為要求，要求創作者要浸入真實之中，才能寫出精神。且觀以下數則：

> 詩可數年不作，不可一作不真。陶淵明自庚子距丙辰十七年間，作詩九首，其詩之真，更須問耶？彼無歲無詩，乃至無日無詩者，意欲何明？〔註100〕

〔註96〕此《藝概・詩概》第203則。
〔註97〕此《藝概・詩概》第202則。
〔註98〕此《藝概・詩概》第260則。
〔註99〕詳見劉永濟：《文心雕龍校釋》（臺北：華正書局，1981年），頁101。
〔註100〕此《藝概・詩概》第47則。

> 陶詩「吾亦愛吾廬」，我亦具物之情也；「良苗亦懷新」，物亦具我之
> 情也。《歸去來辭》亦云：「善萬物之得時，感吾生之行休。」〔註101〕
> 賦必有關著自己痛癢處。如嵇康敘琴，向秀感笛，豈可與無病呻吟
> 者同語。〔註102〕

詩的價值，不在創作頻率，不在累積數量，而在於真，「不可一作不真」。前兩則專論陶潛詩，劉熙載肯定陶詩之處在其真實，此處所說的真實，並非「在外者物色」之形似之真，而是「在我者生意」的精神之真，若無此真，則不如不作。次則則具體揭示陶詩之真處所在，「我具物情」、「物具我情」，物我相交相融，可見其生活之真、性情之真。第三則則舉嵇康〈琴賦〉、向秀〈思舊賦〉為例，〈思舊賦〉寫舊處重遊，聞笛而思故友嵇康：「鳴笛之慷慨兮，妙聲絕而復尋。停駕言其將邁兮，遂援翰而寫心。」，因物色之動而促使向秀動念，實是其自身痛癢之紀錄。《文心雕龍‧指瑕》亦引用向秀〈思舊賦〉，其謂：「君子擬人，必於其倫，……向秀之〈賦嵇生〉，方罪於李斯。與其失也，雖寧僭無濫。」劉勰的重點放在向秀將嵇康與李斯相類比，認為比擬失當，不倫不類，這是從創作技巧的角度來閱讀此作，與劉熙載純然從創作者「在我者生意」的角度不同。又如評杜甫詩：

> 杜詩云「畏人嫌我真」。又云「直取性情真」。一自詠，一贈人，皆
> 於論詩無與，然其詩之所尚可知。〔註103〕

「畏人嫌我真」出自〈暇日小園散病，將種秋菜，督勒耕牛，兼書觸目〉，這是自詠之作，辭避官場而自放江林，節錄詩句：「不愛入州府，畏人嫌我真。及乎歸茅宇，旁舍未曾嗔。老病忌拘束，應接喪精神。江村意自放，林木心所欣。」〔註104〕頗有陶潛歸去田園的精神。而「直取性情真」出自〈贈王二十四侍禦契四十韻〉，這是杜甫寫給好友王契之作，節錄詩句：「伏柱聞周史，

〔註101〕此《藝概‧詩概》第44則。

〔註102〕此《藝概‧賦概》第90則。

〔註103〕此《藝概‧詩概》第85則。

〔註104〕杜甫〈暇日小園散病，將種秋菜，督勒耕牛，兼書觸目〉全詩：「不愛入州府，畏人嫌我真。及乎歸茅宇，旁舍未曾嗔。老病忌拘束，應接喪精神。江村意自放，林木心所欣。秋耕屬地溼，山雨近甚勻。冬菁飯之半，牛力晚來新。深耕種數畝，未甚後四鄰。嘉蔬既不一，名數頗具陳。荊巫非苦寒，採擷接青春。飛來兩白鶴，暮啄泥中芹。雄者左翮垂，損傷已露筋。一步再流血，尚經矰繳勤。三步六號叫，志屈悲哀頻。鷺皇不相待，側頸訴高旻，杖藜俯沙渚，為汝鼻酸辛。」

乘槎有漢臣。鴛鴻不易狎，龍虎未宜馴。客則掛冠至，交非傾蓋新。由來意氣合，直取性情真。」〔註105〕劉熙載輯此二詩，突顯出「真」的特質，原詩句雖在寫人，不過正也可以看出杜甫的自我期許、自我修養的工夫，由人及文，由人之真到詩文之真，「詩之所尚可知」。

　　另有一類真，是難在代言：

> 代匹夫匹婦語最難。蓋饑寒勞困之苦，雖告人，人且不知，知之必
> 物我無間者也。杜少陵、元次山、白香山不但如身入閭閻，目擊其
> 事，直與疾病之在身者無異。頌其詩，顧可不知其人乎？〔註106〕

代言之難，在於浸入代言對象之處境，視其所視，感其所感，言其所言，其難處其實仍在創作者的觀察力與感受度，劉熙載用「知之必物我無間」一語，說明一篇優秀的代言作品，有賴緊密無間的物色二元關係。前則評杜甫，由人及詩，此則評杜詩，由詩及人，「頌其詩，顧可不知其人乎」，此概念於「人文二元」一節已作討論，此處亦可見一證；與本節較有關連的，是此則在創作者的立場之外，延伸出讀者角度，由讀者的閱讀立場，來看待創作者與其所處的物色環境的關係，下面此則論杜詩，亦是從讀者視野來看：

> 杜詩有不可解及看不出好處之句。「文章千古事，得失寸心知」，
> 少陵嘗自言之。作者本不求知，讀者非身當其境，亦何容強臆耶！
> 〔註107〕

〔註105〕杜甫〈贈王二十四侍禦契四十韻〉全詩：「往往雖相見，飄飄愧此身。不關輕
　　　　紱冕，俱是避風塵。一別星橋夜，三移斗柄春。敗亡非赤壁，奔走為黃巾。子
　　　　去何瀟灑，余藏異隱淪。書成無過雁，衣故有懸鶉。恐懼行裝數，伶俜臥疾
　　　　頻。曉鶯工逆淚，秋月解傷神。會面嗟黧黑，含悽話苦辛。接輿還入楚，王粲
　　　　不歸秦。錦裏殘丹竈，花溪得釣綸。消中只自惜，晚起索誰親。伏柱聞周史，
　　　　乘槎有漢臣。鴛鴻不易狎，龍虎未宜馴。客則掛冠至，交非傾蓋新。由來意氣
　　　　合，直取性情真。浪跡同生死，無心恥賤貧。偶然存蔗芋，幸各對鬆筠。粗飯
　　　　依他日，窮愁怪此辰。女長裁褐穩，男大卷書勻。漰口江如練，蠶崖雪似銀。
　　　　名園當翠巘，野棹沒青蘋。屢喜王侯宅，時邀江海人。追隨不覺晚，款曲動彌
　　　　旬。但使芝蘭秀，何煩棟宇鄰。山陽無俗物，鄭驛正留賓。出入並鞍馬，光輝
　　　　參席珍。重遊先主廟，更歷少城闉。石鏡通幽魄，琴臺隱絳脣。送終惟糞土，
　　　　結愛獨荊榛。置酒高林下，觀棋積水濱。區區甘累跬，稍稍息勞筋。網聚粘圓
　　　　鯽，絲繁煮細蒪。長歌敲柳癭，小睡憑藤輪。農月須知課，田家敢忘勤。浮生
　　　　難去食，良會惜清晨。列國兵戈暗，今王德教淳。要聞除獫狁，休作畫麒麟。
　　　　洗眼看輕薄，虛懷任屈伸。莫令膠漆地，萬古重雷陳。」
〔註106〕此《藝概·詩概》第127則。
〔註107〕此《藝概·詩概》第94則。

對於物色的沈浸，不僅創作者需要物我無間，即便是讀者，亦需「身當其境」，才能得解其詩文，感受其冷暖。換句話說，即使是讀者，劉熙載亦強調需沈浸其真，這樣的真，並非「文貴形似」的外在環境的重構，所複製出來的真景，而是避開「若與自家生意無相入處，則物色只成閑事」的缺失，將創作者於物色中激盪出來之真情。

最後，為物色二元此節作個總結。劉勰《文心雕龍‧物色》具有開創之功，張國慶、涂光社便指出：「〈物色〉篇首次說出作家的成功可以得『江山之助』的妙語，此後它也不時見於文人們著述中，比如《新唐書‧張說傳》：『既謫嶽州，而詩亦淒婉，人謂得江山之助。』宋代的陸遊更作過『江山之助』的專論。」〔註108〕游師志誠亦對〈物色〉篇的開創地位，作出肯定，他說的更為明確：

> 〈物色〉篇於文論最具創見立說者，即引導後世「情景說」之起源。案「情景」二字連言，可參王夫之《夕堂永日緒論》云：「情景，名為二，而實不可離，神於詩者，妙合無垠。」此可謂「情景不二」之說。然而，情景說之關鍵，當在「情」與「景」如何溝通？……王夫之提出以「心」為主，以「心」做為情與景交相往來迎合的媒介，凸出情景主心之論，堪稱最切合《文心》〈物色〉篇之理。〔註109〕

游師志誠這段文字，極有意義，所謂物色二元，亦即情景二元；雖名為二，卻實不可分，《藝概》中便多處以情、景二字論述的，如：

> 景有大小，情有久暫。詩中言景，既患大小相混，又患大小相隔。言情亦如之。〔註110〕

> 冷句中有熱字，熱句中有冷字；情句中有景字，景句中有情字。詩要「細筋入骨」，必由善用此字得之。〔註111〕

> 詞或前景後情，或前情後景，或情景齊到，相間相融，各有其妙。〔註112〕

〔註108〕詳見張國慶、涂光社：《文心雕龍集校、集釋、直譯‧物色第四十六》（北京：中國社會科學出版，2015 年），頁 862。

〔註109〕詳見游師志誠：《《文心雕龍》五十篇細讀‧四十六〈物色篇〉細讀》（臺北：文津，2017 年 6 月），頁 457～458。

〔註110〕此《藝概‧詩概》第 257 則。

〔註111〕此《藝概‧詩概》第 239 則。

〔註112〕此《藝概‧詞曲概》第 59 則。

情中有景，景中有情，情景齊到，諸此其實都屬於物色二元的範疇，雖名為二，卻又不可偏廢，方能成就佳作。至於「情景主心」之心，此心所指便是作者的創作之心，介於內情與外景之間，作用在於衡量、溝通情景之取捨交流，簡單來說，此心便是物色二元之取捨準則之所在，此一觀點暗合著劉熙載《藝概》中強調的真，前文所提如「詩可數年不作，不可一作不真」、「直取性情真」、「賦必有關著自己痛癢處」等語，亦可視為是「情景主心」之心所主導的結果。

再論此心，心乃人體器官之主，綜觀〈物色〉篇，全篇用以感官者有眼、耳、鼻、舌等器官，加上景物之色、感物之心，「可以理解為劉勰有意借用當時佛教流行的教義說法，採取近似『格義』的作法」〔註113〕實際上，〈物色〉篇講的是創作者身處某一環境之中，所感受到的感悟，這樣的感官接觸，本來便是多重的，五官六根，同時受到外在物色的撩動，亦是可能的，故王夫之、游師志誠提到的情景主心的概念，其實也就是把此五官六根之接收器官，收束於心。巧妙的是，劉熙載亦有類似描述，參考以下二則：

> 無一意一事不可入詩者，唐則子美，宋則蘇、黃。要其胸中具有鑪
> 錘，不是金銀銅鐵強令混合也。〔註114〕

> 文固要句句字字受命於主腦，而主腦有純駁、平陂、高下之不同，
> 若非慎辨而去取之，則差若毫釐，繆以千里矣。〔註115〕

劉熙載不言心，而用「主腦」、「胸中鑪錘」來指稱，詞雖有別，其意相通；無事無物不可入詩，金銀銅鐵等便是外在物色，皆可入詩入文，不過需透過胸中鑪錘的錘鍊，經由主腦之去取，才能鍛鍊出優秀的作品；若非經主腦、胸臆之粹鍊，則作品僅如強硬混合而已。《文心雕龍·物色》：「屈平所以能洞鑒〈風〉、〈騷〉之情者，抑亦江山之助乎？」劉勰在舉屈平作為物色二元之典範時，所推崇的「江山之助」，反著理解的話，顯示著外在物色的助益，終究是輔助性質的，根本本質上，仍需有賴創作者的「洞鑒」，創作者的胸臆與心，才是物色二元的根本價值。

〔註113〕詳見游師志誠：《《文心雕龍》五十篇細讀·四十六〈物色篇〉細讀》（臺北：文津，2017年6月），頁455。
〔註114〕此《藝概·詩概》第152則。
〔註115〕此《藝概·文概》第314則。

第六章 「根極於道」：《文心雕龍》與《藝概》之多元論述

第一節 聲律與宗經的對話

　　音律，在《文心雕龍》中是個很特殊的隱喻，〈知音〉篇曾暗引俞伯牙與鍾子期的故事：「志在山水，琴表其情，況形之筆端，理將焉匿？」這個典故本身便是〈知音〉篇題的來源；〈知音〉也同時是《文心雕龍》文評論的核心篇章，鑑賞理論極具系統性地寫於此篇；更不用說，劉勰作為《文心雕龍》的作者，品評諸體眾作，本身便有自許為鑑賞者、知音者的企圖，劉勰引音樂領域之詞，跨領域以喻文學批評，這樣的跨界比喻，在劉勰所處時代，並不少見，他引「知音」一詞以表示自己乃「見異」的知音者，其呼應之意，不在話下；除此之外，劉勰除了是個批評者、著作者，他同時亦時時留意著其《文心雕龍》也將會是一個被閱讀的材料，將來的閱讀者，是否能成為劉勰的「知音」？這雖非劉勰所能控制，卻是他深切期盼的，〈知音〉結尾：「聞蘭為國香，服媚彌芬；書亦國華，玩繹方美；知音君子，其垂意焉」，其筆下所指的「知音君子」便是在對於後來讀者加以呼告；而〈序志·贊〉殿後之語，更是清楚不過：「生也有涯，無涯惟智。逐物實難，憑性良易。傲岸泉石，咀嚼文義。文果載心，余心有寄。」《文心雕龍》所承載之心，這顆「文心」便是劉勰之心，他寫下此作，成就事業，以待知音來者，重新閱讀他。劉勰一方面是評論者，一方面是被評論者，層層呼應，都與知音一詞相聯繫。

〈聲律〉篇便是論聲律之專篇，尤其首段，特別強調聲與人的關係：

> 夫音律所始，本於人聲者也。聲合宮商，肇自血氣，先王因之，以制樂歌。故知器寫人聲，聲非學器者也。故言語者，文章關鍵，神明樞機，吐納律呂，唇吻而已。古之教歌，先揲以法，使疾呼中宮，徐呼中徵。夫宮商響高，徵羽聲下；抗喉矯舌之差，攢唇激齒之異，廉肉相准，皎然可分。今操琴不調，必知改張，擿文乖張，而不識所調。響在彼弦，乃得克諧，聲萌我心，更失和律，其故何哉？良由外聽易為察，內聽難為聰也。故外聽之易，弦以手定，內聽之難，聲與心紛；可以數求，難以辭逐。

〈聲律〉篇開篇先辨聲與人的關係，其謂音律本於人聲，樂歌肇自血氣，唇吻吐呐，關鍵需在內在神明，是故聽有「外聽」、「內聽」之別，「外聽」以手操弦，故易察易和，「內聽」由心定聲，故難聰難明，所謂「可以數求，難以辭逐」，劉勰準確地將「外聽」與「內聽」的難易區別出來，聲律演奏等技術層面是可以學習得來，而內在神明的捕捉，則不盡然能藉由作品文字加以窮究。總的來說，音律乃人聲之延伸，人聲乃音律之本源，音律為外顯之用，人聲乃內在之質，揚雄《法言・問神卷第五》：「言，心聲也。書，心畫也。聲畫形，君子小人見矣！聲畫者，君子小人之所以動情乎！」劉勰〈書記〉亦引揚雄這段文字，謂之：「蓋聖賢言辭，總為之書，書之為體，主言者也。揚雄曰：『言，心聲也；書，心畫也。聲畫形，君子小人見矣。』故書者，舒也。舒布其言，陳之簡牘」，說明心聲、心畫之心為本體，表現於文章、詩詞者，則為其舒解之呈現。

劉勰《文心雕龍》以原道、宗經為其核心，故〈情采〉開篇：「聖賢書辭，總稱文章」，〈書記〉亦言：「聖賢言辭，總為之書」，將文章之本溯源至聖賢，這是劉勰一貫的核心價值，〈宗經〉亦有「百家騰躍，終入環內」等辭，說明著一切文學創作，並未能脫離這個範疇。不過，聖賢書辭的本質卻又若何？樞紐論〈辨騷〉篇中的四同四異，本質上便觸及到這個問題，〈辨騷〉是以客觀的角度，辨別其與聖賢經典之同異離合，提出〈離騷〉等作品已具備有別於儒家經典的成份，而〈聲律〉篇講的更為具體，其謂：「聲合宮商，肇自血氣，先王因之，以制樂歌」，先賢所因，乃在血氣，簡而言之，一切創作皆需回歸創作者的根本，亦即回歸於人，回歸於情，回歸於心，即便是聖賢作品，亦藏有著此心此情。〈情采〉以「總稱文章」開篇，將聖賢視為創作者的代言

人,而於文中提及「為情造文」、「賁象窮白」等觀點,將原本宗經、徵聖的追隨目標,轉換為人情、人本,可以說,劉勰是打著宗經徵聖的旗幟,追隨著的則是人之性情根本。而當追隨人本性情的聲律,碰撞上儒學傳統的教化要求時,將會呈現出怎樣的作品?〈樂府〉篇可以說便是聲律與宗經二者的結合,是聲律落實於實際創作之下的文體。〈樂府〉:「樂本心術,故響浹肌髓,先王慎焉,務塞淫濫」,以心論樂,此觀點源於〈聲律〉,劉勰又謂:「詩為樂心,聲為樂體;樂體在聲,瞽師務調其器;樂心在詩,君子宜正其文。」劉勰將樂府一分為二,樂心與樂體,樂心為詩,指的是文字;樂體為聲,指的是宮商,若就《文心雕龍》文體論的編排次序來看,〈樂府〉繼〈明詩〉之後,一為詩,一為「樂心在詩」,二者的關係的確密切。不過,〈樂府〉篇並不以文字為重心,如周振甫便言:「〈明詩〉裡說:『詩言志,歌永言。』樂府是配樂的詩歌,所以次於〈明詩〉。……這裡也貫徹宗經和救弊。」〔註1〕周氏隱約將〈樂府〉視為〈明詩〉的旁枝、延續,固然正確,不過卻忽略了〈樂府〉獨有的聲律部份;陸侃如、牟世金亦指責:「劉勰本篇論述的主要是文人的廟堂樂章,這是其嚴重侷限。」〔註2〕這又過於偏重於劉勰對於雅鄭音樂的評價;詹瑛說法則較顯公允:「本篇(按:指〈樂府〉)論述的側重在配詩的音樂,對於樂府詩的內容很少涉及。」這是比較正確的評價,整體來看,劉勰論〈樂府〉,一直以來都是針對其音樂性作評斷,如宣帝、王褒事,如魏之三祖作,乃至於杜夔、荀勖銅尺之爭,無一離開音樂,無一論其文字內容;其焦點總在樂理之上,而事義的批評則附屬於音律之後。其贊語曰:「〈韶〉響難追,鄭聲易啟。豈惟觀樂,於焉識禮」,劉勰所重視者,不僅僅是雅樂、鄭聲的辨議,更將此樂視為是禮儀之載體,聞樂識禮,以回應經典。這樣將音樂與禮相連結的傳統,可見《禮記‧樂記》:

> 凡音者,生人之心者也。情動於中,故形於聲,聲成文,謂之音。
> 是故治世知音,安以樂,其政和;亂世之音,怨以怒,其政乖;亡國之音,哀以思,其民困。聲音之道,與政通矣。〔註3〕

《禮記‧樂記》將音樂與時代盛衰作為連結,謂「聲音之道,與政通矣」,擲地有聲,成為後世論音樂的一大傳統;不過,〈樂記〉亦言「音者,生人之心」、

〔註1〕詳見周振甫:《文心雕龍注釋》(北京:人民文學出版社,2003年),頁74。
〔註2〕詳見陸侃如、牟世金《文心雕龍譯注》(濟南:齊魯書社,1996年),頁149。
〔註3〕見《禮記‧樂記第十九》((臺北:藝文印書館,1993年)),頁662~663。

「情動於中」，音樂的外延功用即便再大，追本溯源，仍不離人心。是以劉勰〈樂府〉可謂承繼〈樂記〉的傳統，發展音樂雅鄭之辨，同時把音樂視為禮儀之載體，與重視文字的〈明詩〉篇相互發明，並於〈聲律〉篇提煉出音樂歸本於人本人情，這些連結，都可以看出劉勰的聲律與宗經的關係。

而劉熙載《藝概》中的聲律論觀點大致上並未脫離劉勰諸篇，相反的，劉熙載在論聲律時，很多時候比之劉勰更為重視聲音的雅鄭論，例如其有三則同引《禮記·樂記》文字的：

> 自《典論·論文》以及韓、柳，俱重一「氣」字。余謂文氣當如《樂記》二語，曰：「剛氣不怒，柔氣不懾。」〔註4〕

> 詩之所貴於言志者，須是以「直溫寬栗」為本。不然，則其為志也荒矣，如《樂記》所謂「喬志」、「溺志」是也。〔註5〕

> 《樂記》言「聲歌各有宜」，歸於「直己而陳德」。可知歌無今古，皆取以正聲感人，故曲之無益風化，無關勸戒者，君子不為也。〔註6〕

此三則分別出自〈文概〉、〈詩概〉與〈詞曲概〉，並不集中，引用目的亦各異；如首則所引原文段落：「先王本之情性，稽之度數，制之禮義。合生氣之和，道五常之行，使之陽而不散，陰而不密，剛氣不怒，柔氣不懾，四暢交於中而發作於外，皆安其位而不相奪也；然後立之學等，廣其節奏，省其文采，以繩德厚」，劉熙載引此剛、柔之氣，剛而不怒、柔而不懾，文字中含有折衷精神，而原段落目的在養氣以立學、厚德，具有鮮明的教化目的。次則引「喬志」、「溺志」，原典出處為：「文侯曰：『敢問溺音何從出也？』子夏對曰：『鄭音好濫，淫志；宋音燕女，溺志；衛音趨數，煩志；齊音敖辟，喬志。』此四者皆淫於色而害於德，是以祭祀弗用也。」這段寫鄭聲淫、宋聲溺等，四聲皆為負面的溺音，是從反面琢磨。第三則引「直己而陳德」，原典出處為：「夫歌者，直己而陳德也。動己而天地應焉，四時和焉，星辰理焉，萬物育焉。」此段則從正面立論，並從自己本身為基點，若正聲和則天地萬物相應，「無關勸戒者，君子不為也」，劉熙載對於《禮記·樂記》的理解，可以以此句為代表。綜觀此三則，劉熙載極為強調音樂中的雅鄭之別，重視兩種類型音樂，正面的音

〔註4〕此《藝概·文概》第263則。
〔註5〕此《藝概·詩概》第246則。
〔註6〕此《藝概·詞曲概》第157則。

樂具備教化功能,君子之所以貼近音樂,動機亦在教化;負面的音樂則容易因為耽溺沈迷,而迷失其志,這是劉熙載之所戒者。再觀以下此則:

> 樂,「中正為雅,多哇為鄭」。詞,樂章也,雅鄭不辨,更何論焉!
> 〔註7〕

所謂「哇」,指的便是淫靡之音,雅鄭之辨,語見揚雄《法言・吾子》:「或問:『交五聲、十二律也,或雅或鄭,何也?』曰:『中正為雅,多哇為鄭。』」宋王灼《碧雞漫志》稱此為「至論也」,其言:「何謂中正?凡陰陽之氣,有中有正,故音樂有正聲,有中聲。二十四氣,歲一周天,而統以十二律。……自揚子雲之後,惟漢魏津曉此。」〔註8〕細辨此則,多處暗合著劉勰〈樂府〉篇,如劉熙載將音樂分為樂、詞兩部份,便是脫胎自〈樂府〉的「詩為樂心,聲為樂體」;而樂體本身有雅鄭之別,這本身亦是〈樂府〉篇的核心論點;此外,劉熙載其言「雅鄭不辨,更何論焉」,論音樂時先樂後詞,重音律而輕文字,這樣的偏重觀點,同樣源自於〈樂府〉,正如劉勰提到:「豔歌婉孌,怨詩訣絕,淫辭在曲,正響焉生?」文詞若不適切,互相干擾,必會影響好的樂曲。

其實劉熙載不僅針對《禮記・樂記》發論,他對於聲律的要求,比之劉勰更為看重宗經的核心價值;譬如前文曾提及《文心雕龍》中〈明詩〉、〈樂府〉兩篇,二篇文體關係密切,〈明詩〉偏重於文字,而〈樂府〉偏重於音樂,既有承繼,亦有側重,呈現著有離有合的關係。而至於劉熙載,試觀以下二則:

> 樂歌,古以詩,近代以詞。如〈關雎〉、〈鹿鳴〉,皆聲出於言也,詞
> 則言出於聲矣。故詞,聲學也。〔註9〕

> 詞導源於古詩,故亦兼具六義。六義之取,各有所當,不得以一時
> 一境盡之。〔註10〕

前則為〈詞曲概〉開篇第一則,劉熙載論詞先原其始,他藉由音樂的概念,將詩、詞連結至《詩經》,先明其同,具有經典的血緣;其後則用聲、言二分,認為詩乃「聲出於言」,詞乃「言出於聲」,強調詩重言而詞重聲,如此界定方式著實暗合著〈樂府〉的「詩為樂心,聲為樂體」的概念,亦同於〈明詩〉、

〔註7〕此《藝概・詞曲概》第5則。

〔註8〕詳見宋・王灼《碧雞漫志》,《古今詩話叢編》(臺北:廣文書局,1971年),頁77。

〔註9〕此《藝概・詞曲概》第1則。

〔註10〕此《藝概・詞曲概》第4則。

〈樂府〉兩篇的分界。而次則更具體寫著詩詞關係，謂詞源於詩，故需兼具詩之教化本質，以「兼具六義」期待詞體，這當然具有濃厚的宗經意味；將此價值觀施之實際批評，如對於劉克莊詞，劉熙載評曰「旨正而語有致」，又引真得秀《文章正宗》囑咐劉克莊編詩歌一事，要求劉氏編選需以「世教民彝」為原則，說明了真得秀看待劉克莊的眼光如是。〔註11〕

　　總的而言，劉熙載對於聲律的要求，他落實於詞曲文體討論為主，且特別重視詩歌傳統的宗經原則；相對的，劉勰於《文心雕龍》中，分別藉由〈明詩〉、〈樂府〉與〈聲律〉三篇相關篇章，各有側重，尤其〈聲律〉一篇，屬於文術論，跳脫於文體論的框架，劉勰於此篇中暢論聲律之內聽、外聽，其謂「外聽之易，弦以手定，內聽之難，聲與心紛」，真實的聲音終究源自於內心深處，而非外在的模擬與效法。〈附會·贊〉有謂：「道味相附，懸緒自接。如樂之和，心聲克協」，《左傳·襄公十一年》：「如樂之和，無所不諧」，劉勰引《左傳》詞以說明樂曲之和諧，一如聲、心之協調，二者互為表裡，不假外求。

第二節　從正經到離經叛道

一、復古與反復古的辯證

　　劉勰《文心雕龍》的宗經精神，有著復古傾向，其全書理路，包括文體論中對各式文體體要的理解，以及文術論中各種創作技巧的整合，又或者是文評論中的批評理論以及散見各篇章的實際批評，無一不是立基於傳統，無一不是以前輩作家作品為基石，其〈序志〉篇提到一個關於學術的夢：「齒在逾立，則嘗夜夢執丹漆之禮器，隨仲尼而南行」，這個追隨孔子的夢境，劉勰刻意標誌於〈序志〉篇中，表示這是劉勰的學術的啟蒙，其後更言：「蓋〈周書〉論辭，貴乎體要，尼父陳訓，惡乎異端，辭訓之奧，宜體於要。於是搦筆和墨，乃始論文。」讓劉勰拿起筆墨，「乃始論文」的動機，便在於對於《尚書》、孔訓的仿效與追隨，可以說，《文心雕龍》全書的核心價值在於復古精

〔註11〕劉克莊受囑託事，可見氏著《後村詩話·卷一》：「《文章正宗》初萌芽，西山先生以《詩歌》一門屬予編類，且約以世教民彝為主，如仙釋、閨情、宮怨之類皆勿取。」劉熙載評劉克莊以及引錄此事之則，詳見《藝概·詞曲概》第42則。

神,並不為過。翻開過去的龍學研究成果,不難發現,這些研究成果,譬如《文心雕龍》受到哪些作品的影響等等,其實也就是劉勰復古傾向的成果呈現,正如〈宗經〉所謂:「百家騰躍,終入環內」,從復古處尋求典範。

不過,《文心雕龍》之所以精彩,在於劉勰在既有基礎之上,開闢新徑,「敷贊聖旨,莫若注經,而馬鄭諸儒,弘之已精,就有深解,未足立家」,故有之路行不得通,便轉向以成一家之言;而這個轉向,是在於復古與反復古之間的辯證遊離,這個辯證關係,見於〈序志〉,亦見於原始論五篇之中;劉永濟稱原始論五篇的前三篇〈原道〉、〈徵聖〉、〈宗經〉為能立,後二篇〈正緯〉、〈辨騷〉為能破,合併而觀,便是先立後破,先復古後反復古,〔註12〕如〈正緯〉便有「經正緯奇」之辭,又如〈辨騷〉篇中,將屈平的時代界定為「軒翥詩人之後,奮飛辭家之前」,恰好隔於詩人之後與辭家之前,「豈去聖之未遠,而楚人之多才乎!」去聖未遠的時間差距,使屈平具有較好的復古條件,而「楚人多才」一句,則將屈騷的成就直接與屈平之文才劃上連結,若再對比〈辨騷〉篇中的同於經典四事、異乎經典四事,便可發現去聖未遠造就了屈平同於經典的條件,而異乎經典的成就則歸功於屈平之力,文中續列各家對於屈平的評價,謂之「褒貶任聲,抑揚過實,可謂鑒而弗精,玩而未核」,在劉勰眼中,屈騷的成就不在於能立,而在於能破,能走出自己的路,其贊曰:「不有屈原,豈見〈離騷〉。驚才風逸,壯志煙高」,成就〈離騷〉的,是屈平本人,而成就屈平的,在於其才志,而非復古仿古的能力。

《文心雕龍》從原始論五篇中,便以屈平為典範,奠定了復古與反復古的辯證關係,在《文心雕龍》其它篇章,亦可看見不少以奇為譽的實際批評,如〈辨騷〉「枚賈追風以入麗,馬揚沿波而得奇」、〈諸子〉「列禦寇之書,氣偉而采奇」、〈史傳〉評《史記》曰「愛奇反經之尤」、〈才略〉「漢室陸賈,首發奇采」、「左思奇才,業深覃思,盡銳於〈三都〉,拔萃於〈詠史〉,無遺力矣」等等,這些以奇為評者,顯然都具有稱讚意味,這種以奇為譽的作家、作品,基本上是符合劉勰所謂的奇正兼備的原則的,這種原則論述散見多篇,譬如〈通變〉提及「名理有常,體必資於故實;通變無方,數必酌於新聲」、「變則可久,通則不乏」、「望今制奇,參古定法」,又如〈定勢〉「奇正雖反,必兼解以俱通;剛柔雖殊,必隨時而適用」、〈隱秀〉「始正而末奇」、「深淺而各奇,穠纖而俱妙」等言論,皆可見劉勰對於繼承前人的復古觀點,以及與時俱進

〔註12〕劉永濟《文心雕龍校釋》,可參第四章註13。

的新創觀點兩種關係的並重；〈體性〉八體中，一曰典雅，「典雅者，熔式經誥，方軌儒門者也」，七曰新奇，「新奇者，擯古競今，危側趣詭者也」，二者「雅與奇反」，恰為互補關係。〔註13〕

　　而在劉勰身處的南朝齊梁時代，時人遊走於極端者，大抵是棄雅而趨奇，過度追求奇異、離奇，這是劉勰極為抨擊批評的，〈定勢〉篇此段抨擊地非常深刻：

> 自近代辭人，率好詭巧，原其為體，訛勢所變，厭黷舊式，故穿鑿取新，察其訛意，似難而實無他術也，反正而已。故文反正為乏，辭反正為奇。效奇之法，必顛倒文句，上字而抑下，中辭而出外，回互不常，則新色耳。

這段所描寫的近代辭人，純粹為反而反，反正為奇，雖亦名之為奇，實際上這種過度追求奇異而忽略創作的其它環節的，最終終將落於反正為乏的窘境，類似的言論如論史體，亦提及趨奇之論，〈史傳〉：「俗皆愛奇，莫顧實理。傳聞而欲偉其事，錄遠而欲詳其跡。於是棄同即異，穿鑿傍說，舊史所無，我書則傳。此訛濫之本源，而述遠之巨蠹也。」評詩體，〈明詩〉：「宋初文詠，體有因革。莊老告退，而山水方滋；儷采百字之偶，爭價一句之奇，情必極貌以寫物，辭必窮力而追新，此近世之所競也。」乃至於〈風骨〉：「若骨采未圓，風辭未練，而跨略舊規，馳騖新作，雖獲巧意，危敗亦多，豈空結奇字，紕繆而成經矣？」〈序志〉：「去聖久遠，文體解散，辭人愛奇，言貴浮詭，飾羽尚畫，文繡鞶帨，離本彌甚，將遂訛濫。」可以發現劉勰對於這般逐奇失正的亂象，其指陳有兩個重點；其一，此尚奇亂象與時代先後有密切連結，舉凡「近代」、「宋初」、「去聖久遠」者，距離古代經典較遠，較易有不以經典為範，與之脫句的傾向。其二，此尚奇亂象的寫作者，所追求者大抵是務求表象之奇，而非置於文學創作歷史中的「奇正」之奇；所謂「奇正」之奇，源自〈知音〉六觀說，指的是將作品置之文學史中，與「篇章雜遝，質文交加」的其它風格各異的作品相比較，以得見其風格近於光譜中的正統或是創新。比較，是一

〔註13〕關於《文心雕龍》中的奇論，陳玉強謂：「劉勰運用『奇』來總結文學的基本規律」、「劉勰用『奇』進行文體批評及作品批評」、「劉勰運用『奇』進行作家評論」、「劉勰運用『奇』進行讀者接受批評」、「『奇』在《文心雕龍》中已經具有體式性意義」，他從《文心雕龍》50篇中，依此順序篩出關於奇的理論，可以並參。詳見氏著：《古代文論「奇」範疇研究》（北京：人民出版社，2015年），頁46～47。

大重點,比之傳統,比之復古,透過比較所突顯出來的新奇,才是劉勰所稱許的「奇」,相反的,對於過度忽略正統,一味追求標新立異的創作者,劉勰的批評往往也是不留餘地的。〈練字〉有謂:「愛奇之心,古今一也」,〈隱秀〉亦言:「夫立意之士,務欲造奇」,愛奇之心,其實並不與時代先後有別,與時代先後有別的,實為愛奇之「奇正」的內容,〈情采〉篇的詩人、辭人論說得透徹,其謂「後之作者,采濫忽真,遠棄風雅,近師辭賦」,說的便是逐奇棄實的時代歪風,這種「為文而造情」、為文而造奇的錯誤,顯然並非某一類文體所獨有,而是當時的普遍問題。可以說,劉勰雖然以復古為《文心雕龍》論述的旗幟,同時亦兼具著繼承與創新的折衷平衡觀點,他的創新並不以顛覆既往為創新,而是仍需以傳統為基石的。

而劉熙載《藝概》中,亦講究創作技巧,譬如句法、篇法、章法、義法等法式的要求,並不少見,如以下二則:

> 少陵〈寄高達夫〉詩云:「佳句法如何?」可見句之宜有法矣。然欲定句法,其消息未有不從章法、篇法來者。〔註14〕

> 賦之尚古久矣。古之大要有五:性情古,義古,字古,音節古,筆法古。〔註15〕

前則引杜甫〈寄高三十五書記〉,前半段內容為「嘆惜高生老,新詩日又多。美名人不及,佳句法如何。」旨在頌讚高適詩重法式;次則論賦更由五點突出尚古之風,以〈情采〉的標準來看,這五點不出形文、聲文與情文。二則合觀,可以發現劉熙載復古、重法的精神。《昨非集·論文》亦言:「文之道二:曰循古,曰自得。循古者尚正,而庸者托焉;自得者尚真,而僻者托焉。庸者害真,亦害正也;僻者害正,亦害真也。」劉熙載提出文道有二,一為循古,即復古,一為自得,即為任情,此二道,並非涇渭分明的二擇一,而是互為基礎、互為但書的兩項要件,缺一不可:

> 鍊篇、鍊章、鍊句、鍊字,總之所貴乎鍊者,是往活處鍊,非往死處鍊也。夫活亦在乎認取詩眼而已。〔註16〕

如此則論詩,所貴於鍊者,指的是篇法、字法之講究,是往循古方向鍊去;然而,鍊法又有死鍊、活鍊之殊,若搭配《昨非集》的意見,顯然所謂往活處鍊

〔註14〕此《藝概·詩概》第234則。
〔註15〕此《藝概·賦概》第109則。
〔註16〕此《藝概·詩概》第237則。

是加入了自得之道，兼具循古與自得，是為活鍊。再看劉熙載如何以此標準評價屈平〈離騷〉：

> 賦長於擬效，不如高在本色。屈子之〈騷〉，不沾沾求似〈風〉、〈雅〉，故能得〈風〉、〈雅〉之精。長卿〈大人賦〉於屈子〈遠遊〉，未免落擬效之跡。〔註17〕

> 〈離騷〉不必學《三百篇》，〈歸去來辭〉不必學〈騷〉，而皆有其獨至處，固知真古自與摹古異也。〔註18〕

擬效，即尚古精神之表現，然而劉熙載評屈騷時，於擬效之上，更架上一層本色，謂其不求仿《詩》而反而得其精神；次則言論大抵相似，而劉熙載又提出真古、摹古兩詞彙，真古者，即指屈騷，即有本色兼具擬效之作法，亦即於「循古者尚正」與「自得者尚真」當中，取得了適當的平衡。總的來說，劉熙載以尚古出發，卻以任真稱譽屈騷，從〈騷〉與《詩》的繼承關係來定奪屈平的價值，這顯然是繼承著劉勰的。

而關於復古與反復古，上文曾提到劉勰對於文走偏鋒、務奇棄實的時風的抨擊，劉熙載對此議題亦有類似的批評，不過恰好相反的是，劉熙載所面對的時代偏鋒，更多的是務實棄奇，亦即過度摹古，尺尺而寸寸之，其謂之「理障」：

> 乍見道理之人，言多「理障」；乍見故典之人，言多「事障」。故艱深正是淺陋，繁博正是寒儉。文家方以此自足而誇世，何耶？〔註19〕

「理障」一詞，源出佛典，如〈圓覺經〉卷下：「云何二障？一者理障，礙正知見。二者事障，續諸生死。」袁津琥解釋：「這裡借用字面的意思，指作家在文章寫作過程中，由於說理或使用生僻文字而給讀者造成的閱讀和理解的障礙。」〔註20〕依劉熙載所言，初見理而多理障，初見典而多事障，此即以繁為寡，以深為淺，言下之意，即盲目於理，盲從於典，盲效於法，根本上，這是違背著《藝概》的核心精神的。再舉以下二則有關實際批評者為例：

> 朱子〈感興詩〉二十篇，高峻寥曠，不在陳射洪下。蓋惟有理趣而無理障，是以至為難得。〔註21〕

〔註17〕此《藝概・賦概》第 123 則。
〔註18〕此《藝概・賦概》第 61 則。
〔註19〕此《藝概・文概》第 318 則。
〔註20〕詳見氏著：《藝概注稿》，頁 201～202。
〔註21〕此《藝概・詩概》第 161 則。

以老莊、釋氏之旨入賦，固非古義，然亦有「理趣」、「理障」之不同。如孫興公〈遊天臺山賦〉云：「騁神變之揮霍，忽出有而入無。」此理趣也。至云：「悟遺有之不盡，覺涉無之有間。泯色空以合跡，忽即有而得玄。釋二名之同出，消一無於三幡。」則落理障甚矣。〔註22〕

朱熹〈齋居感興二十首〉序言：「余讀陳子昂〈感遇詩〉，愛其詞旨幽邃，音節豪宕，非當世詞人所及，如丹砂空青，金膏水璧，雖近世乏用，而實物外難得自然之奇寶。」朱熹受陳子昂〈感遇詩〉啟發而作，陳子昂〈感遇詩〉計三十八首，所謂感物，大抵見物思己，由外而內，寓情志於景物，〔註23〕明譚元春（1586～1637）《唐詩歸》云：「子昂〈感遇〉諸詩，有似丹書者，有似〈詠史〉者，有似〈讀山海經者〉，奇奧變化，莫可端倪，真又是一天地矣。」〔註24〕盛讚其所感之物的多樣貌；而朱熹〈齋居感興二十首〉則不少丹道之學相關典故，如「崑崙」、「元化」、「金鼎」、「玄天幽且默」、「誇毗子」等詞彙，更是同見於陳子昂〈感遇詩〉中，〔註25〕朱熹此一組詩甚至被列為「理學詩之目」，〔註26〕足見其理學特色的鮮明。然而劉熙載舉之謂其有理趣而無理障，其詩並未因詩理典故的追求，而犧牲詩的本質。而次則舉孫綽〈遊天臺山賦〉一文，謂「騁神變之揮霍，忽出有而入無」句有理趣，而悟「遺有之不盡，覺涉無之有間」等句僅得理障，差別何在？「騁神變之揮霍，忽出有而入無」兩句原在描寫其登山過程中，所見山中雲霧變化萬千之貌，具有鮮明的文學形

〔註22〕此《藝概・賦概》第128則。
〔註23〕丁涵對於「感遇」的特質歸納曰：「『感遇』要意不外有三：第一、耳聞目視，由此思彼，乃相提並論，同音共律；第二、從外導內，以物推己，遂『搖蕩性情，形諸舞詠』；第三、為遇所困，寓感於言，故陳詩展義，長歌騁志。」詳見氏著〈從哀傷到哀而不傷：陳子昂與張九齡的「感遇」詩對比研究〉，《中正漢學研究》2012年第一期（總第十九期）（嘉義：中正大學，2012年6月），頁112。
〔註24〕〔明〕鍾惺、譚元春輯：《唐詩歸》。
〔註25〕史甄陶〈論朱熹〈齋居感興二十首〉與丹道之學的關係〉一文，將「崑崙」、「元化」等同見於陳子昂〈感遇詩〉與朱熹〈感興詩〉兩組組詩的詞彙，作一對比解析其辭意之異同，可參之。詳見氏著：〈論朱熹〈齋居感興二十首〉與丹道之學的關係〉，《清華中文學報》第十七期（新竹，國立清華大學中國文學系，2017年6月），頁135～172。
〔註26〕周應合（1213～1280）於其所著《景定建康志》，將〈朱文公感興〉列於「理學詩之目」。詳見〔宋〕周應合：《景定建康志》（臺北：臺灣商務印書館，1983年），卷33，頁387。

象，而後者雖同論有、無，卻缺乏形象筆法，流於說教，子耕：「為什麼這裡有「理趣」與「理障」之別呢？因為前者雖然亦講老、莊玄學的『有』、『無』，但它能借助於想像和誇張，自能道出一種心境；而後者則相反，它完全是玄學概念的堆砌，處處是障礙，抽象枯燥，『淡乎寡味』，豈止『平典』而已！」〔註27〕鍾嶸謂孫綽詩「理過其實，淡乎寡味」、「平典似《道德論》」，劉勰〈時序〉亦謂這個時代的詩風：「自中朝貴玄，江左稱盛，因談餘氣，流成文體。是以世極迍邅，而辭意夷泰，詩必柱下之旨歸，賦乃漆園之義疏。」這種過於追求義理、說理的詩作，亦即理障之弊。

劉熙載所批判的這般歪風，窮究義理而缺乏文采，亦是文走偏鋒，與劉勰所批評的尚奇棄華的文風，恰為殊途而同病；對於前輩文士所立下的典範，到底要保持著怎樣的距離，劉勰與劉熙載同樣抱持著折衷並重的精神，如劉勰〈辨騷〉有謂「酌奇而不失其貞，玩華而不墜其實」，將奇華對比貞實，而劉熙載亦言：

> 古賦難在意創獲而語自然，或但執「言之短長」、「聲之高下」求之，猶未免刻舟之見。〔註28〕

> 詞要有家數，尤要得未經人道語。前人論詞，往往不出此意。然語之曾經人道與否，豈己之所能盡知？亦各道己語可也。〔註29〕

前則引韓愈〈答李翊書〉：「氣，水也；言，浮物也。水大而物之浮者大小畢浮，氣盛則言之短長與聲之高下者皆宜。」此乃韓愈論氣名言，將「言之短長」與「聲之高下」等形文、聲文底下，鋪墊一層氣論，此氣所在更為關鍵，更是文士作家所該追求的重點所在。〔註30〕是以賦體雖然尚古，然所尚之古

〔註27〕詳見子耕：〈情深親切，尤為詩之深致——劉熙載關於詩歌內容特點的理論〉，上海師範大學編：《劉熙載傳記資料》（上海：上海師範大學圖書館，1986～1994年），頁39。

〔註28〕此《藝概·賦概》第110則。

〔註29〕此劉熙載《昨非集·卷四·詞自序》。

〔註30〕《藝概·文概》第265則亦引用韓愈這段文字：「韓昌黎〈送陳秀才彤序〉云：『文所以為理耳。』〈答李翊書〉云：『氣，水也；言，浮物也。水大而物之浮者大小畢浮，氣盛則言之短長與聲之高下者皆宜。』周益公序《宋文鑑》曰：『臣聞文之盛衰主乎氣，辭之工拙存乎理。昔者帝王之世，人有所養而教無異習。故其氣之盛也，如水載物，小大無不浮。其理之明也，如燭照物，幽隱無不通。』意蓋悉本昌黎。」此三段引文，提及「文所以為理」，求其理明，此終究為劉熙載論文的核心價值所在，又如《藝概·文概》第252則：「論事敘事，皆以窮盡事理為先。事理盡後，斯可再講筆法。不然，離有物

絕非表面上的刻舟模仿，而是需有所「創獲」，有所「自然」，此中所論，即復古的折衷之論。又如次則，講的更為淺顯，所謂己語與人語，根本上便是創新與繼承的差異，劉熙載一方面強調「未經人道語」之重要，一方面又流露出與劉勰〈序志〉「有同乎舊談者，非雷同也，勢自不可異也；有異乎前論者，非苟異也，理自不可同」一致概念的意見，對於這些言詞紛擾，劉勰以「同之與異，不屑古今，擘肌分理，唯務折衷」收束之，劉熙載此處則謂「各道己語可也」，皆有睥睨古今、同詞異語之壯氣，追根究底，並不能以復古這樣的標籤視之。

二、兩種尚奇觀點：執正馭奇、反奇為正

《文心雕龍・定勢》有這麼一段話：

> 夫通衢夷坦，而多行捷徑者，趨近故也；正文明白，而常務反言者，適俗故也。然密會者以意新得巧，苟異者以失體成怪。舊練之才，則執正以馭奇；新學之銳，則逐奇而失正；勢流不反，則文體遂弊。秉茲情術，可無思耶！

劉勰提到所謂誤走歧途的新學，有兩個常見原因，一是趨近，一是適俗，二者的共同之處，在於欠缺核心精神，故便隨著外境隨波逐流，隨著外人人云亦云，此即文中所說「勢流不反」之弊，所反者何？即「執正馭奇」之正道。在復古與反復古的辯證下，劉勰的尚奇觀點是具有但書的，他心目中的奇文的典範，即為屈平〈離騷〉，〈通變〉有謂「楚之騷文，矩式周人」，口吻尚且客觀，而〈辨騷〉之言「奇文鬱起，其〈離騷〉哉！」便透顯出劉勰的推崇心態，屈騷不僅是典範，更是奇文之始筆，也是劉勰「入道見志」之所在，這般立基於正統，而創見新奇的模式，是劉勰心中最為理想的形式。

至於劉熙載《藝概》如何看待奇？所謂奇正，若藉劉勰〈知音〉六觀架構來看，本來便與時代先後無涉，不過，不同時間點上的價值觀與褒貶短長，其標準也絕不會是相同的，是以劉勰之奇正，不可能便等同於劉熙載的奇正，即便他們的影響關係密切。關於劉熙載的奇正觀，可以先舉二劉對於漢樂府的實際批評為例：

以求有章，曾足以適用而不朽乎？」亦強調事理優先於筆法的觀點，諸此文字中可以看見劉熙載對於華實兩端的重實的特質，於此前提上，對於「理障」的批評，便更突顯出其折衷精神。

〈桂華〉雜曲,麗而不經,〈赤雁〉群篇,靡而非典。〔註31〕

或問:《安世房中歌》與孝武《郊祀》諸歌孰為奇正?曰:《房中》,

正之正也;《郊祀》,奇而正也。〔註32〕

〈桂華〉與〈赤雁〉二詩,分別出自〈安世房中歌〉與〈郊祀歌〉,以為組詩代表;〔註33〕劉勰對此二組詩的評價,謂之「不經」、「不典」,劉永濟分析:「《宋書·樂志》:『漢武帝雖頗造新聲,然不以光揚祖考,崇述正德為先,但多詠祭祀見事及祥瑞而已。商周雅頌之體闕焉。』此即舍人所謂:『靡而非典』也。齊昭南曰:『周詩所謂房中樂者,人倫始於夫婦,故首以〈關雎〉、〈鵲巢〉。漢〈安世房中歌〉,直是祀神之樂。』此舍人所謂:『麗而不經』也。」〔註34〕所謂不經不典,指的是詩歌多誇祥瑞而有別於《詩》的傳統;而劉熙載亦將這兩組詩並列齊觀,謂之「正之正」、「奇而正」,二者雖有奇正程度之差異,不過劉熙載根本上是以奇正之正視之的;關於《郊祀》,劉熙載可謂多方肯定之:

漢《郊祀》諸樂府,以《樂》而象《禮》者也。所以典碩肅穆,視他樂府別為一格。〔註35〕

七言講音節者,出於漢《郊祀》諸樂府;羅事實者,出於《柏梁詩》。〔註36〕

樂府之出於《頌》者,最重形容。《楚辭·九歌》狀所祀之神,幾於恍惚有物矣。後此如《漢書》所載《郊祀》諸歌,其中亦若有肸蠁之氣,蒸蒸欲出。〔註37〕

以上三則評價《郊祀》,有從象《禮》評論的,謂之「典碩肅穆」,為樂府別

〔註31〕此詞見《文心雕龍·樂府》。

〔註32〕此《藝概·詩概》第 21 則。

〔註33〕〈安世房中歌·桂華〉:「都荔逐芳,窅窅桂華,孝奏天儀,若日月光。乘玄四龍,回馳北行。羽旄殷盛,芬哉莊莊。孝道隨世,我署文章。見《漢書·禮樂志第二》(北京:中華書局,2006 年),頁 1049。〈郊祀歌·赤雁〉:「象載瑜,白集西;食甘露,飲榮泉。赤雁集,六紛員;殊翁雜,五采文。神所見,施祉福;登蓬萊,結無極。」見《漢書·禮樂志第二》(北京:中華書局,2006 年),頁 1069。

〔註34〕見劉永濟:《文心雕龍校釋》(臺北:華正書局,1981 年),頁 21。

〔註35〕此《藝概·詩概》第 22 則。

〔註36〕此《藝概·詩概》第 174 則。

〔註37〕此《藝概·詩概》第 212 則。

格；有從聲律評論的，謂之七言之源；有從形容描摹筆法評論的，謂之為《詩·頌》、《楚辭·九歌》之後的繼承者，夏敬觀：「漢樂府出於〈騷〉，因高祖好楚聲，武帝尤好《楚辭》，故漢樂府近於〈騷〉者多於〈雅〉。魏以後則分兩派，宋廟歌詩摹〈雅〉、〈頌〉，樂府則〈風〉、〈雅〉、〈騷〉兼之，又演為歌行體。」〔註38〕可以發現，漢《郊祀》在劉熙載評價中的對於學術脈絡的影響，隨著文學史的移轉流變，《郊祀》於劉熙載時代已然成為一種典範，成為學術脈絡下的正統，其評價與劉勰時代的觀點有所差異，是很明顯的。

如果將劉勰與劉熙載對於漢《郊祀》歌的評價，相提並論的話，可以發現一人評之以離經，一人評之以正經，劉勰的評價姑且不論，劉熙載的意見，於此便顯露出他的尚奇觀點：以奇為正。關於劉熙載的奇正觀，必須兼及他的學術態度，其身處清季西學東至之大時代中，他選擇擁抱傳統學術，其傾心於舊有學問的持正姿態，是與同時代其他學者的學術路線，有很大不同的；相反的，劉勰自覺處於「馬鄭諸儒」之後，無可展才，更勇於突破，歧出新徑，以立言為抱負，其崛起之精神更為接近屈平的「奇文鬱起」的。對比之下，劉熙載的姿態顯得更為擁護傳統，更為保守，前文提到他的復古態度雖然與劉勰一樣有著折衷傾向，不過對於尚奇的態度，他顯然不同於劉勰的「執正馭奇」之法，大張尚奇旗幟，而是「以奇為正」，將所尚之奇反轉並置於學術正統脈絡之中，這是劉熙載的維護經典傳統的尚奇之法，前文提及的《安世房中歌》、《郊祀歌》即是一例。又如下例：

> 梁武帝〈江南弄〉、陶宏景〈寒夜怨〉、陸瓊〈飲酒樂〉、徐孝穆〈長相思〉，皆具詞體而堂廡未大。至太白〈菩薩蠻〉之繁情促節，〈憶秦娥〉之長吟遠慕，遂使前此諸家悉歸環內。〔註39〕

> 太白〈憶秦娥〉聲情悲壯，晚唐、五代惟趨婉麗，至東坡始能復古。

> 後世論詞者或轉以東坡為變調，不知晚唐、五代乃變調也。〔註40〕

李白〈憶秦娥〉真偽尚且不論，且觀劉熙載盛讚此作的態度，他一方面將〈憶秦娥〉視為是前輩詞人之後的集大成者，「悉歸環內」且廣其堂廡，一方面更將〈憶秦娥〉之詞風定調為詞之本色，謂蘇軾的瀟灑詞風是為復李白之古，

〔註38〕詳見夏敬觀：〈劉融齋詩概詮說〉，《唐詩說》（臺北：河洛圖書出版社，1975年），頁117。

〔註39〕此《藝概·詞曲概》第6則。

〔註40〕此《藝概·詞曲概》第17則。

並視蘇軾詞為詞之正統。這是極為有趣的評價,試觀其它關於李白詞的評價,如「太白〈菩薩蠻〉、〈憶秦娥〉兩闋,足抵少陵〈秋興八首〉。想其情境,殆作於明皇西幸後乎?」〔註41〕「太白〈菩薩蠻〉、〈憶秦娥〉,張志和〈漁歌子〉,兩家一憂一樂,歸趣難名,或靈均〈思美人〉、〈哀郢〉、莊叟「濠上」近之耳。」〔註42〕

　　劉熙載皆舉之比附杜甫詩、屈平《九章》,評價甚高,這部份可謂奠定了蘇軾詞復古於「正統」的前提;關於詞的正統,北宋陳師道《後山詩話》:「退之以文為詩,子瞻以詩為詞,如教坊雷大使之舞,雖極天下之工,要非本色。」又如《四庫全書總目·東坡詞》:「詞自晚唐、五代以來,以清切婉麗為宗。至柳永而一變,如詩家之有白居易。至軾而又一變,如詩家之有韓愈,遂開南宋辛棄疾等一派,尋源溯流,不能不謂之別格。」以上兩段關於詞的本色與別格,將蘇軾詞理解為詞之別出,是較為普遍的看法,而劉熙載盛讚李白〈憶秦娥〉,將之為豪放詞風之始祖,肯定蘇軾詞風,認為這才是詞之本色,其試圖扭轉詞本婉約的概念,是很明顯的。詹泰安〈劉熙載論詞品及蘇、辛詞〉:「詞初起於民間,就是被作為反映現實的一種藝術形式而出現的。它轉入封建文人的手裡才變了質,被作為「遣興娛賓」或者「模山範水」的工作具(當然也有例外)。『晚唐、五代惟趨婉麗』的詞,是文人詞的傳統,說它『乃變調也』,是符合客觀實際情況的。……幾百年來,已成為一種支配力量,而他獨敢於提出相反的論調,從作者的真情實感出發看問題,從作品的歷史意義出發看問題,這是十分可貴的。」〔註43〕

　　又如論賦,劉熙載〈賦概〉開篇第一則即謂:「班固言『賦者古詩之流』,其作《漢書·藝文志》,論孫卿、屈原賦『有惻隱古詩之義』。劉勰〈詮賦〉謂賦為『六義附庸』。可知六義不備,非詩即非賦也。」《漢書·卷三十·藝文志》:「大儒孫卿及楚臣屈原離讒憂國,皆作賦以風,咸有惻隱古詩之義。」《文心雕龍·詮賦》亦言:「賦也者,受命於詩人,而拓宇於〈楚辭〉也。於是荀況〈禮〉、〈智〉,宋玉〈風〉、〈釣〉,爰錫名號,與詩畫境,六義附庸,蔚成大國。」將賦視為古詩之流,比為六義附庸,這觀點顯然來自於劉勰「執

〔註41〕此《藝概·詞曲概》第 7 則。
〔註42〕此《藝概·詞曲概》第 9 則。
〔註43〕詳見詹泰安〈劉熙載論詞品及蘇、辛詞〉,上海師範大學編:《劉熙載傳記資料》(上海:上海師範大學圖書館,1986〜1994 年),頁 54〜55。

正以馭奇」的奇正觀,而劉熙載自己對於賦體的理解,反而不從此著手,如〈賦概〉第 123 則提到的「賦長於擬效,不如高在本色。屈子之〈騷〉,不沾沾求似〈風〉、〈雅〉,故能得〈風〉、〈雅〉之精。」屈騷之高,在於本色,而非模仿古典的《詩》,言下之意,其觀點有別於劉勰「執正以馭奇」的架構。實際上,關於賦體劉熙載是將屈賦視為第一流,而荀騷視為次一流的,如以下三則所述:

> 以精神代色相,以議論代鋪排,賦之別格也。正格當以色相寄精神,以鋪排藏議論耳。〔註44〕

> 荀卿之賦「直指」,屈子之賦「旁通」。景以寄情,文以代質,旁通之妙用也。〔註45〕

> 賦蓋有思勝於辭者。荀卿〈禮〉、〈智〉、〈雲〉、〈蠶〉諸賦,篇雖短,卻已想透無遺。陸士衡〈文賦〉精語絡繹,其曰:「非華說之所能精」,命意蓋可見矣。〔註46〕

賦體本來講究「賦言鋪」、「聲情少而辭情多」,〔註47〕〈詮賦〉:「賦者,鋪也,鋪采攤文,體物寫志」,強調鋪陳描摹,此即劉熙載說的賦之正格,重視「色相」與「鋪排」,而賦之別格則偏重於精神與議論,離賦體本色較遠。對照次則評論荀賦與屈賦的評語,所謂屈賦「旁通」,劉熙載謂之「景以寄情,文以代質」,此即賦之正格,這是劉熙載所認同的最為優秀的賦作;而荀賦「直指」,則屬於賦之別格一類,參照第三則關於荀賦的描述,劉熙載強調其篇幅短小、思勝於辭等特質,關於荀賦的評價,他不僅不如屈賦被評為賦之正格,單就賦體創作體要標準來看,亦不符合主流格式;然而劉熙載對於荀賦的賞識,流露文中,稱之「直指」,以相衡於「旁通」之外,褒揚「旁通」,而不非議「直指」為短;甚至謂之「想透無遺」,引〈文賦〉詞,稱其賦可勝於誇張華麗之賦作,「是蓋輪扁所不得言,故亦非華說之所能精」,其中妙用不得言傳,褒貶之中,頗有破格高舉之意。

又如評文天祥詞,其謂:

> 文文山詞,有「風雨如晦,雞鳴不已」之意,不知者以為變聲,其

〔註44〕此《藝概・賦概》第 126 則。
〔註45〕此《藝概・賦概》第 19 則。
〔註46〕此《藝概・賦概》第 127 則。
〔註47〕此二語分別出自《藝概・賦概》第 5、8 則。

實乃變之正也。故詞當合其人之境地以觀之。〔註48〕

文天祥素以愛國詩人著稱,其代表作品如〈過零丁洋〉、〈正氣歌〉,便是以其堅毅的人格,顯名於世,其詞亦多有類似襟懷,如以下二作:

> 試問琵琶,胡沙外、怎生風色。最苦是、姚黃一朵,移根仙闕。
> 王母歡闌瓊宴罷,仙人淚滿金盤側。聽行宮、半夜雨淋鈴,聲聲
> 歇。彩雲散,香塵滅。銅駝恨,那堪說。想男兒慷慨,嚼穿齦血。
> 回首昭陽離落日,傷心銅雀迎秋月。算妾身、不願似天家,金甌
> 缺。〔註49〕

> 為子死孝,為臣死忠,死又何妨。自光嶽氣分,士無全節,君臣義
> 缺,誰負剛腸。罵賊睢陽,愛君許遠,留得聲名萬古香。後來者,
> 無二公之操,百煉之鋼。人生翕歘雲亡。好烈烈轟轟做一場。使當
> 時賣國,甘心降虜,受人唾罵,安得留芳。古廟幽沈,儀容儼雅,
> 枯木寒鴉幾夕陽。郵亭下,有奸雄過此,仔細思量。〔註50〕

文天祥詩文中的情感,皆立基於其現實的國破家亡的經歷,即如詞中亦處處可見其亡國之憾;如第一闋詞中,「試問琵琶,胡沙外、怎生風色」,用漢王昭君出塞匈奴的典故,「聽行宮、半夜雨淋鈴,聲聲歇」,用唐玄宗於逃難中被迫縊死楊玉環的典故,處處顯露家國頹敗之悲哀;而第二闋詞則藉張巡、許遠於安史之亂中的抵抗,歌頌其「留得聲名萬古香」,以襯托出小人賣國求榮、不得留芳之卑鄙。文天祥以詞抒發其國仇家恨,劉熙載形容其為「風雨如晦,雞鳴不已」,可謂一針見血;然而,若就詞體發展脈絡來看,這樣的風格與題材並非詞之本色,離正統詞風有些距離,故謂之「不知者以為變聲」,那麼既有所謂不知者,那麼知者又是若何?劉熙載欣賞文天祥詞的意圖躍然紙上,他不願將文天祥定位為正統之外的歧變,反而合理化其正當性與地位,謂之「詞當合其人之境地以觀之」,乃「變之正」。這又可作一例,看見劉熙載反奇為正之評論傾向。

　　劉熙載於《昨非集・卷三・論文四首其四》有詩謂之:「出語不能庸,此是吾人病。靈均好奇服,奇或亦為正。」論述二劉的奇正觀,最終仍回歸到屈騷為例;奇之與正的界線,本來便是比較而來,是相對而非絕對,劉熙

〔註48〕此《藝概・詞曲概》第46則。
〔註49〕文天祥:〈滿江紅其二・代王夫人作〉。
〔註50〕文天祥:〈沁園春其一・題潮陽張許二公廟〉。

載言「奇或亦為正」，以奇為正，反奇為正，這是他的尚奇之法。再觀以下
二則：

> 變風變雅，變之正也；〈離騷〉亦變之正也。「跪敷衽以陳辭兮，耿
> 吾既得此中正」。屈子固不嫌自謂。〔註51〕

> 賦當以真偽論，不當以正變論。正而偽，不如變而真。屈子之賦，
> 所由尚已。〔註52〕

劉熙載以文天祥詞為「變之正」，實則屈平〈離騷〉亦是「變之正」之遠祖；
次則中劉熙載更直接打破奇正觀之界線，謂「正而偽，不如變而真」，雖變且
真，是劉熙載之所以盛讚屈平、《郊祀》詩、李白詞、文天祥詞等等諸作之核
心根本。清沈祥龍《樂志簃筆記・卷三・論文隨筆》：「文固貴異不貴同，然文
可異，文中之理不可異。義理一而已，惟見之確、言之精，則至淺近處皆有深
旨，不求異而自異矣。六經無義理而各自為說，言不相同，若離義理而求異，
未免近於詖辭。」文之貴異不貴同，其異者乃創意之異，變異之異，然其中尚
有不可異者，即劉熙載所說的變而真之真，「反奇為正」之所以可能，便在於
其奇變之中尚有遙應前代經典的真實情感，故方能歸之於正。

三、從「反正為乏」到「以醜為美」

　　從兩種尚奇觀點來看，劉勰的奇正觀是固守正統在先，發揮奇變於外，
所謂「執正馭奇」之法；而劉熙載的「反奇為正」則是直指奇變之核心，可與
正統相呼應者，以謂之為變之正，將奇變推舉為正統地位。這兩種尚奇觀點
發揮至極，會產生極為不同的結果，先以劉勰為例，劉勰的「執正馭奇」之
法，其根本核心在於正統，這是其《文心雕龍》之所以徵聖、宗經的理論根
基，故當作品過於偏頗地追求新奇而忽略正經，「穿鑿取新」，將導致「反正
為乏」之困境，〈通變・贊〉言：「變則可久，通則不乏」，通即通其故實之法，
即上應經典之術，這般故此而失彼的奇正觀，並非可常可久的方法，劉勰抨
擊之力道甚深。

　　不過，在劉熙載「反奇為正」的觀點上，表面上，他似乎寸步不離經典
正統，凡事皆以經典之是非為是非，實際上，對比劉勰，這卻是一種去除正
經核心之進步，就這點上，劉熙載呈現出更為開放的審美眼光，只要是符合

〔註51〕此《藝概・賦概》第 17 則。
〔註52〕此《藝概・賦概》第 16 則。

他的批評標準的，他都願意給予更高的稱譽，所以他另有一種「別眼」的批評準則，如下則所述：

> 或問左思〈三都賦序〉以「升高能賦」為「頌其所見」，所見或不足
> 賦，奈何？曰：嚴滄浪謂「詩有別材」、「別趣」，余亦謂賦有別眼。
> 別眼之所見，顧可量耶？〔註53〕

左思〈三都賦序〉謂賦「升高能賦者，頌其所見也」，此觀點源於《詩經‧鄘風‧定之方中》的《毛傳》，劉勰〈詮賦〉亦引之，〈詮賦〉中尚有「體物寫志」、「寫物圖貌，蔚似雕畫」等言，這是賦體寫作的一貫主軸；然劉熙載反問，若不足賦，則可以「別眼」寫之，這個別眼乃在正經之外，正如嚴羽《滄浪詩話》所說：「詩有別材，非關書也；詩有別趣，非關理也」，這個別眼之緻不在經典、正統，而是另有其趣。在《藝概》中，有幾個這類型的脫離正經而仍為劉熙載所肯定的批評術語，其一是「醜」，以醜為美：

> 怪石以醜為美，醜到極處，便是美到極處，一醜字中，丘壑未易盡
> 言。〔註54〕

> 昌黎詩往往以醜為美，然此但宜施之古體，若用之近體，則不受矣。
> 是以言各有當也。〔註55〕

視怪石之醜，為美，清鄭燮《板橋題畫‧石》：「米元章論石，曰瘦、曰皺、曰漏、曰透，可謂盡石之妙矣。東坡又曰：『石文而醜。』一『醜』字則石之千態萬狀，皆從此出。彼元章但知好之為好，而不知陋劣之中有至好也。東坡胸次，其造化之爐冶乎？燮畫此石，醜石也。醜而雄，醜而秀。」〔註56〕石之醜中，亦見其美，韓愈詩亦以怪、醜為特色，如〈詩概〉第 116 則亦言：「『若使乘酣騁雄怪』，此昌黎〈酬盧雲夫望秋作〉之句也。統觀昌黎詩，頗以雄怪自喜。」這類以怪、醜為美的追求，在審美上，佛雛〈劉熙載的美學思想初探〉分析道：「窺劉氏之意，他的所謂『一醜字中，邱壑未易盡言』，大抵至少包括兩層意蘊：一則取其『渾古』、『元氣』，即取其『真』、『厚』，屬於老子所謂『大巧若拙』一類。……二則取其『雄怪』，取其『橫空盤硬語，妥帖力

〔註53〕此《藝概‧賦概》第 136 則。
〔註54〕此《藝概‧書概》第 221 則。
〔註55〕此《藝概‧詩概》第 117 則。
〔註56〕詳見清‧鄭燮：《板橋題畫‧石》，党明放編：《鄭板橋全集》（臺北：蘭臺出版社，2015 年），頁 187。

排弄』。」〔註57〕此是一類。

另有一特殊批語「野」,以野為美。追溯以野為評的源頭,《論語・雍也》:「子曰:『質勝文則野,文勝質則史。文質彬彬,然後君子。』可為一例,此中「質勝文則野」便以野作為負面評價,而後劉勰將這套批評轉用於文學批評,屢見於《文心雕龍》全書,尤其〈情采〉中「文不滅質,博不溺心」、「可謂雕琢其章,彬彬君子」,之論述,更是直接化用孔子文辭;此外〈明詩〉評古詩十九首,謂之「直而不野」,此一評價顯然亦源自同一文質彬彬論的系統,是為實際批評之實用。以野為評,劉勰繼承孔子,是將野視為粗疏、缺乏修飾之負面涵義,根據文質彬彬的折衷概念,以野為評便是一種偏斜的結果,並非正統。不過,在劉熙載的別眼眼光下,這種偏勝反而也成了一種別趣之美,如下則所述:

> 野者,詩之美也。故表聖《詩品》中有「疏野」一品。若鍾仲偉謂左太沖「野於陸機」,野乃不美之辭。然太沖是豪放,非野也,觀〈詠史〉可見。〔註58〕

根據此則,劉熙載顯然不同意鍾嶸對於左思的評價,而他之所以引用鍾嶸,更具體的目的,是突顯其對於野與美的關係的認知的差異,簡而言之,劉熙載的目的在於強調,野乃不美之辭,變成野乃詩之美也之辭的轉變。野之美與不美,鍾嶸與司空圖二人便有著不同見解,這般差異尚且止於表象,若對比劉勰與劉熙載對於野的認識,可以更具體感受到劉熙載這種對於這般過度偏離正統的作品的包容,這類型作品的價值尚且不足以成為「反變為正」,擠身進入正統的一份子,劉熙載便以別眼的審美趣味,以醜為美,以怪為美,以野為美,這種起因於欣賞,而破格讚譽的精神,其實是劉熙載奇正論中一貫的精神。

第三節　從隱秀理論到斷續創作論

一、隱秀理論

隱秀理論是《文心雕龍》中極為重要的批評理論,泛用性極高,簡單而言,有三個特點;其一,「隱也者,文外之重旨者也」,所謂隱,即收的功夫,〈隱秀〉篇中提及「藏穎詞間」、「使醞藉者蓄隱而意愉」、「文隱深蔚」等,皆

〔註57〕詳見佛雛:〈劉熙載的美學思想初探〉,頁41。
〔註58〕此《藝概・詩概》第36則。

強調收、藏。而收藏不為隱沒，相反的，好的隱句更能造就言外之意，「隱以複意為工」，所謂「隱之為體，義生文外」，達到以退為進、以藏為繁之效。其二，「秀也者，篇中之獨拔者也」，所謂秀，即作品中的詩眼、文眼、篇旨所在，隱句需藏，秀句獨拔，「秀以卓絕為巧」，往往是畫龍點睛所在，據〈隱秀〉所喻，乃「巨室藏珍」之意。其三，隱之與秀缺一不可，「文之英蕤，有秀有隱」，二者必須互相配合，方成佳篇。

在《藝概》全書中，屢屢可見隱秀相關理論，劉熙載甚至直言稱美隱秀理論，其謂：

> 《文心雕龍》以「隱秀」二字論文，推闡甚精。其云「晦塞非隱」，「雕削非秀」，更為善防流弊。〔註59〕

劉熙載認為劉勰隱秀論文，「推闡甚精」，對其拿捏隱、秀的界線臨界點，「晦塞非隱」、「雕削非秀」，更是稱許，可見劉勰於隱與秀的本質的把握，極為精準，受到劉熙載肯定。所謂隱，講究的是以少表多，以收筆展示不盡之意，劉熙載《藝概》以概作為評論之核心，卻多次強調不盡、無窮之意，其作法便在隱的工夫。試觀以下幾則：

> 言外無窮者，茂也；言內畢足者，密也。漢文茂如西京，密如東京。〔註60〕

> 律與絕句，行間字裡，須有曖曖之致。古體較可發揮盡意，然亦須有不盡者存。〔註61〕

> 少游〈水龍吟〉小樓連苑橫空，下窺繡轂雕鞍驟」，東坡譏之云：「十三個字，只說得一個人騎馬樓前過。」語極解頤。其子湛作〈蔔運算元〉云：「極目煙中百尺樓，人在樓中否？」言外無盡，似勝乃翁，未識東坡見之云何？〔註62〕

〔註59〕此《藝概・文概》第 326 則。

〔註60〕此《藝概・文概》第 327 則。

〔註61〕此《藝概・詩概》第 183 則。

〔註62〕此《藝概・詞曲概》第 24 則。秦觀〈水龍吟〉：「小樓連遠橫空，下窺繡轂雕鞍驟。朱簾半卷，單衣初試，清明時候。破暖輕風，弄晴微雨，欲無還有。賣花聲過盡，斜是院落，紅成陣、飛鴛鴦。玉佩丁東別後，悵佳期、參差難又。名韁利鎖，天還知道，和天也瘦。花下重門，柳邊深巷，不堪回首。念多情，但有當時皓月，向人依舊。」秦湛〈蔔運算元・春情〉：「春透水波明，寒峭花枝瘦。極目煙中百尺樓，人在樓中否。四和嬝金鳧，雙陸思纖手。撚倩東風浣此情，情更濃於酒。」

此三則，恰好出自文論、詩論與詞論，皆講究字句含蓄、言外無窮之功效。秦觀〈水龍吟〉一則則屬反例，宋楊萬里《誠齋詩話》：「客有自秦少游許來見東坡。坡問：『少游近有何好句？』客舉秦〈水龍吟〉詞云：『小樓連苑橫空，下臨繡轂雕鞍驟。』坡笑曰：『又連苑，又橫空，又繡轂，又雕鞍，又驟，也勞攘。』坡亦有此詞，云：『燕子樓中，佳人何在？空有樓中燕。』」〔註63〕蘇軾批評秦觀詞過於堆疊重複，意指甚乏，就隱秀理論而言，並不合格；〔註64〕劉熙載又引秦湛〈蔔運算元・春情〉作為對比，其「人在樓中否」一句，此句似與蘇軾〈永遇樂〉「佳人何在？空有樓中燕」互為呼應，皆講女子獨上小樓、獨守空閨之景，秦湛、蘇軾之詞，便是以少總多，以留白爭得更多言外無盡之韻味。

　　至若秀，劉熙載亦數次提及，他以詩眼、文眼、詞眼稱之：

> 揭全文之旨，或在篇首，或在篇中，或在篇末。在篇首，則後必顧之；在篇末，則前必注之；在篇中，則前注之，後顧之。「顧」、「注」，抑所謂「文眼」者也。〔註65〕

> 鍊篇、鍊章、鍊句、鍊字，總之所貴乎鍊者，是往活處鍊，非往死處鍊也。夫活亦在乎認取詩眼而已。〔註66〕

> 詩眼，有全集之眼，有一篇之眼，有數句之眼，有一句之眼；有以數句為眼者，有以一句為眼者，有以一、二字為眼者。〔註67〕

> 「詞眼」二字，見陸輔之《詞旨》。其實輔之所謂「眼」者，仍不過某字工、某句警耳。余謂眼乃神光所聚，故有通體之眼，有數句之眼，前前後後無不待眼光照映。若舍章法而專求字句，縱爭奇競巧，豈能開闔變化，一動萬隨耶？〔註68〕

〈隱秀〉中論秀，謂之「篇中之獨拔者」，可具有「動心驚耳，逸響笙匏」等驚心動魄之效，是以秀句往往是一詩一文中的亮點所在；以此而推，劉熙載

〔註63〕見宋・楊萬里《誠齋詩話》。

〔註64〕王國維《人間詞話》亦引用蘇軾此評：「詞最忌用替代字。美成〈解語花〉之『桂華流瓦』境界極妙，惜以『桂華』二字代『月』。夢窗以下則用代字更多。其所以然者，非意不足，則語不妙也。蓋語不妙則不必代，意不足則不暇代。此少遊之『小樓連苑』、『繡轂雕鞍』所以為東坡所譏也。」王國維以代語與否解釋蘇軾批語，亦為一解，錄之備參。

〔註65〕此《藝概・文概》第275則。

〔註66〕此《藝概・詩概》第237則。

〔註67〕此《藝概・詩概》第238則。

〔註68〕此《藝概・詞曲概》第70則。

所謂的文眼，用意在「揭全文之旨」，就邏輯上並不必然等同於秀句，不過其論詩眼時又說，有「全集之眼」、「一篇之眼」、「數句之眼」、「一、二句之眼」、「一句之眼」等等，甚至有「半句之眼」的可能：

> 「清風明月不用一錢買」，上四字其知也，下五字獨得也。凡佳章中必有獨得之句，佳句中必有獨得之字。惟在首、在腰、在足，則不必同。〔註69〕

「清風明月不用一錢買」出自李白《襄陽歌》，「清風朗月不用一錢買，玉山自倒非人推」，「清風明月」，詞見《南史·謝譓傳》：「入吾室者，但有清風；對吾飲者，惟當明月。」後喻高雅脫俗的境界，李白詩添上「不用一錢買」，點出其逍遙自得的人生態度，任情自適；下五字便有所謂畫龍點睛的功效，亦是劉熙載所稱美之處，足見所謂詩眼、文眼，並非僅限於揭載篇旨，其範疇可大至全文，亦可獨秀一句，如此描述便更貼近劉勰的說法。

一篇具備良好隱秀理論的作品，隱之與秀二者缺一不可，亦同時互為烘托，劉熙載除前述提及，直接稱許《文心雕龍·隱秀》之外，他亦有合併兼論之詞，如下一則：

> 詞以煉章法為隱，煉字句為秀。秀而不隱，是猶百琲明珠而無一線穿也。〔註70〕

根據劉勰〈隱秀〉理論：「凡文集勝篇，不盈十一，篇章秀句，裁可百二」，文章中最優秀的作品，大概不到十分之一，更不用說當中的秀句，必然更為稀有，這段話講的是好作品、符合隱秀理論作品的珍貴與稀有，並不難理解，紀昀評此四句：「精微之論」，〔註71〕是為確理；更值得注意的是，這幾句話出自〈隱秀〉篇的最後一段，屬於總結性質，同段後續提到的，多是「或有晦塞為深，雖奧非隱，雕削取巧，雖美非秀」等兼論隱、秀，或是「並思合而自逢，非研慮之所課也」、「朱綠染繒，深而繁鮮；英華曜樹，淺而煒燁」等總論口吻，依諸此文句的脈絡，以及此段處於全文末段性質，「篇章秀句」一詞應當不能只偏袒解讀成專指秀句而已，譬如陸侃如、牟世金譯：「一篇文章中最突出的句子，也只有百分之二」，張國慶、涂光社則譯為：「篇章中的突出警句」龍必錕：「篇章裡的秀句」李曰剛：「而在每篇每章中詞句秀異者」，吳林

〔註69〕此《藝概·詩概》第284則。
〔註70〕此《藝概·詞曲概》第64則。
〔註71〕詳見黃霖集評：《文心雕龍彙評》（上海：上海古籍出版社，2005年），頁134。

伯：「而其中的特出文句」等等，〔註72〕諸家學者對此一詞的解讀，皆儘提到秀句的部份，這些譯法並非錯誤，至少吻合「篇章秀句」一詞的表面詞意，不過若把這四個字放入〈隱秀〉全文，便不盡合理；劉勰為何於此處單獨提秀句，而忽略隱呢？筆者以為，劉熙載此則可以提供一個參考解答：隱之與秀二者，前者藏，後者顯，一為以少為多，一求鋒芒必露，劉勰將二者並置同篇，有其道理，二者具有並存並用的相互關係；而其中隱之所用，以篇章整體為單位，如劉熙載所說「詞以煉章法為隱」，秀之所用，以單詞單句為單位，所謂「煉字句為秀」，隱以藏於詩文之內、化於無形為尚，具備隱的作品，有時往往反而容易忽略其隱的存在，而秀則屹立突出於作品之中，以卓然獨立為標，則其存在感反而是一翻兩瞪眼，有無俱現的。劉熙載言此二者關係：「秀而不隱，是猶百琲明珠而無一線穿也」，「百琲明珠一線穿」出自歐陽修〈減字木蘭花〉，〔註73〕原詞以「百琲明珠」形容歌女清亮圓潤的歌聲，劉熙載則藉描述秀句，認為明珠再美仍需一線相貫，以撐起其美，而這個組織的功夫便是隱。是以回到〈隱秀〉「篇章秀句」一詞，若藉由劉熙載「煉章法為隱，煉字句為秀」的說法來看，那麼「篇章秀句」所指，「篇章」二字針對隱，「秀句」二字則為秀，這樣的理解應該是合理的。另一種理解方式是，「凡文集勝篇，不盈十一，篇章秀句，裁可百二」，劉勰欲以數字量化，呈現優秀作品的稀有寶貴，而秀句突出，便於量化，相較之下，隱之工夫以隱散為尚，難以量化，故「篇章秀句」單舉秀以借代隱秀二者，以說明符合隱秀理論的優秀作品，是如何的珍貴。

　　根據以上三點，隱的要求、秀的重視與隱秀二者缺一不可，可以看見《藝概》中所存在的隱秀理論，屢屢見存於《文心雕龍・隱秀》中，二劉的隱秀理論不僅深具鮮明的影響關係，亦可互為闡釋，互為註腳。劉熙載不僅自覺地取法於劉勰，亦有上溯經典之企圖：

> 絕句於六義多取風、興，故視他體尤以「委曲」、「含蓄」、「自然」
> 為尚。〔註74〕

〔註72〕詳見陸侃如、牟世金《文心雕龍譯注》（濟南：齊魯書社，1996年），頁489；張國慶、塗光社《文心雕龍集校、集釋、直譯》（北京：中國社會科學出版，2015年），頁750；龍必錕：《文心雕龍全譯》（貴州：貴州人民出版社，1992年），頁396；李曰剛：《文心雕龍斠詮》（臺北：國立編譯館，1982年），頁1852，吳林伯：《文心雕龍義疏》（武漢：武漢大學出版社，2013年），頁487。

〔註73〕歐陽修〈減字木蘭花〉：「歌檀斂袂。繚繞雕梁塵暗起。柔潤清圓。百琲明珠一線穿。櫻唇玉齒。天上仙音心下事。留往行雲。滿坐迷魂酒半醺。」

〔註74〕此《藝概・詩概》第201則。

「委曲」、「含蓄」、「自然」三者，皆為隱秀理論之效果，以之為尚，便是以隱秀為尚，劉熙載將之上追《詩經》，取法經典，將此理論深刻化、脈絡化，是具有建構一理論體系之企圖的，這樣的治學態度，是與信手撚來、隨意發揮的文話、詩話的態度，有很大不同。將此概念用之於實際批評，亦見其高度，如下二則：

> 〈騷〉之「抑遏蔽掩」，蓋有得於「《詩》、《書》之隱約」。自宋玉〈九辯〉已不能繼，以才穎漸露故也。〔註75〕

> 後漢趙元叔〈窮魚賦〉及〈刺世嫉邪賦〉，讀之知為抗髒之士，惟徑直露骨，不能如屈、賈之味餘文外耳。〔註76〕

「抑遏蔽掩」一詞，出自蘇洵評韓愈，劉熙載亦引用此詞稱美韓愈：「八代之衰，其文內竭而外侈。昌黎易之以『萬怪惶惑』、『抑遏蔽掩』，在當時真為補虛消腫良劑。」〔註77〕而此處藉以稱美屈平，謂之隱約，以別於宋玉以降的「才穎漸露」。次則更引趙壹二賦，批謂露骨，以襯托屈、賈之「味餘文外」。以上二則的實際批評中，不少概念、術語是直承劉勰〈隱秀〉的；譬如其讚許屈、賈的「味餘文外」，著實脫胎自〈隱秀〉中「隱也者，文外之重旨者」、「隱之為體，義生文外」、「文隱深蔚，餘味曲包」等句；而其「才穎漸露」的批評，則亦見於〈通變〉「才穎之士，刻意學文」，其所謂「才穎」多帶著否定之意，如〈通變〉便謂「青生於藍，絳生於蒨，雖逾本色，不能復化」，所謂才穎外露之士，並不因其鋒芒外顯而獲得讚許，相反的，劉勰反而對於其疏遠本色而加以抨擊，一如劉熙載對於宋玉以降的「才穎漸露」的傾向，不表認同，是一脈相繼的想法。

二、斷與續概念的延伸

由隱秀理論到斷續創作論，一脈相承，可謂劉熙載繼承隱秀理論之後的發明。所謂斷續創作論，是《藝概》中常見的創作理論之一，簡單來說，所謂斷，指的是文章議題脈絡之切斷，而所謂續，則是在各個斷片之中隱然可見其貫串的主旨，其講究藏而愈顯、隱而愈秀的手法，著實與隱秀理論甚為相當。秦群燕〈續與斷──劉熙載寫作技法論研究之一〉一文便提到：「隱與顯

〔註75〕此《藝概·賦概》第21則。

〔註76〕此《藝概·賦概》第52則。

〔註77〕此《藝概·文概》第147則。

的統一,實質上就是如何續,如何斷的問題。」「我們認為,成功的『斷文』
之續,意脈之顯,實質上就形成了『文眼』(或詩眼),文眼的安排不同,就是
續斷的變化不一。」〔註78〕秦群燕將斷與續理解為隱與顯,而透過「斷文之
續」、「意脈之顯」等顯隱配合,形成了文眼、詩眼,這概念便是源自於〈隱
秀〉篇。

　　劉熙載在申論斷續創作論時,多次以線為喻,以形容續斷之線,而這觀
點亦可上溯於《文心雕龍》;《文心雕龍‧神思》篇曾提及創作的兩個困難:
「臨篇綴慮,必有二患:理鬱者苦貧,辭弱者傷亂,然則博見為饋貧之糧,貫
一為拯亂之藥,博而能一,亦有助乎心力矣。」劉勰認為要解決這兩個困難
的方法為「博見」與「貫一,」講究博觀,一直是《文心雕龍》中常見的基礎
訓練,譬如〈史傳〉論史:「閱石室,啟金匱,抽裂帛,檢殘竹,欲其博練於
稽古也」、〈奏啟〉論奏:「強志足以成務,博見足以窮理」、〈知音〉論鑑賞:
「圓照之象,務先博觀」等等,非常常見;而更為進階的技巧,則是「貫一」,
「博而能一」亦顯示先博而一的輕重次序,劉熙載便藉此「貫一」之一線為
喻,有謂:

　　《文心雕龍》謂「貫一為拯亂之藥」,余謂貫一尤以泯形跡為尚。唐
　　僧皎然論詩所謂「拋鍼擲線」也。〔註79〕

《文心雕龍》以「貫一」為方,劉熙載延伸發揮,認為不只要求「貫一」,此
「一」更需以「泯形跡」求之,方為良方,換句話說,這帖拯亂之藥必須是暗
伏之線,而非明線;劉熙載又引唐皎然「拋鍼引線」為喻,出處源於《詩式‧
明作用》:「作者措意,雖有聲律,不妨作用。如壺公瓢中自有天地日月,時時
拋鍼擲線,似斷而復續,此為詩中之仙,拘忌之徒非可企及矣。」〔註80〕所
謂「拋鍼引線,似斷而復續」,斷而續,續而斷,此即劉熙載所謂貫一的暗伏
的線,皎然謂此法為「詩中之仙」,評價甚高。再對比以下一則:

　　章法不難於續而難於斷。先秦文善斷,所以高不易攀。然「拋鍼擲
　　線」,全靠眼光不走;「注坡驀澗」,全仗轡轡在手。明斷正取暗續
　　也。〔註81〕

〔註78〕詳見秦群燕:〈續與斷——劉熙載寫作技法論研究之一〉,上海師範大學編:《劉
　　　　熙載傳記資料》(上海:上海師範大學圖書館,1986~1994年),頁48、49。
〔註79〕此《藝概‧文概》第277則。
〔註80〕詳見皎然《詩式‧明作用》。
〔註81〕此《藝概‧文概》第278則。

前文皎然提及斷續創作論時，曾說「拘忌之徒非可企及」，而未名其所以，此則劉熙載則直揭難處，其謂「章法不難於續而難於斷」，由於貫一之線暗伏，明斷而暗續，故於斷片處的辨識、跳接便是最為困難之處；劉熙載此則再次引用皎然「拋鍼引線」一詞，又引蘇轍「注坡驀澗」一詞，其源於《欒城三集·詩病五事》評杜詩：「予愛其詞氣，如百金戰馬，注坡驀澗，如履平地，得詩人之遺法。如白樂天詩，詞甚工，然拙於紀事，寸步不遺，猶恐失之。此所以望老杜之藩垣而不及也。」蘇轍評杜甫與白居易，喻杜詩如握轡轡，故遇入迷途斷處，亦可識途尋回正道；而蘇轍評白詩居易，則恰與杜甫相反，以「寸步不遺，猶恐失之」描述之，此八字恰與皎然所提「拘忌之徒非可企及」不謀而合，說明斷續創作論的難處，必須能放的開，斷的掉，對於謹慎而工整的詩人如白居易者，反而不易達到；參之《藝概》中關於白居易的評價，如「香山用常得奇」、「詩能於易處見工」、「新題樂府要穩，……香山可謂穩」、「代匹夫匹婦語最難。……白香山不但如身入閭閻，目擊其事，直與疾病之在身者無異」。〔註82〕皆在強調白居易常、易、穩等特質，著實有別於杜甫「開闔變化，施無不宜」、「杜詩有不可解及看不出好處之句」、「少陵獨開生面」、「開闔變化，惟我所為」等等評價，〔註83〕特別強調其變化、新創等特質，試觀以下一則：

> 杜陵五七古敘事，節次波瀾，離合斷續，從《史記》得來，而蒼莽雄直之氣，亦逼近之。畢仲游但謂杜甫似司馬遷，而不繫一辭，正欲使人自得耳。〔註84〕

劉熙載以「節次波瀾，離合斷續」的特質，連結杜詩與《史記》，清沈德潛《說詩晬語》亦言：「五言長篇，固須節次分明，一氣連屬。然有意本連屬，而轉似不連屬者：敘事未了，忽然頓斷，插入旁議，忽然聯續，轉接無象，莫測端倪，此運《左》、《史》法於韻語中，不以常格拘也。千古以來，且讓少陵獨步。」參考蘇轍、沈德潛等人對於杜甫、白居易二人的評價，那麼杜甫無疑是更為貼近斷續創作論的。〔註85〕

〔註82〕諸詞分別出自《藝概·詩概》第128、160、218、127則。

〔註83〕諸詞分別出自《藝概·詩概》第93、94、97、186則。

〔註84〕此《藝概·詩概》第90則。

〔註85〕關於蘇轍《欒城三集·詩病五事》評杜甫、白居易，劉熙載亦引見《藝概·詩概》第125則：「尊老杜者病香山，謂其『拙於紀事，寸步不移，猶恐失之』，不及杜之『注坡驀澗』似也。至《唐書·白居易傳贊》引杜牧語，謂其

又如對於莊子〈逍遙遊〉的實際批評為例:

> 《莊子》文法斷續之妙,如〈逍遙遊〉忽說鵬,忽說蜩與鶯鳩、斥
> 鷃,是為斷;下乃接之曰「此大小之辨也」,則上文之斷處皆續矣,
> 而下文宋榮子、許由、接輿、惠子諸斷處,亦無不續矣。〔註86〕

莊子〈逍遙遊〉一文,拆之而觀,鵬、蜩、鶯鳩、斥鷃等,以及宋榮子、許
由、接輿、惠子等兩組題材,彼此之間並無連結,斷裂的徹底,此即劉熙載
所說的斷;而文中一句「此大小之辨」,大小自任其真,郭象《莊子注》謂:
「夫小大雖殊,而放於自得之場,則物任其性、事稱其能,各當其分,逍遙
一也。豈容勝負於其間哉?」小大之殊,為其斷處,各自逍遙,為其同處,
秦群燕〈續與斷──劉熙載寫作技法論研究之一〉一文便以〈逍遙遊〉為
例證說明:「有局限就不能絕對逍遙,列舉的事彼此間多數沒有連接,是斷;
都用來說明跟逍遙的關係,則是續,是斷中有續、斷處皆續,明斷暗續。」
〔註87〕

關於此斷續創作論,劉熙載依此概念延伸不少相關術語,如〈詩概〉第
233則:「伏應、提頓、轉接、藏見、倒順、綰插、淺深、離合諸法,篇中、
段中、聯中、句中均有取焉。然非渾然無跡,未善也。」伏應等八種文法,原
屬創作論,各有巧妙,〔註88〕其中多有斷續連合等性質,而劉熙載概括總評

詩『纖豔不逞,非莊士雅人所為。流傳人間,交口教授,入人肌骨不可去』。
此文人相輕之言,未免失實。」此則比較杜甫與白居易,無論是蘇轍或是杜
牧,皆有「尊老杜病香山」之傾向,認為白詩不如杜詩,而劉熙載則以「文
人相輕之言,未免失實」,為白居易平反;實際上,若就本節斷續創作論的技
巧而言,杜詩的確有其長處,不過於此則之後,劉熙載旋即提及白詩之長處,
〈詩概〉第126則:「白香山《與元微之書》曰:『僕志在兼濟,行在獨善,
奉而始終之則為道,言而發明之則為詩。謂之諷諭詩,兼濟之志也;謂之閒
適詩,獨善之義也。』余謂詩莫貴於知道,觀香山之言,可見其或出或處,
道無不在。」以知道作為衡量詩的價值標準,並稱美白詩「道無不在」,此乃
從詩文體的本質核心發論,不同於斷續技巧偏向於創作論;於此可見評論的
折衷傾向,故列之並參。

〔註86〕此《藝概·文概》第53則。

〔註87〕詳見秦群燕〈續與斷──劉熙載寫作技法論研究之一〉,上海師範大學編:《劉
熙載傳記資料》(上海:上海師範大學圖書館,1986~1994年),頁47。

〔註88〕關於此八法,可參夏靜觀《劉融齋詩概詮說》的解說:「此合古詩、律詩言之。
伏應等八種名詞,皆國文文法。伏應者,前用一筆埋伏此意,而後文應此意
也。提頓者,文氣至此一頓又一提,以顯抑揚頓挫之妙。轉接者,轉則當接。
藏見者,即遮表。倒順者,即倒挽及流水句法也,順則如流水,逆則倒挽。
綰插者,其意在文中若無安放處,則相度其地位,而插入數語。淺深者,淺

曰：「然非渾然無跡，未善也」，這仍合於其所謂「泯形跡為尚」的原則。反過來說，若斷而不斷，續而不接，反而放開不得，如〈詞曲概〉第 62 則所論：「詞要放得開，最忌步步相連；又要收得回，最忌行行愈遠。必如天上人間，去來無跡，斯為入妙。」一忌步步相連，二忌行行愈遠，相連者失之不斷，愈遠者病之不續，〈經義概〉中亦有類似言論：

> 文忽然者為斷，變化之謂也，如斂筆後忽放筆是；復然者為續，貫
>
> 注之謂也，如前已斂筆，中放筆，後復斂筆以應前是。〔註89〕

斷處為變化，為伏筆，續處為貫注，為呼應，劉熙載對於斷續創作論的闡釋，橫跨詩、文、詞、賦諸體，亦見諸八股文寫作理論的〈經義概〉中，足見其重視程度。不過，對此斷續參差的寫作技巧，亦有持反對意見者，如此一則：

> 譚友夏論詩，謂「一篇之樸，以養一句之靈；一句之靈，能回一篇
>
> 之樸。」此說每為談藝者所訶，然徵之於古，未嘗不合。如《秦風·
>
> 小戎》「言念君子」以下，即以靈回樸也，其上皆以樸養靈也。《豳
>
> 風·東山》每章之意，俱因收二句而顯，若「敦彼獨宿」以及「其
>
> 新孔嘉」云云，皆靈也；每二句之前，皆樸也。賦家用此法尤多。
>
> 至靈能起樸，更可隔反。〔註90〕

譚元春〈題簡遠堂詩〉有謂「一篇之樸，以養一句之靈；一句之靈，能回一篇之樸」，此概念即劉勰之隱秀、劉熙載之斷續；反對者如王夫之：「譚友夏論詩云：『一篇之樸，以養一句之靈；一句之靈，能回一篇之樸。』囈語爾。以樸養靈，將置子弟於牧童樵豎中，而望其升孝秀之選乎？靈能回樸，村塢閒茅苫土壁，塑一關壯繆，袞冕執圭，席地而坐，望其靈之如響，為嗤笑而已。」〔註91〕實際上，劉熙載的斷續創作論，講究的是斷、續二法的並重與搭配，而王夫之所非議者，則在「以樸養靈」、「靈能回樸」之難為，所謂巧婦難為無米之炊的責難；其二方對話者實不在同一線上，而各說各話。綜觀劉熙載的斷續觀點，其術語概念源於皎然《詩式》「拋鍼引線」，轉化自劉勰〈神思〉「貫一為拯亂之藥」，且其講究收藏與展現的核心概念，更是脫胎自〈隱

者以深語文之，深者以淺語出之。離合者，即遠合近離。」〈劉融齋詩概詮說〉，
《唐詩說》（臺北：河洛圖書出版社，1975 年），頁 117。

〔註89〕 此《藝概·經義概》第 69 則。

〔註90〕 此《藝概·賦概》第 107 則。

〔註91〕 此文出自王夫之〈夕堂永日緒論·外編〉，詳見「四庫禁燬書叢刊」編纂委員
會編：《四庫禁燬書叢刊補編》七十九冊（北京：北京出版社，2005 年）。

秀〉中的理論,可以說,劉熙載是在劉勰的理論基礎上,更進一步發揮延伸,將劉勰的隱秀理論轉化成更為貼近文學創作技巧的斷續創作論。

第四節　批評術語比較

一、《文心雕龍》的批評術語建構

　　劉勰《文心雕龍·序志》自言,其文體論 20 篇中,各篇結構皆是「原始以表末」、「釋名以彰義」、「選文以定篇」、「敷理以舉統」等四個部份結合而成,其中「敷理以舉統」這部份,談的是各篇文體之創作核心原則,譬如〈頌贊〉:「原夫頌惟典懿,辭必清鑠,敷寫似賦,而不入華侈之區;敬慎如銘,而異乎規戒之域;揄揚以發藻,汪洋以樹義,雖纖巧曲致,與情而變,其大體所底,如斯而已。」〈封禪〉:「茲文為用,蓋一代之典章也。構位之始,宜明大體,樹骨於訓典之區,選言於宏富之路;使意古而不晦於深,文今而不墜於淺;義吐光芒,辭成廉鍔,則為偉矣。」這些大體、體要所指涉的,便是各類文體的創作準則、批評標準。劉勰將「敷理以舉統」置於四步驟之最後,於各篇之末,其用意不難推敲;文體論述必須緊貼著實際閱讀與實際批評,「原始以表末」、「選文以定篇」等步驟,便是最為緊貼文本的部份,而「敷理以舉統」則是實際閱讀之後的方法的歸納提煉,其來源當然源自文體論篇中所提及的歷代作品,故劉勰將之置之最後。這樣的「先實際後理論」的次第安排,不僅見於文體論中,亦顯現於《文心雕龍》全書先文體論後文術論的篇章結構;牟世金便指出:「劉勰雖把『銜華佩實』奉為『聖文』所具有的典範,但這一要求,主要是從『論文敘筆』中匯總各種文體的共同要求而提出的;『論文敘筆』部份又有分別總結各種文體的實際寫作經驗的意義。創作論部份正是以此為基礎而進行各種專題研究的。可以說:沒有『論文敘筆』,就沒有創作論。」〔註 92〕「銜華佩實」一詞,源自〈徵聖〉:「聖文之雅麗,固銜華而佩實者也」,牟世金認為文體先於文術,文體論是文術理論的基礎,文術論中的各式創作觀點與技巧,其來源其實都源自於文體論諸篇中的彙整,而非源自於象徵性的文原論。當然這過程必須汰異存同,去蕪存菁,不過根本上,這是一個始於具體文本而終於抽象理論的轉換過程。

〔註 92〕詳見牟世金:〈《文心雕龍》的理論體系〉,《文心雕龍研究》(北京:人民文學出版社,1991 年),頁 137。

這樣的「始於具體文本而終於抽象理論」的理念，導致《文心雕龍》全書中的批評理論、批評術語，是立基於大量的實際作品而歸納產生的，並非空中樓閣；反過來說，《文心雕龍》全書中處處可見的實際批評，劉勰所用的批評術語亦將直揭各篇作品之核心，形成具體文本與抽象理論產生互為因果的多重關係。在這樣的關係底下，細查《文心雕龍》中的實際批評術語，可以發現劉勰最常用的批評術語，譬如〈徵聖〉篇的正言、體要，〈宗經〉篇的六義：「一則情深而不詭，二則風清而不雜，三則事信而不誕，四則義貞而不回，五則體約而不蕪，六則文麗而不淫」，〈體性〉篇的八體：「一曰典雅，二曰遠奧，三曰精約，四曰顯附，五曰繁縟，六曰壯麗，七曰新奇，八曰輕靡」，〈風骨〉篇的：「練於骨者，析辭必精；深乎風者，述情必顯」，〈情采〉篇的：「為情者要約而寫真，為文者淫麗而煩濫」，熔裁篇的三準：「履端於始，則設情以位體；舉正於中，則酌事以取類；歸餘於終，則撮辭以舉要」，〈隱秀〉篇的：「隱以複意為工，秀以卓絕為巧」，〈知音〉篇的六觀：「一觀位體，二觀置辭，三觀通變，四觀奇正，五觀事義，六觀宮商」等等，這些批評系統，有些用於創作，有些用於鑑賞，有些分析作品風格，有些制定評論準則等等，無論如何，可以看見劉勰的用心之深與思慮之密，其試圖建構一個縝密且完備的評論體系的企圖心，是顯而易見的。至於劉勰用於實際批評的術語，則根本上不出這些系統。

黃師維樑在〈現代實際批評的雛形〉謂：「粗略地說，實際批評，或稱為實用批評（appliedcriticism），就是把某些理論應用於某些作品上面，對作品加以批評。……實際批評就是對某些作品的深入研究。」〔註93〕清紀昀《四庫全書總目提要・詩文評類》亦言：「建安、黃初，體裁漸備，故論文之說出焉，《典論》其首也。其勒為一書傳於今者，則斷自劉勰、鍾嶸。」〔註94〕《四庫全書簡明目錄》亦稱美之：「其書於文章利弊，窮極微妙。摯虞《流別》，久已散佚，論文之書，莫古於是編，亦莫精於是編矣。」〔註95〕《文心雕龍》不僅是中國文學批評專著之初始，其系統化的用心，更是文學批評風潮盛起

〔註93〕「實際批評就是對某些作品的深入研究」，是黃師維樑引用倫納（LaurenceD．Lerner）的話語。詳見氏著：〈現代實際批評的雛形〉《中國古典文論新探》（北京：北京大學出版社，1996 年），頁 2。

〔註94〕詳見清・紀昀：《四庫全書總目提要・集部，卷 195・詩文評類一》（臺北：台灣商務印書館，1985 年）。

〔註95〕清・永瑢、紀昀等撰：《四庫全書簡明目錄》（臺北：臺灣商務印書館，1983 年）。

的六朝時期,極具特色的批評著作。陳兆秀《文心雕龍術語探析》自白其研究動機:「按《文心雕龍》一書,的確是體大慮周,籠罩群言。……炳炳烺烺駢儷文的著述,篇體凝鍊,語辭簡嚴,而且徵引繁富,書中所列舉的作家與作品不計其數。上起皇帝三代,下迄劉宋蕭齊,有關『論文』的著作,皆搜羅無遺。全書所評涉到的人物幾達二百人,兼具了文學史的價值。」面對這麼龐大的文批史料,陳兆秀提出「文」、「道」、「體」、「氣」、「風」、「骨」、「情」、「采」、「奇」、「正」、「華」、「實」等十二個字,作為術語探析的材料對象。〔註96〕以上這十二個術語,並非都用於實際批評,不過都是《文心雕龍》全書中極為頻繁出現、重要的概念,於此可見劉勰論述的聚焦傾向,是明顯的。王金陵《文心雕龍文論術語析論》一書,則更聚焦於實際批評術語,他在論述「麗」這個批評術語時,曾提到:

> 傳統的詩文評書籍,並不像現代人那麼注重術語的運用,要求統一,他們把文學批評也當作文學作品來寫,易言之,即以創作文學的態度來撰述詩文評。……一般而言,避重複仍是為人所重視的規則,這也是文學辭彙何以較科學辭彙較多的原因。《文心雕龍》也是持此種撰述態度,因此,只有一個『麗』字是不夠用的,勢必借用許多同義詞。」〔註97〕

《文心雕龍文論術語析論》全書分成幾個面向,以提綱挈領的歸納方式,整理《文心雕龍》中的重要批評術語,以上述「麗」字為例,王金陵尚且列舉「彪蔚」、「綺靡」、「華侈」、「煒燁」、「潤澤」、「絢藻」等七種,認為這些詞彙皆是「『麗』字的變化運用」,屬於「麗」的同義詞。〔註98〕術語的多貌傾向,一方面正如王金陵所說,來自於「避重複」的顧慮,一方面當然則與劉勰以駢文寫作的技巧有關;再看一例,以下條列王金陵的「事義術語」十七種:

1. 遙深(遠、隱、奧、淵、逸、複、幽、微、秘、伏、幽隱、複隱、深隱、弘奧、宏深、深偉、淵雅、深沈、堅深、典奧、深峭)

2. 浮淺

3. 信實(信、真、實)

〔註96〕詳見陳兆秀:《文心雕龍術語探析》(臺北:文史哲,1986年),頁34~35。

〔註97〕詳見王金凌:《文心雕龍文論術語析論》(臺北:華正書局,1981年),頁188~189。

〔註98〕詳見王金凌著:《文心雕龍文論術語析論》(臺北:華正書局,1981 年),頁188~200。

4. 虛誕（回、偽、誣）

5. 貞正

6. 賅贍（周、圓、圓備、圓合、圓通、圓該、通、備）

7. 疎闊

8. 昭晰（曉、顯、明）

9. 條貫（順、倫、脈、統）

10. 辨析

11. 精要（要、簡要、要約、辨要、要切、綱要、簡約、切、切至、精、精密、精華、純粹、粹）

12. 繁雜（蕪、蕪穢、煩、煩穢、煩濫、雜、浮雜、駁、碎亂、亂、踳駁、駢枝、駢贅、濫）

13. 密附

14. 豐博（豐贍、博通、賅富）

15. 短闕（儉、瘠、孤、匱）

16. 奇巧

17. 委婉（婉順、婉約、婉轉）〔註99〕

　　所謂「事義術語」，是王金陵針對文學本身的思想、情感所作的批評，這十七種術語本體，一部份便來自於實際批評，例如「遙深」出自〈明詩〉：「嵇志清峻，阮旨遙深」，用以評論阮籍詩，這是文體論中的實際批評，而在文術論中亦可看到相關理論，例如〈體性〉八體之一的「遠奧」：「遠奧者，複采典文，經理玄宗者也」，或是〈隱秀〉之隱：「隱者，文外之重旨也」等等，都與「遙深」相關。又如「辨析」出自〈奏啟〉：「奏之為筆，固以明允篤誠為本，辨析疏通為首」，其來源雖然源自奏體的「敷理以舉統」，不過亦有不少實際

〔註99〕所謂「事義術語」，是針對文學本身的批評，王金凌：「文學所表達的不外乎情感與思想，本章以事義為名，表面上是指思想，其實包含了情感，只是襲用〈附會〉篇『必以……事義為骨髓』的詞彙而已。」十七組術語後面的括弧，是其歸納相近概念的表達方式，一併列之以供參考。關於術語的篩選方法，王金凌分成四個步驟：「一、依索引選擇，此時無固定的標準，只憑平日對文字意義的瞭解。二、在索引中查出義、意、辭、理四字，將四字所涉及的詞語與第一步驟所得者對照，以便增刪。三、逐步依據《文心雕龍》本文考察其義當屬何類。四、歸類時，事義術語或為單詞、或為複詞。」詳見王金凌著：《文心雕龍文論術語析論》第二章〈事義〉（臺北：華正書局，1981年），頁135～178。

批評例證,如〈詮賦〉:「賈誼〈鵩鳥〉,致辨於情理」、〈檄移〉:「劉歆之〈移太常〉,辭剛而義辨」、〈才略〉:「樂毅報書辨而義」等等,都是以「辨析」的概念以批評之。

以上舉例,可以看出劉勰的批評術語,有兩個特質,其一,就內容而言,劉勰所使用的批評術語是以實際批評為基底,其理論的建構與實際批評的應用,二者呈現互為因果的關係。其二,就數量而言,雖然劉勰身處專門術語觀念尚未成熟的時代,加上他寫作時驅避單調重複的傾向,會使術語的數量傾向繁雜,不夠集中;不過透過學者的整理與歸納之後,可以看出他所使用的批評術語,仍有著聚焦的核心。第二個特質其實也反證第一個特質,若批評視野是擴散式的,缺乏核心概念的話,那麼絕難藉此建構出理論體系,所謂的文術論將是零散、碎片式的,系統論研究將不可能成形。概括來說,劉勰的批評術語是聚焦而非離散的,是貼近實務而非空談泛論的,這算是中國六朝文學批評始肇之際的代表風格。及至後來,出現了另外一種批評方式,便有學者做了比較,以之否定劉勰的批評風格:

> 歷代許多闡述作家藝術風格的文談詩話中,很多是用玄奧費解的概念來總結的,使人缺乏具體的形象感受。例如《文心雕龍‧體性》把詩文分為典雅、遠奧、精約、顯附、繁縟、壯麗、新奇、輕靡八體,雖作界說,但是總失於抽象。劉熙載在〈詩概〉中以具體物象擬比了四類風格:「花鳥纏綿,雲雷奮發,絃泉幽咽,雪月空明:詩不出此四境。」這當然是繼承了司空圖論詩的方式。〔註100〕

以上這番見解,語出徐振輝,他肯定「具體物象」的批評方式,而將劉勰的批評術語評解為「玄奧費解」、「抽象」,筆者認為有待斟酌,不表認同。實際上《二十四詩品》中的批評術語,兼有抽象與具象的兩種類型,抽象的是「雄渾」、「沖淡」、「纖穠」、「沉著」等二十四種風格,具象的是對於這二十四種風格的闡釋部份,例如稱「雄渾」為「大用外腓,真體內充。反虛入渾,積健為雄。具備萬物,橫絕太空。荒荒油雲,寥寥長風。超以象外,得其環中。持之非強,來之無窮。」稱「含蓄」為「不著一字,盡得風流。語不涉己,若不堪憂。是有真宰,與之沉浮。如滿綠酒,花時反秋。悠悠空塵,忽忽海漚。淺深

〔註100〕 詳見徐振輝:〈《藝概》的文學比較方法〉,上海師範大學編:《劉熙載傳記資料》(上海:上海師範大學圖書館,1986～1994年),頁17。徐振輝所引用為〈詩概〉第282則。

聚散，萬取一收。」論者或許混談了兩種批評術語的優劣，其將司空圖《詩品》的批評視為純然具象，將以「抽象」批評的《文心雕龍》視為恰好相反，如此理解也不盡然正確；關於〈體性〉八體與二十四品的價值，可參考黃師維樑的意見，他非常肯定〈體性〉八體的價值，在討論中國的印象式批評時，他將印象式批評分為「初步印象」與「繼起印象」兩個層次，且把〈體性〉八體列為是高階的「繼起印象」的發源：

> （按：論以「繼起印象」批評的作品）稍具體系的《滄浪詩話》，有高、古、深、遠、長、雄渾、飄逸、悲壯、淒婉的九品之說，雜亂無章的《四溟詩話》，則把詩品分為雄渾、秀拔、壯麗、古雅、老健、清逸、明淨、高遠、芳潤、奇絕十種。當然，這種分品的作風，最少應上溯到《文心雕龍》的八體說，而最為人津津樂道的分品經典，則自然是司空圖的《二十四詩品》。《滄浪詩話》和《四溟詩話》都有雄渾一品，後者且與《二十四詩品》一樣，把它列在首位。二者所受司空圖的影響是相當明顯的。《滄浪》九品的遠、壯二字，見諸《文心》；《四溟》十品的壯、麗、雅、遠、奇五字，亦為《文心》所有。事實上，《文心》的八體和《詩品》的二十四品，這些字彙合起來，形容一個人對各種作品讀後的印象，也能得心應手，非常足夠了。俗話說：「熟讀唐詩三百首，不會吟詩也會偷。」筆者戲改為：「無忘八體廿四品，不會批評也會偷。」〔註101〕

根據黃師維樑的看法，體性八體不僅屬於繼起印象的批評，更可能是這般系統性分品品評的始作俑者，而且，這八體深具影響力，奠定了後代詩話詞話的基礎，也深具概括性，具備高度的評論實用價值。除此之外，他將八體與二十四品二者視為一脈傳承，從正面肯定其用於批評上的實務功能，這顯然大大肯定了《文心雕龍》的「抽象」式批評的價值，並未因為術語不夠

〔註101〕所謂印象式批評，黃師維樑教授將之分為兩個層次，一是「初步印象」，二是「繼起印象」；所謂初步印象，是以「佳」、「妙」、「工」、「警絕」、「合於古」、「三昧」等詞的評論，只論其「佳」，但佳在何處，卻不加析論，言其用詞之不精確，「對歷來詩話詞話用語修辭不內行的人，一定會對著三昧、本色而目迷五色起來。說穿了，這類字眼泰半是好、佳、妙的代詞。詩話詞話的作者，或耍個花招，或拾人牙慧，向門外漢賣弄文字、炫耀一番而已。」至於繼起印象，則更進一步，譬如以「飄逸」形容李白，以「沈鬱」形容杜甫等，皆屬此類。詳見氏著：〈詩話詞話和印象式批評〉，《中國詩學縱橫論》（臺北：洪範書店，1986年），頁4～6。

「具象」而失去實用功能。

　　至於徐振輝提到劉熙載「「花鳥纏綿,雲雷奮發,絃泉幽咽,雪月空明」等四句批評是源自於司空圖《詩品》,這該是另一類使用「形象語的應用」的印象式批評,這種以形象為批評的方式,著實為中國文學批評的主流之一,且其發源甚早,如於鍾嶸《詩品》中已有一些例證,譬如評潘岳引李充《翰林論》:「《翰林》歎其翩翩然如翔禽之有羽毛,衣服之有綃縠」,引謝混語:「潘(岳)詩爛若舒錦,無處不佳,陸(機)文如披沙簡金,往往見寶。」引湯惠休語:「謝(靈運)詩如芙蓉出水,顏(延之)如錯彩鏤金」或是鍾嶸自評「范(雲)詩清便宛轉,如流風回雪。邱(遲)詩點綴映媚,似落花依草」、「陸(機)才如海,潘(岳)才如江」等等,都屬於此類型的批評。以上所舉的形象語的批評,大抵已是鍾嶸《詩品》全書的全部,為數不多,整體來說,鍾嶸《詩品》本質上仍舊是以抽象批評術語為主的。有意思的是,在《詩品》中這類型的批評大多是引自他人他書,而鍾嶸自身的評語,並不常藉形象語來批評,這或許與時代風氣有關,顯示當時這樣的批評方式尚未成熟盛行。於此之後,這類型的形象批評發展漸壯,「要找一本沒有形象語的詩話詞話,簡直比登天還難」。〔註102〕最有代表性的,可舉元朱權曲話《太和正音譜》為代表,以下權舉三則為例:

> 馬東籬之詞,如朝陽鳴鳳。其詞典雅清麗,可與《靈光》、《景福》
> 而相頡頏。有振鬣長鳴,萬馬皆喑之意。又若神鳳飛鳴於九霄,豈
> 可與凡鳥共語哉?宜列群英之上。

> 王實甫之詞,如花間美人。鋪敘委婉,深得騷人之趣。極有佳句,
> 若玉環之出浴華清,綠珠之採蓮洛浦。

> 鄭德輝之詞,如九天珠玉。其詞出語不凡,若咳唾落乎九天,臨風
> 而生珠玉,誠傑作也。〔註103〕

以朝陽鳴鳳評馬致遠,以美人出浴、採蓮之舉以喻王實甫,以珠玉稱美鄭光祖,確實具有更為鮮明的意象。不過這樣子的印象式批評,某個程度上,是將批評視為創作,每一次的批評都是一次的創作,好的印象式批評,讀者讀來或許會覺得貼切、一針見血,不過其精準與貼切,卻往往成為批評者、讀

〔註102〕 此黃師維樑語,詳見氏著:〈詩話詞話和印象式批評〉,《中國詩學縱橫論》
　　　　　(臺北:洪範書店,1986年),頁9。
〔註103〕 此《昨非集·卷三·論文四首其四》。

者與作品之間的心領神會，看似具象，實則抽象，「詩話詞話以為作品貴有言外之意，從《六一詩話》到《人間詞話》，莫不如此。可是，對言外之意，卻極少細論，而要讀者自己去玩味。這種手法，與印象主義繪畫一樣，予人『未完成』的感覺。」〔註104〕文本本身已有待解之言外之意，而這樣的批評方式，連批語本身也被賦予了待解的言外之意，就批評者的角度來看，陳義較高，評論內容並不周全，空白太多。更不用說每一次的批評都是獨立創作，譬如上列《太和正音譜》三例，各以鳳凰、美人、珠玉為喻，每一則皆試圖建構完整形象，以與文本作者相聯繫，這樣的批評趨向，很難藉由量的累積，建構出完整的理論體系，這也是這類型的印象式批評的缺點所在。

簡而言之，今之所說所謂中國文學批評代表的印象式批評，很多時候都是指涉這類型的形象語的印象式批評，而這種批評方式是在劉勰《文心雕龍》之後方盛行的，與劉勰的實際批評是很不一樣的評論方式。那麼劉熙載的實際批評又是如何呢？承上所提及的例證：

> 花鳥纏綿，雲雷奮發，絃泉幽咽，雪月空明：詩不出此四境〔註105〕

這當然是偏向於形象語的批評，殆無疑義，徐振輝引此則說明劉熙載受到司空圖《詩品》的影響，稍作統計，《詩品》中有八品用上「花」字，六品用上「雲」、「月」字，二品用上「鳥」、「雪」字，足見劉熙載所用的形象的確與司空圖的重疊度不低，不過這僅僅只是〈詩概〉中的其中一則，若翻開全書，會發現劉熙載並不崇熱衷於形象語的批評，譬如看他評價《太和正音譜》：

> 《太和正音譜》諸評，約之只清深、豪曠、婉麗三品。清深如吳仁
> 卿之「山間明月」也，豪曠如貫酸齊之「天馬脫羈」也，婉麗如湯
> 舜民之「錦屏春風」也。〔註106〕

《太和正音譜》的形象語批評，洋洋灑灑，不拘一格，而劉熙載約之以清深、豪曠、婉麗三品，這當然是他一貫以概取藝的實踐，更值得注意的是他以抽象批評術語約束形象語批評術語的傾向，對照司空圖《詩品》，《詩品》是以形象語批評闡釋抽象批評術語，一則以約，一則以張，二者方向著實不同，甚至有著相反的傾向。

〔註104〕此黃師維樑語，詳見氏著：〈詩話詞話和印象式批評〉，《中國詩學縱橫論》（臺北：洪範書店，1986年），頁10。
〔註105〕此《藝概·詩概》第282則。
〔註106〕此《藝概·曲概》第127則。

　　進一步觀察劉熙載《藝概》中引用司空圖《詩品》的情況,劉熙載在《藝概》中,提及司空圖《詩品》有三則,引之如下:

> 野者,詩之美也。故表聖《詩品》中有「疏野」一品。若鍾仲偉謂左太沖「野於陸機」,野乃不美之辭。然太沖是豪放,非野也,觀《詠史》可見。〔註107〕

> 司空表聖云:「梅止於酸,鹽止於鹹,而美在酸鹹之外。」嚴滄浪云:「妙處透徹玲瓏,不可湊泊,如水中之月,鏡中之象。」此皆論詩也,詞亦以得此境為「超詣」。〔註108〕

> 司空表聖之《二十四詩品》,其有益於書也,過於庾子慎之《書品》。蓋庾《品》只為古人標次第,司空《品》足為一己陶胸次也。此惟深於書而不狃於書者知之。〔註109〕

此三則,分別見於〈詩概〉、〈詞曲概〉與〈書概〉,第一則評論左思謂之「疏野」、「豪放」,第二則以「超詣」概括詩詞境界等,皆出自二十四《詩品》中;除此之外,劉熙載亦有不少未提其名而借用其術語之例,試舉數則如下:

> 《古詩十九首》與蘇、李同一「悲慨」,然《古詩》兼有「豪放」、「曠達」之意,與蘇、李之一於「委曲」、「含蓄」,有陽舒陰慘之不同。知人論世者,自能得諸言外,固不必如鍾嶸《詩品》謂《古詩》「出於《國風》」,李陵「出於《楚辭》」也。〔註110〕

> 絕句於六義多取風、興,故視他體尤以「委曲」、「含蓄」、「自然」為尚。〔註111〕

> 蔣竹山詞,未極「流動」、「自然」,然「洗煉」、「縝密」,語多創獲。其志視梅溪較貞,其思視夢窗較清。劉文房為「五言長城」,竹山其亦長短句之長城與?〔註112〕

所引三則中,皆大量化用二十四品之術語;如第一則以「悲慨」、「豪放」、「曠達」、「委曲」、「含蓄」評價十九首與蘇、李,謂之不必以鍾嶸《詩品》

〔註107〕此《藝概‧詩概》第 36 則。
〔註108〕此《藝概‧詞曲概》第 101 則。
〔註109〕此《藝概‧書概》第 216 則。
〔註110〕此《藝概‧詩概》第 26 則。
〔註111〕此《藝概‧詩概》第 201 則。
〔註112〕此《藝概‧詞曲概》第 43 則。

般某某出於某某之聯繫，言下之意，劉熙載更能認同司空圖所建構的二十四品的架構，更顯活潑，更能貼近文本本質。又第二則以「委曲」、「含蓄」、「自然」三品概括風、興，直是以此三品聯繫唐詩與《詩經》，陳義甚高。至如第三則，則是標準的實際批評，劉熙載評論蔣捷，以「流動」、「自然」、「洗煉」、「縝密」四品加以衡量，亦皆源自二十四品當中。以此而觀，劉熙載所化用司空圖《詩品》的痕跡，是甚為明顯的。〔註113〕不過，劉熙載在多次借用司空圖二十四品之中，他每每皆舉抽象術語為主，而非借用其形象語，與其說他的批評術語受到司空圖的影響，其實更接近於劉勰一派的高階的「繼起印象」的應用。

　　的確，劉熙載《藝概》中所用的批評術語，有著一定比例的形象化批語，不過整體而言，為數不多，相較之下，擁有著更多的「抽象」的批評術語，這在以形象語為特色的中國文學批評來說，頗為特殊，獨樹一格。如果要上溯其源頭，那麼以這般「抽象」為批評術語的始祖，便在劉勰《文心雕龍·體性》之中。

二、《藝概》的抽象批語的整合

　　劉熙載《藝概》的批評術語，承繼劉勰〈體性〉八體的概念，是以「抽象」批語為主的，這樣的批評術語的使用，或許比之形象語批評，具有較少文學描摹的美感，不過優點則是更有利於整合歸納，建構出一套批評體系觀

〔註113〕除此之外，尚如〈詩概〉第 88 則：「意欲『沈著』，格欲『高古』，持此以等百家之詩，於杜陵乃無遺憾。」第 92 則：「近體氣格『高古』尤難，此少陵五排、五七律所以品居最上。」第 275 則：「詩不可有我而無古，更不可有古而無我。『典雅』、『精神』，兼之斯善。」〈詞曲概〉第 16 則：「東坡詞頗似老杜詩，以其無意不可入，無事不可言也。若其豪放之致，則時與太白為近。」第 40 則：「劉改之詞，狂逸之中自饒俊致，雖沈著不及稼軒，足以自成一家。其有意效稼軒體者，如〈沁園春〉『鬥酒彘肩』等闋，又當別論。」等等，皆亦可見司空圖二十四品術語的化用。除此之外，《藝概》中尚有用詞巧合，同於二十四品術語者，而其概念不盡然同於司空圖者，如〈詩概〉第 162 則：「嬰孩始言，唯『俞』而已，漸乃由一字以至多字。字少者含蓄，字多者發揚也。是則五言、七言，消息自有別矣。」〈賦概〉第 88 則：「春有草樹，山有煙霞，皆是造化自然，非設色之可擬。故賦之為道，重象尤宜重興。與不稱象，雖紛披繁密而生意索然，能無為識者厭乎？」〈書概〉第 157 則：「歐陽公謂，徐鉉與其弟鍇『皆能八分小篆，而筆法頗少力』。黃山谷謂鼎臣篆『氣質高古，與陽冰並驅爭先』。余謂二公皆據偶見之徐書而言，非其書之本無定品也。必兩言皆是，則惟取其高古可耳。」〈經義概〉第 78 則：「文之要三：主意要純一而貫攝，格局要整齊而變化，字句要刻畫而自然。」諸此之類，便置之不論。

點,這部份當然也是形象語批評所較難以觸及到的環節。舉一實例:

> 叔原貴異,方回瞻逸,耆卿細貼,少遊清遠。四家詞趣各別,惟尚
> 婉則同耳。〔註114〕

此則眾評晏殊、賀鑄、柳永、秦觀四家詞人,劉熙載先別其殊,四家各有特色;
後則以「婉」標舉其同,指出其相同特質。這樣的實際批評,得見其異,亦見
其同,見異者,是一切實際批評的共同目標;然而如此異中之同,則非「抽象」
批語不能做到,這是劉熙載企圖建構其批評系統的一個趨向。以下,將就批評
句式的結構邏輯,分點敘述,以突顯出《藝概》的實際批評術語特徵。

(一)睹影知竿,見微知著

所謂睹影知竿,其概念類似以管窺天、見紋知豹,是以少見多、見微知
著的創作技巧,出處源自於《藝概‧詩概》第200則:「絕句取徑貴深曲,蓋
意不可盡,以不盡盡之。正面不寫,寫反面;本面不寫,寫對面、旁面;須如
睹影知竿乃妙。」此則原在討論絕句,實際上卻是放諸各類文體創作皆準的,
其詞言「意不可盡,以不盡盡之」,便深合《藝概》書旨,與《藝概‧序》:「舉
此以概乎彼,舉少以概乎多」,概念相通。然而,以小喻大,以部份象徵全體,
其取捨並非隨性為之,必需講究,試觀以下數則:

> 山之精神寫不出,以煙霞寫之;春之精神寫不出,以草樹寫之。故
> 詩無氣象,則精神亦無所寓矣。〔註115〕

> 《畫訣》:「石有三面,樹有四枝。」蓋筆法須兼陰陽向背也。於司
> 馬子長文往往遇之。〔註116〕

> 常語易,奇語難,此詩之初關也;奇語易,常語難,此詩之重關也。
> 香山用常得奇,此境良非易到。〔註117〕

> 放翁詩明白如話,然淺中有深,平中有奇,故足令人咀味。觀其《齋
> 中弄筆》詩云:「詩雖苦思未名家」,雖自謙,實自命也。〔註118〕

此四則,前兩則藉物色、畫論以說明「睹影知竿」的概念,後兩則則偏重於抽
象,提出常語與奇語的對比,深語與淺語的對比,以小喻大,表示白居易詩

〔註114〕此《藝概‧詞曲概》第25則。
〔註115〕此《藝概‧詩概》第260則。
〔註116〕此《藝概‧文概》第96則。
〔註117〕此《藝概‧文概》第128則。
〔註118〕此《藝概‧文概》第159則。

常中有奇，陸游詩淺中見深。其實述諸於抽象概念，相較於具象比擬的具體，是更有易於提昇成理論高度的，更有可能成立自我的批評系統，而這類型的批評邏輯，於《藝概》中頗為常見，如「露中有含，透中有皺」、「幽中有雋，淡中有旨」、「易處見工」、「寓主意於客位」等等，〔註119〕批評脈絡皆同一套路。「睹影知竿」就內容上而言，其實是講究「收」的藝術，劉熙載所列這些術語，深淺、露含、易工、常奇、主客等等，其概念上是相對的，是比較而得、相互烘托的，故深語雖好，卻不能句句深語，工句雖好，亦不可段段皆工，需講究「收」。看此一則：

> 詩中固須得微妙語，然語語微妙，便不微妙。須是一路坦易中，忽然觸著，乃足令人神遠。〔註120〕

「語語微妙，便不微妙」，講究的是畫龍點睛的妙處，夏靜觀《劉融齋詩概詮說》便言：「易處見工，始絕親切有味，故不在語語微妙。微妙語是偶然觸著而得，所謂『文章本天成，妙手偶得之』也。始無一詩而能語語微妙之理。」〔註121〕此則表面講的是微妙與不微妙的對比，實則講的是收與放，其概念與觀點與《文心雕龍·隱秀》有著高度相關，相關討論可見本論文第六章第三節〈從隱秀理論到斷續創作論〉。

（二）大城鐵不如，小城萬丈餘

「睹影知竿」講的是一種必然關係，睹竿知影，睹影知竿，竿與影之間的聯繫，建立在一個合理的因果關係上，才能成立。而另有一種創作技巧，是「大城鐵不如，小城萬丈餘」的方式，是刻意地以小寫大、以大作小的方法，講究的是刻意的陌生化的效果，出處源自於《藝概·詩概》第229則：

> 問短篇所尚，曰：「咫尺應須論萬里。」問長篇所尚，曰：「萬斛之

〔註119〕「露中有含，透中有皺」出自《藝概·詩概》第151則：「山谷詩取過火一路，妙能出之以深雋，所以露中有含，透中有皺，令人一見可喜，久讀愈有致也。」「幽中有雋，淡中有旨」出自《藝概·詩概》第136則：「梅、蘇並稱，梅詩幽淡極矣，然幽中有雋，淡中有旨；子美雄快，令人見便擊節。然雄快不足以盡蘇，猶幽淡不足以盡梅也。」「易處見工」出自《藝概·詩概》第160則：「詩能於易處見工，便覺親切有味。白香山、陸放翁擅場在此。」「寓主意於客位」出自《藝概·文概》第86則：「敘事不合參入斷語。太史公寓主意於客位，允稱微妙。」

〔註120〕此《藝概·詩概》第281則。

〔註121〕詳見夏靜觀：〈劉融齋詩概詮說〉，《唐詩說》（臺北：河洛圖書出版社，1975年），頁317。

> 舟行若風。」二句皆杜詩,而杜之長、短篇即如之。杜詩又云:「大
>
> 城鐵不如,小城萬丈餘。」其意亦可相通相足。〔註122〕

此則劉熙載原在論述詩之長篇與短篇,「咫尺應須論萬里」、「小城萬丈餘」,
短篇須以萬里論,不可以短狹操之,夏靜觀:「短篇有咫尺萬里之勢,蓋於小
中見大也。然篇短,其中雖亦有伏應轉接,開闔以盡變,不能使用長筆為之,
必突兀逋峭,以行其筆,故別是一種筆法。」〔註123〕常理來說,咫尺為小,
而特意以大寫之;大城為大,而特意以脆弱寫之;劉熙載強調的是小中見大,
大中見小,得見於常理之外的一種驚喜,正如其謂:

> 凡詩:迷離者要不間,切實者要不盡,廣大者要不廓,精微者要不
>
> 僻。〔註124〕

迷離與切實概念相反,廣大與精微概念相反,劉熙載認為寫迷離者,不可一
味迷離,反而需能貼緊本意為尚;而寫切實者,則需以不盡為盡;寫廣大者,
不能以外廓限之;寫精微者,需精鍊而不生僻。〔註125〕此則可看出劉熙載反
向思考的邏輯,甚為明顯。這類型的概念,在《文心雕龍》中亦不少,如〈明
詩〉「直而不野」、〈風骨〉「昭體,故意新而不亂,曉變,故辭奇而不黷」,乃
至於〈宗經〉六義「情深而不詭」等,皆屬此類。〈熔裁〉有謂:

> 昔謝艾、王濟,西河文士,張駿以為「艾繁而不可刪,濟略而不可
>
> 益」。若二子者,可謂練熔裁而曉繁略矣。

〈熔裁〉篇有兩個重點,一是「規範本體」,二是「剪截浮詞」,關於「剪截浮
詞」的部份,劉勰論之精矣,其謂:「句有可削,足見其疏;字不得減,乃知
其密」、「字刪而意缺,則短乏而非覈;辭敷而言重,則蕪穢而非贍」,這正是
張駿所評「繁而不可刪,略而不可益」的理論根基,能寫到繁而不可刪,則此
為真繁,正如寫到迷離而不離實旨,則其迷離者為好的迷離。

〔註122〕此《藝概・詩概》第229則。

〔註123〕詳見夏靜觀:〈劉融齋詩概詮說〉,《唐詩說》(臺北:河洛圖書出版社,1975
年),頁137。

〔註124〕此《藝概・詩概》第270則。

〔註125〕夏靜觀〈劉融齋詩概詮說〉對此一則闡釋如下:「迷離者,迂回怪誕,無可
捉摸,然其間有脈絡,非胡說八道也。不離乎本意,是不間也。切實者,從
正面寫也。正面寫易盡,須有餘味,故要不盡。廣大者,非充塞以擴之,須
語有著落,故要不廓。精微者,抉擇鍛鍊,語須醇至,故要不僻。」可並參
考,詳見氏著:〈劉融齋詩概詮說〉,《唐詩說》(臺北:河洛圖書出版社,1975
年),頁217。

　　而在《藝概》中，劉熙載亦以此反向邏輯用於實際批評，例如其評屈平〈橘頌〉、杜詩：

> 屈子〈橘頌〉云：「秉德無私，參天地分。」又云：「行比伯夷，置以為像分。」「天地」、「伯夷」大矣，而借橘言之，故得不迂而妙。〔註126〕

> 昌黎鍊質，少陵鍊神。昌黎無疏落處，而少陵有之。然天下之至密，莫少陵若也。〔註127〕

前則〈橘頌〉是篇詠橘自比之作，橘子甚微，而屈平以天地之無私、伯夷之美德加以類比，就文辭技巧而言，是以大寫小之筆，然而就自喻動機而言，則是以小喻大之心，小大流轉之間，劉熙載不拘一格。次則則舉韓愈與杜甫相比對，謂韓愈無一處疏落，而杜甫有之，然而天下之至密者，卻仍屬於有疏落處的杜甫，依此言下之意，劉熙載認為文辭之疏密，其實並非源自於鍊質求質之韓愈，而是與鍊神有著更為關鍵的聯繫；關於鍊神，〈文概〉曾言「文以鍊神、鍊氣為上半截事，以鍊字、鍊句為下半截事」，〈書概〉亦言「學書通於學仙，鍊神最上，鍊氣次之，鍊形又次之。」〔註128〕劉熙載在論及不同文體時，屢屢提及鍊神、鍊氣、鍊形的輕重差異，此一觀點著實脫胎自《文心雕龍》，例如〈養氣〉篇論養氣，其本質不離養神，「率志委和，則理融而情暢；鑽礪過分，則神疲而氣衰」、「志盛者思銳以勝勞，氣衰者慮密以傷神」，如〈熔裁〉篇提及三準，先「設情以位體」，次「酌事以取類」，終「撮辭以舉要」，三準之後，又有「三準既定，次討字句」的步驟，而行文至此，劉勰方始談論字句之疏與密的問題；可見，鍊形在劉勰眼中，亦是於鍊神、鍊氣之後的事。回至〈詩概〉評韓愈、杜甫一則，就觀點的比較上，劉熙載顯然暗合著劉勰，而就行文安排上，劉熙載則不若劉勰從正面立說，而是反著說，將「天下之至密者」歸於有疏落處的杜甫，而非韓愈；這也即是其「大城鐵不如，小城萬丈餘」的批評邏輯的展現。

〔註126〕此《藝概・賦概》第 29 則。

〔註127〕此《藝概・詩概》第 95 則。

〔註128〕此二則分別出自《藝概・文概》第 172 則：「文以鍊神、鍊氣為上半截事，以鍊字、鍊句為下半截事。此如《易》道有先天後天也。柳州天資絕高，故雖自下半截得力，而上半截未嘗偏絀焉。」《藝概・書概》第 237 則：「學書通於學仙，鍊神最上，鍊氣次之，鍊形又次之。」

（三）兼論

另有一類批評，是劉熙載貫串其折衷精神的批評，這類型批評並不以批語的新創為重點，而是著重在兩端批評原則的平衡，或是兼具，譬如前文論情采二元理論的章節，便常見這類型的批評方法，如〈詩概〉第 157 則：「西崑體所以未入杜陵之室者，由文滅其質也。質文不可偏勝。」以文、質兩端架構起「杜陵之室」，以之作為優秀作品的準則，這便是一則標準的折衷批評方法。這類型批評，特別多用於實際批評，舉例如下：

> 質而文，直而婉，《雅》之善也。漢詩《風》與《頌》多，而《雅》少。《雅》之義，非韋傅《諷諫》，其孰存之？〔註129〕

> 孫可之〈與友人論文書〉云：「詞必高然後為奇，意必深然後為工。」
> 如斯宗旨，其即可之得之來無擇，無擇得之持正者耶？〔註130〕

第一則劉熙載藉六義風雅頌形容漢詩，以漢詩之風、頌特質，襯托出韋孟重雅之義；次則提出先高後奇、先深後工的標準，此觀點亦與《文心雕龍·情采》的「經正而後緯成，理定而後辭暢」不謀而合。這類兼論對比的批評方式，大抵是兼具實際批評，以及引導出兩種以上的批評術語，試觀以下數則：

> 屈子辭，雷填風颯之音；陶公辭，木榮泉流之趣。雖有一激一平之別，其為獨往獨來則一也。〔註131〕

> 屈子之賦，賈生得其質，相如得其文，雖途徑各分，而無庸軒輊也。揚子雲乃謂「賈誼升堂，相如入室」，以己多依效相如故耳。〔註132〕

> 賈生之賦志勝才，相如之賦才勝志。賈、馬以前，景差、宋玉已若以此分途，今觀〈大招〉、〈招魂〉可辨。〔註133〕

> 相如之淵雅，鄒陽、枚乘不及；然鄒、枚雄奇之氣，相如亦當避謝。〔註134〕

以上四則，行文架構大抵相似，內容上，則從屈平與陶潛的對比，到屈平與

〔註129〕此《藝概·詩概》第 24 則。
〔註130〕此《藝概·文概》第 189 則。
〔註131〕此《藝概·賦概》第 60 則。
〔註132〕此《藝概·賦概》第 44 則。
〔註133〕此《藝概·賦概》第 45 則。
〔註134〕此《藝概·賦概》第 48 則。

賈誼、司馬相如，以及司馬相如與鄒陽、枚乘的對比，藉由諸則評論，可見劉熙載的激與平的氣勢之別、質文對比之別、志性才情之別、淵雅與雄奇的風格之別等等，兩兩相對，藉由彼此的特質，顯示個別的賭短長，這是兼論批評的優勢所在。此外，此法亦可用於眾家詩人集評，如下：

> 劉公幹、左太沖詩壯而不悲，王仲宣、潘安仁悲而不壯。兼悲壯者，
> 其惟劉越石乎？〔註135〕

劉熙載將劉楨、左思、王粲、潘岳、劉琨五人並置齊評，提出壯、悲兩個要素，將諸家詩人分為三類；一為有壯而無悲，包括劉楨、左思，對照《文心雕龍》的評語：「公幹氣褊，故言壯而情駭」（〈體性〉）、「公幹之〈青松〉，格剛才勁，而並長於諷諭」（〈隱秀〉），是以狀、剛等批語評之，頗為相似；第二類為有悲而不壯，包括王粲、潘岳，劉勰評之：「仲宣躁銳，故穎出而才果」（〈體性〉）、「仲宣輕銳以躁競」（〈程器〉）、「仲宣溢才，捷而能密」（〈才略〉）、「安仁輕敏，故鋒發而韻流」（〈體性〉）、「潘岳敏給，辭自和暢」（〈才略〉），躁銳、輕敏是其共通批語；第三則兼具悲壯，是為劉琨，劉勰評之：「劉琨鐵誓，精貫霏霜」（〈祝盟〉）、「劉琨〈勸進〉，……文致耿介」（〈章表〉）、「劉琨雅壯而多風」（〈才略〉），既壯且多風，劉勰所言的風，即如〈風骨〉「深乎風者，述情必顯」，具有強烈的感染力道。對照劉勰與劉熙載的評論，劉熙載以悲、壯二字概括五人，具有精要且準確的效果，其批語內容與劉勰《文心雕龍》中的評語呈現極高程度的正相關。這樣批評方式的優點是形同鳥瞰般的概括效果，可以輕易看出五位詩人的對比與特色，當然短處便是僅見其同，不見其殊；以劉勰評劉琨為例，〈祝盟〉篇中評劉琨〈與段匹磾盟文〉，〔註136〕評曰：「劉琨鐵誓，精貫霏霜；而無補於漢晉，反為仇

〔註135〕 此《藝概・詩概》第 38 則。

〔註136〕 劉琨〈與段匹磾盟文〉：「天不靜晉，難集上邦，四方豪傑，是焉煽動，乃憑陵于諸夏，俾天子播越震蕩，罔有攸底。二虜交侵，區夏將泯，神人乏主，蒼生無歸，百罹備臻，死喪相枕。肌膚潤於鋒鏑，骸骨曝於草莽，千里無煙火之廬，列城有兵曠之邑，茲所以痛心疾首，仰訴皇穹者也。臣琨蒙國寵靈，叨竊台嶽；臣磾世效忠節，忝荷公輔，大懼醜類，猾夏王旅，隕首喪元，盡其臣禮。古先哲王，貽厥後訓，所以翼戴天子，敦序同好者，莫不臨之以神明，結之以盟誓。故齊桓會於邵陵，而群後加恭；晉文盟於踐土，而諸侯茲順。加臣等介在遐鄙，而與主相去迴邈，是以敢幹先典，刑牲歃血。自今日既盟之後，皆盡忠竭節，以翦夷二寇。有加難於琨，磾必救；加難於磾，琨亦如之。繾綣齊契，披布胸懷，書功金石，藏於王府。有渝此盟，亡其宗族，俾墜軍旅，無其遺育。」見嚴可均：《全晉文》卷一百八，頁 1083。

讎。故知信不由衷,盟無益也。」〈與段匹磾盟文〉寫劉琨欲救西晉於危難,與段匹磾相宣結盟,認為險境當下當效齊桓、晉文會盟諸侯,更於末段立下毒誓,以宗族子嗣為證,而言:「有渝此盟,亡其宗族,俾墜軍旅,無其遺育」。若就〈祝盟〉盟體理論來說,全文當如何「序危機,獎忠孝,共存亡,戮心力」、「感激以立誠,切至以敷辭」等要求,其憂國愁民、感激憤恨之情溢於言表,故劉熙載評曰「悲壯兼具」是合理的;而於史實中,劉琨與段匹磾結盟之後,由於各懷私心,旋即告終,盟辭雖烈,卻不得忠信,劉勰批曰:「無補於漢晉,反為仇讎」,便是立基於實務立場而說。兩相對比,劉勰的實際批評便更具有深入與多方角度的彈性,這是鳥瞰式的兼論批評所缺乏的。

兼論批評除了用於批評作家之外,亦常見於文體上的對比,如論古賦體質:「古賦調拗而諧,采淡而麗,情隱而顯,勢正而奇。」〔註137〕論古賦與俗賦:「古賦意密體疏,俗賦體密意疏。」〔註138〕論詩與騷:「賦別於詩者,詩『辭情少而聲情多』,賦『聲情少而辭情多』」,〔註139〕「詩人之優柔,騷人之清深」〔註140〕,「〈風〉出於性靈者為多,故雖婦人女子無不可與;〈騷〉則『重以脩能』,『嫻於辭令』,非學士大夫不能為也。」〔註141〕這類型的批評,雖非實際批評,不過其用途與評人確是相當,亦可快速地呈現兩種文體的特色,其邏輯與方式可謂類似。

〔註137〕此《藝概·賦概》第 111 則。

〔註138〕此《藝概·賦概》第 112 則。

〔註139〕此《藝概·賦概》第 8 則:「賦別於詩者,詩『辭情少而聲情多』,賦『聲情少而辭情多』。皇甫士安〈三都賦序〉云:『昔之為文者,非苟尚辭而已。』正見賦之尚辭不待言也。」

〔註140〕此句出自北宋·蘇洵〈上田樞密書〉,《藝概》中有四處引之,包括〈文概〉第 49 則:「蘇老泉謂『詩人優柔,騷人清深』,其實『清深』中正復有『優柔』意。」以及〈賦概〉第 42 則:「『詩人之優柔,騷人之清深』,後來難並矣。惟奇崛一境,雖亦詩騷之變,而尚有可廣。此淮南〈招隱士〉所以作與?」〈賦概〉第 53 則:「建安名家之賦,氣格道上,意緒綿邈;騷人清深,此種尚延一線。後世不問意格若何,但於辭上爭辯,賦與騷始異道矣。」〈賦概〉第 119 則:「言〈騷〉者取幽深,柳子厚謂『參之〈離騷〉,以致其幽』,蘇老泉謂『騷人之清深』是也。言賦者取顯亮,王文考謂『物以賦顯』,陸士衡謂『賦體物而瀏亮』是也。然兩者正須相用,乃見解人。」足見劉熙載重視之意。

〔註141〕此《藝概·賦概》第 120 則:「學〈騷〉與〈風〉有難易。〈風〉出於性靈者為多,故雖婦人女子無不可與;〈騷〉則『重以脩能』,『嫻於辭令』,非學士大夫不能為也。賦出於〈騷〉,『言典致博』,既異家人之語,故雖宏達之士,未見數數有作,何論臨胸襟、乏見聞者乎!」

　　這類具有折衷精神的兼論批評，在《文心雕龍》中其實亦不少，其最顯著的功能有二，其一是諸家眾評，譬如前文劉熙載眾評劉楨、左思、王粲、潘岳、劉琨五人，便是一例，或如《文心雕龍‧明詩》：「平子得其雅，叔夜含其潤，茂先凝其清，景陽振其麗，兼善則子建仲宣，偏美則太沖公幹」，眾評張衡、嵇康、張華、張協、曹植、王粲、左思、劉楨等八人，以雅、潤、清、麗等標準為據，辨析眾家詩人之所擅。其二則是藉前輩詩人以正襯其高度，例如《文心雕龍‧辨騷》：「淮南作〈傳〉，以為：『〈國風〉好色而不淫，〈小雅〉怨誹而不亂，若〈離騷〉者，可謂兼之』」，劉勰引用劉安評價〈離騷〉之方式，其藉前輩典範〈國風〉、〈小雅〉，引出好色不淫、怨誹不亂兩種特質，而騷兼具之的方式，便是這樣的正襯效果。〔註142〕又如《文心雕龍‧明詩》：「晉世群才，稍入輕綺。張潘左陸，比肩詩衢，采縟於正始，力柔於建安」一段，以正始、建安兩代風格，界定晉世詩風，亦是同類型的批評作法。

〔註142〕《藝概‧賦概》第 15 則亦引用劉安此句，原典如下：「『〈國風〉好色而不淫，〈小雅〉怨誹而不亂』，淮南以此傳〈騷〉，而太史公引之。少陵詠宋玉宅云：『風流儒雅亦吾師。』『亦』字下得有眼，蓋對屈子之風雅而言也。」

第七章　結　論

　　本論文從西方比較文學的方法論為始，引導出學術研究的進程中，比較研究、影響關係的重要性，並依劉勰《文心雕龍》與劉熙載《藝概》的四個關聯點，擇選了二書作為比較對象。二書的相似，一方面表現在外在形式上的相似，譬如《藝概》中大量明引、暗用《文心雕龍》的詞句，譬如《藝概》全書架構盡可能地模仿了《文心雕龍》，這些是形式上的契合。

　　另有一類的相似，是內在觀點的相似，經由本論文大量的比較與對比，可以把《藝概》內在觀點的相似分為三個層次；第一層次為「舉少以概乎多」的核心觀點的相似，包括以經為文的宗經思想、以屈騷為文學濫觴、強調情感甚於一切、隱藏於心底的辭達器用之企圖等等，這些論述其實皆亦屬於《文心雕龍》的核心，這些核心價值並不容許剝奪刪去，是《文心雕龍》與《藝概》最為重要的價值，也是其立於文學批評史上最為鮮明的標誌。第二層為「中和誠可經」的二元論述，包括論人與文的關係、論情與采的關係、論物色之外在與含藏於內心的關係，劉熙載與劉勰於這些課題上，旨在強調其二者之間如何互動，譬如作家如何影響作品風格？內在情感何以優先於外在辭采？物色世界如何與創作的心相交流？劉熙載與劉勰於此可見驚人的高度契合，無論是在所選取的對比項目，無論是其橫亙於中的折衷方法，抑或是其所偏重的先後順序、輕重關係，二劉無一不同，呈現著多方面的契合。第三層為「根極於道」的多元論述，此處比較了二劉如何看待聲律之聲音，如何評價奇正對立中所突顯的奇，如何從隱秀理論引導出斷續創作論，以及如何檢視出二劉所用的批評術語的共性，這些比較層面各異，正如《藝概‧序》所言：「藝之條緒紛繁，言藝者非至詳不足以備道」，多樣的課題反映出文藝本來條緒紛繁，不可一概而論。不過在這些焦點各異的課題中，亦能於其中探

究得到《藝概》與《文心雕龍》的共通點，這些大量且深刻的契合，並非巧合，顯然可見《文心雕龍》對於《藝概》的影響，既廣且深。

第一節　二劉影響餘論

然而，實際上《文心雕龍》與《藝概》可資比較的尚有不少，以下略舉幾項為例：

一、秦漢文

劉熙載論秦、漢之文，有如斯對比：

> 秦文雄奇，漢文醇厚。大抵越世高談，漢不如秦；本經立義，秦亦
> 不能如漢也。〔註1〕

劉熙載以「越世高談」稱秦文佳處，此語亦見《文心雕龍・諸子》，原文是「夫自六國以前，去聖未遠，故能越世高談，自開戶牖」，指的是先秦之前諸子之文；又以「本經立義」稱漢文，而《文心雕龍・辨騷》則有「〈離騷〉之文，依經立義」之語，指陳屈騷與儒經的內承關係。乍看之下，這二詞之沿用，指涉對象並不盡然相同，不過我們不能忽視〈辨騷〉中所論及者，不僅止於〈離騷〉，而兼涉漢代成形的《楚辭》概念，以此再看「本經立義」一詞，則其相關性便不難看出。

二、論體

對於論體始肇的認定，《文心雕龍・論說》篇舉《論語》為論體的濫觴之作，這個觀點導致一些不同的聲音，而劉熙載是認同劉勰的：

> 劉彥和謂「群論立名，始於《論語》」，不引《周官》「論道經邦」一語，後世誚之，其實過矣。《周官》雖有論道之文，然其所論者未詳；《論語》之言，則原委具在。然則論非《論語》奚法乎？〔註2〕

> 論不可使辭勝於理，辭勝理則以反人為實，以勝人為名，弊且不可勝言也。《文心雕龍・論說》篇解「論」字有「倫理有無」及「彌綸群言，研精一理」之說，得之矣。〔註3〕

〔註1〕此《藝概・文概》第 67 則。
〔註2〕此《藝概・文概》第 296 則。
〔註3〕此《藝概・文概》第 297 則。

此二則皆提及〈論說〉，第一則肯定劉勰將論體之始歸之《論語》，第二則則從論之內涵，認同劉勰論體「彌綸群言，研精一理」之說法，這是就理體之論。

三、賁&文質觀

〈文概〉第 319 則：「『白賁』占於《賁》之上爻，乃知品居極上之文，只是本色。」賁卦概念雖非源自《文心雕龍》，不過劉勰將之納入文學批評，把「窮白」概念擴大為「反本」，返文章之本源，返作者之本心，相關討論可參考本論文第五章第四節〈情采二元〉。不過可以加以補充說明的是，《文心雕龍》與《藝概》同時引用《易》卦，看似他們二人同時受到《易》的影響，實際上，引《易》以論文這樣的觀點是劉勰的創見，在劉勰手上做了轉化，這可以說是劉勰的「創造性誤讀」，以其新觀點理解舊題材；而劉熙載沿用於劉勰之後，則更近於單純的複製，這是不太一樣的。

本論文的附錄中，有一項目「引用同典，意見相仿」，以蒐集《藝概》與《文心雕龍》同時引用前人典籍為目的，便涉及這個課題；表面上，劉熙載與劉勰看似同是接收者的身分，位階相當，實際上，劉熙載是取《易經》之賁卦意，或是取〈情采〉之賁卦意？這會導致二劉的接收者身分的轉移，也將會呈現出劉勰的影響力。再舉一例，關於《論語》中所提的「文質彬彬論」，這同樣是在劉勰手上，將論人之詞轉為論文之法，而後劉熙載繼承之後用於論藝，甚至突破其平衡以肯定野之美也。此三者文本，各有繼承與創新，其實單就「引用同典」的字面意義上來看，是不太夠的。

四、氣論

《藝概》中提到的氣論不少，如〈文概〉第 262 則：「出辭氣，斯遠鄙倍矣」，此以氣論辭之始。至昌黎〈與李翊書〉、柳州〈與韋中立書〉，皆論及於氣，而韓以氣歸之於「養」，立言較有本原。」引用《論語·泰伯》：「曾子言曰：「鳥之將死，其鳴也哀；人之將死，其言也善。君子所貴乎道者三：動容貌，斯遠暴慢矣；正顏色，斯近信矣；出辭氣，斯遠鄙倍矣。」強調養氣之本原。〈文概〉第 168 則：「柳州自言為文章『未嘗敢以昏氣出之』，『未嘗敢以矜氣作之』。余嘗以一語斷之曰：『柳文無耗氣。』凡昏氣、矜氣，皆耗氣也。惟昏之為耗也易知，矜之為耗也難知耳。」此則更直接描述養氣之細節，對比劉勰〈養氣〉：「吐納文藝，務在節宣，清和其心，調暢其氣，煩而即舍，勿

使壅滯,意得則舒懷以命筆,理伏則投筆以卷懷,逍遙以針勞,談笑以藥勤,常弄閑於才鋒,賈餘於文勇,使刃發如新,腠理無滯,雖非胎息之萬術,斯亦衛氣之一方也。」二人論氣之契合,可比之處甚多,甚至於〈文概〉第 172 則所言:「文以鍊神、鍊氣為上半截事,以鍊字、鍊句為下半截事。此如《易》道有先天後天也。柳州天資絕高,故雖自下半截得力,而上半截未嘗偏絀焉。」這是養氣先於練字、文藝的觀點,這其實便是〈養氣〉所說:「吐納文藝,務在節宣」之概念。

由於《藝概》形式上較為零散,故其論述很多時候亦受限於此,較為分散,是以有些課題或許可見其與《文心雕龍》的影響關係,然而由於受制於文本之單薄,較難給予系統化的比較,這樣的更為細微的比較工作,是可以持續延續下去的;除了上述所提諸點,又如《藝概》中對於具體作家、作品的評價,對於文體寫作法則的要求,對於作家之器論,對於批評術語的喻衣比較等等,都尚可見其相似之處。限於篇幅關係,這些課題都有待將來繼續延伸。

第二節　結論及其未來展望

本論文題旨在於比較《藝概》與《文心雕龍》的繼承,然而,在《文心雕龍》之外,《藝概》與其它學術之間,又有著怎樣的關係?《藝概》被譽為集大成者,所集者又是為何?這都是本論文力所未及之處,可待之後持續擴展研究。舉例而言,與劉熙載同時代的曾國藩,其〈聖哲畫像記〉寫於咸豐九年(1859),將歷來聖賢依孔門四科及清代義理、考據、辭章之分類,列舉三十三人,謂:「書籍之浩瀚,著述者之眾,若江海然,非一人之腹所能盡飲也,要在慎擇焉而已。」這般博觀約取的精神,其實與劉熙載「舉少以概乎多」的精神不謀而合,而且由其分類架構來看,「聖才」一類有謂「周、孔代興,六經炳著,師道備矣」,其尊孔宗經的精神,亦與劉熙載相暗合,此外,考其為文動機,其謂「後嗣有志讀書,取足於此,不必廣心博騖,而斯文之傳,莫大乎是矣」,用心於教育,又是同於劉熙載撰著《藝概》之用心。〔註4〕胡師楚

〔註 4〕以上所引〈聖哲畫像記〉,皆引自《曾國藩全集》(臺北:漢苑出版社,1976年),頁 121～125。關於曾國藩的概取原則與宗經思想,於其它著作中亦可見之,如《經史百家雜鈔·題語》:「近世一二知文之士,纂錄古文不復上及六經,以雲尊經也。然溯古文所以立名之始,乃由屏棄六朝駢儷之文,而返之

生謂：「曾氏之撰畫像記也，進退先賢，其所取於古代聖賢三十餘人者，不僅可以代表曾氏之中心思想，亦足以反映學術史上之正統觀念，蓋清代學術，盛於乾嘉，道咸以下，學風丕變，急功近利，流於偏狹，曾氏處茲時代，能不囿於門戶之見，不趨於風氣之殊，復能總攬傳統學術之大體，宏揚孔門四科之理想，氣象開闊，識解超卓，其在清代學術中，實當有其重要之地位存焉。」〔註5〕這般特立於當代學風之外、總攬於傳統學術之概的精神，又在在呼應著劉熙載與《藝概》。是以對於劉熙載與曾國藩的比較，或是藉《藝概》與〈聖哲畫像記〉的選人批語的對比分析，都是可以作為未來延伸研究的課題。

　　依本論文的寫作動機而言，將《藝概》比之《文心雕龍》，一方面是二書有著特殊的代表性與關聯性，另一方面則是期待能藉由比較，同時對比出其異同與特色，這是一個跨越幅度甚大的研究，最終目的則是藉由比較與聯繫，尋求中國傳統文學理論的核心根本，也就是劉勰所說的《文心雕龍》之「心」、劉熙載所說的《藝概》之「概」。為了滿足於這個最終目的，這樣的文學比較的研究應當在中國傳統文論的範圍中，持續作深刻化與廣泛化的研究，除了與《文心雕龍》的持續深化研究之外，將《藝概》與不同文論的持續連結比較，將可以豐實學界對於《藝概》的認識，也可以愈見所謂「集傳統學術之大成」的真正內容，以成就中國傳統文論。

　　上一個世紀二十世紀，是所謂文學理論的世紀，不過在那個屬於文論的時代中，中華文化下的文學理論卻失語了，缺席了，這無疑是一件值得探究與彌補的問題。站在二十一世紀的今天，回顧過去龍學研究的那股狂熱，會發現那把炙火至今已有漸行漸緩之勢，面對研究熱點的降溫，這一方面當然是龍學界的損失，更為可惜的，則是中華文論尚未將這些研究成就加以系統化，進而建構成中華文論的基底。

　　今天翻開劉熙載《藝概》，其著作動機其實便有歸結中國文學理論之企圖，其提綱挈領的精神，以少馭多，追求本色，宗經文學，藝概之概等精神，再再透顯出劉熙載雖以寡概名之，實則豐實；本論文將《文心雕龍》與《藝概》並

於三代兩漢。今舍經而降以相求，是猶言孝者，敬其父祖而忘其高曾；言忠者曰：我家臣耳，焉敢知國？將可乎哉？余抄纂此編，每類必以六經冠其端，涓涓之水，以海歸，無所於讓也。」，選文直指六經，其立場鮮明可見。詳見《曾國藩全集》，頁59～60。

〔註5〕詳見胡師楚生：〈曾國藩〈聖哲畫像記〉析論〉，《清代學術史研究》（臺北：台灣學生書局，1988年），頁344。

列合觀，一方面藉由《文心雕龍》在中華古典文論中的特殊地位，以襯托出《藝概》的價值，一方面則可在《藝概》的繼承痕跡上，看到《文心雕龍》對後代文論的影響力；此二點，一以溯源，一以尋承，二點合觀，目的同在建構中華古典文論的系統性。王氣中在《劉熙載和藝概》中將二書作了類似的定位：「《文心雕龍》總結南北朝以前的歷代文學理論批評，《藝概》總結清代以前的歷代文藝理論批評」，〔註6〕董運庭也如此評析：

> 《藝概》繼承和發揚了我國古代文論、古典美學的優秀傳統，它言簡意賅，通論各藝，「探源本，析流派，窺大指，闡幽微，明技法，以簡核之筆，發『微中』之談。」尤其是，它截斷眾流，獨標新意，博綜貫洽，捫毛見骨，即使與《文心雕龍》這樣「體大慮周」、「籠罩群言」的理論巨著相比，也並不遜色。〔註7〕

以上所論，都是極為高度的評價，《藝概》作為中國文學批評之概，這個概非簡陋之意，而是以少馭繁，見微知著，其作為中國傳統文學批評之末端，與自覺性系統批評的發端之作的《文心雕龍》遙相呼應，二者之間任何相應之處，都是極為難得而可貴的中國批評學史的研究材料。周淑媚言：「劉氏（熙載）的藝術本質幾乎完全承繼前賢的論點，雖無開新，然值得注意的是，他能站在前人的基礎上更深入地透視分析，從而使其論點達到高度的概括性。」〔註8〕作為傳統學術之末代，劉熙載《藝概》價值之高，的確值得學界更多的關注，其研究動機無論是針對《藝概》文本本身研究的擴展，或是是對於中國傳統文論研究的深化，此一研究題材都是應該重視且值得持續發展下去的課題。

〔註6〕詳見王氣中：《劉熙載和藝概》（臺北：萬卷樓，1993年），頁49。

〔註7〕詳見董運庭：〈劉熙載與20世紀中國傳統美學的命運〉，《重慶師範學院學報》第14第2期（2001年6月），頁28。其中「探源本，析流派」等語，乃引佛維之詞，詳見氏著：〈劉熙載的美學思想初探〉，《江海學刊》第3期，1962年。

〔註8〕詳見周淑媚：《劉熙載《藝概》研究》（臺北縣：花木蘭出版社，2006年），頁39。

徵引與參考文獻

壹、傳統文獻（依四部為序）

一、經部

1. 清・阮元審定、盧宣旬校：《十三經注疏・周易、尚書》臺北：藝文印書館，1993 年。

2. 清・阮元審定、盧宣旬校：《十三經注疏・詩經》臺北：藝文印書館，1993 年。

3. 清・阮元審定、盧宣旬校：《十三經注疏・儀禮》臺北：藝文印書館，1993 年。

4. 清・阮元審定、盧宣旬校：《十三經注疏・禮記》臺北：藝文印書館，1993 年。

5. 清・阮元審定、盧宣旬校：《十三經注疏・左傳》臺北：藝文印書館，1993 年。

6. 清・阮元審定、盧宣旬校：《十三經注疏・論語、孝經、爾雅、孟子》臺北：藝文印書館，1993 年。

7. 宋・朱熹集注：《詩經集注》臺北：華正書局，1996 年。

8. 屈萬里：《尚書詮釋》臺北：聯經出版社，1994 年。

9. 屈萬里：《詩經詮釋》臺北：聯經出版社，2002 年。

二、史部

1. 漢・司馬遷著、日・瀧川龜太郎：《史記會注考證》臺北：大安出版社，2000 年。

2. 漢・班固著、唐・顏師古注：《漢書》北京：中華書局，2006 年。

3. 晉・陳壽著、宋・裴松之注：《三國志》北京：中華書局，2006 年。

4. 唐・劉知幾：《史通》臺北：商務印書館，1967 年。

5. 宋・范曄著、唐・李賢等著：《後漢書》北京：中華書局，2006 年。

三、子部

1. 周・老聃著、朱謙之注：《老子校釋》北京：中華書局，2000 年。
2. 周・荀子著、王先謙撰：《荀子集解》北京：中華書局，2007 年。
3. 周・莊周著、郭慶藩集釋：《莊子集釋》臺北：漢京出版社，1983 年。
4. 秦・呂不韋編、高誘注：《呂氏春秋》臺北：廣文書局，1974 年。
5. 漢・王充著、黃暉撰：《論衡校釋》北京：中華書局，2006 年。
6. 漢・劉安著、高誘注：《淮南子》臺北：廣文書局，1968 年。
7. 清・趙爾巽等撰，《清史稿》，《二十五史》上海古籍出版社，1986 年。
8. 清・梁園隸修、薛樹聲等纂《興化縣誌・卷十三》臺北：成文出版社，1970 年。

四、集部

1. 梁・蕭統編，唐・李善注：《文選》臺北：五南圖書出版股份有限公司，1991 年。
2. 梁・鍾嶸著，徐達譯注：《詩品》臺北：台灣古籍出版社有限公司，1997 年。
3. 唐・歐陽詢編：《藝文類聚》臺北市：西南出版社，1974 年。
4. 宋・李昉等編纂：《太平禦覽》臺北：台灣商務印書館，1985 年。
5. 明・吳訥、徐師曾、陳懋仁：《文體序說三種》臺北：大安出版社，1998 年。
6. 清・永瑢、紀昀等撰：《景印文淵閣四庫全書》臺北：台灣商務印書館，1985 年。
7. 清・永瑢、紀昀等撰：《四庫全書簡明目錄》臺北：臺灣商務印書館，1983 年。
8. 清・於光華編註：《評註昭明文選》臺北：學海出版社，1981 年。
9. 清・章學誠著、葉瑛校注：《文史通義校注》北京：中華書局，2004 年。
10. 清・嚴可均輯：《全上古三代秦漢三國六朝文》北京：中華書局，1999 年。
11. 清・曾國藩：《曾國藩全集》臺北：漢苑出版社，1976 年。
12. 清・王又華：《古今詞論》，《四庫全書存目叢書》臺南：莊嚴文化，1997 年。

13. 逯欽立輯校:《先秦漢魏晉南北朝詩》北京:中華書局,2006 年。

14.「四庫禁燬書叢刊」編纂委員會編:《四庫禁燬書叢刊補編》北京:北京出版社,2005 年。

貳、《藝概》專類

一、《藝概》相關著作（依作者筆劃為序）

1. 清·劉熙載撰、王氣中箋注:《藝概箋注》貴陽:貴州人民出版社,1986 年。

2. 清·劉熙載撰、王國安標點:《藝概》上海:上海古籍出版社,1978 年。

3. 清·劉熙載撰、徐俊西編:《海上文學百家文庫 4·劉熙載卷》上海:上海文藝出版社,2010 年。

4. 清·劉熙載撰、袁津琥校注:《藝概注稿》北京:中華書局,2010 年一版二刷。

5. 清·劉熙載撰、劉立人、陳文和點校:《劉熙載集》上海:華東師範大學出版社,1993 年。

6. 清·劉熙載撰、薛正興點校:《劉熙載文集》南京:江蘇古籍出版社,2000年。

7. 清·劉熙載撰:《游藝約言》,王水照編:《歷代文話》上海:復旦大學出版社,2007 年初版。

8. 清·劉熙載撰:《續修四庫全書·集部·詩文評類·冊 1714·藝概六卷》上海:上海古籍出版社,2002 年。

9. 清·劉熙載撰、龔鵬程撰述:《藝概·導讀》臺北:金楓出版社,1986 年12 月初版。

10. 上海師範大學編:《劉熙載傳記資料》上海:上海師範大學圖書館,1986～1994 年。

11. 王大亨:《劉熙載書概箋注》廣西:廣西師範大學,1990 年。

12. 王氣中:《劉熙載和《藝概》》臺北:萬卷樓,1993 年。

13. 王氣中:《藝概箋注》貴陽:貴州人民出版,1986 年。

14. 周淑媚:《劉熙載《藝概》研究:明清文話敘錄》臺北縣:花木蘭出版社,2006 年。

15. 金學智評注:《書概評注》上海:上海書畫出版社,1990 年。

16. 孫原平選注：《劉熙載書法論注》南京：江蘇美術出版社，1992 年。

17. 徐中玉、蕭華榮校點：《劉熙載論藝六種》成都：成都巴蜀書社，1990 年。

18. 徐林祥：《重新認識劉熙載：紀念劉熙載誕辰 200 周年》南京：鳳凰出版社，2016 年 10 月。

19. 徐林祥：《劉熙載及其文藝美學思想》北京：社會科學文獻出版社，2010年 8 月初版。

20. 徐林祥主編：《劉熙載美學思想研究論文集》成都：四川大學出版社，1993 年。

21. 秦金根：《《藝概·書概》疏解》北京：人民美術出版社，2011 年。

22. 楊抱樸：《劉熙載年譜》瀋陽：遼海出版社，2010 年 2 月。

23. 楊寶林：《劉熙載書學研究》北京：人民出版社，2011 年。

24. 萬志海：《劉熙載美學思想研究》武漢：武漢出版社，2009 年。

25. 鄧雲、李家才、黃倫生、李民勝注譯：《詞曲概·經義概注譯》北京：光明日報出版社，1991 年。

26. 韓烈文：《劉熙載《藝概》研究》南京：江蘇古籍出版社，2002 年 12 月。

二、碩、博士學位論文（依出版年代為序）

（一）台灣地區

1. 柯夢田：《劉熙載《藝概》詩歌理論研究》高雄，高雄師範大學國文研究所碩士論文，1988 年。

2. 周淑媚：《劉熙載《藝概》研究》臺北：，臺灣師範大學中國文學研究所碩士論文，1989 年。

3. 林德龍：《劉熙載《文概》之文論研究》嘉義：中正大學中國文學研究所碩士論文，1994 年。

4. 李天祥：《劉熙載《藝概》之藝術思想探析》臺北：臺灣師範大學國文研究所碩士論文，1998 年。

5. 甘秉慧：《劉熙載《藝概·經義概》研究》彰化：彰化師範大學國文學系碩士論文，2000 年。

6. 劉鑒毅：《劉熙載《藝概·書概》研究》臺北：臺北市立師範學院應用語言文學研究所碩士論文，2001 年。

7. 楊義騰：《劉熙載音韻學研究》臺北：中國文化大學中國文學研究所碩士論文，2005 年。

8. 黃安琪：《劉熙載寓言散文研究》臺北：台灣師範大學國文學系碩士論文，2015 年。

9. 趙雄健：《經世與明道：劉熙載宋詞學研究》臺北：台灣師範大學國文學系碩士論文，2016 年。

（二）大陸地區

1. 元文廣：《劉熙載《藝概·賦概》研究》西安：陝西師範大學文藝學碩士論文，2012 年。

2. 王海濤：《從劉熙載到王國維——兼論中國傳統美學的近代轉型》成都：四川師範大學文藝學碩士論文，2001 年。

3. 王惠：《試論劉熙載的教育思想》揚州：揚州大學碩士論文，2011 年。

4. 王蕾：《《藝概·書概》中的書學思想探析》呼和浩特：內蒙古師範大學文藝學碩士論文，2012 年。

5. 付蘭：《劉熙載文藝正變發展觀研究》濟南：山東師範大學美學碩士論文，2017 年。

6. 白靜：《劉熙載詩學理論研究》蕪湖：安徽師範大學美學碩士論文，2011 年。

7. 伍慧珠：《劉熙載詞論研究》香港：香港中文大學研究院中國語言及文學學部哲學碩士論文，1989 年。

8. 成堯：《劉熙載與王國維詞論比較研究》恩施：湖北民族學院文藝學，2015 年。

9. 朱育江：《劉熙載文藝批評思想研究》牡丹江：牡丹江師範學院文藝學碩士論文，2010 年。

10. 江興棕：《劉熙載《藝概》詞學理論研究》金華：浙江師範大學中國古代文學碩士論文，2017 年。

11. 李冬怡：《古典詩論中的「詩眼」研究》瀋陽：遼寧大學文藝學碩士論文，2014 年。

12. 李玉姣：《劉熙載書法美學思想研究》濟南：山東師範大學文藝學碩士論文，2014 年。

13. 李宏宇：《劉熙載《藝概》修辭論研究》呼和浩特：內蒙古大學漢語言文字學碩士論文，2005 年。

14. 李超:《論劉熙載《藝概》的文學接受思想》杭州:浙江大學文藝學碩士論文,2011 年。

15. 李蒙:《劉熙載《藝概·文概》文論思想研究》昆明:雲南師範大學文藝學碩士論文,2017 年。

16. 李曉琳:《論劉熙載書論中文學思想的滲透》長春:吉林大學歷史文獻學碩士論文,2004 年。

17. 肖營:《劉熙載《藝概·經義概》探微》呼和浩特:內蒙古師範大學文藝學碩士論文,2007 年。

18. 孟宇:《劉熙載意境創造理論研究》瀋陽:遼寧大學文藝學碩士論文,2013 年。

19. 信玉薇:《劉熙載《藝概·書概》書法美學思想研究》濟南:山東大學文藝學碩士論文,2013 年。

20. 施仲貞:《劉熙載楚辭學研究》南京:南京師範大學中國古代文學碩士論文,2008 年。

21. 胡曉旭:《劉熙載古文敘事理論探要》呼和浩特:內蒙古師範大學文藝學碩士論文,2018 年。

22. 唐小寧:《《周易》對劉熙載美學思想影響研究》長春:吉林大學文藝學碩士論文,2013 年。

23. 孫士聰:《《藝概》文體思想研究》蘇州:蘇州大學文藝學文藝學碩士論文,2004 年。

24. 徐林祥:《鏡與日:劉熙載文藝美學思想研究》揚州:揚州大學中國古代文學博士論文,2006 年。

25. 秦金根:《劉熙載書法理論研究》北京:首都師範大學美術學碩士論文,2000 年。

26. 袁明慧:《《藝概·賦概》注評》大連:遼寧師範大學中國古典文獻學碩士論文,2015 年。

27. 張佳:《從《藝概》看劉熙載寫作理論》長春:長春理工大學漢語言文字學碩士論文,2013 年。

28. 曹靜:《劉熙載研究》杭州:浙江大學古代文學碩士論文,2008 年。

29. 陳名生:《劉熙載草書論研究》廈門:廈門大學美術學碩士論文,2014 年。

30. 陳志：《劉熙載《藝概》及其創作研究》上海：復旦大學中文系博士論文，
    2009 年。

31. 陳志：《劉熙載《藝概》研究》蘭州：蘭州大學古代文學碩士論文，2006
    年。

32. 楊學森：《《藝概》的文學理論研究》烏魯木齊：新疆大學文藝學碩士論
    文，2012 年。

33. 楊寶林：《劉熙載書學研究》長春：吉林大學歷史文獻學博士論文，2009
    年。

34. 賈小青：《劉熙載藝術史思想研究》蕪湖：安徽師範大學美學碩士論文，
    2006 年。

35. 鄒韋華：《劉熙載書學技法理論研究》南京：南京藝術學院美術學碩士論
    文，2009 年。

36. 廖妍南：《劉熙載散文理論探微》長沙：湖南師範大學文藝學碩士論文，
    2008 年。

37. 廖希為：《劉熙載文藝思想在晚清的傳播與接受研究》恩施：湖北民族學
    院文藝學，2014 年。

38. 趙曉叢：《「文為心學」──劉熙載心學本體論文藝思想研究》蘇州：蘇
    州大學美學碩士論文，2014 年。

39. 劉振良：《劉熙載文藝美學思想研究》濟南：山東大學文藝學碩士論文，
    2006 年。

40. 劉偉：《劉熙載文藝美學思想研究》昆明：雲南大學美學碩士論文，2010 年。

41. 韓唱暢：《劉熙載繪畫觀念研究》西寧：廣西大學文藝學碩士論文，2017
    年。

三、期刊與單篇論文（依作者筆劃為序）

1. 日本・相川政行：〈關於劉熙載的書論中「分數」用語的考察〉，《劉熙載
   美學思想研究論文集》成都：四川大學出版社，1993 年。

2. 子耕：〈情深親切，尤為詩之深致──劉熙載關於詩歌內容特點的理論〉，
   《社會科學輯刊》第 6 期，1985 年。

3. 元文廣：〈劉熙載《賦概》與《毛詩序》之關係研究〉，《西安建築科技大
   學學報》（社會科學版）第 6 期，2015 年。

4. 公丕普：〈「書如其人」思想的邏輯支點與時代困境〉，《中國書法》第 16 期，2017 年。

5. 毛正天：〈隨物宛轉，與心徘徊：詩的生成機制——中國古代心理詩學研究〉，《學術論壇》第 10 期，2005 年。

6. 毛時安：〈《藝概》和劉熙載的美學思想〉，《劉熙載美學思想研究論文集》成都：四川大學出版社，1993 年。

7. 王士軍：〈談《藝概·書概》中的審美教育思想〉，《藝術教育》第 Z4 期，2017 年。

8. 王世德：〈劉熙載《藝概》中辯證的美學思想〉，《劉熙載美學思想研究論文集》成都：四川大學出版社，1993 年。

9. 王志明、潘世秀：〈《藝概》：一部舉少概多的藝術通論〉，《蘭州教育學院學報》第 2 期，1994 年。

10. 王志明、潘世秀：〈劉熙載《藝概》的詞品說〉，《蘭州教育學院學報》第 2 期，1995 年。

11. 王志彬：〈《藝概》寫作論輯要〉，《內蒙古師院學報》（哲學社會科學版）第 2 期，1982 年。

12. 王車琚：〈從劉熙載《藝概》中評寬隸而狹分〉，《明日風尚》第 19 期，2018 年。

13. 王建國：〈劉熙載草書技法論及其對當下草書創作的啟示〉，《南方論刊》第 5 期，2007 年。

14. 王春南：〈劉熙載論草書法度〉，《書畫藝術》第 1 期，2001 年。

15. 王春鳴：〈劉熙載美學思想探微〉，《藝術百家》第 S2 期，2009 年。

16. 王軍：〈「醜」的文化學闡釋——讀中國古典美學斷想〉，《中州學刊》第 5 期，1988 年。

17. 王振寧：〈知人論世——評《劉熙載年譜》〉，《社會科學輯刊》第 3 期，2011 年。

18. 王氣中：〈劉熙載論文章的自然美〉，《南京大學學報》（哲學人文社會科學）第 1 期，1988 年。

19. 王海濤：〈劉熙載的文道觀與王國維的非功利審美觀〉，《重慶三峽學院學報》第 1 期，2004 年。

20. 王海濤:〈劉熙載與王國維美學方法論比較〉,《樂山師範學院學報》第 3
    期,2003 年。

21. 王新祥、張漢清:〈《文概》對藝術辯證法的研討〉,《青海師專學報》第
    2 期,1999 年。

22. 王德彥:〈劉熙載與海派書法〉,《中國書法》第 7 期,2015 年。

23. 王衛星:〈立「縱」尊「橫」與陰陽正變——劉熙載詞體正變觀研究〉,
    《詞學》第 1 期,2013 年。

24. 丘世友:〈劉熙載的詞品說〉,《學術研究》第 1 期,1964 年。

25. 包根弟:〈《詞概》創作技巧論〉,國立臺灣師範大學國文學系、私立淡江
    大學中國文學系、國立臺灣大學中國文學系主編:《紀念許世瑛先生九十
    冥誕學術研討會論文》,1999 年 4 月。

26. 包根弟:〈《詞概》創作法則論〉,國立中央大學中國文學系所主編:《第
    五屆近代中國學術研討會論文集》,1999 年 3 月。

27. 包根弟:〈《詩概》陶潛論析評〉,國立成功大學中國文學系主編:《魏晉
    南北朝文學與思想學術研討會論文集》第四輯,2001 年 10 月。

28. 包根弟:〈《藝概·詞曲概》詞學創作主體論〉,《輔仁國文學報》第 14 期,
    1999 年 3 月。

29. 包根弟:〈《藝概·詩概》杜甫論析評〉,《輔仁國文學報》第 28 期,2009
    年 4 月。

30. 包根弟:〈劉熙載《詞概》風格論探析〉,私立輔仁大學中國文學系主編:
    《輔仁大學國文學報》第 17 期,2001 年 11 月。

31. 包根弟:〈劉熙載《藝概·詞曲概》發微〉,龔鵬程,胡曉真主編:《世變
    與維新——晚明與晚清的文學藝術》中國文哲專刊 18,臺灣中央研究院
    中國文哲研究所出版,2001 年 6 月。

32. 包根弟:〈劉熙載《藝概·詞曲概》詞學源流論探析〉,國立中央大學
    中國文學系所主編:《第四屆近代中國學術研討會論文集》,1998 年 3
    月。

33. 包根弟:〈論《藝概·詩概》評李白〉,《輔仁國文學報》第 22 期,2006
    年 7 月。

34. 包根弟:〈論劉熙載評屈原〉《先秦兩岸學術》第 5 期,2006 年 3 月。

35. 田蔚：〈劉熙載《藝概》論《史記》〉，《廣東技術師範學院學報》第 5 期，
    2011 年。

36. 田忠輝：〈《藝概》淺說〉，《北方論叢》第 2 期，1997 年。

37. 由興波、王娜娜：〈文藝的綜合與綜合的文藝——《劉熙載書學研究》評
    論〉，《遼東學院學報》（社會科學版）第 4 期，2014 年。

38. 向彬：〈文之不飾者乃飾之極——評楊寶林教授《劉熙載書學研究》〉，《遼
    東學院學報》（社會科學版）第 1 期，2013 年。

39. 安國梁：〈劉熙載藝術思想淺談〉，《鄭州大學學報》（社會科學版）第 2
    期，1980 年。

40. 成堯：〈劉熙載與王國維詞體論的比較研究〉，《清遠職業技術學院學報》
    第 2 期，2015 年。

41. 朱樺：〈《藝概》中創新意識的當代思考〉，《劉熙載美學思想研究論文集》
    成都：四川大學出版社，1993 年。

42. 朱供羅：〈論《藝概》對《文心雕龍》的引用〉，《文山學院學報》第 26
    卷第 4 期，2013 年 8 月。

43. 何新文：〈劉熙載漢賦理論述略〉，《中國文學研究》第 3 期，1988 年。

44. 佛雛：〈劉熙載的美學初探〉，《劉熙載美學思想研究論文集》成都：四川
    大學出版社，1993 年。

45. 佛雛：〈劉熙載的美學思想初探〉，《江海學刊》第 3 期，1962 年。

46. 佛雛：〈劉融齋與王靜安——兩家詩說比較簡記〉，《劉熙載美學思想研究
    論文集》成都：四川大學出版社，1993 年。

47. 吳宇棟：〈書海撈針是史料，洽悉翔實見考據——評楊抱樸《劉熙載年
    譜》〉，《遼東學院學報》（社會科學版）第 5 期，2010 年。

48. 吳坤培：〈我的劉熙載研究〉，《中國書法》第 3 期，2018 年。

49. 吳坤培：〈劉熙載「致虞廷」信箋初釋〉，《天津美術學院學報》第 1 期，
    2010 年。

50. 吳坤培：〈劉熙載書法篆刻活動新證〉，《海南熱帶海洋學院學報》第 4 期，
    2018 年。

51. 吳宗海：〈劉熙載《藝概》中的寫作理論〉，《鎮江師專學報》（社會科學
    版）第 2 期，1987 年。

52. 吳建民：〈劉熙載對傳統文學本體論之接受、重建及其經學影響〉，《山西師大學報》（社會科學版）第 5 期，2015 年。

53. 吳柏森：〈論《藝概》關於屈原和〈離騷〉的評論〉，《三峽論壇》第 5 期，第 230 期，2010 年。

54. 吳振華：〈從劉熙載到王國維〉，《文藝理論研究》第 2 期，2007 年。

55. 宋曉雲：〈劉熙載與舉奢哲、阿買妮詩歌創作觀之比較〉，《中南民族學院學報》（人文社會科學版）第 2 期，2001 年。

56. 李文：〈貴乎天者，忘乎天者也——評《劉熙載與中國古典美學的終結》〉，《重慶師院學報》（哲學社會科學版）第 2 期，2002 年。

57. 李浩：〈論中國藝術史上的審醜意識〉，《人文雜誌》第 6 期，1990 年。

58. 李運：〈何為「周旨蕩而史意貪」？〉，《北方文學》第 5 期，2018 年。

59. 李成林：〈論《藝概·經義概》的理論特色及貢獻〉，《青海師範大學學報》（哲學社會科學版）第 3 期，2010 年。

60. 李志勇：〈淺談劉熙載的書法批評思想〉，《書法賞評》第 3 期，2008 年。

61. 李長之：〈劉熙載的生平及其思想——十九世紀的一個文藝批評家〉，《青年界》第 1 卷第 4 期，1946 年 4 月。

62. 李冠華、何妍：〈簡論《藝概》之「概」〉，《楊淩職業技術學院學報》第 3 期，2011 年。

63. 李海燕：〈試論劉熙載「人格——藝術」美學思想〉，《文教資料》第 10 期，2007 年。

64. 李國新：〈劉熙載《藝概》「奇正」論〉，《楚雄師範學院學報》第 2 期，2011 年。

65. 李國新：〈劉熙載《藝概》以聲為中心的主要概念〉，《渭南師範學院學報》第 11 期，2017 年。

66. 李國選：〈劉熙載對古代散文的審美追求〉，《宜賓師專學報》第 Z1 期，1988 年。

67. 李清良：〈從《藝概》看古代文論思維方式的現代轉化〉，《文學評論》第 1 期，2003 年。

68. 李朝正：〈一部古代散文理論的集大成：劉熙載《文概》發微〉，《社會科學研究》第 5 期，1988 年。

69. 李漢超：〈劉熙載《藝概》例話〉，《社會科學輯刊》第 1 期，1982 年。

70. 李漢興：〈論儒學對劉熙載書法美學思想的影響——從「中和」「狂狷」「鄉願」談起〉，《學術探索》第 9 期，2014 年。

71. 李德仁：〈劉熙載美學思想與道家思想〉，《劉熙載美學思想研究論文集》成都：四川大學出版社，1993 年。

72. 李慶：〈劉熙載詞論溯源〉，《科教導刊（中旬刊）》第 9 期，2010 年。

73. 李曉琳：〈劉熙載辯證文藝觀及其文化意蘊〉，《社會科學戰線》第 11 期，2013 年。

74. 杜娟、彭紅衛：〈劉熙載詞體正變觀及其詞學審美〉，《青年・文學家》第 21 期，2018 年。

75. 束舒婭、徐倩：〈劉熙載《藝概》研究史綜述〉，《江西教育學院學報》（社會科學）第 32 卷第 2 期，2011 年 4 月。

76. 肖營：〈劉熙載《藝概・經義概》探微〉，《語文學刊》第 S2 期，2006 年。

77. 阮忠：〈劉熙載散文理論研究〉，《佛山科學技術學院學報》（社會科學版）第 1 期，2005 年。

78. 周斌：〈辯證：劉熙載書藝之審美理想〉，《華東師範大學學報》（哲學社會科學版）第 6 期，1999 年。

79. 周鋒：〈論劉熙載文學思想的儒家傾向〉，《上海大學學報》（社會科學版）第 1 期，1995 年。

80. 周淑媚：〈劉熙載「藝概」研究〉，《國立臺灣師範大學國文研究所集刊》第 35 期，1991 年 6 月。

81. 周進芳：〈劉熙載「意格說」中的文體觀〉，《湖北社會科學》第 5 期，2006 年。

82. 周聖偉：〈劉熙載詞論的哲學智慧〉，《華東師範大學學報》（哲學社會科學版）第 5 期，1996 年。

83. 周遠斌：〈文學是心學——劉熙載文論擷英兼評現當代文學之失〉，《重慶社會科學》第 7 期，2006 年。

84. 周興泰、王萍：〈古代賦論之敘事觀〉，《文藝評論》第 3 期，2016 年。

85. 和州：〈《藝概》風流說融齋——兼讀劉熙載尺牘〉，《中國書畫》第 5 期，2012 年。

86. 和麗春:〈淺議《藝概》所體現出的儒家思想——主要以《詩概》為例〉,《文學理論》第 32 期,2014 年。

87. 宗廷虎:〈劉熙載《藝概》的修辭論(上)〉,《錦州師範學院學報》(哲學社會科學版)第 4 期,1995 年。

88. 宗廷虎:〈劉熙載《藝概》的修辭論(下)〉,《錦州師範學院學報》(哲學社會科學版)第 1 期,1996 年。

89. 宗若鐵:〈《藝概》的怪石美思想探略〉,《南京藝術學院學報》(美術與設計版)第 1 期,1988 年。

90. 於傳勤:〈略談劉熙載的《藝概》〉,《聊城師範學院學報》(哲學社會科學版)第 1 期,1997 年。

91. 易容:〈走近「醜、怪」:讀解近代審美意識嬗變之跡的新視角〉,《社會科學》第 4 期,1999 年。

92. 易容:〈試論中國近代文藝審美中之「醜怪」意識〉,《社會科學戰線》第 1 期,1999 年。

93. 林明珠:〈劉熙載詩論〉,《東吳大學中國文學系系刊》第 16 期,1990 年 3 月。

94. 祁志祥:〈劉熙載的文藝美學觀〉,《燕趙學術》第 1 期,2012 年。

95. 邱世友:〈「通道必簡,品格為重」的文學主張:劉熙載和他的《藝概》〉,《廣州師院學報》(社科版)第 4 期,1987 年。

96. 邱世友:〈劉熙載的詞品說——融齋詞論之一〉,《劉熙載美學思想研究論文集》成都:四川大學出版社,1993 年。

97. 邱世友:〈劉熙載論詞的含蓄和寄託——融齋詞論之二〉,《劉熙載美學思想研究論文集》成都:四川大學出版社,1993 年。

98. 邱瑰華、武淼:〈韓愈詩歌的「正」與「奇」〉,《淮北煤炭師範學院學報》(哲學社會科學版)第 6 期,2007 年。

99. 金學智:〈「一」與「不一」——中國美學史上關於藝術形式美規律的探討〉,《學術月刊》第 5 期,1980 年。

100. 金學智:〈劉熙載的書法美學思想〉,《劉熙載美學思想研究論文集》成都:四川大學出版社,1993 年。

101. 姚文放:〈古典書法美學的總結——簡論劉熙載的書法美學思想〉,《劉熙載美學思想研究論文集》成都:四川大學出版社,1993 年。

102. 姚振黎:〈自劉熙載〈文概〉論韓文之義法〉,《孔孟月刊》第 25 卷第 10 期,1986 年 7 月。

103. 施仲貞:〈劉熙載楚辭學的研究方法〉,《江蘇社會科學》第 3 期,2008 年。

104. 施仲貞:〈論劉熙載評鑒詞的楚辭尺度〉,《延安大學學報》(社會科學版)第 2 期,2009 年。

105. 施仲貞:〈論劉熙載楚辭學的藝術研究〉,《理論月刊》第 10 期,2007 年。

106. 施仲貞:〈論劉熙載詩賦對楚辭的接受〉,《井岡山學院學報》第 5 期,2007 年。

107. 施仲貞:〈論劉熙載對楚辭源流的考辨〉,《常熟理工學院學報》第 11 期,2007 年。

108. 星漢:〈詩品未必盡如人品〉,《中華詩詞》第 4 期,2015 年。

109. 柯夢田:〈劉熙載「藝概」詩歌創作論研究〉,《高雄師大學報》第 1 期,1990 年 5 月。

110. 柯夢田:〈劉熙載與《藝概》〉,《中國國學》第 18 期,1990 年 11 月。

111. 洪永穩:〈清代書學中的「醜學」理論及其成因〉,《中國書法》第 10 期,2018 年。

112. 胡可先:〈劉熙載論李白繹說〉,《江蘇行政學院學報》第 5 期,2007 年。

113. 胡俊俊、李憧:〈《藝概注稿》述評〉,《四川烹飪高等專科學校學報》第 5 期,2009 年。

114. 胡曉旭:〈從《藝概・文概》看劉熙載之立意觀〉,《青年文學家》第 17 期,2017 年。

115. 夏中義:〈古典文論的現代解釋倫理——以劉熙載《藝概》研究為探討平臺〉,《文藝理論研究》第 1 期,2015 年。

116. 夏敬觀:〈劉融齋詩概詮說〉,《唐詩說》臺北:河洛圖書出版社,1975 年。

117. 孫晶:〈在古典賦論與近代賦論之間——論清人劉熙載的賦學批評〉,《煙臺大學學報》(哲學社會科學版)第 4 期,2009 年。

118. 孫士聰、孫宗廣:〈《藝概》文體互通論初探——劉熙載文體論之一〉,《蘇州教育學院學報》第 4 期,2003 年。

119. 孫士聰、黃文祥:〈劉熙載「日喻說」及其現代闡釋〉,《常熟高專學報》第 5 期,2004 年。

120. 孫華瑋:〈劉熙載「自然本色論」芻議〉,《現代語文》(文學研究版)第 3 期,2007 年。

121. 孫華瑋:〈劉熙載藝術發展論概說〉,《聊城大學學報》(社會科學版)第 3 期,2006 年。

122. 孫福軒:〈劉熙載古體賦論試議〉,《廣東教育學院學報》第 2 期,2010 年。

123. 孫維城:〈《藝概》對《人間詞話》的直接啟迪——王國維美學思想的傳統文化精神〉,《文藝研究》第 3 期,1996 年。

124. 孫蓉蓉:〈「物一無文」與《藝概》〉,《南京大學學報》(哲學·人文科學·社會科學版)第 4 期,1998 年。

125. 徐中玉、蕭華榮:〈論劉熙載的文藝思想——《劉熙載論藝六種》序論〉,《社會科學戰線》第 4 期,1988 年。

126. 徐北辰:〈劉熙載論唐宋八大家〉,上海:《晨報》,1935 年。

127. 徐志興:〈「醜極即美極」的美學內涵〉,《榮寶齋》第 1 期,2003 年。

128. 徐林祥:〈臺灣香港劉熙載文藝美學思想研究述評〉,《學術研究》第 1 期,2003 年。

129. 徐林祥:〈劉熙載的思想、學術及其他〉,《揚州大學學報》(人文社會科學版)第 1 期,2014 年。

130. 徐林祥:〈論《周易》哲學對劉熙載美學思想的影響〉,《劉熙載美學思想研究論文集》成都:四川大學出版社,1993 年。

131. 徐林祥:〈論晚清學者劉熙載的主導思想與價值取向〉,《青海社會科學》第 4 期,2011 年。

132. 徐林祥:〈論黑格爾與劉熙載美學思想的異同〉,《劉熙載美學思想研究論文集》成都:四川大學出版社,1993 年。

133. 徐林祥:〈論劉熙載對文學語言表達技術的研究〉,《文藝理論研究》第 1 期,2011 年。

134. 徐林祥:〈融齋龍門弟子與中國早期現代化〉,《廣東社會科學》第 4 期,2006 年。

135. 徐振輝：〈《藝概》的文學比較方法〉，《華東師範大學學報》（哲學社會科學版）第 1 期，1982 年。

136. 徐振輝：〈劉熙載論書「氣」箋釋〉，《鎮江高等專科學校學報》第 2 期，1999 年。

137. 殷大雲：〈劉熙載《藝概・詞曲概》初探〉，《劉熙載美學思想研究論文集》成都：四川大學出版社，1993 年。

138. 殷光熹：〈劉熙載詞論初探〉，《雲南民族學院學報》第 1 期，1988 年。

139. 殷光熹：〈劉熙載楚辭論初探〉，《雲南師範大學哲學社會科學學報》（哲學社會科學版）第 27 卷第 3 期，1995 年 6 月。

140. 秦佳妮：〈《藝概・詩概》中的「以理入詩」觀〉，《文教資料》第 30 期，2010 年。

141. 秦金根：〈劉熙載的字體研究及其意義〉，《書法之友》第 8 期，2002 年。

142. 秦金根：〈劉熙載的書法批評〉，《廣西梧州師範高等專科學校學報》第 3 期，2004 年。

143. 秦金根：〈劉熙載的書法發展觀〉，《書法之友》第 12 期，2001 年

144. 袁明慧：〈《藝概・賦概》研究綜述〉，《南昌師範學院學報》第 4 期，2014 年。

145. 袁津琥：〈《藝概》選注本六種述評〉，《綿陽師範學院學報》第 4 期 2009 年。

146. 袁津琥：〈《藝槩注稿》補箋〉，《中國俗文化研究》第 0 期，2012 年。

147. 袁津琥：〈一動萬隨，明斷暗續──再談《藝概》一書的寫作特點〉，《古典文學知識》第 6 期，2011 年。

148. 袁津琥：〈看似容易卻艱辛──《書概箋釋》漫談〉，《綿陽師範學院學報》第 7 期，2018 年。

149. 袁津琥：〈試論劉熙載及其《藝概》〉，《四川烹飪高等專科學校學報》第 2 期，2009 年。

150. 袁津琥：〈鑲金嵌玉，碎錦成文──淺談《藝概》一書的寫作特點〉，《古典文學知識》第 1 期，2011 年。

151. 馬濤：〈「復性」與「游藝」：論劉熙載的「內聖」境界與其「詩品」理想的融通〉，《文藝理論研究》第 2 期，2016 年。

152. 啟坤:〈對劉熙載論草書的認識〉,《文史雜誌》第 1 期,1992 年。

153. 張超、劉曉榮:〈劉熙載美學思想與室內設計創意的方法〉,《西北大學學報》(哲學社會科學版)第 2 期,2010 年。

154. 張幹:〈劉熙載「變調」說之得失談〉,《安徽文學(下半月)》第 4 期,2008 年。

155. 張穎、陳羽翔:〈劉熙載詞論探究〉,《安徽文學(下半月)》第 8 期,2012 年。

156. 張蕓:〈論劉熙載《詩概》對古代詩歌本體論的繼承和發展〉,《天水師範學院學報》第 3 期,2014 年。

157. 張士春:〈劉熙載寫作理論初識〉,《常州工業技術學院學報》第 3 期,1988 年。

158. 張兆勇:〈《藝概·詩概》理路、使命及得失談〉,《銅陵學院學報》第 5 期,2011 年。

159. 張宏梁:〈重新審視「東方黑格爾」〉,《博覽群書》第 5 期,2012 年。

160. 張其俊:〈「詩中有畫」說點染〉,《中華詩詞》第 4 期,2016 年。

161. 張建永:〈超越象外的主體審美意識〉,《吉首大學學報》(社會科學版)第 3 期,1987 年。

162. 張思齊:〈在比較的視域中看劉熙載的制藝理論與實踐〉,《西華大學學報》(哲學社會科學版)第 5 期,2010 年。

163. 張紅軍:〈從「立天定人」到「由人復天」——劉熙載書論中「我」的主體意識論〉,《當代藝術》第 1 期,2013 年。

164. 張瑞君:〈劉熙載杜詩論探析〉,《教學與管理》第 5 期,1989 年。

165. 張漢清、方弢:〈淺論劉熙載的兼美觀〉,《大連大學學報》第 1 期,1997 年。

166. 張維昭:〈論劉熙載文學思想的儒道互補〉,《甘肅社會科學》第 2 期,2005 年。

167. 張韶祈:〈劉熙載詩學觀重探——以「才學並重,奇法兼備」為中心〉,《東吳中文學報》第 33 期,2017 年 5 月。

168. 張興田、吳建民:〈劉熙載以「味」論賦〉,《大慶師範學院學報》第 2 期,2009 年。

169. 張興田、吳建民：〈劉熙載辭賦創作主體論淺探〉，《牡丹江教育學院學報》第 2 期，2009 年。

170. 張興田、吳建民：〈劉熙載辭賦創作論〉，《牡丹江大學學報》第 4 期，2009 年。

171. 張興田：〈劉熙載論賦之發生及流變〉，《齊齊哈爾職業學院學報》第 1 期，2007 年。

172. 張鬱明：〈劉熙載書法體系引論——中國書法大系初探〉，《劉熙載美學思想研究論文集》成都：四川大學出版社，1993 年。

173. 敏澤：〈劉熙載及其《藝概》〉，《形象・意象・情感》石家莊：河北教育出版社，1987 年。

174. 曹東：〈劉熙載及其詩歌簡論〉，《蘇州大學學報》（哲學社會科學版）第 1 期，1999 年。

175. 曹靜：〈論劉熙載的儒道佛圓通思想〉，《語文學刊》第 17 期，2009 年。

176. 曹保合：〈劉熙載的風格論〉，《中華女子學院學報》第 4 期，1998 年。

177. 曹保合：〈談劉熙載的品格論〉，《衡水師專學報》第 1 期，2002 年。

178. 曹靜：〈劉熙載「交遊不多」諸說辯〉，《東南大學學報》（哲學社會科學版）第 S2 期，2009 年。

179. 梁成林：〈從《藝概》看劉熙載的文藝觀〉，《廣西民族學院學報》（社會科學版）第 2 期，1981 年。

180. 莫立民：〈一位別具氣質的作家——劉熙載詩詞創作評論〉，《漳州師範學院學報》（哲學社會科學版）第 2 期，2002 年。

181. 莫其康：〈德藝雙輝的一代大師——紀念劉熙載逝世 130 周年〉，《江蘇地方誌》第 1 期，2011 年。

182. 許學剛：〈劉熙載《藝概》論詞的藝術辯證法〉，《紹興師專學報》第 1 期，1990 年。

183. 郭迪：〈論劉熙載的八股文觀〉，《揚州職業大學學報》第 1 期，2017 年。

184. 郭強：〈劉熙載對詩品與人品的美學思考〉，《藝術百家》第 5 期，2017 年。

185. 郭延禮：〈論劉熙載文學批評的特色〉，《齊魯學刊》第 6 期，1994 年。

186. 郭啟宏：〈漫話「詩眼」〉，《劇本》第 10 期，2015 年。

187. 陳志：〈劉熙載《藝概・經義概》芻議〉，《復旦學報》（社會科學版）第 3 期，2009 年。

188. 陳志：〈劉熙載詩歌創作理論初探〉，《社科縱橫》第 3 期，2006 年。

189. 陳志：〈論劉熙載《藝概・文概》中的散文思想〉，《蘭州大學學報》第 6 期，2006 年。

190. 陳晉：〈劉熙載對詩歌藝術辯證法的探討〉，《社會科學》第 5 期，1985 年。

191. 陳敏：〈劉熙載美學意境創造論〉，《探索與爭鳴》第 9 期，2001 年。

192. 陳莊：〈劉熙載《藝概・文概》初探〉，《四川大學學報》（哲學社會科學版）第 1 期，1981 年。

193. 陳遠、佛雛：〈關於劉熙載美學思想問題的通信〉，《江海學刊》第 6 期，1964 年。

194. 陳水雲：〈劉熙載的詞品說及其生成的學術背景〉，《鄂州大學學報》第 1 期，2002 年

195. 陳平驪：〈虛實之間，別開藝境──劉熙載《藝概》中「虛與實」概念的美學探析〉，《理論界》第 10 期，2008 年。

196. 陳永標：〈劉熙載的藝術審美觀──兼論《藝概》對我國古典美學理論的繼承和把握〉，《文藝理論研究》第 6 期，1993 年。

197. 陳名財：〈劉熙載書學「意」、「象」論的文化精神〉，《文史雜誌》第 4 期，1998 年。

198. 陳華東：〈重讀《藝概》引發的斷想〉，《社會科學論壇》第 6 期，2014 年。

199. 陳開政：〈《藝概・書概》的基本理論淺析〉，《青年文學家》第 35 期，2014 年。

200. 陳德禮：〈劉熙載的《藝概》及其辯證審美觀〉，《北京大學學報》（哲學社會科學版）第 5 期，1987 年。

201. 陶型傳：〈「元分」品格──劉熙載美學思想散論之二〉，《文藝理論研究》第 4 期，2013 年。

202. 陶型傳：〈「文之道，時為大」──劉熙載美學思想散論之四〉，《文學與文化》第 1 期，2014 年。

203. 陶型傳：〈「物一無文」和「物無一則無文」──《藝概》的審美方法論之一〉，《劉熙載美學思想研究論文集》成都：四川大學出版社，1993 年。

204. 陶型傳:〈「意不可盡,以不盡盡之」——劉熙載美學思想散論之一〉,《文藝理論研究》第 1 期,2013 年。

205. 陶型傳:〈品居極上之文,只是本色——劉熙載的美學思想散論之一〉,《中國古典文學論叢》第 2 輯,人民文學出版社,1985 年。

206. 陶型傳:〈既要「融貫變化」又能「渾然無跡」——《藝概》中的章法論剖析〉,《華東師範大學學報》(哲學社會科學版)第 5 期,1985 年。

207. 陶型傳:〈藝術創造中的對立強化規律——劉熙載的審美方法論之二〉,《劉熙載美學思想研究論文集》成都:四川大學出版社,1993 年。

208. 陸燁:〈劉熙載論詩品與人品〉,《劉熙載美學思想研究論文集》成都:四川大學出版社,1993 年。

209. 陸明君:〈朗若軒學書碎語〉,《中國書畫》第 12 期,2011 年。

210. 陸曉光:〈「文,心學也」——試論劉熙載文藝思想的一個根本觀點〉,《學術月刊》第 7 期,1983 年。

211. 傅勇林:〈文脈、意脈與語篇闡釋——Halliday 與劉熙載篇章理論之比較研究〉,《外語與外語教學》第 1 期,2000 年。

212. 賀方剛:〈情感與書法創作、欣賞的關系探析——引「情感指向」的方法於《書概》的解讀當中〉,《濟寧學院學報》第 3 期,2017 年。

213. 賀陶樂:〈對劉熙載論《左傳》敘事藝術的闡釋〉,《揚州大學學報》(人文社會科學版)第 3 期,2007 年。

214. 黃河:〈情感表現的藝術——論劉熙載的詩歌思想〉,《華僑大學學報》(哲學社會科學版)第 2 期,1990 年。

215. 黃偉、董芬:〈范伯子詩學淵源考論〉,《南通大學學報》(社會科學版)第 5 期,2009 年。

216. 黃潔:〈劉熙載文藝美學思想的要義〉,《西南民族學院學報》(哲學社會科學版)第 1 期,2003 年。

217. 黃海章:〈評劉熙載的《藝概》〉,《中山大學學報》第 1 期,1962 年。

218. 黃黎星:〈劉熙載《藝概》中的援《易》立說〉,《福建論壇》(人文社會科學版)第 5 期,1999 年。

219. 塗承日:〈劉熙載「鑿空亂道」說的詩學闡釋〉,《鄭州大學學報》(哲學社會科學版)第 6 期,2012 年。

220. 楊心果：〈劉融齋詩概詮說〉，《中國詩季刊》第 2 卷第 4 期，1971 年 12月。

221. 楊抱樸、劉宏：〈劉熙載致強汝詢三封信箚考釋〉，《瀋陽師範大學學報》（社會科學）第 3 期，2016 年。

222. 楊抱樸：〈《劉熙載年譜》簡介〉，《瀋陽師範大學學報》（社會科學版）第 4 期，2015 年。

223. 楊抱樸：〈袁昶日記中有關劉熙載的文獻〉，《遼東學院學報》（社會科學版）第 4 期，2012 年。

224. 楊抱樸：〈從《四旬集》到《昨非集》──兼論劉熙載前後期學術思想的變化〉，《遼東學院學報》（社會科學版）第 2 期，2016 年。

225. 楊抱樸：〈劉熙載年譜〉（一），《遼東學院學報》（社會科學版）第 6 期，2007 年。

226. 楊抱樸：〈劉熙載年譜〉（二），《遼東學院學報》（社會科學版）第 1 期，2008 年。

227. 楊抱樸：〈劉熙載年譜〉（三），《遼東學院學報》（社會科學版）第 2 期，2008 年。

228. 楊抱樸：〈劉熙載年譜〉（四），《遼東學院學報》（社會科學版）第 3 期，2008 年。

229. 楊抱樸：〈劉熙載行跡考〉，《東北師大學報》（哲學社會科學版）第 2 期，2007 年。

230. 楊抱樸：〈劉熙載佚詩考〉，《社會科學輯刊》第 5 期，2010 年。

231. 楊抱樸：〈劉熙載的書品人品論──從「狂狷」、「鄉願」談起〉，《北方論叢》第 1 期，2007 年。

232. 楊抱樸：〈劉熙載與齊學裘的交遊〉，《瀋陽師範大學學報》（社會科學版）第 1 期，2007 年。

233. 楊柏嶺：〈劉熙載「厚而清」藝術理念評介〉，《安徽師範大學學報》（人文社會科學版）第 1 期，2006 年。

234. 楊婭萍、何奎：〈簡析「書當造乎自然」〉，《北方文學》第 33 期，2017 年。

235. 楊詠祁：〈《藝概》論美學範疇「氣」〉，《劉熙載美學思想研究論文集》成都：四川大學出版社，1993 年。

236. 楊學銘：〈詩品出於人品——略論劉熙載的一條文學批評原則〉，《駐馬店師專學報》（社會科學版）第 1 期，1988 年。

237. 楊曉萍、殷麒鵬：〈論康有為八分觀中對所引劉熙載文句的誤讀〉，《中國書法》第 6 期，2017 年。

238. 萬奇：〈劉熙載散文理論探微〉，《廣播電視大學學報》（哲學社會科學版）第 2 期，2003 年。

239. 萬志海：〈美在本色——劉熙載對劉勰美學思想的繼承和發展〉，《江漢大學學報》（人文科學版）第 30 卷第 6 期，2011 年 12 月。

240. 萬志海：〈劉熙載「自成一家」論〉，《人文論譚》第 0 期，2010 年。

241. 萬志海：〈劉熙載美學思想辨析——兼論劉熙載美學思想與《周易》哲學之間的關系〉，《江漢大學學報》（人文科學版）第 1 期，2007 年。

242. 葉培貴：〈晚清書論三傑〉，《書法之友》第 6 期，2000 年。

243. 葉當前：〈論《藝概》的文藝批評方法〉，《巢湖學院學報》第 2 期，2003 年。

244. 董乃斌：〈《藝概·詩概》的詩歌敘事理論——劉熙載敘事觀探索之一〉，《文學遺產》第 4 期，2012 年。

245. 董洪利：〈一部簡明精闢的文藝批評論著——談清人劉熙載的《藝概》〉，《文史知識》第 11 期，1983 年。

246. 董朝霞：〈論劉熙載《詩概》與《書概》思想的互滲性〉，《作家》第 16 期，2010 年。

247. 董雅蘭：〈劉熙載論唐宋八大家〉，《東吳中文研究集刊》，1994 年 5 月。

248. 董運庭：〈「文得元氣便厚」——劉熙載的藝術風格論〉，《重慶教育學院學報》第 2 期，1989 年。

249. 董運庭：〈「物相雜，故曰文」——劉熙載的藝術辯證法〉，《西北師大學報》（社會科學版）第 6 期，1989 年。

250. 董運庭：〈「詩品出於人品」——劉熙載的藝術主體論〉，《青海民族學院學報》（社會科學版）第 4 期，1988 年。

251. 董運庭：〈「藝者，道之形也」——劉熙載的藝術本體論〉，《西北師院學報》（社會科學版）第 4 期，1988 年。

252. 董運庭：〈中國古典美學的末代大師——劉熙載〉,《四川師範大學學報》（社科版）第 3 期,1988 年。

253. 董運庭：〈由劉熙載引出的若干思考——《劉熙載與中國古典美學的終結》前言〉,《重慶師院學報》（哲學社會科學版）第 2 期,2000 年。

254. 董運庭：〈從《寤崖子》看劉熙載及其美學思想深層結構〉,《劉熙載美學思想研究論文集》成都：四川大學出版社,1993 年。

255. 董運庭：〈劉熙載的藝術發展論〉,《四川師範大學學報》（社會科學版）第 1 期,1989 年。

256. 董運庭：〈劉熙載現象留給中國美學的思考〉,《重慶教育學院學報》第 3 期,1989 年。

257. 董運庭：〈劉熙載與 20 世紀中國傳統美學的命運〉,《重慶教育學院學報》第 2 期,2001 年。

258. 解艷：〈從《藝概‧文概》論劉熙載儒學視角的不唯一性〉,《商業文化》（學術版）第 10 期,2010 年。

259. 詹安泰：〈劉熙載論詞品及蘇辛詞——詞論箚記〉,《文學評論》編輯部編：《文學評論叢刊》第 3 輯,中國社會科學出版社,1979 年 7 月。

260. 詹志和：〈好借禪機悟「文訣」——佛學對劉熙載文藝美學觀的影響浸潤〉,《文學評論》第 1 期,2006 年。

261. 雷恩海：〈《文心雕龍》與《藝概》〉,《鎮江師專學報》（社會科學版）第 1 期,2001 年。

262. 熊曲：〈劉熙載在陶淵明論中的思想探析〉,《南京林業大學學報》（人文社會科學版）第 1 期,2008 年。

263. 管仁福、劉開驊：〈由杜詩評點看劉熙載的詩學理論——《藝概‧詩概》評杜文本細讀〉,《南京政治學院學報》第 6 期,2004 年。

264. 管仁福：〈劉熙載詩論的人文關懷〉,《中國礦業大學學報》（社會科學版）第 4 期,2008 年。

265. 管仁福：〈劉熙載論韓愈簡評〉,《學海》第 2 期,2004 年。

266. 趙沖：〈「書者,如也」觀念探微〉,《江蘇教育》第 5 期,2018 年。

267. 趙樂：〈論劉熙載的詩歌美學——以《藝概‧詩概》為核心〉,《內蒙古師範大學學報》（哲學社會科學版）第 1 期,2008 年。

268. 趙婧迪：〈劉熙載論詩詞之「清新」〉，《西安航空學院學報》第 6 期，2017
年。

269. 趙敏俐：〈十九世紀末古典文學研究態勢的歷史回顧〉，《江海學刊》第 1
期，1996 年。

270. 趙曉叢：〈「文為心學」——劉熙載的創作主體論探微〉，《上饒師範學院
學報》第 2 期，2013 年。

271. 趙曉叢：〈「志、旨、才、氣」——劉熙載創作主體論初探〉，《牡丹江教
育學院學報》第 2 期，2014 年。

272. 趙曉叢：〈論劉熙載「文為心學」文藝思想的崇心傾向〉，《合肥師範學院
學報》第 5 期，2014 年。

273. 劉洋：〈意法相成——劉熙載《書概》書法批評論略〉，《作家》第 2 期，
2012 年。

274. 劉洋：〈談劉熙載《書概》中的書法批評思想〉，《語文學刊》第 19 期，
2010 年。

275. 劉暢：〈劉熙載「書如其人」說闡微〉，《中國書法》第 20 期，2018 年。

276. 劉立人：〈劉熙載略論〉，徐林祥主編：《劉熙載美學思想研究論文集》成
都：四川大學出版社，1993 年。

277. 劉彥輝：〈劉熙載詩歌中的儒釋道思想〉，《東南大學學報》（哲學社會科
學版）第 S1 期，2008 年。

278. 劉海清：〈劉熙載詩歌藝術辯證觀〉，《寫作》第 3 期，1997 年。

279. 劉曉萌：〈論劉熙載《藝概·詞曲概》正統文學觀念〉，《名作欣賞》第 5
期，2017 年。

280. 劉樹元：〈劉熙載的文藝美學思想〉，《錦州師院學報》（哲學社會科學版）
第 3 期，1992 年。

281. 劉鑒毅：〈劉熙載《藝概·書概》對書風與時代關係之論述〉，《中華書道》
第 32 期，2001 年 5 月。

282. 劉鑒毅：〈劉熙載《藝概·書概》論書法對立統一之形式美〉，《中央大學
人文學報》第 25 期，2002 年 6 月。

283. 歐貴明、張建強：〈「文醒詩醉」說評解〉，《廣西梧州師範高等專科學校
學報》第 4 期，1998 年。

284. 滕福海：〈《藝概》的「寄厚於輕」論──劉熙載「寄言」說研究之二〉，《廣西大學學報》（哲學社會科學版）第 4 期，1996 年。

285. 滕福海：〈「寄言」說與《藝概》的藝術本質論〉，《暨南學報》（哲學社會科學）第 2 期，1994 年。

286. 蔣均濤：〈深文隱蔚，伏采潛發──抒情性作品的朦朧美〉，《川北教育學院學報》第 4 期，2000 年。

287. 鄧軍海：〈《藝概》風格論的陰陽辯證精神〉，《周易研究》第 3 期，2004 年。

288. 鄧軍海：〈劉熙載論物我關系〉，《西北師大學報》（社會科學版）第 4 期，1999 年。

289. 鄧喬彬：〈劉熙載詞品說新探〉，《陰山學刊》第 2 期，1993 年。

290. 鄧嗣明：〈「文眼」瑣談〉，《語文學習》第 10 期，1981 年。

291. 鄧瑩輝、程翔宇：〈從「周旨蕩而史意貪」看劉熙載的詩學思想〉，《三峽大學學報》（人文社會科學版）第 40 卷第 6 期，2008 年 11 月。

292. 鄭國岱：〈劉熙載、王國維論詞中情〉，《西華師範大學學報》（哲學社會科學版）第 6 期，2004 年。

293. 盧柏勳：〈《藝概‧詞曲概》曲學理論探析〉，《中國語文》110 卷 5 期總號 659，2012 年 5 月。

294. 盧善慶：〈文藝美學的芻形構架和文藝整體性研究嘗試──論劉熙載的《藝概》〉，《廈門大學學報》（哲學社會科學版）第 1 期，1988 年。

295. 閻澤、李平：〈「文眼」「警策」辯〉，《固原師專學報》（社會科學版）第 1 期，1986 年。

296. 薛正興：〈劉熙載論〉，《揚州文化研究論叢》第 2 期，2009 年。

297. 韓烈文：〈「不工者，工之極也」──劉熙載的藝術辯證法〉，《四川教育學院學報》第 1 期，2002 年。

298. 韓烈文：〈「文，心學也」──劉熙載的創作主體論〉，《內江師範學院學報》第 1 期，1989 年。

299. 韓烈文：〈「古，當觀於其變」:劉熙載的藝術發展論〉，《西南民族學院學報》（哲學社會科學版）第 1 期，2002 年。

300. 韓烈文：〈「品居極上之文，只是本色」──劉熙載的創作境界論〉，《內江師範學院學報》第 2 期，1989 年。

301. 韓烈文：〈「無窮出清新」——劉熙載的藝術創新論〉，《成都教育學院學報》第 12 期，2002 年。

302. 韓烈文：〈「然彼豔者，如實用何？」——劉熙載的藝術本質論〉，《成都教育學院學報》第 4 期，2001 年。

303. 韓麗霞、李忠偉：〈劉熙載《藝概·賦概》體系與範疇〉，《齊齊哈爾大學學報》（哲學社會科學版）第 2 期，2015 年。

304. 魏東方：〈試論晚清書家對書法本體論的貢獻〉，《中國書法》第 18 期，2018 年。

參、《文心雕龍》專類

一、《文心雕龍》版本（依出版年代為序）

1. 潘重規：《唐寫本文心雕龍殘本合校》香港：新亞研究所，1970 年。

2. 清·黃叔琳注，李詳補注，紀昀評：《文心雕龍注》臺北：世界書局，1984 年。林其錟、陳鳳金校編：《文心雕龍集校合編》台南：暨南出版社，2002 年。（此書包含以下三個版本）

    《唐寫本文心雕龍殘卷》

    《宋禦覽本文心雕龍》

    《元至正本文心雕龍》

3. 文心雕龍學會、全國高校古籍整理委員會所編輯：《文心雕龍資料叢書》北京：學苑出版社，2005 年。（此書包含以下七個版本）

    《唐寫本文心雕龍殘卷》

    《元至正本文心雕龍》

    明·王惟儉：《文心雕龍訓故》

    明·楊升庵批點、曹學佺評：《文心雕龍》

    明·楊升庵批點、枚慶生音注：《文心雕龍》

    日本·九州大學藏明版：《文心雕龍》

    日本·岡白駒校讀本：《文心雕龍》

二、《文心雕龍》相關著作（依作者筆劃為序）

（一）台灣地區

1. 尤雅姿：《文心雕龍文藝哲學新論》臺北市：臺灣學生，2010 年 12 月。

2. 方元珍:《文心雕龍作家論研究:以建安時期為限》臺北:文史哲出版社,2003 年。

3. 方元珍:《文心雕龍風格論探析》臺北:中國文化大學華岡出版部,2002 年 9 月。

4. 方元珍:《文心雕龍與佛教關係之考辨》臺北:文史哲出版社,1987 年。

5. 王更生:《中國古代文學理論的秘寶——文心雕龍》臺北:黎明文化事業股份有限公司,1995 年。

6. 王更生:《文心雕龍研究》臺北:文史哲出版社,1976 年。

7. 王更生:《文心雕龍新論》臺北:文史哲出版社,1991 年。

8. 王更生:《文心雕龍管窺》臺北:文史哲出版社,2007 年。

9. 王更生:《文心雕龍範注駁正》臺北:華正書局,1979 年。

10. 王更生:《文心雕龍讀本》臺北:文史哲出版社,1988 年。

11. 王更生:《重修增訂文心雕龍研究》臺北:文史哲出版社,1979 年。

12. 王更生:《重修增訂文心雕龍導讀》臺北:華正書局,1988 年。

13. 王更生選編:《文心雕龍論文選粹》臺北:育民出版社,1980 年。

14. 王更生總編訂:《台灣近五十年文心雕龍研究論著摘要》臺北:文史哲出版社,1999 年。

15. 王叔岷:《文心雕龍綴補》臺北:藝文印書館,1975 年。

16. 王金凌:《文心雕龍文論術語析論》臺北:華正書局,1981 年。

17. 王金凌:《劉勰年譜》臺北:嘉新水泥文化基金會,1976 年。

18. 王夢鷗:《王夢鷗先生文心雕龍講記》臺北:秀威資訊科技出版紅螞蟻圖書經銷,2009 年。

19. 王夢鷗:《古典文學的奧秘——文心雕龍》臺北:時報文化出版企業股份有限公司,1981 年。

20. 王禮卿:《文心雕龍通解》臺北:黎明文化事業公司,1986 年。

21. 呂立德:《《文心雕龍·時序》研究》新北市:花木蘭文化,2011 年 3 月。

22. 呂武志:《魏晉文論與文心雕龍》臺北:樂學書局,1998 年。

23. 李中成:《文心雕龍析論》臺北:大聖書局,1972 年。

24. 李曰剛:《文心雕龍斠詮》臺北:國立編譯館,1982 年。

25. 李平《20 世紀《文心雕龍》研究史論》上、下,新北市:花木蘭文化,2012 年。

26. 李慕如:《由文心雕龍知音篇談劉勰文學批評》高雄:復文圖書出版社,1990 年。

27. 杜黎均:《文心雕龍文學理論研究和譯釋》臺北:曉園出版社,1992 年。

28. 沈謙:《文心雕龍之文學理論與批評》臺北:華正書局,1990 年。

29. 沈謙:《文心雕龍批評論發微》臺北:聯經出版社,1977 年。

30. 沈謙:《文心雕龍與現代修辭學》臺北:文史哲出版社,1992 年。

31. 周振甫主編:《文心雕龍辭典》北京:中華書局,1996 年。

32. 金民那:《文心雕龍的美學──文學的心靈及其藝術的表現》臺北:文史哲出版社,1993 年。

33. 施筱雲:《《文心雕龍·辨騷》研究》新北市:花木蘭文化,2013 年 9 月。

34. 洪增宏:《道沿聖以傳經:《文心雕龍》反饋《周易》關係研究》臺北:元華文創股份有限公司,2017 年。

35. 高大威:《王夢鷗先生文心雕龍講記》臺北:秀威資訊科技,2009 年。

36. 張嚴:《文心雕龍文術論詮》臺北:台灣商務印書館,1973 年。

37. 張嚴:《文心雕龍通識》臺北:台灣商務印書館,1969 年。

38. 張仁青:《文心雕龍通詮》臺北:明文書局,1985 年。

39. 張立齋:《文心雕龍考異》臺北:正中書局,1982 年。

40. 張立齋:《文心雕龍註訂》臺北:正中書局,1979 年。

41. 張國慶、涂光社:《文心雕龍集校、集釋、直譯》北京:中國社會科學出版,2015 年。

42. 戚良德:《《文心雕龍》與當代文藝學》新北市:華藝學術出版華藝數位發行,2014 年 11 年月。

43. 郭章裕:《古代「雜文」的演變:從《文心雕龍》到《文苑英華》》臺北:致知學術,2015 年。

44. 陳拱:《文心雕龍本義》臺北:商務印書館,1999 年。

45. 陳弘治、陳滿銘、劉本棟選註:《譯註文心雕龍選》臺北,文津出版社,1974 年。

46. 陳兆秀:《文心雕龍術語探析》臺北:文史哲出版社,1986 年。

47. 陳秀美:《《文心雕龍》「文體通變觀」研究》新北市:花木蘭,2015 年。

48. 陳秀美：《論《文心雕龍》聖人「通變之心」的哲思基礎》台中：華格那企業，2013 年 4 月。

49. 彭慶環：《文心雕龍綜合研究》臺北：正中書局，1990 年。

50. 彭慶環：《文心雕龍釋義》臺北：華星出版社，1970 年。

51. 游志誠：《文心雕龍五十篇細讀》臺北：文津，2017 年 6 月。

52. 游志誠：《文心雕龍與劉子系統研究》臺北：文史哲，2010 年。

53. 游志誠：《文心雕龍與劉子跨界論述》臺北：華正書局，2013 年 8 月初版。

54. 游志誠：《文學批評精讀》臺北：五南圖書出版股份有限公司，2003 年初版。

55. 游志誠：《文選綜合學》臺北：文史哲出版社，2010 年 4 月。

56. 游志誠：《昭明文選學術論考》臺北：學生書局，1996 年初版。

57. 華仲麐：《文心雕龍要義申說》臺北，學生書局，1998 年。

58. 馮吉權：《《文心雕龍》與《詩品》之詩論比較研究》臺北：文史哲出版社，1981 年。

59. 黃亦真：《文心雕龍比喻技巧研究》臺北：學海出版社，1991 年。

60. 黃春貴：《文心雕龍之創作論》臺北：文史哲出版社，1978 年。

61. 黃端陽：《文心雕龍樞紐論研究》臺北：國家出版社，2000 年。

62. 黃端陽：《范文瀾《文心雕龍注》研究》臺北：文史哲，2012 年。

63. 楊曉菁：《中文閱讀策略研究：以《文心雕龍》「文術論」為理論視域》臺北：萬卷樓，2016 年。

64. 溫光華：《文心雕龍「以駢著論」之研究》臺北：文史哲，民 2009 年 2 月。

65. 劉渼：《台灣近五十年來文心雕龍學研究》臺北：萬卷樓圖書有限公司，2001 年。

66. 劉永濟：《文心雕龍校釋》臺北：華正書局，1981 年。

67. 劉榮傑：《文心雕龍譬喻研究》臺北：前衛出版社，1987 年。

68. 蔡宗陽：《文心雕龍探賾》臺北：文史哲出版社，2001 年。

69. 樸現圭：《文心雕龍在韓國的流傳》臺北縣：聖環圖書，2010 年 1 月。

70. 龍必錕：《文心雕龍全譯》貴州：貴州人民出版社，1992 年。

71. 簡良如：《《文心雕龍》研究：個體智術之人文圖像》臺北：國立臺灣大學出版中心，2008 年 12 月。

72. 藍若天：《文心雕龍的樞紐論與區分論》臺北：台灣商務印書館，1975 年。

73. 魏素足：《試論劉勰《文心雕龍・程器》篇與儒家「器用」、「文德」思想之關聯》臺北：孔孟學會，2014 年 4 月。

74. 龔菱：《文心雕龍研究》臺北：文津出版社，1982 年。

（二）大陸地區

1. 于景祥：《文心雕龍的駢文理論和實踐》北京：中華書局，2017 年。

2. 王元化：《文心雕龍講疏》臺北：書林出版有限公司，1993 年。

3. 王永斌：《文心雕龍散論》北京：國家圖書館出版社，2010 年 2 月。

4. 王利器：《文心雕龍校證》上海：上海古籍出版社，1980 年。

5. 王毓紅：《言者我也：《文心雕龍》批評話語分析》北京：商務印書館，2011 年。

6. 王運熙：《文心雕龍探索增補本》上海：上海古籍出版社，2005 年。

7. 石家宜：《文心雕龍整體研究》南京：南京出版社，1993 年。

8. 牟世金：《文心雕龍研究》北京：人民文學出版社，1991 年。

9. 牟世金：《台灣文心雕龍研究鳥瞰》山東：山東大學出版社，1985 年。

10. 牟世金：《雕龍後集》山東：山東大學出版社，1993 年。

11. 艾若：《神與物遊——劉勰文藝創作理論初探》北京：文化藝術出版社，1985 年。

12. 作朋：《文心雕龍之分析》北京：國家圖書館出版社，2010 年 7 月。

13. 吳林伯《文心雕龍義疏》武漢：武漢大學出版社，2013 年。

14. 吳益曾：《文心雕龍中之文學觀》北京：國家圖書館出版社，2010 年 7 月。

15. 吳寒柳：《《文心雕龍・宗經》詮釋》武漢：武漢大學出版社，2011 年 9 月。

16. 李平：《《文心雕龍》研究史論》合肥：黃山書社，2009 年 10 月。

17. 李笠：《讀《文心雕龍講疏》》北京：國家圖書館出版社，2010 年 7 月。

18. 李詳：《《文心雕龍》黃注補正》北京：國家圖書館出版社，2010 年 7 月。

19. 李仰南：《文心雕龍研》北京：國家圖書館出版社，2010 年 7 月。

20. 李冰若：《書《文心雕龍‧明詩篇》後》北京：國家圖書館出版社，2010年7月。

21. 李明高：《文心雕龍譯讀》濟南：齊魯書社，2009年5月。

22. 李長庚：《《文心雕龍》與《易》卦關係探微》北京：人民出版社，2017年。

23. 李建中：《文心雕龍講演錄》桂林：廣西師範大學出版社，2008年12月。

24. 佩心：《書《情采篇》後》北京：國家圖書館出版社，2010年7月。

25. 叔蓀：《讀《文心‧情采篇》後記》北京：國家圖書館出版社，2010年7月。

26. 周振甫：《《文心雕龍》二十二講》重慶：重慶大學出版社出版發行新華經銷，2010年。

27. 周振甫：《文心雕龍注釋》北京：人民文學出版社，2003年。

28. 周振甫：《周振甫講文心雕龍》南京：江蘇教育出版社，2005年。

29. 周紹恆：《文心雕龍散論及其他》北京：學苑出版社，2001年。

30. 周勛初：《文心雕龍解析》南京，鳳凰出版社，2015年12月。

31. 周興陸：《文心雕龍精讀》北京：北京大學，2015年。

32. 孟慶陽：《劉勰《文心雕龍》中的奏議文體論》南京：鳳凰出版社，2011年12月。

33. 林彬：《文心雕龍文體論今疏》呼和浩特：內蒙古教育出版社，2000年。

34. 林彬：《文心雕龍批評論新詮》呼和浩特：內蒙古教育出版社，2002年。

35. 林彬：《文心雕龍創作論疏鑒》呼和浩特：內蒙古教育出版社，1998年。

36. 林樹標：《書《文心雕龍》後》北京：國家圖書館出版社，2010年7月。

37. 俞元桂：《《文心雕龍》上篇分析初步》北京：國家圖書館出版社，2010年7月。

38. 姚卿雲：《梁代之文學批評》北京：國家圖書館出版社，2010年7月。

39. 姚愛斌：《文心雕龍詩學範式研》長沙：湖南人民出版社，2012年4月。

40. 施傳賢：《讀完《文心》以後》北京：國家圖書館出版社，2010年7月。

41. 胡海：《《文心雕龍》與文藝學》北京：人民出版社，2012年12月。

42. 胡琦：《「季箚觀辭」與「詩為樂心」：《文心雕龍》之「詩」「聲」論及其淵源》北京：北京大學出版社，2015年11月。

43. 胡輝：《劉勰詩經觀研》昆明：雲南大學出版社，2015 年。

44. 胡大雷：《文心雕龍的批評學》桂林市:廣西師範大學，2004 年。

45. 胡侯楚：《劉彥和底文學通論》北京：國家圖書館出版社，2010 年 7 月。

46. 范文瀾：《《文心雕龍講疏》提要》北京：國家圖書館出版社，2010 年 7 月。

47. 范文瀾：《文心雕龍注》臺北：學海出版社，1991 年。

48. 孫蓉蓉：《劉勰與《文心雕龍》考論》北京：中華書局，2008 年 11 月。

49. 徐復：《黃補《文心雕龍·隱秀篇》箋注》北京：國家圖書館出版社，2010 年 7 月。

50. 涂光社：《文心十論》遼寧：春風文藝出版社，1986 年。

51. 祖保泉：《文心雕龍解說》安徽：安徽教育出版社，1993 年。

52. 袁濟喜：《文心雕龍品鑑》北京：中國人民大學出版社，2010 年。

53. 袁濟喜：《文心雕龍解讀》北京：中國人民大學出版社，2008 年 10 月。

54. 馬敘倫：《文心雕龍黃注補正》北京：國家圖書館出版社，2010 年 7 月。

55. 高林廣：《《文心雕龍》：先秦兩漢文學批評研》北京：中華書局，2016 年 6 月。

56. 張健：《思無定契與理有恆存：《文心雕龍》的文思與文術》北京：北京大學出版社，2015 年 11 月。

57. 張燈：《文心雕龍譯註疏辨》上海：復旦大學出版社，2015 年。

58. 張少康：《文心雕龍新注選》北京：北京大學出版社，2015 年 11 月。

59. 張少康：《文心雕龍新探》臺北：文史哲出版社，1991 年。

60. 張少康：《劉勰及其文心雕龍研》北京：北京大學出版社，2010 年 9 月。

61. 張少康等著：《文心雕龍研究史》北京：北京大學出版社，2001 年。

62. 張文勛：《文心雕龍研究史》昆明：雲南大學出版社，2001 年。

63. 張文勛：《文心雕龍探秘》北京：生活年讀書年新知三聯書店，2014 年。

64. 張文勛：《劉勰的文學史論》北京：人民文學出版社，1984 年。

65. 張世祿：《《文心雕龍·明詩篇》書後》北京：國家圖書館出版社，2010 年 7 月。

66. 張利群《文心雕龍體制論》桂林：廣西師範大學出版社，2010 年。

67. 張國慶：《《文心雕龍》集校、集釋、直譯》北京：中國社會科學出版社，2015 年。

68. 戚良德：《文心雕龍校注通譯》上海：上海古籍，2011 年。

69. 戚維翰：《劉勰的作文方法論》北京：國家圖書館出版社，2010 年 7 月。

70. 梁容若：《文學批評家劉彥和評傳》北京：國家圖書館出版社，2010 年 7 月。

71. 畢萬忱、李淼：《文心雕龍論稿》山東：齊魯書社，1985 年。

72. 郭鵬：《《文心雕龍》的文學理論和歷史淵源》濟南：齊魯書社，2004 年 7 月。

73. 郭晉稀：《文心雕龍注譯》甘肅：甘肅人民出版社，1984 年。

74. 陳準：《顧黃合斠《文心雕龍》跋》北京：國家圖書館出版社，2010 年 7 月。

75. 陳允鋒：《文心雕龍疑思錄》北京：中央民族大學出版社，2013 年。

76. 陳延傑：《讀文心雕龍》北京：國家圖書館出版社，2010 年 7 月。

77. 陳冠一：《文心雕龍分析之研》北京：國家圖書館出版社，2010 年 7 月。

78. 陳思苓：《文心雕龍臆論》四川：巴蜀書社，1988 年。

79. 陳紹倫：《紬繹《文心雕龍·風骨篇》之要旨》北京：國家圖書館出版社，2010 年 7 月。

80. 陳蜀玉：《文心雕龍法譯及其研究》上海：上海社會科學院，2011 年。

81. 陶禮天：《論劉勰的才性批評模式：《文心雕龍》文學批評範式研究之一》北京：北京大學出版社，2015 年 11 月。

82. 陸侃如、牟世金：《文心雕龍譯注》濟南：齊魯書社，1996 年。

83. 陸侃如、牟世金：《劉勰和文心雕龍》臺北：國文天地雜誌社，1991 年。

84. 陸侃如、牟世金：《劉勰論創作》安徽：安徽人民出版社，1981 年。

85. 陸曉光：《王元化的《文心雕龍》研究：有情志有理想的學術》上海：上海人民出版社，2008 年 11 月。

86. 傅增湘：《明嘉靖本《文心雕龍》跋》北京：國家圖書館出版社，2010 年 7 月。

87. 傅增湘：《徐興公校《文心雕龍》跋》北京：國家圖書館出版社，2010 年 7 月。

88. 曾寶妍：《論六朝繪畫理論與《文心雕龍》文學理論的關係》北京：北京大學出版社，2015 年 11 月。

89. 童慶炳:《童慶炳文集年第七卷·《文心雕龍》三十說》北京:北京師範大學出版社,2016 年。

90. 童慶炳:《童慶炳談文心雕龍》開封:河南大學出版社,2008 年。

91. 馮春田:《文心雕龍語詞通釋》山東:明天出版社,1990 年。

92. 馮春田:《文心雕龍釋義》山東:山東教育出版社,1986 年。

93. 馮春田:《文心雕龍闡釋》濟南:齊魯書社,2000 年。

94. 黃侃:《文心雕龍箚記》上海:上海古籍出版社,2000 年。

95. 黃霖:《文心雕龍彙評》上海:上海古籍出版社,2005 年。

96. 黃維樑:《中國詩學縱橫論》臺北:洪範書店,1986 年。

97. 黃維樑:《文心雕龍:體系與應用》香港:文思出版,2016 年。

98. 黃維樑:《從《文心雕龍》到《人間詞話》:中國古典文論新探》北京:北京大學出版社,2013 年。

99. 楊明:《文心雕龍精讀》上海:復旦大學出版社,2016 年 6 月。

100. 楊明照:《文心雕龍校注》香港:龍門書局,1959 年。

101. 楊明照:《文心雕龍校注拾遺》臺北:崧高書社,1984 年。

102. 楊明照:《文心雕龍校注拾遺補正》江蘇:江蘇古籍出版社,2001 年。

103. 楊明照:《增訂文心雕龍校注》北京,中華書局,2000 年。

104. 楊清之:《《文心雕龍》與六朝文化思潮(修訂本)》濟南:齊魯書社,2014 年。

105. 楊清之:《《文心雕龍與六朝文化思潮》濟南:齊魯書社,2014 年 1 月。

106. 楊鴻烈:《文心雕龍的研》北京:國家圖書館出版社,2010 年 7 月。

107. 葉當前:《姚永樸《文學研究法》徵引《文心雕龍》考察》北京:中國社會科學出版社,2016 年 7 月。

108. 葉霧霓:《怎樣閱讀偉大的文心雕龍》北京:國家圖書館出版社,2010 年 7 月。

109. 詹鍈:《文心雕龍的風格學》臺北:正中書局,1994 年。

110. 詹鍈:《文心雕龍義證》上海:上海古籍出版社,1989 年。

111. 詹鍈:《劉勰與文心雕龍》北京:中華書局,1980 年。

112. 蒙文通:《館藏嘉靖汪刻《文心雕龍校記》書後》北京:國家圖書館出版社,2010 年 7 月。

113. 褚世昌:《文心雕龍句解》哈爾濱:黑龍江人民,2009 年。

114. 趙西陸:《評范文瀾《文心雕龍注》》北京:國家圖書館出版社,2010 年 7 月。

115. 趙萬里:《唐寫本《文心雕龍》殘卷校記》北京:國家圖書館出版社,2010 年 7 月。

116. 趙耀鋒:《文心雕龍研》銀川:陽光出版社,2013 年 1 月。

117. 劉亞超:《文心雕龍通論》北京:人民出版社,2012 年 12 月。

118. 劉慶華:《文心雕龍文體論》香港:文心文化事業有限公司,2011 年 1 月。

119. 歐陽豔華:《徵聖之言:《文心雕龍》體道思想研》上海:上海古籍出版社,2015 年 2 月。

120. 蔡宗齊:《《文心雕龍》中「文」的多重含義及劉勰文學理論體系的建立》北京:北京大學出版社,2015 年 11 月。

121. 蔣祖怡:《文心雕龍論叢》上海:上海古籍出版社,1985 年。

122. 鄧國光:《《文心雕龍》文理研究:以孔子、屈原為樞紐軸心的要義》上海:上海古籍出版社,2012 年 12 月。

123. 穆克宏:《文心雕龍研究》福建:福建教育出版社,1990 年。

124. 錢基博:《文心雕龍校讀記年讀莊子天下篇疏記》上海:上海古籍出版社,2011 年。

125. 繆俊傑:《文心雕龍美學》北京:文化藝術出版社,1987 年。

126. 薑書閣:《文心雕龍繹旨》山東:齊魯書社,1984 年。

127. 鍾子翔、黃安禎:《劉勰的寫作之道》北京:長征出版社,1984 年。

128. 顏虛心:《《文心雕龍》集注》北京:國家圖書館出版社,2010 年 7 月。

(三) 其它地區

1. 日·戶田浩曉等著:《文心同雕集》四川:成都出版社,1990 年。

2. 日·戶田浩曉著、曹旭譯:《文心雕龍研究》上海:上海古籍出版社,1992 年。

3. 日·興膳宏著,彭恩華編譯:《文心雕龍論文集》山東:齊魯書社,1984 年。

4. 港·劉慶華:《操斧伐柯論文心》香港:中華書局(香港)有限公司,2004 年。

5. 港·陳耀南：《文心雕龍論集》香港：現代教育研究社，1989 年。

6. 新加坡·王忠林：《文心雕龍析論》臺北：三民書局，1998 年。

三、碩、博士學位論文（依作者筆劃為序）

1. 方柏琪：《六朝詩歌聲律理論研究──以《文心雕龍·聲律篇》為討論中心》臺北：台灣大學中國文學研究所碩士論文，2004 年。

2. 王金淩：《劉勰年譜》臺北：輔仁大學中文研究所碩士論文，1973 年。

3. 江青憲：《文心雕龍諸子研究》高雄：高雄師範大學經學研究所碩士論文，2014 年。

4. 何恭傑：《劉勰文心雕龍對唐代文藝理論的影響──以情志與文采為主的討論》台中：中興大學中國文學系所碩士論文，2013 年。

5. 吳玉如：《劉勰文心雕龍之審美觀》臺北：台灣師範大學國文研究所碩士論文，1995 年。

6. 吳在玉：《劉勰的文學史觀》臺北：輔仁大學中文研究所碩士論文，1991 年。

7. 吳純惠：《以文心雕龍的修辭技巧來分析幾米繪本的表現探討》台中：臺中教育大學美術學系碩士論文，2009 年。

8. 呂立德：《文心雕龍時序篇研究》高雄：高雄師範大學國文研究所碩士論文，1989 年。

9. 呂湘瑜：《漢魏六朝檄移研究》臺北：淡江大學中國文學研究所碩士論文，2002 年。

10. 李宗懂：《文心雕龍文學批評研究》臺北：台灣師範大學國文研究所碩士論文，1964 年。

11. 李昌懋：《文心雕龍辭格美學研究》嘉義：南華大學文學研究所碩士論文，2001 年。

12. 李相馥：《文心雕龍修辭論研究》臺北：文化大學中國文學研究所博士論文，1996 年。

13. 李得財：《劉勰文心雕龍中之文質彬彬論》台中：東海大學哲學研究碩士論文，1990 年。

14. 李瑋娟：《文心雕龍修辭理論研究》高雄：中山大學中國語文學系研究所碩士論文，1999 年。

15. 沈謙：《文心雕龍之文學理論與批評》臺北：台灣師範大學國文研究所博士論文，1980 年。

16. 沈謙：《文心雕龍批評論發微》臺北：台灣師範大學國文研究所碩士論文，1964 年。

17. 卓國浚：《文心雕龍之建安七子論》彰化：彰化師範大學國文研究所碩士論文，1999 年。

18. 卓國浚：《文心雕龍文論體系新探：閱讀式架構》臺北：政治大學中國文學研究所博士論文，2004 年。

19. 林柏宏：《文心雕龍的文學心理學》臺北：輔仁大學中國文學研究所碩士論文，1999 年。

20. 林家宏：《文心雕龍文體論實際批評研究》彰化：彰化師範大學國文學系碩士論文，2008 年。

21. 林莉翎：《六朝物色觀念研究》台南：成功大學中國文學研究所碩士論文，1999 年。

22. 林陽明：《《文心雕龍‧總術》研究》臺北：政治大學國文教學碩士學位班碩士論文，2008 年

23. 金民那：《文心雕龍的美學──文學心靈及其藝術的表現》臺北：台灣師範大學博士論文，1992 年。

24. 金民那《文心雕龍的通變論》臺北：台灣大學中國文學研究所碩士論文，1988 年。

25. 施筱雲：《《文心雕龍‧辨騷》研究》新竹：玄奘大學中國語文研究所碩士論文，2003 年。

26. 洪增宏：《《文心雕龍》反饋《周易》之關係研究》台中：逢甲大學中國文學系，2015 年。

27. 胡仲權：《文心雕龍之修辭理論與實踐》臺北：東吳大學中國文學研究所博士論文，1998 年。

28. 胡仲權：《文心雕龍通變觀考探》臺北：東吳大學中國文學研究所碩士論文，1990 年。

29. 徐亞萍：《文心雕龍通變觀與創作論之關係》高雄：高雄師範大學國文研究所碩士論文，1989 年。

30. 高瑞惠:《文心雕龍美學》臺北:輔仁大學中文研究所碩士論文,1991年。

31. 張秀烈:《文心雕龍「道沿聖以垂文」之研究》高雄:高雄師範大學國文研究所博士論文,1992年。

32. 張裕鑫,《文心雕龍之美學範疇探微》台中:中興大學中國文學研究所碩士論文,1999年。

33. 張鳳翔:《劉勰文士論研究》臺北:輔仁大學中文研究所碩士論文,2004年。

34. 許惠英:《文心雕龍創作論修辭技巧之研究》台中:臺中教育大學語文教育學系碩士論文,2013年。

35. 連鈺屏:《從才性脈絡論《文心雕龍·體性》篇》台南:成功大學中國文學系碩士論文,2015年。

36. 郭章裕:《古代「雜文」的演變──從《文心雕龍》、《昭明文選》到《文苑英華》」臺北:政治大學中國文學研究所博士論文,2010年。

37. 陳秀美:《《文心雕龍》「文體通變觀」研究》新北:淡江大學中國文學系博士論文,2012年。

38. 陳坤祥:《文心雕龍指瑕之研究》臺北:文化大學中國文學研究所碩士論文,1980年。

39. 陳忠和:《從劉勰「六觀」論張岱小品文》高雄:高雄師範大學國文研究所碩士論文,2000年。

40. 陳忠源:《韋沃《文學理論》與劉勰《文心雕龍》之比較》宜蘭:佛光大學文學系博士論文,2010年。

41. 陳建郎:《文心雕龍佛論辭源研究》宜蘭:佛光大學文學系碩士論文,2008年。

42. 陳素英:《文心雕龍對後世文論之影響》臺北:東吳大學中國文學研究所碩士論文,1985年。

43. 陳鳳秋:《《文心雕龍》理論在高中國文範文教學之應用》臺北:臺灣師範大學國文學系博士論文,2010年。

44. 黃承達:《文心雕龍創作論實際批評研究》彰化:彰化師範大學國文學系碩士論文,2008年。

45. 黃素卿:《《文心雕龍·物色》研究》新竹:玄奘大學中國語文研就所碩士論文,2003年。

46. 黃端陽：《文心雕龍樞紐論研究》臺北：東吳大學中國文學碩士論文，1998年。

47. 黃端陽：《范文瀾《文心雕龍注》研究》高雄：高雄師範大學國文學系博士論文，2010年。

48. 楊邦雄：《文心雕龍創作論之運用研究》新竹：玄奘大學中國語文研就所碩士論文，2003年。

49. 楊曉菁：《中文閱讀策略研究──以《文心雕龍‧文術論》為理論視域》臺北：臺北市立大學中國語文學系博士論文，2016年。

50. 楊豐禧：《《文心雕龍‧知音》研究》嘉義：南華大學文學系碩士論文，2016年。

51. 溫光華：《文心雕龍黃注紀評研究》臺北：台灣師範大學國文研究所碩士論文1997年。

52. 溫光華：《劉勰文心雕龍文章藝術析論》臺北：台灣師範大學國文研究所博士論文，2002年。

53. 葉常泓：《經世之文法：劉勰《文心雕龍》與劉知幾《史通》之比較研》臺北：台灣大學中國文學研究所博士論文，2018年。

54. 劉渼：《劉勰文心雕龍文體論研究》臺北：台灣師範大學國文研究博士論文，1997年。

55. 劉志堅：《劉勰的自然審美觀語文質合一論》台中：東海大學哲學系/碩士論文1995年。

56. 歐雅淳：《文心雕龍創作論運用於高中作文教學之研究──以核心選文三十篇內容佈局為主》高雄：高雄師範大學國文學系碩士論文，2011年。

57. 蔡宗陽：《劉勰文心雕龍與經學》臺北：台灣師範大學國文研究所大博士論文，1989年。

58. 蔡婧妍：《從明詩話中理解風骨的演變與評述》彰化：彰化師範大學國文研究所碩士論文，2004年。

59. 蔡琳琳：《劉勰《文心雕龍‧史傳》研究》新竹：玄奘大學中國語文研就所碩士論文，2003年。

60. 鄭宇辰：《文心雕龍與徐庾麗辭》臺北：東吳大學中國文學系，2017年。

61. 鄭根亨:《文心雕龍風格論探究》臺北:東吳大學中國文學研究所碩士論文,1992 年。

62. 樸泰德:《劉勰與鍾嶸的詩論比較研究》臺北:台灣師範大學國文研究所博士論文,1995 年。

63. 賴麗蓉:《從思維形式探究六朝文體論》臺北:台灣師範大學國文研究所碩士論文,1986 年。

64. 謝義欽:《文心雕龍「道」與修辭關係之研究》台南:成功大學中國文學系碩士論文,2014 年。

65. 鍾明全:《論《文心雕龍‧神思》的「神」與「思」》嘉義:南華大學文學系碩士論文,2015 年。

66. 韓玉彝:《文心雕龍與儒道思想的關係》臺北:輔仁大學中文研究所碩士論文,1977 年。

67. 顏正賢:《文心雕龍述秦漢諸子考》臺北:東吳大學中國文學研究所碩士論文,1983 年。

68. 蘇忠誠:《文心雕龍神思芻論》新竹:玄奘大學中國語文學系碩士論文,2008 年。

四、論文集（依作者筆劃為序）

1. 中國文心雕龍學會:《文心雕龍與 21 世紀文論研究國際學術研討會論文集》北京市:學苑出版社,2009 年 11 月。

2. 中國文心雕龍學會編:《文心雕龍研究》(第一至五輯)北京:北京大學出版社,1995～2002 年。

3. 中國文心雕龍學會編:《文心雕龍研究論文集》北京:人民文學出版社,1990 年。

4. 中國文心雕龍學會編:《文心雕龍學刊》(第一至七輯)山東:齊魯書社、廣東:廣東人民出版社,1984～1992 年。

5. 中國文心雕龍學會編:《論劉勰及其文心雕龍》北京:學苑出版社,2000 年。

6. 中國古典文學研究會:《文心雕龍綜論》臺北:學生書局,1988 年。

7. 文心雕龍國際學術研討會論文集編委會:《文心雕龍國際學術研討會論文集》臺北市:文史哲,2008 年 8 月。

8. 日本九州大學中國文學會主編：《文心雕龍國際學術研討會論文集》臺北：文史哲出版社，1992 年。

9. 日本福岡大學文心雕龍國際學術研討編委會主編：《文心雕龍國際學術研討會論文集》臺北：文史哲出版社，2007 年。

10. 王元化選編：《文心雕龍論文集》濟南：齊魯書社，1983 年。

11. 台灣師範大學國文學系：《文心雕龍國際學術研討會論文》臺北：文史哲出版社，2000 年。

12. 甫之、涂光社主編：《文心雕龍研究論文選（1949～1982 年)》山東：齊魯書社，1988 年。

13. 陳新雄、於大成主編：《文心雕龍論文集》臺北：西南書局，1979 年。

14. 黃錦鋐編譯：《文心雕龍論文集》臺北：學海出版社，1979 年。

15. 楊明照主編：《文心雕龍學綜覽》上海：上海書店出版社，1995 年。

16. 饒芃子主編：《文心雕龍薈萃》上海：上海書店，1992 年。

17. 饒宗頤編著：《文心雕龍研究專號》香港：香港大學中文學會，1965 年；臺北：明倫出版社，1971 年。

五、期刊與單篇論文（依作者筆劃為序）

1. 方漢文：〈文心雕龍旨在言文而非言道──文心雕龍的比較詩學闡釋〉，《山西師大學報》〈社會科學版〉第 26 卷第 1 期，1999 年 1 月。

2. 王輝：〈辨騷〉，《文心雕龍學綜覽》上海：上海書店出版社，1995 年。

3. 王運熙：〈文心雕龍的宗旨、結構和基本思想〉，《文心雕龍探索》增補本，上海：上海古籍出版社，2005 年。

4. 王運熙：〈研究文心雕龍應全面瞭解其作家作品評價〉，《論劉勰及其文心雕龍》北京：學苑出版社，2000 年。

5. 王運熙：〈劉勰為何把〈辨騷〉列入「文之樞紐」〉，《文心雕龍探索》增補本，上海：上海古籍出版社，2005 年。

6. 牟世金：〈從劉勰的理論體系看風骨論〉，《文心雕龍研究論文選（1949～1982 年)》濟南：齊魯書社，1988 年。

7. 吳明德：〈「遍照隅隙‧通觀衢路」──《文心雕龍》全書組織體系之探析〉，《中國技術學院學報》第 23 期，2001 年 7 月。

8. 李淼：〈劉勰思想〉，《文心雕龍學綜覽》上海：上海書店出版社，1995 年。

9. 李曰剛:〈文心雕龍之文體論檢討——文心雕龍斠詮體性篇題述〉,《師大學報》第 27 期,1982 年 6 月。

10. 李瑞騰:〈陸機:理新文敏、情繁辭隱——文心雕龍作家論探析之一〉,《文心雕龍綜論》臺北:學生書局,1988 年。

11. 汪湧豪:〈「風骨」非「風格」辨〉,《陰山學刊》社會科學版,第二期,1994 年。

12. 汪湧豪:〈風骨〉,《文心雕龍學綜覽》上海:上海書店出版社,1995 年。

13. 卓國浚::〈小議《文心雕龍·明詩》四言詩說——兼釋王粲四言雅潤〉,《臺北市立教育大學學報·人文藝述類》第三十六卷第二期。

14. 卓國浚:〈「義直而文婉,體舊而趣新」——論潘岳哀體〉,《國文學誌》卷七,2003 年 12 月。

15. 卓國浚:〈進王褒而退馬融:兼釋「子淵〈洞簫〉窮變於聲貌」〉,《興大人文學報》卷三十八,2007 年 3 月。

16. 周鳳五:〈由文心辨騷、詮賦、諧讔論辭賦之形構與評價〉,《文心雕龍綜論》臺北:學生書局,1988 年。

17. 林中明:〈〈檄移〉的淵源與變遷〉,《文心雕龍國際學術研討會論文集》臺北:文史哲出版社,2000 年。

18. 段熙仲:〈《文心雕龍·辨騷》的重新認識〉,《文心雕龍研究論文選》山東:齊魯書社,1987 年。

19. 馬茂元:〈論「風骨」〉,《文心雕龍研究論文選(1949～1982 年)》濟南:齊魯書社,1988 年。

20. 高莉芬:〈論《文心雕龍·知音》的接受意蘊〉,《語文學報》第二期,國立新竹師範學院,1995 年 6 月。

21. 寇效信:〈論「風骨」——兼與廖仲安、劉國盈二同志商榷〉,《文心雕龍研究論文選(1949～1982 年)》濟南:齊魯書社,1988 年。

22. 戚良德:〈文章千古事——儒學視野中的《文心雕龍》〉,戚良德主編:《儒學視野中的《文心雕龍》》上海:上海古籍出版社,2014 年 5 月初版。

23. 陳志誠:〈從文心雕龍對作家的批評看文學評論的一些要則〉,《文心雕龍國際學術研討會論文集》臺北:文史哲出版社,2000 年。

24. 陳耀南：〈文心風骨群說辨疑〉，《文心雕龍綜論》臺北：台灣學生書局，
1988 年。

25. 彭慶環：〈文心雕龍文體論〉，《逢甲學報》14 期，1981 年 11 月。

26. 童慶炳：〈文心雕龍「風清骨峻」說〉，《文藝研究》1999 年第 6 期，1999
年。

27. 舒直：〈略論劉勰的「風骨」論〉，《文心雕龍研究論文選（1949～1982 年）》
濟南：齊魯書社，1988 年。

28. 華仲麐：〈文心雕龍與劉勰〉，《中央月刊》3 卷 9 期，1971 年。

29. 黃景進：〈從「論文敘筆」看劉勰評論文類的方法與觀點〉，《中華學苑》
51 期，1998 年 2 月。

30. 黃維樑：〈運用《文心雕龍》六觀法評析白先勇的〈骨灰〉〉，游志誠編著：
《文學批評精讀》臺北：五南圖書出版股份有限公司，2003 年。

31. 黃維樑：〈讓雕龍成為飛龍──《文心雕龍》理論「用於今」「用於洋」
舉隅〉，《第二屆中國文論國際學術研討會》上海：復旦大學，2005 年 7
月。

32. 溫光華：〈劉勰《文心雕龍》樂府詩論探析〉，《中國古典文學研究》卷五，
2001 年六月。

33. 賈奮然：〈文心雕龍「言意之辨」論〉，《中國文學研究》2000 年第一期，
總第 57 期，2000 年 1 月。

34. 廖仲安、劉國盈：〈釋「風骨」〉，《文心雕龍研究論文選（1949～1982 年）》
濟南：齊魯書社，1988 年。

35. 廖美玉：〈文心曹植說〉，《魏晉南北朝學術研討會論文集》國立成功大學
中文系編：文史哲出版社，1991 年。

36. 趙勝德、廖明君：〈「六觀」論〉，《文心雕龍學綜覽》上海：上海書店出
版社，1995 年。

37. 齊益壽：〈劉勰的論文背景、論文觀點與文學批評〉，《國立編譯館館刊》
9 卷 1 期，1980 年 6 月。

38. 劉凌：〈文心雕龍理論體系新探〉，《文心雕龍學刊》4 輯，1986 年。

39. 蔡英俊：〈知音說探源──試論中國文學批評的基本理念〉，《中國文學批
評》臺北：學生書局，1992 年。

40. 顏崑陽:〈文心雕龍「知音」觀念析論〉,《六朝文學觀念叢論》臺北:正中書局,1993 年。

41. 羅思美:〈劉勰、鍾嶸詩體論比較〉,《魏晉南北朝文學論集》臺北:文史哲出版社,1997 年。

42. 饒宗頤:〈文心雕龍探原〉,《文心雕龍研究專號》臺北:明倫出版社,1971 年。

肆、其它相關當代書目類（依作者筆劃為序）

1. 法·布呂奈爾:《什麼是比較文學》北京:北京大學出版社,1989 年。

2. 美·Harold Bloom 哈羅德·布魯姆: "*The Anxiety if Influence:A Theory of Poetry*"《影響的焦慮:一種詩歌理論》南京:江蘇教育出版社,2006 年。

3. 美·René Wellek 勒內·韋勒克、Austin Warren 奧斯汀·沃倫著,劉象愚、刑培明、陳聖生、李哲明譯: "*Theory of Literature*"《文學理論》北京:江蘇教育出版社,2005 年。

4. 美·Ulrich Weisstein 烏爾利希·魏斯坦因著、劉象愚譯:《比較文學與文學理論》瀋陽:遼寧人民出版社,1987 年。

5. 干永昌、廖鴻鈞、倪蕊琴選編:《比較文學研究譯文集》上海:上海譯文出版社,1985 年。

6. 尤雅姿:《魏晉士人之思想與文化研究》臺北:文史哲出版社,1998 年。

7. 尹建民:《比較文學術語匯釋》北京:北京師範大學出版社,2011 年。

8. 王先霈、王又平主編:《文學理論批評術語匯釋》北京:高等教育出版社,2006 年。

9. 王佐良: "*Degrees of Affinity:Studies in Comparative Literature*"《論契合:比較文學研究集》北京:外語教學與研究出版社,1987 年 8 月。

10. 王運熙、顧易生:《中國文學批評史》臺北:五南圖書出版股份有限公司,1993 年。

11. 王夢鷗:《中國文學理論與實踐》臺北:時報文化出版企業股份有限公司,1995 年。

12. 王夢鷗:《古典文學論探索》臺北:正中書局,1991 年。

13. 北京師範大學中文系比較文學研究組選編:《比較文學研究資料》北京:北京師範大學出版社,1986 年。

14. 古添洪、陳慧樺:《比較文學的墾拓在臺灣》臺北:東大圖書公司,1985年。

15. 吳錫民:《比較不是理由──比較文學論稿》北京:北京師範大學出版社,2011年。

16. 李達三、羅鋼主編:《中外比較文學的里程碑》北京:人民文學出版社,1997年。

17. 胡楚生:《清代學術史研究》臺北:台灣學生書局,1988年。

18. 孫康宜:《抒情與描寫──六朝詩歌概論》上海:三聯書店,2006年。

19. 徐復觀:《中國文學精神》上海:上海書店出版社,2005年。

20. 徐復觀:《中國文學論集》臺北:學生書局,1985年1月。

21. 馬建智:《中國古代文體分類研究》北京:中國社會科學出版社,2008年9月初版。

22. 馬積高、黃鈞:《中國古代文學史》臺北:萬卷樓圖書有限公司,1998年。

23. 張少康:《中國文學理論批評史教程》北京:北京大學出版社,1999年。

24. 張漢良:《比較文學的理論與實踐》臺北:東大圖書公司,2004年。

25. 張雙英:《中國文學批評的理論與實踐》臺北:萬卷樓圖書公司,1993年。

26. 張麗珠:《清代義理學新貌》臺北:里仁書局,1999年。

27. 曹旭選評:《中日韓《詩品》論文選評》上海:上海古籍出版社,2003年。

28. 曹順慶主編:《中西比較詩學史》成都:巴蜀書社,2008年。

29. 曹順慶主編:《比較文學學科史》成都:巴蜀書社,2010年。

30. 曹道衡:《中古文學史論集》北京:中華書局,2002年。

31. 梁啟超:《中國近三百年學術史;清代學術概論》臺北:里仁書局,1995年。

32. 郭紹虞:《中國文學批評史》臺北:五南圖書出版股份有限公司,2003年。

33. 郭紹虞主編:《清詩話續編》上海:上海古籍出版,1983年版。

34. 陳思和等主編:《跨文學研究:什麼是比較文學》北京:北京大學出版社,2007年。

35. 童慶炳:《文體與文體的創造》昆明:雲南人民出版社,1999年。

36. 馮永敏:《散文鑑賞藝術探微》臺北:文史哲出版社,1998年。

37. 黃霖:《近代文學批評史》上海:上海古籍出版社,1993年。

38. 黃維樑：《中國文學縱橫論》臺北：東大圖書公司，1988 年初版，2005 年增訂二版。

39. 楊乃喬主編：《比較文學概論》北京：北京大學出版社，2014 年。

40. 葉朗：《中國美學史大綱》臺北：滄浪出版社，1986 年。

41. 葉嘉瑩：《迦陵說詩》臺北：桂冠圖書股份有限公司，2000 年。

42. 葉嘉瑩：《葉嘉瑩說漢魏六朝詩》北京：中華書局，2007 年。

43. 葉嘉瑩：《漢魏六朝詩講錄》臺北：桂冠圖書股份有限公司，2000 年。

44. 葉慶炳：《中國文學史》臺北：台灣學生書局，1987 年。

45. 詹福瑞：《中古文學理論範疇》北京：中華書局，2005 年。

46. 鄒雲湖：《中國選本批評》上海：上海三聯出版社，2002 年。

47. 鄒廣勝：《自我與他者：文學的對話理論與中西文論對話研究》北京：中國社會科學出版社，2009 年。

48. 趙渭絨：《西方互文性理論對中國的影響》成都：巴蜀書社，2012 年。

49. 劉捷等主編：《二十世紀西方文論》北京：外語教學與研究出版社，2009 年。

50. 劉大傑：《中國文學發展史》臺北：華正書局，1982 年。

51. 劉介民：《比較文學方法論》臺北：時報文化，1990 年。

52. 劉文忠：《中古文學與文論研究》北京：學苑出版社，2000 年。

53. 劉若愚著，杜國清譯：《中國文學理論》臺北：聯經出版社，1993 年。

54. 劉師培著、陳引馳編校：《劉師培中古文學論集》北京：中國社會科學出版社，1997 年。

55. 劉獻彪主編：《比較文學自學手冊》長沙：湖南文藝出版社，1986 年。

56. 樂黛雲、陳珏編選：《北美中國古典文學研究名家十年文選》南京：江蘇人民出版社，1996 年 5 月。

57. 樂黛雲、陳躍紅、王宇根、張輝著《比較文學原理新編》北京：北京大學出版社，2005 年 4 月 12 刷。

58. 樂黛雲：《中西比較文學教程》北京：高等教育出版社，1988 年。

59. 潘運告編著：《漢魏六朝書畫論》湖南：湖南美術出版社，1997 年。

60. 蔡冠洛編纂：《清代七百名人傳》臺北：廣文書局，1978 年。

61. 鄭吉雄：《近三百年歷史、人物與思潮》（臺北：台灣學生書局，2013 年。

62. 穆克宏、郭丹編著：《魏晉南北朝文論全編》江蘇：江蘇教育出版社，1996年。

63. 蕭箑父、李錦全《中國哲學史》北京：人民出版社，1997年。

64. 顏崑陽：《六朝文學觀念叢論》臺北：正中書局，1993年。

65. 羅根澤：《中國文學批評史》臺北：學海出版社，1990年。

附錄 《藝概》引用《文心雕龍》統計

一、直引其名，持以肯定

〈文概〉：1、111、132、277、296、297、326

〈詩概〉：10、11、18、32、249

〈賦概〉：1、36、71、78、137

序號	《藝概》原典	《文心雕龍》出處比較	朱供羅分類
1-1	文概 1：《六經》，文之範圍也。聖人之旨，於經觀其大備，其深博無涯涘，乃《文心雕龍》所謂「百家騰躍，終入環內」者也。	〈體性〉：「故論說辭序，則《易》統其首；詔策章奏，則《書》發其源；賦頌歌贊，則《詩》立其本；銘誄箴祝，則《禮》總其端；記傳盟檄，則《春秋》為根：並窮高以樹表，極遠以啟疆，所以百家騰躍，終入環內者也。」	深表贊同
1-2	文概 111：蘇子由稱太史公「疏蕩有奇氣」，劉彥和稱班孟堅「裁密而思靡」。「疏」、「密」二字，其用不可勝窮。	〈體性〉：「孟堅雅懿，故裁密而思靡。」	
1-3	文概 132：劉勰《新論》，體出於《韓非子·說林》及《淮南子·說山訓》、《說林訓》。其中格言，如《慎獨》篇「獨立不慚影，獨寢不愧衾」二語，六朝時幾人能道及此！	《劉子·慎獨第十》：「身恒居善，則內無憂慮，外無畏懼；獨立不慚影，獨寢不愧衾；上可以接神明，下可偶異人倫。德被幽明，慶祥臻矣。」	

1-4	文概 277：《文心雕龍》謂「貫一為拯亂之藥」，余謂貫一尤以泯形跡為尚。唐僧皎然論詩所謂「拋鍼擲線」也。	〈神思〉：「臨篇綴慮，必有二患：理鬱者苦貧，辭弱者傷亂，然則博見為饋貧之糧，貫一為拯亂之藥，博而能一，亦有助乎心力矣。」	
1-5	文概 296：劉彥和謂「群論立名，始於《論語》」，不引《周官》「論道經邦」一語，後世誚之，其實過矣。《周官》雖有論道之文，然其所論者未詳。《論語》之言，則原委具在。然則論非《論語》奚法乎？	〈論說〉：「昔仲尼微言，門人追記，故抑其經目，稱為《論語》。蓋群論立名，始於茲矣。自《論語》以前，經無『論』字。〈六韜〉二論，後人追題乎！」	補充說明
1-6	文概 297：論不可使「辭勝於理」，「辭勝理」則以「反人為實」，「以勝人為名」，弊且不可勝言也。《文心雕龍·論說》篇解「論」字有「倫理有無」及「彌綸群言，研精一理」之說，得之矣。	〈論說〉：「論者，倫也；倫理無爽，則聖意不墜。……論也者，彌綸群言，而研精一理者也。」	深表贊同
1-7	文概 326：《文心雕龍》以「隱秀」二字論文，推闡甚精。其云「晦塞非隱」，「雕削非秀」，更為善防流弊。	〈隱秀〉：「或有晦塞為深，雖奧非隱，雕削取巧，雖美非秀矣。」	深表贊同
1-8	詩概 10：《詩序·正義》云：「比與興，雖同是附托外物，比顯而興隱，當先顯後隱，故比居先也。《毛傳》特言興也，為其理隱故也。」案：《文心雕龍·比興篇》云：「毛公述《傳》，獨標興體，豈不以風異而賦同，比顯而興隱哉？」《正義》蓋本於此。	〈比興〉：「《詩》文宏奧，包韞六義；毛公述《傳》，獨標『興體』，豈不以『風』通而『賦』同，『比』顯而『興』隱哉？」	補充說明
1-9	詩概 11：「取象曰比，取義曰興」，語出皎然《詩式》。即劉彥和所謂「比顯興隱」之意。	〈比興〉：「《詩》文宏奧，包韞六義；毛公述《傳》，獨標『興體』，豈不以『風』通而『賦』同，『比』顯而『興』隱哉？」	補充說明
1-10	詩概 18：劉勰〈辨騷〉，謂《楚辭》「體慢於三代，風雅於戰國」。顧論其體不如論其志，志苟可質諸三代，雖謂「易地則皆然」可耳。	〈辨騷〉：「《楚辭》者，體憲於三代，而風雜於戰國，乃〈雅〉、〈頌〉之博徒，而詞賦之英傑也。」	

1-11	詩概 32：劉彥和謂「士衡矜重」。而近世論陸詩者，或以累句訾之。然有累句，無輕句，便是大家品位。	〈體性〉：「士衡矜重，故情繁而辭隱。」〈熔裁〉：「士衡才優，而綴辭尤繁。」	補充說明
1-12	詩概 249：《文心雕龍》云：「嵇志清峻，阮旨遙深。」鍾嶸《詩品》云：「郭景純用儁上之才，劉越石仗清剛之氣。」余謂「志」、「旨」、「才」、「氣」，人占一字，此特就其所尤重者言之，其實此四字，詩家不可缺一也。	〈明詩〉：「嵇志清峻，阮旨遙深。」	引申發揮
1-13	賦概 1：班固言「賦者古詩之流」，其作《漢書·藝文志》，論孫卿、屈原賦「有惻隱古詩之義」。劉勰〈詮賦〉謂賦為「六義附庸」。可知六義不備，非詩即非賦也。	〈詮賦〉：「六義附庸，蔚成大國。」	
1-14	賦概 36：《文心雕龍》云：「楚人理賦。」隱然謂楚辭以後無賦也。李太白亦云：「屈、宋長逝，無堪與言。」	〈詮賦〉：「故知殷人輯頌，楚人理賦，斯並鴻裁之寰域，雅文之樞轄也。」	
1-15	賦概 71：賦，辭欲麗，跡也；義欲雅，心也。「麗辭雅義」，見《文心雕龍·詮賦》。前此，〈揚雄傳〉云：「司馬相如作賦，甚宏麗溫雅。」《法言》云：「詩人之賦麗以則。」「則」與「雅」無異旨也。	〈詮賦〉：「情以物興，故義必明雅；物以情觀，故詞必巧麗。麗詞雅義，符采相勝。」	
1-16	賦概 78：〈屈原傳〉曰：「其志潔，故其稱物芳。」《文心雕龍·詮賦》曰：「體物寫志。」余謂志因物見，故〈文賦〉但言「賦體物」也。	〈詮賦〉：「賦者，鋪也，鋪采摛文，體物寫志也。」	補充說明
1-17	賦概 137：皇甫士安〈三都賦序〉曰：「引而伸之，觸類而長之。」劉彥和〈詮賦〉曰：「擬諸形容」、「象其物宜」。余論賦則曰：「仁者見之謂之仁，智者見之謂之智。」	〈誄碑〉：「至於序述哀情，則觸類而長。」〈物色〉：「及〈離騷〉代興，觸類而長，物貌難盡，故重沓舒狀」〈詮賦〉：「至於草區禽族，庶品雜類，則觸興致情，因變取會，擬諸形容，則言務纖密；象其物宜，則理貴側附；斯又小制之區畛，奇巧之機要也。」	

二、提及其名，加以辨議

〈文概〉：72、127、249、297

〈詩概〉：37

楊明照《增訂文心雕龍校注・附錄・采撫第三》：「舍人《文心》，翰院要籍。采撫之者，莫不各取所需：多則連篇累牘，少亦尋章摘句。其奉為文論宗海，藝圃琳琅，歷代詩文評中，未能或之先也。涉獵所及，自唐至明，共得五十六書。清世較近，書亦易得，則從略焉。」

序號	《藝概》原典	《文心雕龍》出處比較	朱供羅分類
2-1	文概72：柳子厚《與楊京兆憑書》云：「明如賈誼」，一「明」字體用俱見。若《文心雕龍》謂「賈生俊發，故文潔而體清」，語雖較詳，然似將賈生作文士看矣。	〈體性〉：「賈生俊發，故文潔而體清。」	
2-2	文概127：六代之文，麗才多而練才少。有練才焉，如陸士衡是也。蓋其思既能入微，而才復足以籠鉅，故其所作，皆傑然自樹質幹。《文心雕龍》但目以「情繁辭隱」，殊未盡之。	〈體性〉：「士衡矜重，故情繁而辭隱。」	
2-3	文概249：《孔叢子》：「宰我問：『君子尚辭乎？』孔子曰：『君子以理為尚。』文中子曰：『言文而不及理，是天下無文也。』昌黎雖嘗謂「辭不足不可以為成文」，而必曰：「學所以為道，文所以為理」。陸士衡《文賦》曰：「理扶質以立幹。」劉彥和《文心雕龍》曰：「精理為文。」然則舍理而論文辭者，奚取焉？	〈徵聖〉：「妙極生知，睿哲惟宰。精理為文，秀氣成采。」	
2-4	文概297：論不可使「辭勝於理」，「辭勝理」則以「反人為實」，「以勝人為名」，弊且不可勝言也。《文心雕龍・論說》篇解「論」字有「倫理有無」及「彌綸群言，研精一理」之說，得之矣。	〈論說〉：「論也者，彌綸群言，而研精一理者也。」	
2-5	詩概37：張景陽詩開鮑明遠。明遠遒警絕人，然練不傷氣，必推景陽獨步。《苦雨》諸詩，尤為高作，故鍾嶸《詩品》獨稱之。《文心雕龍・明詩》云：「景陽振其麗」，「麗」何足以盡景陽哉！	〈明詩〉：「景陽振其麗。」	

三、未名其名，概念暗合

〈文概〉：2、3、67、239

〈詩概〉：21、26、29、34、35、79、143、275

〈賦概：〉8、13、14、15、16、21、44、52、57、65、111、112、113、115、130、135、136

〈詞曲概〉：6、33、35

〈書概〉：218

　　楊明照《增訂文心雕龍校注‧附錄‧因昔第四》：「《文心》一書，傳誦於士林者殆遍。研味既久，融會自深。故前人論述，往往與之相同，未必皆有掠美之嫌。或率爾操觚，偶忽來歷；或展轉鈔刻，致漏出處，亦非原為乾沒。然探囊接篋，取諸人以為善者，則異於是。此又當分別觀也。」

序號	《藝概》原典	《文心雕龍》出處比較	朱供羅分類
3-1	文概 2：有道理之家，有義理之家，有事理之家，有情理之家，「四家」說見劉劭《人物志》。文之本領，祇此四者盡之。然孰非經所統攝者乎？	〈宗經〉：「百家騰躍，終入環內。」	深表贊同
3-2	文概 3：九流皆托始於《六經》，觀《漢書‧藝文志》可知其概。左氏之時，有《六經》，未有各家，然其書中所取義，已不能有純無雜。揚子雲謂之「品藻」，其意微矣。	〈諸子〉：「繁辭雖積，而本體易總，述道言治，枝條五經。其純粹者入矩，踳駁者出規。」	深表贊同
3-3	文概 67：秦文雄奇，漢文醇厚。大抵越世高談，漢不如秦；本經立義，秦亦不能如漢也。	〈諸子〉：「夫自六國以前，去聖未遠，故能越世高談，自開戶牖。」	
3-4	文概 239：劉原父文好摹古，故論者譽訾參半。然其於學無所不究，其大者如解《春秋》，多有古人所未言。「朝廷每有禮樂之事，必就其家以取決」，豈曰文焉已哉！即以文論，歐公為作墓誌，稱其「立馬卻坐，一揮九制，文辭典雅，各得其體」，朱子稱其「才思極多，湧將出來」；亦可見其崖略矣。	〈體性〉：「一曰典雅。」	

3-5	詩概 21：或問：《安世房中歌》與孝武《郊祀》諸歌孰為 奇正 ？曰：《房中》，正之正也；《郊祀》，奇而正也。	〈知音〉：「將閱文情，先標六觀：一觀位體，二觀置辭，三觀通變，四觀奇正，五觀事義，六觀宮商。」	
3-6	詩概 26：《古詩十九首》與蘇、李同一「悲慨」，然《古詩》兼有「豪放」、「曠達」之意，與蘇、李之一於「委曲」、「含蓄」，有 陽舒陰慘 之不同。知人論世者，自能得諸言外，固不必如鍾嶸《詩品》謂《古詩》「出於《國風》」，李陵「出於《楚辭》」也。	〈物色〉：「春秋代序，陰陽慘舒，物色之動，心亦搖焉。」	
3-7	詩概 29：曹子建〈贈丁儀王粲〉有云：「歡怨非貞則，中和誠可經。」此意足推風雅正宗。至「骨氣」、「情采」，則鍾仲偉論之備矣。	〈情采〉：「風雅之興，志思蓄憤，而吟詠情性，以諷其上，此為情而造文也。……後之作者，采濫忽真，遠棄風雅，近師辭賦。」	
3-8	詩概 34：阮嗣宗〈詠懷〉，其旨固為「淵遠」，其屬辭之妙，去來無端，不可蹤跡。後來如射洪〈感遇〉、太白〈古風〉，猶瞻望弗及矣。	〈明詩〉：「嵇志清峻，阮旨遙深。」 鍾嶸《詩品》：「其源出於《小雅》，無雕蟲之功。而《詠懷》之作，可以陶性靈，發幽思。言在耳目之內，情寄八荒之表，洋洋乎會於《風》、《雅》，使人忘其鄙近，自致遠大，頗多感慨之詞，厥旨淵放，歸趣難求。」	
3-9	詩概 35：叔夜之詩 峻烈 ，嗣宗之詩曠逸。夷、齊不降不辱，虞仲、夷逸隱居放言，趣尚乃自古別矣。		
3-10	詩概 79：學太白詩，當學其 體氣高妙 ，不當襲其陳意。若言仙、言酒、言俠、言女，亦要學之，此僧皎然所謂「鈍賊」者也。	「體氣高妙」，乃曹丕〈典論論文〉評孔融語，劉勰引用於〈風骨〉：「其論孔融，則云：『體氣高妙』」。	
3-11	詩概 143：東坡《題與可畫竹》云：「無窮出清新。」余謂此句可為坡詩評語，豈偶借與可以自寓耶？杜於李亦以「清新」相目。詩家「清新」二字均非易得，元遺山於坡詩，何乃以「新」譏之！	〈明詩〉：「四言正體，則雅潤為本；五言流調，則清麗居宗。」	
3-12	詩概 275：詩不可有我而無古，更不可有古而無我。「典雅」、「精神」，兼之斯善。	〈體性〉：「一曰典雅。」	

3-13	賦概 8：賦別於詩者，詩「辭情少而聲情多」，賦「聲情少而辭情多」。皇甫士安〈三都賦序〉云：「昔之為文者，非苟尚辭而已。」正見賦之尚辭不待言也。	〈情采〉：「立文之道，其理有三：一曰形文，五色是也；二曰聲文，五音是也；三曰情文，五性是也。……昔詩人什篇，為情而造文；辭人賦頌，為文而造情。」	
3-14	賦概 13：班固以屈原為「露才揚己」，意本揚雄〈反離騷〉，所謂「知眾娷之嫉妬兮，何必揚累之蛾眉」是也。然此論殊損志士之氣。王陽明〈弔屈平廟賦〉「眾狂醒兮，謂累揚己」二語，真足令讀者稱快。	〈辨騷〉：「班固以為：『露才揚己，忿懟沉江。』」	
3-15	賦概 14：〈騷〉辭較肆於《詩》，此如「春秋謹嚴，左氏浮誇」，浮誇中自有謹嚴意在。	〈徵聖〉：「《春秋》一字以褒貶。」〈宗經〉：「《春秋》辨理，一字見義……《春秋》則觀辭立曉，而訪義方隱。」	
3-16	賦概 15：「〈國風〉好色而不淫，〈小雅〉怨誹而不亂」，淮南以此傳〈騷〉，而太史公引之。少陵詠宋玉宅云：「風流儒雅亦吾師。」「亦」字下得有眼，蓋對屈子之風雅而言也。	〈辨騷〉：「淮南作〈傳〉，以為：『〈國風〉好色而不淫，〈小雅〉怨誹而不亂，若〈離騷〉者，可謂兼之。」	
3-17	賦概 16：賦當以真偽論，不當以正變論。正而偽，不如變而真。屈子之賦，所由尚已。	〈辨騷：「觀茲四事，同於〈風〉、〈雅〉者也，……摘此四事，異乎經典者也。」	
3-18	賦概 21：〈騷〉之「抑遏蔽掩」，蓋有得於「《詩》、《書》之隱約」。自宋玉〈九辯〉已不能繼，以才穎漸露故也。	〈通變〉：「今才穎之士，刻意學文，多略漢篇，師範宋集，雖古今備閱，然近附而遠疏矣。」	
3-19	賦概 44：屈子之賦，賈生得其質，相如得其文，雖途徑各分，而無庸軒輊也。揚子雲乃謂「賈誼升堂，相如入室」，以己多依效相如故耳。	〈諧讔〉：「若效而不已，則髡朔之入室，旃孟之石交乎？」	
3-20	賦概 52：後漢趙元叔〈窮魚賦〉及〈刺世嫉邪賦〉，讀之知為抗髒之士，惟徑直露骨，不能如屈、賈之味餘文外耳。	〈隱秀〉：「隱也者，文外之重旨者也」、「隱之為體，義生文外」、「露鋒文外」、「文隱深蔚，餘味曲包」。	

3-21	賦概 57：或謂楚辭「自鑄偉辭」，其「取鎔經義」，疑不及漢。余謂楚取於經，深微周浹，無跡可尋，實乃較漢尤高。	〈辨騷〉：「觀其骨鯁所樹，肌膚所附，雖取熔經旨，亦自鑄偉辭。」	
3-22	賦概 65：韓昌黎〈復志賦〉，李習之〈幽懷賦〉，皆有得於騷之波瀾意度而異其跡象。故知「獵艷辭」、「拾香草」者，皆童蒙之智也。	〈辨騷〉：「才高者菀其鴻裁，中巧者獵其豔辭，吟諷者銜其山川，童蒙者拾其香草。」	
3-23	賦概 111：古賦調拗而諧，采淡而麗，情隱而顯，勢正而奇。	〈定勢〉：「淵乎文者，並總群勢；奇正雖反，必兼解以俱通；剛柔雖殊，必隨時而適用。」	
3-24	賦概 112：古賦意密體疏，俗賦體密意疏。	〈才略〉：「趙壹之辭賦，意繁而體疏。」	
3-25	賦概 113：俗賦一開口，便有許多後世事蹟來相困躓。古賦則「越世高談，自開戶牖」，豈肯屋下蓋屋耶？	〈諸子〉：「夫自六國以前，去聖未遠，故能越世高談，自開戶牖。」	
3-26	賦概 115：以賦視詩，較若紛至遝來，氣猛勢惡。故才弱者往往能為詩，不能為賦。積學以廣才，可不豫乎？	〈神思〉：「積學以儲寶，酌理以富才，研閱以窮照，馴致以懌辭。」	
3-27	賦概 130：揚子雲謂「雕蟲篆刻，壯夫不為」。然壯夫自有壯夫之賦，不然，則周公、尹吉甫敘事之作，亦不足稱矣。楊德祖〈答臨淄侯牋〉，先得我心。	〈詮賦〉：「揚子所以追悔於雕蟲。」	
3-28	賦概 135：「升高能賦」，升高雖指身之所處而言，然才識懷抱之當高，即此可見。如陶淵明言「登高賦新詩」，亦有微旨。	〈詮賦〉：「傳云：『登高能賦，可為大夫。』……原夫登高之旨，蓋睹物興情。」	
3-29	賦概 136：或問左思〈三都賦序〉以「升高能賦」為「頌其所見」，所見或不足賦，奈何？曰：嚴滄浪謂「詩有別材」、「別趣」，余亦謂賦有別眼。別眼之所見，顧可量耶？	〈詮賦〉：「傳云：『登高能賦，可為大夫。』……原夫登高之旨，蓋睹物興情。」	
3-30	詞曲概 6：梁武帝〈江南弄〉，陶宏景〈寒夜怨〉，陸瓊〈飲酒樂〉，徐孝穆〈長相思〉，皆具詞體而堂廡未大。至太白〈菩薩蠻〉之繁情促節，〈憶秦娥〉之長吟遠慕，遂使前此諸家悉歸環內。	〈宗經〉：「百家騰躍，終入環內者也。」	

3-31	詞曲概33：張玉田盛稱白石而不甚許稼軒，耳食者遂於兩家有軒輊意。不知稼軒之體，白石嘗效之矣。集中如《永遇樂》《漢宮春》諸闋，均次稼軒韻，其吐屬氣味，皆若「秘響相通」，何後人過分門戶耶？	〈隱秀〉：「隱之為體，義生文外，秘響旁通，伏采潛發，譬爻象之變互體，川瀆之韞珠玉也。」	
3-32	詞曲概35：姜白石詞，幽韻冷香，令人挹之無盡。擬諸形容，在樂則琴，在花則梅也。	〈詮賦〉：「擬諸形容，則言務纖密；象其物宜，則理貴側附。」	
3-33	書概218：論書者曰「蒼」，曰「雄」，曰「秀」，余謂更當益一「深」字。凡蒼而涉於老禿，雄而失於粗疏，秀而入於輕靡者，不深故也。	〈體性〉：「八曰輕靡。」	

四、引用同典，意見相仿

〈詩概〉：26、29

〈賦概〉：1、10、86、114、137

序號	《藝概》原典	《文心雕龍》出處比較	朱供羅分類
4-1	詩概26：《古詩十九首》與蘇、李同一「悲慨」，然《古詩》兼有「豪放」、「曠達」之意，與蘇、李之一於「委曲」、「含蓄」，有 陽舒陰慘 之不同。知人論世者，自能得諸言外，固不必如鍾嶸《詩品》謂《古詩》「出於《國風》」，李陵「出於《楚辭》」也。	張衡〈西京賦〉：「夫人在陽時則舒，在陰時則慘。」	
4-2	詩概29：曹子建〈贈丁儀王粲〉有云：「歡怨非貞則，中和誠可經。」此意足推風雅正宗。至「骨氣」、「情采」，則鍾仲偉論之備矣。	鍾嶸《詩品》：「其源出於《國風》，骨氣奇高，詞采華茂，情兼雅怨，體被文質；粲溢今古，卓爾不群。嗟乎，陳思之於文章也，譬人倫之有周、孔，鱗羽之有龍鳳，音樂之有琴笙，女工之有黼黻。俾爾懷鉛吮墨者，抱篇章而景慕，映餘暉以自燭。故孔氏之門如用詩，則公幹升堂，思王入室，景陽、潘、陸，自可坐於廊廡之間矣。」	

—249—

4-3	賦概1：班固言「賦者古詩之流」，其作《漢書‧藝文志》，論孫卿、屈原賦「有惻隱古詩之義」。劉勰〈詮賦〉謂賦為「六義附庸」。可知六義不備，非詩即非賦也。	〈詮賦〉：「《詩》有六義，其二曰賦。……劉向明『不歌而頌』，班固稱『古詩之流也』。」	
4-4	賦概10：〈騷〉為賦之祖。太史公〈報任安書〉：「屈原放逐，乃賦〈離騷〉」，《漢書‧藝文志》：「屈原賦二十五篇」，不別名騷。劉勰〈辨騷〉曰：「名儒辭賦，莫不擬其儀表。」又曰：「雅頌之博徒，而辭賦之英傑也。」	〈辨騷〉：「王逸以為：『詩人提耳，屈原婉順。〈離騷〉之文，依〈經〉立義。駟虬乘鷖，則時乘六龍；昆侖流沙，則〈禹貢〉敷土。名儒辭賦，莫不擬其儀表，所謂『金相玉質，百世無匹』者也。』」	補充說明
4-5	賦概86：「實事求是」，「因寄所託」，一切文字不外此兩種，在賦則尤缺一不可。若「美言不信」，「玩物喪志」，其賦亦不可已乎！	〈情采〉：「老子疾偽，故稱「美言不信」，而五千精妙，則非棄美矣。」	
4-6	賦概114：賦兼才學。才，如《漢書‧藝文志」論賦曰：「感物造端，材智深美」；《北史‧魏收傳》曰：「會須作賦，始成大才士」。學，如揚雄謂「能讀賦千首，則善為之」。	〈詮賦〉：「然逐末之儔，蔑棄其本，雖讀千賦，愈惑體要。遂使繁華損枝，膏腴害骨，無貴風軌，莫益勸戒，此揚子所以追悔於雕蟲，貽誚於霧縠者也。」 揚雄《法言‧吾子卷第二》：「或問：『吾子少而好賦。』曰：『然。童子雕蟲篆刻。』俄而曰：『壯夫不為也。』」	
4-7	賦概137：皇甫士安〈三都賦序〉曰：「引而伸之，觸類而長之。」劉彥和〈詮賦〉曰：「擬諸形容」、「象其物宜」。余論賦則曰：「仁者見之謂之仁，智者見之謂之智。」	〈誄碑〉：「序述哀情，則觸類而長」 皇甫謐〈三都賦序〉：「引而申之，故文必極美；觸類而長之，故辭必盡麗。然則美麗之文，賦之作也。」